Mühle

Calibans Haus

Miras Haus

Dorf

Quelle

Hobbit
Presse
Klett-Cotta

Oliver Plaschka

DER WÄCHTER DER WINDE

Roman

Klett-Cotta

Hobbit Presse
www.hobbitpresse.de
© 2019 by J. G. Cotta'sche Buchhandlung
Nachfolger GmbH, gegr. 1659, Stuttgart
Alle Rechte vorbehalten
Printed in Germany
Karte: Thilo Corzilius
Cover: © Birgit Gitschier, Augsburg
unter Verwendung einer Abbildung von © Max Meinzold, München
Gesetzt von Dörlemann Satz, Lemförde
Gedruckt und gebunden von GGP Media GmbH, Pößneck
ISBN 978-3-608-96243-7

Meinem Sturm –

Jonas, Jeff, Eric, Paul,
Janina, Elisabeth, Felix, Josie,
Thomas, Sinem, Katrin, Judith
und Laura

INHALT

PROLOG

DER STURM

Eine Weile hört sie nichts als das Lied des Windes auf den Klippen und das Tosen der Brandung, die sich in der Tiefe an den Felsen bricht.

Ich will es sehen, sagt Mira. Zeig es mir. Zeig mir alles!

Sie spürt ihren Herzschlag und ein Rauschen erfüllt ihre Ohren, dann gehorcht der Geist …

TONI
ZWÖLF JAHRE NACH DEM ERSTEN STURM

Die Vergangenheit holte sie auf dem Rückweg von Bella Kings Beerdigung ein, und sie bediente sich dabei eines Tricks. Die Bühne dafür wurde am Himmel über dem Highway bereitet. Der Sturm hatte sich schon seit ihrem Aufbruch in Monterey zusammengebraut. Nicht draußen über dem Pazifik, sondern heimlich über den Bergen, sodass ihr noch für trügerisch lange Zeit ein hoffnungsvoller Riss am Horizont die Position der Nachmittagssonne verriet, während sie gedankenversunken aus dem Beifahrerfenster aufs Meer sah. Als dieser Spalt sich schließlich schloss und die schrägen Sonnenstrahlen den Wettlauf gegen die zu frühe Dunkelheit verloren, lagen die letzten Häuser der Carmel Highlands schon fast eine halbe Stunde hinter ihnen, und sie und Francis waren allein mit dem Sturm auf dem Highway, allein zwischen Ozean und Fels und Erinnerung.

Antonia Perrault – Toni für ihre Freunde, von denen sie nicht mehr viele besaß – hatte ein feines Gespür dafür, wenn jemand sie übervorteilen wollte. Nicht, weil sie eine besonders angreifbare Frau gewesen wäre, sondern weil es für sie immer noch mehr zu verlieren gab als für andere; trotz allem, was man ihr genommen hatte. Sie hätte der Sonne nicht trauen sollen. Vielleicht hätte sie Bella nicht trauen sollen, dass sie ausgerechnet in dieser Gegend gestorben war – hatte Bella King gewusst, was Toni mit Carmel und Big Sur verband? Wahrscheinlich.

Die Elemente klafften auf, der Boden schien unter ihnen wegzusinken, und sie brauchte einige Sekunden, bis sie das graue Gitterwerk vor ihnen als die strengen Kranichbeine der Bixby Creek Bridge erkannte. Dann flogen sie auch schon im Takt der Scheibenwischer durch das Nichts, eingerahmt vom raschen Zinnenmuster der Brüstung.

Die über siebenhundert Fuß lange Art-déco-Bogenbrücke war die größte in einer eindrucksvollen Reihe von Brücken, die in den frühen Dreißigerjahren die California State Route 1 vervollständigt hatten. Das hieß auch, dass sie zuvor bereits die Rocky Creek Bridge überquert haben mussten, ohne dass es Toni wahrgenommen hatte.

Kaum, dass der wetterfleckige Stahlbeton hinter ihnen zurückblieb, senkten sich die Wolken über sie wie ein Kerzenlöscher und tauchten den Wagen in Dunkelheit. Die Lichter des Armaturenbretts spiegelten sich auf Francis' Brille, während ihr alter Assistent den geliehenen Nissan mit angespannter Miene durch den prasselnden Regen steuerte.

Sie dachte an jenen anderen Sturm vor zwölf Jahren, als ihre kleine Tochter dieselben finsteren Bergrücken erblickt hatte. Ob sich die Regenfront seitdem in den Tälern des Santa-Lucia-Gebirges versteckt und auf sie gewartet hatte? Hier in Big Sur schien die Zeit anderen Gesetzen zu gehorchen. Zu Beginn des Jahrhunderts war die wilde Westküste Kaliforniens eins der unzugänglichsten Gebiete des Landes gewesen, und noch heute war es für viele ein mystischer Ort: Wanderer, Naturfreunde, Hippies. Sie kamen hierher, um der schroffen Natur nachzuspüren, oder ihren Träumen, oder sich selbst …

Sie schüttelte den Gedanken ab. Sagte sich, dass ein plötzlicher Sturm sogar hier, an einem Tag wie heute, nichts zu bedeuten habe. Sie lehnte sich zurück und sammelte sich. Ihr war klar, dass das Gefühl der Bedrohung bloß ihrer Einbildung entsprang. Zu keinem Zeitpunkt hielt sie den Sturm für eine reale Gefahr für Leib und Leben.

Das änderte sich erst, als wenige Minuten später die Windschutzscheibe des Leihwagens mit lautem Knall barst und ein wildes Spinnwebmuster ihnen von einem Moment auf den anderen die Sicht nahm.

»Francis!«, schalt sie, als wäre der plötzliche Verlust ihrer Sicht einem Fahrfehler geschuldet.

Mit einer für sein Alter beachtlichen Reaktionsschnelle brachte Francis den Wagen am Straßenrand zum Stehen.

Seinem starr nach vorn in die milchige Leere gerichteten Blick und den um das Lenkrad verkrampften Händen sah sie das Entsetzen an. Seine Schultern hoben und senkten sich schwer, als er Atem schöpfte, und sein Schnauzbart zitterte wie ein lebendiges Wesen. Toni schauderte.

»Das war knapp«, sagte er, und wiederholte seine Worte, wie immer, wenn er nervös war. »Richtig knapp.«

»Was war das?«, fragte sie.

Statt einer Antwort schaltete er den Motor aus.

Draußen vor dem Nissan heulte der Wind, und Regen trommelte in Böen auf das Dach, so stur wie eine Fliege, die gegen eine Fensterscheibe drängt.

»Ich sehe nach«, erklärte er und stemmte die Tür auf. Sofort drang die nasse Meeresbrise ins Wageninnere. Selbst für Ende November war es kalt, und Toni bereute ihre Entscheidung, sich nach der Beerdigung nicht umzuziehen. Sie zog ihren Mantel enger um sich und warf einen prüfenden Blick auf ihr Handy. Kein Empfang, wie üblich in dieser Gegend, die auf ihre Art noch immer so abgeschnitten vom Rest der Welt war wie früher. Toni fluchte. Natürlich hatten sie einen Unfall, kaum, dass sie in das erste Funkloch geraten waren …

Kurz darauf öffnete sich die Tür abermals und Francis ließ sich erschöpft zurück in den Fahrersitz fallen. Sein schütteres Haar klebte ihm nass an den Schläfen, und sein Bart troff wie bei einem verschnupften Walross. Gott, sie hasste diesen Bart. Der Geruch von Salz und Erde und Asphalt breitete sich aus.

»Und?«, fragte sie. »War es ein Steinschlag?«

»Ich glaube, es war ein Flügel«, sagte er.

»Ein Flügel?«

»Windpumpenflügel. Etwa so groß. So.« Er hielt die Hände ein gutes Stück auseinander. »Sah alt aus. Antik. *Aermotor Windmill Company.* Normalerweise sehr solide.«

Sie lachte. »Soll das ein Scherz sein, Francis?«

»Kein Scherz«, verteidigte er sich. »Kein Scherz. Er lag dort hinten auf der Straße. Ich habe ihn weggeräumt.«

Sie schwiegen. Ihre Gedanken aber rasten, wirbelten wie die Flügel jener Pumpe, die Flügel einer Mühle – eines Windrades. Was immer diese unglückliche Verkettung von Umständen ausgelöst hatte, allmählich wurde es persönlich.

Francis fingerte nach seinem Mobiltelefon.

»Nichts«, stellte er fest und wischte sich den Bart. »Kein Empfang.«

»Ich weiß.«

»Vielleicht hinter der nächsten Kurve …?«, schlug er vor.

»Sie erwarten, dass wir durch den Regen laufen und unsere Handys in den Wind halten?«

»Wir brauchen einen Abschleppwagen«, beharrte er. »Die nächste Ortschaft ist zehn Meilen von hier.«

»Sie meinen Big Sur Village.« Wie die meisten Siedlungen der Gegend bestand das Dorf aus wenig mehr als ein, zwei Tankstellen, überteuerten Restaurants und selbsterklärten Kunstgalerien. Manchmal alles unter einem Dach.

»Wir finden sicher schon früher ein Haus. Irgendwo wird man uns telefonieren lassen. Und das Ende des Sturms abwarten.«

»Ich gehe da nicht raus.« Sie deutete auf ihre leichte Trauerkleidung. »Nicht so.«

Er biss die Zähne zusammen, nickte. »Dann allein. Ich gehe allein.«

»Machen Sie sich nicht lächerlich! Ich habe keine Lust, hier herumzusitzen, während Sie sich dort draußen den Tod holen.«

»Was schlagen Sie vor?«, fragte er mit seltener Direktheit. Ausgerechnet Francis, immer ängstlich, stets bemüht, Probleme von ihr fernzuhalten, fragte sie rundheraus, ob sie eine bessere Idee hätte. Beachtlich.

»Wir warten. Früher oder später wird jemand vorbeikommen. Schalten Sie den Warnblinker ein.«

Er gehorchte, nicht ohne einen leisen Seufzer der Erleichterung auszustoßen. Sie bezweifelte nicht, dass er sein Angebot ernst gemeint hatte – aber mehrere Meilen zu Fuß durch den Sturm zu laufen, hätte dem alten Mann mehr abverlangt, als er zugab.

»Ich stelle lieber das Warndreieck auf.« Er schwang sich ein weiteres Mal aus dem Wagen.

Wirklich merkwürdig, dachte sie, während er den Kofferraum des Nissans öffnete und ihr eine nasskalte Böe in den Nacken fuhr. Der Highway lag wie ausgestorben. Normalerweise hätte längst jemand halten müssen. Reisende, Anwohner. Die Gegend war zwar nur schwach besiedelt, aber der Highway 1 verband Nord- mit Südkalifornien und war eine der beliebtesten Strecken des Landes. Viele Touristen fuhren die legendäre Route zwischen San Francisco und Los Angeles allein der Aussicht wegen, und normalerweise verging keine Minute, ohne dass ein Mustang oder eine Harley vorbeirauschte.

Normalerweise kam so viel Regen aber auch nur in einem ganzen Jahr herunter.

Die schiere Zahl an Problemen und Unannehmlichkeiten, die der Besuch von Bella Kings Beerdigung inzwischen verursacht hatte, imponierte ihr fast. Freilich war es Tonis eigene Entscheidung gewesen, für den Heimweg nach Santa Clarita nicht das Flugzeug zu nehmen, sondern einen Mietwagen – um endlich wieder jenen Ort aufzusuchen, um den sie fast zwölf Jahre einen weiten Bogen geschlagen hatte, ungeachtet ihrer wechselnden Therapeuten und der Polizei, die ihr rieten, die Vergangenheit ruhen zu lassen. Und das hatte sie nun davon.

Dies war der Ort, an dem sie Mira verloren hatte. Und auch damals, vor zwölf Jahren, hatte es ein schweres Unwetter gegeben. *Ist es hier passiert?*, fragte sie sich. *An dieser Stelle?* Man konnte fast nichts von der Welt dort draußen erkennen …

Sie sah einen Schatten neben der Fahrertür: Francis kam zurück. Es regnete Bindfäden, und sie fragte sich, weshalb er nicht einstieg.

Da tauchten hinter ihnen ein paar Scheinwerfer aus dem Halbdunkel auf. Die Lichtkegel teilten den strömenden Vorhang, und ohne nachzudenken, öffnete Toni die Tür und stieg aus. Augenblicklich wehte ihr der Sturm seinen nassen Atem ins Gesicht, und ihr Haar trank den Regen wie eine durstige Wüstenpflanze. Sie fühlte alle Wärme aus ihren wedelnden Armen weichen, aber sie wollte verdammt sein, wenn dieser Wagen vorbeifuhr und sie noch länger hier mit Francis festsaß.

Die Lichter wurden heller und heller, und eine Schrecksekunde lang fürchtete sie, dass der Fahrer ihr Warndreieck in dieser Waschküche übersehen hatte und sie beide von der Straße fegen würde. Die Lichter strahlten sie an wie einen Bühnenstar. Dann hörte sie den Motor zu einem Flüstern verebben und die Reifen auf der nassen Fahrbahn leise knirschen, als der Wagen zum Stehen kam.

Francis' Gesicht verriet, dass er genauso erschrocken war wie sie. Geblendet kniff er die Augen zusammen und legte ungläubig den Kopf schief.

Es war ein langer, nachtschwarzer Lincoln.

Sie sahen ihn an diesem Tag nicht zum ersten Mal.

Ein paar lange Sekunden starrten sie den Lincoln an. Der Motor schnurrte leise vor sich hin, aber die Türen blieben geschlossen. Die Scheibenwischer schoben gleichmäßig den Regen beiseite, doch sie konnten den Fahrer im Gegenlicht nicht erkennen.

Das war aber auch nicht nötig. Sie wussten, wem dieser Wagen gehörte.

Die Lichthupe sandte einen kurzen Gruß.

»Holen Sie das Gepäck!«, befahl sie Francis, nahm ihre Handtasche vom Beifahrersitz und lief los.

Das hintere Fenster des Lincolns senkte sich einen Spaltbreit.

»Nur zu!«

Toni öffnete die Tür und ließ sich in den rückwärts gewandten der beiden freien Sitze sinken, während Francis die Koffer im Gepäckraum verstaute. Dann nahm er ungeschickt auf dem Sitz ihr gegenüber Platz.

»Schließen Sie die Tür.«

Pflichtschuldig gehorchte Francis. Der Sturm blieb hinter den getönten Scheiben zurück, und der Lincoln nahm Fahrt auf.

Toni wischte sich fröstelnd die Nässe aus der Stirn, aus der Kleidung, und war sich bewusst, dass der Ledersitz, den sie gerade ruinierte, wahrscheinlich so teuer wie ihr ganzer Leihwagen war.

Ihr Gastgeber musste ihre Gedanken erraten haben.

»Mach dir keine Sorgen, Toni.«

Unwillkürlich nahm sie Haltung an. »Es ist sehr freundlich, dass du uns mitnimmst.«

Alexander King schenkte ihr ein knappes Lächeln. »Das ist doch selbstverständlich – bei einem solchen Wetter.«

Er griff in die kleine Bar neben seinem Sitz und reichte ihr eine weiche Stoffserviette, die mit seinen Initialen bestickt war. Sie duftete, so wie alles im Wagen: ein Duft nach Trauer – vermutlich hatte sie ihn schon auf der Beerdigung wahrgenommen – und nach Macht.

»Dennoch – unter diesen Umständen.« Sie trocknete sich das Haar und nickte dem jungen Mann im Sitz neben sich befangen zu. Dann reichte sie die Serviette an Francis weiter. »An diesem Tag ...«

Alexander King hob abwehrend die Hand. Schwere Ringe glitzerten an seinen schwarzen Fingern. »Entschuldigst du dich gerade für den Tod meiner Tochter, Toni?«

Sie verkniff sich eine Antwort. Wenn Alex den großen Gönner spielen wollte, sollte er nur. Er würde ihr die Rechnung noch früh genug präsentieren – das hatte er bislang immer getan.

»Mein Sohn und ich haben uns gerade darüber unterhalten, wie schwierig es ist, jemandem die Schuld am Tod eines anderen Menschen zu geben. Nicht wahr, Bastian?«

Der Junge zu ihrer Seite erwiderte nichts. Wenn sie ihn ansah, erkannte sie immer noch das kleine Kind von früher in ihm. Heute war er fast so groß wie Alexander, doch neben der imposanten, fleischigen Gestalt seines Vaters wirkte Bastian King fast unscheinbar. Nur hinter seinen Augen sah Toni das gleiche Feuer, die gleiche Wut wie heute Mittag. Sie hatte sich schon auf der Beerdigung gefragt, auf wen genau diese Wut zielte.

»Dich und mich verbindet eine ganze Menge«, fuhr Alexander King sinnend fort. »Aber es gibt nichts, was dir peinlich sein müsste. Ich habe dich eingeladen, meine Trauer um Bella zu teilen. Du hast mir die Höflichkeit erwiesen, meine Einladung anzunehmen. Nun bist du in eine Notlage geraten, und ich erweise dir die Höflichkeit, dir auszuhelfen. Das ist alles.«

»Ich stehe in deiner Schuld, Alex.«

Sein Lächeln wurde einen Hauch breiter.

»Wie kam es zu dem Unfall?«, erkundigte er sich.

»Unsere Windschutzscheibe«, erklärte Francis und warf Toni einen unsicheren Blick zu. »Zertrümmert … von einem Stück Holz. Einem Holzstück.«

»Es ist ein heftiger Sturm«, sagte Alexander King und gab nicht zu erkennen, ob er die Nervosität des älteren Mannes bemerkt hatte. Francis räusperte sich. »Es war unser Glück, dass Sie vorbeikamen, Mr. King. Unser großes Glück. Hätten Sie einfach das Flugzeug genommen …«

»Mein Vater hat Flugangst«, sagte Bastian scharf. »Er verliert niemals die Bodenhaftung. Genau wie der Riese aus der griechischen Sage: Solange seine Beine die Erde berühren, ist er stark. Ist es nicht so, Vater?«

Was für einen Konflikt Vater und Sohn auch miteinander austrugen, durch Bellas Beerdigung war er offenbar nicht beigelegt worden.

Alexander King ging auf die Provokation nicht weiter ein. »Du erzählst Francis nichts Neues. Er kennt mich und meine Gewohnheiten sehr gut, selbst wenn er es zu verschleiern versucht.«

Betreten wandte Francis den Blick ab. Es war dieselbe Art von Verlegenheit wie damals, als Toni ihn wegen seiner Fehltritte zur Rede gestellt hatte. Er wusste, wie leicht er zu überführen war, und er hasste sich dafür.

Eine Weile breitete sich ungemütliches Schweigen im schaukelnden Wagen aus. Der Sturm warf ihnen den Regen wie aus Waschzubern entgegen.

»Bei der nächsten Ortschaft kannst du uns rauslassen«, sagte Toni nach einer Weile.

»Das ist nicht die rechte Zeit für Bescheidenheit«, widersprach Alexander King. »Swaine kann dich bis vor deine Haustür fahren. Ich habe keine Termine mehr heute.«

»Wir müssen den Wagen abschleppen lassen.« Auf gar keinen Fall würde sie diese Gesellschaft die nächsten vier Stunden bis nach Santa Clarita ertragen ...

»Ich bitte dich.« Alexander King blinzelte langsam, als hätte die Durchschaubarkeit ihrer Lügen eine einschläfernde Wirkung auf ihn. Offenbar wollte er es aus ihrem Mund hören.

»Ich habe nicht nur einen Wagen in dieser Gegend verloren, Alex. Sondern auch etwas anders.«

»Etwas?« Er hob eine Braue. Francis betrachtete angestrengt seine Hände.

»Ich muss mich für meinen Vater entschuldigen«, mischte sich Bastian ein. »Er glaubt, nur weil er trockenen Fußes durch ein Tränenmeer waten kann, müssten andere Menschen die gleiche Gabe besitzen. Gefühle perlen an ihm ab wie Regen an Autolack. Ein emotionaler Lotuseffekt.«

Alexander King lachte leise. »Mein Sohn hat viele poetische Vergleiche auf Lager, seit er vom College zurück ist. Und wie jeder gute Poet stört er sich daran, dass in L.A. die Arbeit auf uns wartet.«

Bastian funkelte ihn an, sagte jedoch nichts weiter.

»Natürlich weiß ich, was dich beschäftigt«, fuhr Alexander King fort. »Ich habe dich immer respektiert, Toni. Auch zu der Zeit, als wir Rivalen waren. Und schau nur, was aus uns geworden ist!«

Er meint: als er uns vom Markt drängen wollte, dachte sie, sprach es aber nicht aus. *Bis Ross mir keine andere Wahl ließ, als ihm Kite Enterprises auf einem Silbertablett zu servieren, und mit Mira ...*

»King Industries war uns stets überlegen«, sagte sie. »Und das meine ich als Kompliment.«

Der Wagen machte einen Satz und schien eine Sekunde lang durch die Luft zu fliegen. Dann hatten die Reifen wieder Haftung und das Fahrzeug blieb in der Spur.

»Was war das?«, entfuhr es Francis.

Alexander King betätigte eine Taste neben seinem Sitz, und die dunkle Glasscheibe in Tonis Nacken, die ihren Bereich der Kabine vom Cockpit trennte, senkte sich. Sie drehte den Kopf und sah die Fahrerin: ein junges Mädchen mit auffallend heller Haut und blonden Locken in weißer Uniform, inklusive einer Chauffeursmütze; ein Christbaumengel, der sich zur Marine verirrt hatte. Alexander King hatte immer schon einen exzentrischen Geschmack besessen, was seine Bediensteten anging.

»Swaine?«, fragte er. *Er hat noch immer diese Gabe: den Namen eines Menschen wie eine Herausforderung klingen zu lassen,* dachte Toni.

»Nur eine Böe auf der Brücke. Es tut mir sehr leid, Sir.«

»Welche Brücke?«, fragte Toni verwirrt.

»Die Bixby Creek Bridge.«

Toni stutzte. »Die liegt doch längst hinter uns.«

Das junge Mädchen hob höflich die Brauen im Rückspiegel, dann richteten sich ihre Augen wieder auf die Straße.

Toni blickte zum Heckfenster hinaus. Symmetrische Schemen blieben hinter ihnen zurück, aber durch die getönte Scheibe und die Regenschwaden waren kaum Details zu erkennen. Vielleicht waren es auch Bäume …

»Die Brücke lag bereits hinter uns, als wir den Unfall hatten«, beharrte sie. »Ich habe sie doch gesehen.«

»Dann musst du dich verfahren haben«, lachte Alexander King. »Das kann dem besten Fahrer passieren in einem solchen Sturm. Ist ja der reinste Orkan da draußen.«

»Wir sind auf dem Highway 1, Alex. Der hat nur zwei Richtungen.« Sie sah hilfesuchend zu Francis. Auf einmal schien es ihr, als wäre die Klimaanlage des Lincolns viel zu kalt eingestellt.

»Wir haben die Brücke überquert«, bestätigte Francis. »Vor einer halben Stunde.«

Alexander legte gutmütig den Kopf auf die Seite. »Nun, das wird sich wohl klären, wenn man deinen Wagen holt. Ich bin gespannt, wer diese kleine Wette gewinnt.«

»Swaine«, bat Bastian. »Könnten Sie bei den ersten Häusern bitte halten?«

»Das wäre sehr freundlich«, bekräftigte Toni. »Wir sollten wirklich telefonieren, und wir haben kein Netz. Ich möchte nicht, dass jemand bei der schlechten Sicht noch unseren Wagen rammt.«

»Vielleicht wäre es besser, erst dem Wetter zu entkommen«, sagte

Alexander King, und so, wie er es sagte, klang es nicht wie ein Vorschlag.

»Da vorne ist etwas«, sagte Swaine.

Toni drehte sich abermals um und sah, dass die junge Frau die Stirn gerunzelt hatte. Dann spitzte sie die Lippen zu einem Ausdruck der Verblüffung und trat auf die Bremse.

Der Lincoln schlingerte.

»Was ist los?«, fragte Alexander streng.

»Da war ein Mann!«, rief Swaine mit heller Stimme. »Auf einem Pferd!«

Die Gesichter wandten sich zu den Fenstern, versuchten, in der Dunkelheit etwas anderes als ihre eigenen Spiegelungen zu erkennen.

»Ein Pferd?«, wiederholte Alexander skeptisch. »Sind Sie sicher?«

»Halten Sie bitte«, sagte Bastian.

Swaines Augen im Rückspiegel gingen zu Bastians Vater. Der winkte knapp mit zwei Fingern seiner rechten Hand.

Der Lincoln hielt an.

»Haben Sie wieder Empfang?«, fragte Toni Francis, der mit ernster Miene auf sein Handy starrte, doch sie kannte die Antwort schon, bevor er den Kopf schüttelte.

Bastian stieg aus dem Wagen. Der Sturm wehte Regen und Kälte ins Innere.

»Bastian!«, rief Alexander King ihm mit lauter Stimme nach. »Was soll das? Willst du das Pferd suchen?«

»Ich habe es nicht angefahren, Sir«, versicherte die Chauffeurin.

»Was hat ein Reiter denn auf dem Highway verloren?«, stellte Francis die offensichtliche Frage. »Bei so einem Sturm?«

»Wir werden es nicht herausfinden«, brummte Alexander King. »Und es ist nicht unsere Sorge.«

»Er könnte verletzt sein«, gab Francis zu bedenken. »Schwer verletzt …«

Alexander machte ein finsteres Gesicht. »Bastian!«

»Das müsst ihr euch ansehen!«, rief sein Sohn von draußen. Er drehte ihnen den Rücken zu und seine Stimme war im Wind kaum zu verstehen.

Alexander King wollte erst zu einer scharfen Erwiderung ansetzen, dann weiteten sich seine Augen vor Staunen.

Mit klopfendem Herzen rutschte Toni auf Bastians Seite und warf einen Blick aus der Tür. Regen schlug ihr ins Gesicht.

Und da sah sie es auch.

Draußen, jenseits der Sicherheit des Lincolns, war die Welt hinter vielfachen Vorhängen aus Regen versunken. Die Straße, die Klippen, das Meer und die Berge, nichts war mehr geblieben außer blassgrauen Umrissen hinter den tosenden Seidenschleiern des Sturms. Doch in diesen Schleiern – hypnotisch wirbelnd, der Fieberwahn eines Don Quijote – wuchsen große Schattenblumen auf langen Stielen empor, hoch wie die Beine der Bixby Creek Bridge; einbeinige, einäugige Riesen, die traumschwer ins Dunkel starrten, rastlose Herzen, die flüsternd und raunend ihre tonlosen Lieder in den Wind schrieben.

»Windräder«, hauchte sie. Und einen irrationalen Moment lang prägte sich ihr ein Gedanke auf, der alles andere verdrängte – ihre Verwunderung, ihren Unglauben, ja selbst ihre Angst: *Ross hätte dieser Anblick gefallen: Windräder, die den ewigen Küstenwind des Westens einfangen wie stolze Fischernetze im endlosen Ozean der Luft. Das wäre sein Traum gewesen …*

»Was ist das?«, fragte Bastian verstört. »Das kann nicht sein!«

Er sieht es auch, begriff sie. *Aber es muss doch eine Täuschung sein …!*

Da drehte der junge Mann sich um und stieß einen entsetzten Schrei aus. »Vorsicht!«

Sie folgte seinem Blick und zog gerade noch rechtzeitig den Kopf ein, als der Stamm des vom Sturm gefällten Baums den Lincoln unter sich begrub.

Du hast mir noch nicht alles gezeigt, stellt Mira fest.

Der Geist gibt keine Antwort, doch sein Schweigen verrät ihr, dass sie recht hat. Sie gestattet sich ein siegesgewisses Lächeln.

Wer noch?, fragt sie. Wer war noch dabei?

FERNANDO
EINHUNDERTVIERUNDVIERZIG JAHRE DAVOR

Der Sturm erwischte Fernando nur wenige Wegstunden vor seinem rettenden Ziel. Sein Vater hätte darin vielleicht ein Zeichen gesehen; es schien, als stemmte sich selbst das Land seiner Vorfahren gegen ihn. Was Fernando betraf, so hatte ihn die Erfahrung seines jungen Lebens gelehrt, dass höhere Mächte ihn nicht zu warnen pflegten, ehe sie in sein Leben eingriffen, und ihn auch nicht um seine Meinung baten.

Abwehrend hob er die Hand gegen die nassen Äste, die ihm ins Gesicht schlugen und nach der in Wachstuch verpackten Gitarre auf seinem Rücken griffen. Ein heißer Schmerz stach in seiner Seite.

Fernando hatte seine Eltern in jungen Jahren verloren. Sein Vater war – wie fast alle Esselen – von den Spaniern umgesiedelt, getauft und zur Arbeit in einer Missionsstation gezwungen worden, ehe es ihn auf den *Rancho* des alten Guillermo verschlug. Dort hatte er Fernandos Mutter kennengelernt, eine echte Kalifornierin. Ihre Familienwurzeln hatte sie bis ins alte Spanien zurückverfolgen können, durch ihre Armut aber war sie zur Arbeit als Wäscherin gezwungen worden. Es war eine tragische Geschichte, die der alte Guillermo ihm mehr als einmal erzählt hatte. Alle Widerstände, die der Heirat zwischen einem *Indio* und einer *Californiana* entgegenstanden, hatten sie überwunden – besiegt hatte sie ein hohes Fieber, dem sie beide binnen weniger Tage erlegen waren. Ihr Kind hatte nur deshalb überlebt, weil sie es rechtzeitig in die Hände eines Kindermädchens gegeben hatten.

Der alte Guillermo hatte ihn nicht allein aus Mitleid auf dem Rancho aufwachsen lassen. Fernando hatte hart auf den Feldern geschuftet und in seinen ersten Jahren vor allem die verschrammte Gitarre zum Freund gehabt, die ihm als Einziges von seiner Mutter geblieben war. Von seinem Vater besaß er die Halskette mit dem Kreuz, ein Hochzeitsgeschenk seiner Frau, das er bis zu seinem Tod getragen hatte.

Genau wie Fernandos Mutter waren die meisten Leute auf dem Rancho Nachfahren der frühen Kolonisten gewesen. Sie hatten das Land seit Generationen bestellt, erst unter spanischer, dann unter mexikanischer Herrschaft. Doch die junge Republik Mexiko hatte ihre nördlichen Territorien lange vernachlässigt; und so hatten nicht wenige Kalifornier den Anschluss an die Vereinigten Staaten befürwortet – so auch Guillermo.

Natürlich waren sie damit, als der Mexikanisch-Amerikanische Krieg ausbrach, zwischen alle Fronten geraten.

Die Gesichter von einst zogen vor Fernandos innerem Auge vorbei, und ein ums andere Mal glaubte er ihre Stimmen im Dunkel zu hören, wie sie nach ihm riefen. Vielleicht ahnten sie, dass es mit ihm zu Ende ging, er bald schon einer der ihren sein würde. Er brauchte dringend Hilfe und einen Schutz vor dem Sturm, nicht nur für sich, auch für Moonchild. Noch ertrug der Schimmel den plötzlichen Wetterumschwung mit stoischer Ruhe, aber immer öfter drohte er im Dunkel fehlzutreten. Es war wahrhaft eine wilde Gegend.

El sur grande, das große Land des Südens, wie es die Spanier genannt hatten. Seit wenigen Jahren gehörte es zu den Vereinigten Staaten, so wie der Rest Oberkaliforniens. Wie schnell es letztlich gegangen war, hatte nicht zuletzt die zerstrittenen Generäle und Gouverneure überrascht. Zu allem Überfluss hatten ein paar amerikanische Siedler in Sonoma noch ihre eigene Republik ausgerufen und eine selbstgemalte Bärenflagge gehisst, mit der niemand etwas hatte anfangen können. Damit war die Verwirrung perfekt gewesen. Angeblich hatte der *Comandante* des Presidios sein Bestes gegeben, die Aufständischen mit Wein und Schnaps bei Laune zu halten.

Eine Strategie, die auch der alte Guillermo verfolgt hatte, als die Banditen spätabends an seiner Tür erschienen waren – leider mit weniger Erfolg.

»Ihr gehört hier nicht her«, hatten sie geknurrt, auf Spanisch, finster aussehende Männer mit löchrigen Hüten und schmutzigen Tüchern um den Hals. »Eure Zeit ist vorbei!«

Der alte Guillermo hatte das anders gesehen.

Fernando war nur deshalb der Feuersbrunst entkommen, weil er noch bis spät nach der Arbeit mit seiner Gitarre auf den Feldern gesessen hatte. Ein verängstigtes Dienstmädchen erzählte ihm hinterher, was passiert war.

Wahrscheinlich waren die Banditen von einem anderen Großgrundbesitzer geschickt worden, dem die politische Gesinnung seines Nachbarn ein fast so großer Dorn im Auge gewesen war wie dessen Landbesitz. Das ließ sich aber nie beweisen. Fernando hörte nur, dass die Brandstifter aus Monterey stammten, was nicht weit weg war; und weil er sonst keinen Ort hatte, an den er gehen konnte, machte er sich dorthin auf.

Fast so wie heute.

Fernando ließ den Wald hinter sich und ritt auf einen sturmgepeitschten Hügel hinaus, der nackt und schimmernd wie ein Schildkrötenpanzer im Dunkel lag. Er ahnte das aufgewühlte Meer zu seiner Linken; am Horizont flackerte Wetterleuchten. Irgendwo in dieser Richtung musste Monterey liegen.

Eine dunkle Raute kam wie ein großer Vogel aus dem Wind getorkelt und schlug dem Hengst gegen die Beine. Der wieherte überrascht und tänzelte beiseite. Fernando brauchte einen Augenblick, bis er erkannte, worum es sich handelte: das Kreuzgestell in der Mitte, der schleifengeschmückte Schwanz ...

»Das ist nur ein Drachen«, flüsterte er schwach und tätschelte Moonchilds Hals. »Frage mich, wo der herkommt? Vielleicht haben wir ja Glück und in der Nähe gibt es ein Haus oder eine Farm ...«

Mühsam hob er die Hand zum Schutz vor dem Regen über die Augen und hielt nach Zeichen von Besiedlung Ausschau. Er dachte daran, wie er vor vier Jahren zuletzt durch diese Gegend gereist war. Wie er sich durchgeschlagen und in Monterey Arbeit gefunden hatte, ein Dreizehnjähriger mit wenig mehr als seiner Gitarre, ein paar Liedern und der Bereitschaft, seine Wünsche an das Leben hintanzustellen ...

Nur die Männer, die den Rancho überfallen hatten – die hatte er nie gefunden.

Der Schmerz an seiner Seite riss ihn ins Hier und Jetzt zurück. Fernando biss die Zähne zusammen, tastete unter seiner Weste nach dem Hemd. Heiße Wellen pulsierten durch seinen Rumpf. Er zog die Hand wieder heraus und hielt sich die Finger dicht vor die Augen.

Der Verband war durchgeblutet.

Einen Moment lang färbte sich die schwarze Nacht noch schwärzer, als ihm schwindlig wurde. Dann fauchte ein heller Blitz über den Himmel und Moonchild scheute erschrocken. Sobald Fernando wieder Herr der Lage war, ritt er weiter, den Hügel hinab, durch einen aufgeschwemmten Bach. Er musste durchhalten ...

Seine Gedanken aber kehrten zurück zu jenem anderem Tag, als er mit nassen Stiefeln einen anderen Fluss auf einer Reihe trügerischer Trittsteine durchquert hatte ...

*

Als ihm das goldene Funkeln aufgefallen war, hatte er es zunächst für ein Spiel der Sonnenstrahlen oder vielleicht einen verlorenen Concho vom Sattel eines Reiters gehalten. Seinen Irrtum hatte er kurz darauf bemerkt. Erst viel später wurde ihm hingegen klar, dass das Gold, das er gefunden hatte, nur der erste Bote jener großen Gier gewesen war, die Kalifornien in den kommenden Monaten befiel.

Binnen kürzester Zeit hatte sich an dem Fluss eine kleine Siedlung gebildet. Der winzige Nugget hatte ihn nicht über Nacht reich gemacht, ihm aber viele neue Freunde beschert. Mit den meisten verstand Fernando sich gut, viele waren Kalifornier oder *Mestizos* wie er, und abends nach der Arbeit, wenn sie ihre Siebe vor der kleinen Küche abgelegt hatten, saßen sie beisammen und lachten, aßen *Caldo tlalpeño*, spielten Musik, träumten von der Zukunft und tranken Ale aus flusskalten Flaschen. Nur von ihrem Schnaps wollten die anderen Männer ihm nichts abgeben, dazu war er noch zu jung.

Manchmal kam es Fernando so vor, als hätte er wieder eine Familie gefunden.

Da die Vereinigten Staaten den Krieg inzwischen gewonnen hatten, waren es dieses Mal folgerichtig Amerikaner, die den Traum zerstörten. Davon abgesehen waren sie keinen Deut besser als die Banditen, die einst den Rancho heimgesucht hatten. Ein paar waren ehemalige Soldaten, die noch ihre zerrissenen Uniformen trugen und nicht gut auf Mexikaner – oder wen sie dafür hielten – zu sprechen waren. An ihrem Gold jedoch hatten sie nichts auszusetzen.

»Eure Zeit ist vorbei«, riefen sie, diesmal auf Englisch. »Ihr gehört hier nicht her!«

Es kam Fernando alles schrecklich bekannt vor.

Abermals war Fernando der Einzige, der mit heiler Haut entkam. Und abermals stellte er den Banditen nach – freilich ohne eine Ahnung, was er tun würde, wenn er sie denn einholte. So folgte er ihnen wochenlang durch Gebirge und Wüsten und schlief im Schutz von Büschen am Wegesrand.

Und er war nicht allein.

Er bemerkte den geheimnisvollen Fremden eines Nachmittags, als er dem Lager der Banditen schon ganz nahe war. Oder vielleicht wäre es richtiger zu sagen, dass es der Fremde war, der Fernando bemerkte, denn ehe er sich's versah, blickte er in den doppelten Lauf seiner Flinte. Der Fremde war gekleidet wie ein *Vaquero,* ein mexikanischer Rinderhirte. Den breitkrempigen Sombrero hatte er tief in die Stirn gezogen, sodass sein Gesicht im Schatten lag, die hohen Stiefel endeten in eleganten Spitzen. Das Holster unter dem langen Mantel saß hoch auf der Hüfte, damit er es beim Reiten besser erreichte. Auf der Brust trug der Fremde einen fünfzackigen Silberstern.

»Sieht so aus, als hätten wir die gleiche Absicht, Junge«, flüsterte er.

»Meine Absicht ist es, diese Männer dort zur Rechenschaft zu ziehen«, erwiderte Fernando.

»Das musst du mir erklären, Junge. Es ist ohnehin noch etwas früh für einen Angriff.«

Der Fremde ließ die Flinte sinken und führte ihn ein Stück vom Lager der Banditen fort, damit sie sich unterhalten konnten. Dort wartete ein schöner weißer Hengst auf sie. Der Fremde pfiff ihn zu sich, und der Hengst kam und ließ sich von Fernando streicheln.

Fernando erzählte, was ihm widerfahren war und wie ihm immer wieder alles, was er fand, genommen wurde. Der Fremde hörte aufmerksam zu und nickte mitfühlend.

Dann war es an ihm, seine Geschichte zu erzählen.

Der Name des Fremden war Reid, und er war ein Ranger. Den Texas-Stern auf seiner Brust hatte er sich aus einer mexikanischen 5-Peso-Münze geschnitten. Das Abzeichen gebe eine gute Zielscheibe ab, sagte er, aber er habe seine Prinzipien.

»Ich kenne diese Männer aus dem Krieg. Wir kämpften in der Schlacht von Monterrey.«

»Monterey?«, fragte Fernando verblüfft. »Unser Monterey?« Denn die einzigen Schüsse, die dort bei der Eroberung durch die U.S. Navy gefallen waren, hatten der neuen Flagge der Stadt als Salut gegolten.

»Nein, nicht Monterey«, sagte der Ranger. »Monterrey – unten in Mexiko.«

Und da kam sich Fernando auf einmal sehr dumm vor, denn ihm dämmerte, was er mit dreizehn falsch verstanden hatte, als er das erste Mal ausgezogen war, um Banditen zu jagen. Er hatte sich bloß um etwa fünfzehnhundert Meilen verschätzt.

»Wir standen unter dem Befehl von General Taylor«, fuhr der Ranger fort.

»Dem Präsidenten?«, fragte Fernando mit großen Augen.

»Zachary Taylor, so wahr ich hier stehe. Er schenkte mir mein Pferd. Sein Name ist Moonchild.«

Fernando schüttelte verwirrt den Kopf. »Aber wenn Sie alle für den Präsidenten kämpften, dann sind diese Männer Ihre ... Kameraden?«

Der Ranger lächelte traurig. »Ja und nein. Bloß weil wir gemeinsam kämpften, sind wir keine Freunde. Vielleicht waren wir noch nicht einmal im Recht. Manchmal gibt es kein Gut und kein Böse, weißt du? Glaub mir, das einzusehen, fällt oft sehr schwer.«

Unsicher erwiderte Fernando das Lächeln.

»General Taylor handelte den Waffenstillstand aus, der den Mexikanern einen würdevollen Abzug ermöglichte. Damals war er noch kein Präsident, und der Präsident war ziemlich wütend, dass der General einfach so Frieden schloss. Er sagte sinngemäß, als General habe man nicht zu verhandeln, sondern zu töten und den Mund zu halten. Das verstanden ein paar von Taylors Männern als Einladung und sie fielen über die Stadtbevölkerung her.«

Fernando schwieg betroffen. Damals, auf dem Rancho des alten Guillermo, hatten sie sich gewünscht, dass die Vereinigten Staaten den Krieg gewinnen würden. Was damals in Mexiko in amerikanischem Namen geschah, das hatten sie nicht geahnt.

»Heute ist Taylor Präsident, doch diese alte Sache nagt an ihm. Er hat die Kriegsverbrechen nie verurteilt – ein paar der Verbrecher aber sind danach desertiert und ziehen jetzt plündernd durchs Land. Für ihn war das der Vorwand, den er brauchte, seine alte Rechnung zu begleichen. Also schickte er mich und noch ein paar Ranger. Leider ging die Suche länger als gedacht, und heute bin bloß ich noch übrig.«

»Und Ihre Suche führte Sie hierher?«, fragte Fernando. »Bis nach Kalifornien?«

Reid machte eine Geste, die die Berge, die Felsen, die Wüste und die kargen Sträucher mit einschloss. »Wer sonst sollte es tun? Ihr bräuchtet wirklich eure eigenen Ranger, Junge!«

»Ich möchte helfen«, sagte Fernando.

Der Ranger schaute ihn ernst an. »Bist du dir sicher?«

»Ich kenne diese Männer«, sagte Fernando. »Das heißt, nicht persönlich. Irgendwie scheinen es aber immer dieselben zu sein, wohin man auch kommt.«

»Nimm es dir nicht zu Herzen.« Reid legte ihm die Hand auf die Schulter. »Solche Männer gibt es überall – und an die Mächtigsten kommst du nur selten ran. Zu lange haben wir das Land in den Händen von Gesetzlosen gelassen, für die ihre Mitmenschen nur Marionetten sind, die sie tanzen lassen. Und wenn sie sie nicht mehr brauchen, schneiden sie ihnen die Fäden durch! Was sagst du: Wollen wir ein paar Puppenspielern das Handwerk legen?«

Fernando war sich nicht sicher, ob er verstand, was der Ranger meinte. In seinen Augen waren die Übeltäter selbst nur Marionetten – Gefangene ihrer Gier und ihres Hasses. Doch genau deshalb durfte man sie nicht gewähren lassen.

»Wenn nicht, dann werde ich ihnen nie entkommen.«

»Also gut.« Der Ranger drückte ihm die Flinte in die Hand. »Kannst du mit so was umgehen?« Fernando überprüfte Hahn und Schloss und nickte – mit einer solchen Waffe konnte auch ein ungeübter Schütze nicht viel falsch machen. »Dann gibst du mir Feuerschutz, und ich kümmere mich um alles weitere.«

Nach Einbruch der Dunkelheit pirschten sie sich an die Banditen heran: Fernando mit der doppelläufigen Flinte und Reid mit Büchse und Revolver bewaffnet. Der Ranger verstand sein Geschäft; sie kamen den Männern, die teils trinkend, teils dösend um ein Feuer saßen, so nahe, dass Fernando meinte, die Hand nach ihnen ausstrecken zu können. Sein Herzschlag dröhnte in seinen Ohren.

Reid war ein Mann des Gesetzes – deshalb eröffnete er nicht einfach das Feuer, sondern rief die Männer an. Diese aber ließen keine Zweifel daran, was sie von Gesetzen hielten. Kaum hatten sie den Ranger entdeckt, flogen die Kugeln.

Wie Reid es ihm aufgetragen hatte, feuerte Fernando hinter seinem Baum blindlings ins Lager, um vom Ranger abzulenken. Er feuerte, dann feuerte er abermals, dann wollte er nachladen, doch da war es schon vorbei. Es konnte höchstens eine halbe Minute vergangen sein, doch Fernando kam es vor wie ein ganzes Leben.

Vorsichtig lugte er aus seiner Deckung hervor. Die Banditen lagen niedergestreckt am Boden.

Nachdenklich schritten er und Reid durch ihre Reihen. Gerade hatte Fernando einen Rest des Goldes gefunden, das man ihm gestohlen hatte, und wollte es an sich nehmen, als der Ranger ihn mit einem Schrei beiseitestieß.

Zwei Schüsse fielen.

Beide fanden ihr Ziel.

»Schätze, das war mein letzter Ritt«, flüsterte Reid kurz darauf, den Kopf in Fernandos Schoß gebettet. Fernando rannen die Tränen übers Gesicht, denn der Ranger hatte ihm wahrscheinlich das Leben gerettet; und er spürte, dass hier etwas zu Ende ging, das größer war, als er erfassen konnte.

Reid griff an seine Brust und löste den silbernen Stern von seinem Hemd. »Wenn du jemals Präsident Taylor begegnest, wirst du ihm den geben?«

Fernando nickte.

»Und gibst du auf Moonchild acht?«

»Das werde ich«, versprach Fernando schluchzend.

»Du bist ein guter Junge«, sagte der Ranger. »Glaube weiter an die Gerechtigkeit … und gib nie auf!«

Fernando versprach ihm auch das.

Dann starb der Ranger in seinen Armen.

Fernando hob ein Grab für ihn aus und legte Steine darauf, wegen der wilden Tiere. Die Leichen der Banditen ließ er liegen, denn es waren zu viele. Reids Flinte und das Gold, verwahrt in einer kleinen Tabakdose, nahm er an sich.

Dann ging er zu Moonchild und erzählte ihm, was mit seinem Herrn passiert war. Der Hengst ließ ihn aufsteigen und sie ritten davon – zurück nach Norden, Richtung Monterey.

Er war zwei Tagesritte weit gekommen, als er in den Hinterhalt geriet.

*

Vielleicht war ihnen einer der Banditen entkommen. Vielleicht hatte ihn irgendwer sonst für leichte Beute gehalten. Er wusste nur, dass ein umgestürzter Baum ihn gezwungen hatte, langsamer zu reiten, als hinter einem Felsen unvermittelt ein Schuss fiel und ihn in die Seite traf. Im nächsten Moment sprang Moonchild über den Stamm, so schnell wie das Mondlicht, das ihm seinen Namen lieh, und trug ihn in Sicherheit.

*

Fernando hatte kaum noch die Kraft, sich im Sattel zu halten, als er die Lichter vor sich im Sturm entdeckte. Sie bewegten sich in perfektem Einklang, als ritten zwei Männer mit Laternen nebeneinander, die jede Bewegung gemeinsam ausführten.

Der Sturm hüllte ihn ein wie ein Schwarm wilder Raben, schlug und zwickte und zerrte an seiner Kleidung. Der Regen rann an seiner Nase, seinen Händen, den Zügeln herab.

Moonchild lief mit gesenktem Kopf, und die starken Schultermuskeln unter dem nassen Fell arbeiteten unermüdlich. Der Boden war nun ebener; vielleicht hatten sie einen Pfad gefunden. Die Klippen mussten schon gefährlich nahe sein. Fernando versuchte zu erkennen, wo sich der Abgrund zum nächtlichen Meer hin auftat, doch es war zu dunkel. Zwar glaubte er ein fernes Brausen zu hören ... aber das mochte bloß eine neue Melodie des Windes oder des nahen Ozeans sein. Die Wunde an seiner Seite pochte mit jedem Herzschlag.

Die Lichter kamen sehr schnell näher. Die Präzision der beiden Reiter war beachtlich. Vielleicht konnten sie ihn zu ihrer Behausung oder der nächsten Siedlung mitnehmen ...

»Hola!«, rief Fernando aus Leibeskräften. »Hierher!«

Nun hörte er eindeutig ein tiefes Brummen, eingebettet in den heulenden Wind, lauter und lauter. Er konnte das Geräusch nicht einordnen. Es klang nicht, als wäre es natürlichen Ursprungs – eher wie ein indianisches Schwirrholz, das man immer schneller und schneller im Kreis dreht ...

Da sprang ihn ein schwarzer Schatten aus der Nacht an, so groß wie zwei Bisons, ein jedes mit einem gleißenden Licht auf der Stirn, und er stieß einen Schreckensschrei aus. Die Böe, mit der die geisterhafte Erscheinung an ihm vorüberrauschte, war selbst im Sturm noch wahrnehmbar. So musste es sein, wenn man einer Eisenbahn in die Quere kam …

Wiehernd bäumte Moonchild sich auf. Fernando fiel und riss schützend die Arme vor den Kopf. Das Letzte, woran er im Fall noch dachte, war die Gitarre auf seinem Rücken; das Letzte, was er sah, als er aufschlug, war der weiße Hengst, der in der sturmgepeitschten Nacht verschwand.

Es tut mir leid, dachte er, an den Ranger gerichtet. *Schätze, das war auch mein letzter Ritt …*

Etwas fehlt noch, sagt Mira. Das Bild ist noch immer nicht komplett. Zeig mir den Rest ...

STEPHANIE
ZWEIUNDSIEBZIG JAHRE DAZWISCHEN

Rince prahlte wieder.

Eigentlich hatte er bereits den ganzen Weg bis Monterey nichts anderes getan, als zu prahlen – aber seit er den Laster tatsächlich im genannten Lagerhaus am Hafen gefunden hatte, war sein Ego kaum noch auszuhalten.

Jedoch, wie ihre Mutter stets betont hatte, man suchte sich nicht aus, wen man liebte.

Man konnte sich höchstens aussuchen, wann.

»Baby, wir werden reich sein«, setzte Rince seinen Sermon fort. »Ich habe immer gesagt, uns steht eine goldene Zukunft bevor! Wann habe ich dich je enttäuscht?«

»Rince, Liebes, du sollst doch keine Fragen stellen, auf die du die Antwort nicht hören willst«, erinnerte sie ihn. »Wieso erzählst du mir nicht endlich, was wir eigentlich transportieren? Und solltest du den Laster nicht eigentlich nach Reno bringen?«

»Wir fahren genau in die richtige Richtung«, versprach er ihr. »Und was wir transportieren, wirst du sehr bald schon sehen. Ich verspreche dir, du wirst Augen machen!«

Stephanie seufzte. Rick »Rince« Vincent III. hatte noch nie der Versuchung widerstehen können, im Rampenlicht zu stehen. Das hatte sich in jungen Jahren schon gezeigt, als er versucht hatte, sich als Komiker auf den billigsten Bühnen Chicagos durchzuschlagen. Genau dort hatte sie ihn auch kennengelernt. Damals hatte er noch fest daran geglaubt, dass jemand seine Witze lustig fand – und sie, dass sich der Weg in ein besseres Leben mit ehrlicher Arbeit erkellnern ließ. Heute war er nach Meinung seines großen Vorbilds Al Capone der unterschätzteste Kleinkriminelle in mindestens drei

Staaten, und Stephanie – in jeder Hinsicht außer einer so viel weiser – sein einziges Publikum.

Sie schaute aus dem Fenster, wo der Regen niederging und sich ärmliche Hütten unter ihren baufälligen Dächern in den Schlamm kauerten. »Das sieht aber nicht aus wie der Weg nach Reno.«

»Das ist er auch nicht. Schon lange nicht mehr.«

»Ich wiederhole mich ungern, aber wenn das die richtige Richtung ist, doch nicht der Weg nach Reno – wobei Reno ist, wohin wir den Laster bringen sollen –, dann lässt dies nur den Schluss zu, dass du es nicht für richtig hältst, den Laster nach Reno zu bringen. Warum sagst du mir nicht einfach, was du vorhast?«

Statt einer Antwort beugte Rince sich zu ihr und gab ihr einen Kuss. Der Laster hüpfte über einen Stein, und sie stießen mit den Schneidezähnen zusammen.

»Autsch!«

»Unsere Zukunft liegt nicht in Reno.« Rince grinste und trommelte auf das Lenkrad. »Sondern eine Stunde in dieser Richtung.« Er deutete voraus in den Regen. »Vielleicht auch zwei.«

Stephanie machte große Augen. »So wie ich das sehe, liegen dort vor allem noch mehr Baustellen und Arbeitersiedlungen.« Schaudernd dachte sie an die düsteren Gesichter und die rostigen Dampfmaschinen zurück, die sie die letzte Stunde passiert hatten. »Und ziemlich viele Schluchten und Klippen, die es mir wie eine reichlich schlechte Idee erscheinen lassen, bei diesem Wetter weiter auf einer unbefestigten Straße zu fahren.«

Wie um ihre Meinung zu bekräftigen, holperte der Laster über eine wacklige Holzbrücke, die einen der zahlreichen Creeks des Hinterlands überspannte. Stephanie war sich nicht sicher, welcher es war, und die zerknitterte Landkarte gab wenig Aufschluss; Rocky oder Bixby Creek wahrscheinlich. In jedem Fall gab es dort draußen gerade mehr Wasser, als ihr lieb war. Die Brücke knarrte und schwankte im Sturm, und nur unter Protest zog der heulende Motor sie hinüber auf die andere Seite. Auf der Ladefläche unter der Plane rumpelten die Kisten.

»Vertrau mir.«

»Was hatten wir noch gleich da hinten geladen?«

Er grinste. »Unsere Zukunft, Baby. Dort hinten liegt unsere Zukunft.«

»Aber nicht in Reno«, vergewisserte sie sich. »Sondern drei Stunden in dieser Richtung durch die Wildnis.«

»So ist es.« Rince klang überaus zufrieden mit sich.

Sie versuchte einen neuen Anlauf. »Woran erkennen wir unser Ziel?«

Ein weiterer Fingerzeig voraus. »Ein Licht wird uns den Weg weisen.« Er bemerkte ihren zweifelnden Gesichtsausdruck. »Na schön – es ist auch deine Zukunft, also sollst du alles wissen.«

Erwartungsvoll blinzelnd schaute sie ihn an. Männer wie Rince brauchten so viel Bestätigung. So viel Pflege. So viel Geduld.

»Wir fahren den Laster nicht nach Reno, weil wir ihn an die Küste fahren. Ich meine, klar, ein paar Leute in Reno werden ziemlich sauer sein, aber wieso sollen wir ihnen den Gefallen tun, die ganze Arbeit für sie zu erledigen?«

»Ich kann dir nicht ganz folgen, Liebes. Sie haben dir einen Job gegeben, oder nicht?«

Er nickte, wirkte allerdings wenig erfreut, daran erinnert zu werden. »Das dachte ich auch erst, aber dann kam mir ein anderer Gedanke. Ich dachte: Wieso soll ich bloß den Fahrer spielen, wenn ich das Geschäft auch selbst abwickeln kann?«

Stephanie wusste keine Antwort darauf. Schon deshalb nicht, weil sie ja nicht wusste, was das Geschäft eigentlich war.

»Also habe ich ein paar Kontakte spielen lassen«, fuhr Rince fort. »Wir bringen die Ware nicht nach Reno, sondern verkaufen sie selbst.«

»Hier? In dieser Gegend?«

»Wir treffen unseren Mann ein Stück weiter im Süden an der Küste. Er kommt mit einem Schiff.«

»Hierher«, wiederholte sie. »Mit einem Schiff. Bei diesem Wetter.«

Er schnaubte ungeduldig. »Mag sein, dass das Schiff sich ein bisschen verspätet …«

Sie seufzte.

»Verdammt, freust du dich denn gar nicht?«, brauste er auf. »Das ist unsere Chance! Unser Durchbruch! Dieser Deal wird uns reich machen, und wir können gehen, wohin immer wir wollen! Hast du dir nicht genau das immer gewünscht?«

Sie starrte aus dem Fenster in den Regen und suchte nach der passenden Antwort. Er hatte ja recht: Sie hatte sich immer gewünscht, Geld zu haben und ein neues Leben zu beginnen. Ein bisschen was von der Welt zu sehen und sich dann irgendwo niederzulassen. Deshalb hatte sie ihn auch in den Westen begleitet, als er die Möglichkeit gewittert hatte, sich einen Namen zu machen. Rince schien den richtigen Riecher für lukrative Geschäfte zu haben, das hatte er mehr als einmal bewiesen. Aber manchmal konnte er so verdammt ... *naiv* traf es nicht ganz ... sorglos? Übermotiviert sein?

Sie kannte seine neuen Partner in Reno nicht – doch dank der alten Freunde in Chicago wusste sie, wie es aussah, wenn jemand mit einer Menge Löcher im Bauch in einer Gasse verblutete. Und sie hatte sich geschworen, dass sie das nicht so schnell wieder erleben wollte.

»Ich hätte es dir nicht erzählen sollen«, maulte er.

Du hättest mir überhaupt etwas erzählen sollen, dachte sie. *Und zwar gleich.*

»Ich freue mich«, versicherte sie ihm stattdessen und legte ihm die Hand auf die Schulter. »Schließlich bist du doch mein Rince.«

»Der Mann, den Al Capone seinen linken Daumen nannte«, rief er ihr ins Gedächtnis.

»Ich erinnere mich.« Allerdings hatte sie nie recht begriffen, weshalb er so verdammt stolz darauf war. Al war betrunken gewesen, umringt von Untergebenen, die sich darum gerissen hatten, seine rechte Hand oder wenigstens sein Fuß oder etwas in der Art zu sein, und Al waren schlicht die Körperteile ausgegangen. Bis die Reihe an Rince kam, waren nur noch die weniger schmeichelhaften Bereiche seiner Anatomie geblieben, und Stephanie war bis heute nicht restlos überzeugt, dass Rince sich damals nicht verhört hatte.

Abermals gab er ihr einen Kuss. Der Laster täuschte einen weiteren Hüpfer an, doch diesmal vollzog sich der Lippenkontakt ohne dentale Schäden.

»Wenn du dich freust, was belastet dich dann so?«, fragte er.

Sie wählte ihre Worte mit Bedacht. »Ich mache mir bloß Sorgen, dass dir etwas passiert.«

»Was sollte mir schon passieren?«, fragte er ehrlich verwundert. Dann fuhr er ihr mit der Hand durchs Haar wie einem kleinen Jungen. »Ich gebe schon auf dich acht. Auf uns beide.«

Sie schluckte die Erwiderung hinunter. Das war wieder so typisch: sein Problem zu ihrem zu machen. Wenn einer von ihnen Schutz brauchte, dann er – vor allem vor sich selbst.

»Ich mache mir keine Sorgen um *uns*«, sagte sie. »Aber vielleicht um den Laster. Die Gegend hier ist die reinste Wildnis ...«

»Wenn sie erst den neuen Küstenhighway gebaut haben, wird sich das ändern.«

»Ja, aber jetzt ...«

»Ich habe gehört, dass sie schon überlegen, ob sie nicht Sträflinge zur Arbeit einsetzen sollen. Die armen Schweine!« Er prustete vergnügt.

»Auch das Schiff wird Schwierigkeiten haben, bei diesem Wetter die Küste anzulaufen ...«

»Genau dafür gibt es Leuchtfeuer. Bei so einem treffen wir uns.«

Sie schüttelte den Kopf. »Du glaubst wirklich, dass sie kommen? Und dass sie die Abmachung einhalten? Was, wenn sie sich dasselbe sagen wie du? Was, wenn sie sich sagen: Warum sollten wir diesem dahergelaufenen Fremden ...«

»Ich bin kein Fremder für sie. Sie kennen mich.«

»Schön«, lenkte sie ein. »Was, wenn sie sich sagen: Warum sollten wir diesem überaus bekannten Schmuggler, diesem *Rince,* dem Mann, den Al Capone seinen linken Daumen nannte, seine Ladung – die er eigenhändig gestohlen hat! – abkaufen, wenn wir sie ihm auch einfach abnehmen und selbst verscheuern können?«

»Schau mal ins Handschuhfach.«

»Was ...«

»Schau einfach ins Handschuhfach.«

Stephanie gehorchte.

Im Handschuhfach lag ein Revolver. Stephanie wusste nicht, was für ein Revolver es war, aber er war klein und schwarz und tödlich und löste eine Vielzahl widerstreitender Gefühle in ihr aus. Eine gewisse Faszination war dabei, eine leichte Erregung; vor allem jedoch Sorge, dass sich eine solche Waffe im Besitz eines Mannes wie Rince befand.

»Siehst du?«, freute sich Rince, der ihr Schweigen als Stolz missdeutete. »Mit uns legt sich besser niemand an.«

»Hoffen wir, dass wir das Schießeisen nicht brauchen«, sagte sie diplomatisch, um ihn nicht weiter zu verunsichern.

Eine Weile sah sie schweigend aus dem Fenster. Sie waren einen weiten Umweg gefahren, um den letzten Canyon zu überqueren, und Berge, Wälder und Regen bildeten ein schwer zu lesendes Muster aus nahen und ferneren Schatten. Der Wind riss das Licht der Scheinwerfer davon, kaum dass es auf die ersten Tropfen traf. Die Straße unter den Reifen war ein einziger Morast, immer wieder drehten die Räder durch und der Motor heulte auf. Sie fragte sich, ob Rinces Abnehmer nicht einen leichter erreichbaren Treffpunkt hätten wählen können, und ob er überhaupt noch wusste, wo sie sich befanden.

Dann meinte sie vor sich die Umrisse der Küste zu erahnen: schroffe Felsen, die in die Tiefe abfielen und den Weg hinaus auf den schwarzen Ozean wiesen. Tatsächlich glaubte sie auch eine Lichtquelle auszumachen; eins der Leuchtfeuer wahrscheinlich, welche die gefährlichen Landungsstellen markierten, von denen die wenigen Bewohner dieser gottverlassenen Gegend abhängig waren, wenn die Straßen im Winter unpassierbar wurden.

Rince hatte das Licht wohl ebenfalls gesehen, denn er steckte sich zufrieden eine Zigarette in den Mund. Dank der holprigen Straße vollzog sich das Entzünden jedoch nicht halb so lässig wie geplant. Ein strenger Geruch breitete sich in der Kabine aus, als eine Strähne seines dunklen Haars zum Raub der Flammen wurde und Rince das Streichholz fluchend fallen ließ.

»Nimm es mir nicht übel, Liebes ... aber ist das deine neue Pomade, die da so riecht?«

»Erhöhter Fettgehalt«, erklärte er stolz und strich sich das versengte Haar aus der Stirn. »Beste Qualität.«

Das Rumoren in ihrem Magen war anderer Ansicht. »Es riecht fast wie Gänsebraten ...«

»Nicht Gans«, belehrte er sie. »Ente.«

»Liebes«, versuchte sie. »Findest du wirklich, dass ...«

Sie sprach den Satz nie zu Ende, weil in diesem Moment wie aus dem Nichts ein Pferd vor ihnen auf die Straße sprang. Es war ein schöner Schimmel, genauso erschrocken wie sie beide. Es gab keinerlei Erklärung dafür, wo er auf einmal herkam; von daher zeichnete er sich in diesem Augenblick auch weniger durch seine Schönheit als durch seine schiere unvermittelte Präsenz aus, als er sich auf die Hinterbeine aufbäumte und nach ihrem Laster trat.

»Was zum ...!«, schrie Rince, um Haaresbreite klüger als das Pferd, und riss das Lenkrad herum, um dem Schimmel auszuweichen.

»Rince! Pass auf den Hang auf!«

Doch da war es schon zu spät: Der Laster kam von der Straße ab und raste querfeldein durch Büsche und Schlaglöcher. Ein Reifen platzte, dann noch einer. Halb rollten, halb rutschten die Räder durch den Schlamm, direkt auf einen Umriss zu, den Stephanie zunächst für einen Baum hielt und dann – nur Sekundenbruchteile, bevor sie ihn rammten – als eine alte Aermotor-Windpumpe erkannte, wie man sie häufig auf dem Land sah.

Stephanie stieß einen spitzen Schrei aus. Das fragile Gestell knickte ein, die Flügel barsten, um vom Sturm wirbelnd davongetragen zu werden.

Immer noch schossen sie voran, obwohl Rince mit beiden Füßen auf die Bremse trat und ebenfalls aus Leibeskräften schrie; dann sah Stephanie vor sich das Meer, der Laster schlitterte das letzte Stück, die Vorderräder hingen plötzlich in der Luft und der Abgrund unter ihnen gähnte so jäh wie die völlige Ratlosigkeit in ihrem Verstand.

In der Pause zwischen zwei Herzschlägen dachte sie noch, dass sie gerne erfahren hätte, ob Rinces Plan für ihre Zukunft wirklich besser gewesen wäre als dies.

Dann blieb die Hinterachse mit einem heftigen Ruck an einem Felsen hängen, Stephanie schlug mit dem Kopf gegen die Scheibe und versank in der Schwärze.

ERSTER TAG

WELT
UNTER DEM
WINDE

MIRA

»Ariel?«, flüsterte Mira. »Bist du da?«

Erst kam keine Antwort, doch Mira spürte, wenn der Geist in der Nähe war, gleich, welche Gestalt er sich gerade gab. Sie nahm seine Präsenz wahr wie einen fernen Duft, einen Schatten über der Wiese, eine halb geträumte Melodie. Sie konnte selbst nicht sagen, welcher ihrer Sinne genau auf den Geist reagierte.

Eine Weile schaute sie auf das Meer hinaus, ließ die Beine baumeln und flocht einen Kranz aus den Gänseblümchen, die sie auf dem Weg gesammelt hatte. Der Klippenrand war einer ihrer Lieblingsorte: umgeben von farbenfroh blühenden Kräutern, unter ihr die sonnenbadenden Seehunde am Strand, über ihr die Möwen scheinbar reglos in der Luft. Die Sturmwolken hatten sich an den westlichen Rand der Welt zurückgezogen und bildeten ein schwarzes Band über dem Pazifischen Ozean, das sich wie eine raublustige Piratenflotte entfernte. Natürlich verschwanden die Ausläufer nie vollständig: Der Sturm währte ewig – er begrenzte Miras Welt. Doch an Tagen wie diesem, an denen die Morgensonne das regennasse Gras wärmte und der Seewind die Träume des Dorfes mit dem Versprechen von Leben lockte, konnte Mira fast vergessen, dass die Welt unter dem Winde für sie ein Gefängnis war.

Und wie einsam sie sich manchmal darin fühlte.

Du bist nicht allein, sagte Ariel und schmiegte sich unter ihre Hand.

Lächelnd legte sie die Blumen beiseite und strich dem Fuchs über den weichen grauen Pelz. Dies war eine seiner häufigsten Erscheinungsformen, wenn er zu ihr kam. Ariel war ein Geist dieses Ortes, ein Geist der Natur und Elemente: Er war Füchse und Hirsche und Falken und die See und der Himmel. Er konnte mit dem Land verschmelzen und es beherrschen. Das Einzige, was er nicht war, war ein Mensch – und das Einzige, was er nicht konnte, war, diesen Ort zu verlassen.

In dieser einen Hinsicht war er Mira fast ähnlich.

»Hast du den Sturm gestern gerufen?«, fragte sie den Geist, obgleich sie die Antwort schon kannte.

Hat er dir gefallen?, fragte Ariel, wie immer eine Stimme in ihren Gedanken, und rieb den Kopf an ihr wie eine Katze. Dann ließ er sich neben ihr nieder, die spitze Schnauze ordentlich auf den Pfoten, die Augen wohlig geschlossen, während sie ihn hinter den Ohren kraulte.

»Es war ein heftiger Sturm. Vater wollte nicht, dass ich nach draußen gehe, und mein Haus schaukelte die ganze Nacht wie wild.«

Es hat zu keinem Zeitpunkt eine Gefahr für dich bestanden, versicherte ihr Ariel, der ihr Leben lang auf sie achtgegeben hatte. *Aber es war nötig, damit der Sturm auch über dem Winde weht.*

›Über dem Winde‹ lag die Welt, aus der ihr Vater und sie einst gekommen waren und an die Mira nur undeutliche Erinnerungen besaß.

»Du hast die Welten in Deckung gebracht?« Mira wusste, dass dies in Ariels Macht stand: Ariel befehligte den Sturm und konnte ihn auf beiden Seiten rufen, um eine Verbindung zu schaffen, so wie er es damals für ihren Vater getan hatte. Auf ihrer Seite tobte der Sturm ohne Unterlass, selbst wenn er bis zum Horizont zurückwich; lief man weit genug in jedwede Richtung, würde man stets auf die magischen Gewalten stoßen, die Ariel vor zwölf Jahren entfesselt hatte, und die sie seither umschlossen wie ein Schiff in seiner Flasche. Ein paarmal hatte Mira jene magische Schwelle aufgesucht, jenseits derer nur Trugbilder und das Brüllen der überirdischen Mächte wirbelten; und im Gegensatz zu allem anderen in Ariels Reich hatte es ihr Angst gemacht.

Der graue Fuchs hob kurz den Kopf, als hätte er etwas gehört oder sich an etwas erinnert, dann besann er sich anders und legte sich wieder hin.

»Hat Vater dich also darum gebeten?«, forschte sie weiter, als der

Geist keine Antwort gab. Nichts in der Welt unter dem Winde geschah ohne Vaters Wunsch. Der Sturm, das Dorf und die Träume, die darin lebten – all das existierte nur seinetwegen; selbst die Wahngebilde an den Grenzen ihrer Welt waren Vaters. Auch das war etwas, das ihr manchmal Angst machte.

Nun, wie du schon sagtest: Er wollte nicht, dass du das Haus verlässt. Natürlich war der Sturm sein Wunsch.

»Aber wieso?«, fragte sie.

Ich denke, das will er dir selbst erklären. Wir werden vielleicht bald schon Gäste haben.

»Gäste?«, fragte Mira aufgeregt und erstarrte. Ariel tat, als hätte er nichts gesagt, und wartete darauf, dass sie ihn weiterkraulte.

»Wir haben Gäste?«, wiederholte sie und legte die Hände vor den Mund. »Wer sind sie? Wie viele? Wann sind sie hier?«

Mit leisem Seufzen schlug Ariel die Augen auf und schaute zu ihr auf. *Sie reisen auf unterschiedlichen Wegen. Bald wirst du mehr erfahren …*

»Jetzt gleich!«, beharrte sie, ehe der Geist neue Ausflüchte fand. Sie hatte immer gehofft, dass eines Tages andere den Weg zu ihnen fanden. Zwölf Jahre hatte sie darauf gewartet …

Eine Weile hörte sie nichts als das Lied des Windes auf den Klippen und das Tosen der Brandung, die sich in der Tiefe an den Felsen brach.

»Ich will es sehen«, sagte Mira. »Zeig es mir. Zeig mir alles!«

Sie spürte ihren Herzschlag und ein Rauschen erfüllte ihre Ohren. Dann gehorchte der Geist, nicht ohne sich zunächst zu recken und zu strecken. Ungeachtet des tiefen Abgrunds unter ihnen strich er über ihren Rock und ihre Beine, setzte sich auf ihren Schoß und schaute sie skeptisch an, ein kleiner sturmgrauer Körper vor dem weiten, klaren Himmel; doch mächtig genug, diesen Himmel auf die Erde herabzuzwingen.

»Bitte«, fügte Mira hinzu.

Also schön. Aber sag es deinem Vater nicht …

Mira begegnete Ariels Blick, sah in seine regenkalten Augen. Im nächsten Moment brachen die Eindrücke über sie herein wie ein Wintersturm. Mira war zumute, als wäre sie im Inneren einer Schneekugel gefangen, die Ariel sachte für sie schüttelte.

Und sie sah: einen glänzend schwarzen Wagen, größer als alle Autos, die sie je gesehen hatte, begraben unter einem umgestürzten Baum. Es musste noch gestern Abend sein, denn es regnete, und das einzige Licht kam von den Scheinwerfern des Wagens und dem Flackern der Blitze. Zwei Frauen und drei Männer in vorwiegend dunkler Kleidung kämpften sich aus dem Wagen. Von den Frauen war eine deutlich älter als die andere; sie hatte rote Locken und wartete auffordernd, bis man ihr die Äste beiseitehielt, ehe sie ausstieg. Die andere Frau, anscheinend die Fahrerin, war kaum älter als Mira und trug als Einzige weiß, von ihren Schuhen bis zu dem Regenschirm, den sie nun aufspannte.

Auch die Männer waren sehr verschieden. Zwei waren dunkelhäutig, der kräftige Ältere befehlsgewohnt in seinem Gebaren, während der schlankere Junge Abstand zu ihm hielt. Der dritte Mann, welcher der Frau aus dem Wagen geholfen hatte, wirkte noch älter mit seinem schütteren Haar und dem ergrauten, buschigen Schnurrbart. Im Schutze des Schirms, ihrer Hände und Jacken stolperten sie fort von dem beschädigten Wagen, tiefer in den Wald …

Das Bild verwehte.

»Du hast mir noch nicht alles gezeigt«, stellte Mira fest.

Der Geist gab keine Antwort, doch sein Schweigen verriet ihr, dass sie recht hatte. Sie gestattete sich ein siegesgewisses Lächeln.

»Wer noch?«, fragte sie. »Wer war noch dabei?«

Ein neues Bild flog ihr zu, und Mira sah, was den Unfall verursacht hatte: ein junger Reiter auf einem weißen Pferd, gekleidet wie ein Cowboy; er hatte dunkles Haar, das er zu einem kurzen Pferdeschwanz gebunden hatte, und hielt sich die Seite, als litte er große Schmerzen. Sein Pferd erschrak über den Wagen, und selbst Mira erkannte auf den ersten Blick, dass beide nicht in dieselbe Welt gehörten. Dem Jungen fehlte die Kraft, das Tier unter Kontrolle zu halten, als die Wirklichkeiten sich kreuzten, und so fiel er, fiel in den Regen, während der Wagen aus der schicksalhaften Weltenscheide glitt und das Pferd allein weitergaloppierte …

»Etwas fehlt noch«, sagte Mira. »Das Bild ist noch immer nicht komplett. Zeig mir den Rest ...«

... galoppierte, nur um abermals jemandes Weg zu kreuzen: diesmal den eines altertümlichen Lastwagens, der prompt von der Straße abkam, querfeldein auf eine Klippe zuschoss, eine Windpumpe umpflügte und in letzter Sekunde mit den Vorderrädern in der Luft über dem Abgrund zum Stillstand kam, ausbalanciert wie ein Löffel auf dem Rand eines Glases. Am Steuer saß ein schreiender Mann, und neben ihm eine schreiende Frau, beide in altmodischer Kleidung ...

Die Vision verblasste.

»Diese Menschen ...« Mira versuchte, ihre Eindrücke in Worte zu fassen, aber wie für so viele Dinge, die sie intuitiv verstand, fehlten ihr die Begriffe. Sie besaß einfach zu wenige Gesprächspartner – und bis auf ihren Vater waren diese keine Menschen. »Sie stammen nicht aus ... derselben Welt.«

Nein, gestand Ariel. *Der Sturm tobte zu verschiedenen Zeiten. Du weißt, dass er über dem Winde nicht bloß die Gegenwart berührt.*

Mira runzelte die Stirn. »Ja, das hast du schon oft gesagt. Der Grund war mir nie klar.«

Stell es dir wie Oberschwingungen auf einer Saite vor. Der Fuchs schien zu lächeln und sprang von ihrem Schoß. *Nur dass die Saite durch Raum und Zeit gespannt ist und einen Anfang, aber kein Ende kennt.*

Die rätselhaften Andeutungen des Geistes interessierten Mira nicht länger. »Was passiert jetzt mit diesen Menschen?« Sie strich Blüten und Fuchshaar von ihrem Rock und erhob sich. »Wo sind sie jetzt? Der Junge auf dem Pferd war verletzt. Wir müssen ihm helfen!«

Dein Vater wird das entscheiden, sagte Ariel knapp. *Wieso fragst du ihn nicht selbst? Da kommt er schon, schau!*

Mira wandte den Kopf und entdeckte ihren Vater, der aus Richtung des Dorfes auf sie zueilte. Wie immer ging Ross Perrault barfuß. Er trug seinen Morgenmantel über weiten Hosen und dem Hemd mit den verschlungenen Mustern, dessen Ausschnitt seine hagere Brust entblößte. Sein strenges, stoppeliges Gesicht war in Aufruhr, das graue Haar ein wildes Vogelnest. Er stützte sich auf seinen langen Stab, der in einem schweren Silberei auslief, und stolperte fast über seine Beine.

»Mira!«, rief er. »Kind! Hier steckst du. Wir haben viel zu bereden!«

»Ariel hat es mir schon erzählt …«

Ross schoss einen strafenden Blick ab, doch der Fuchs hatte sich bereits in einem kleinen Luftwirbel aufgelöst. Mira spürte, dass der Geist noch immer da war – größer als der Fuchs, aber unsichtbar – und hinter ihr über dem Abgrund schwebte.

»Das hättest du nicht tun sollen.« Ross hob tadelnd seinen Stab.

Den Wünschen deiner Tochter zu widerstehen, fällt schwer, gab Ariel zurück.

»Sei Ariel nicht böse.« Mira trat näher und schloss ihren Vater in die Arme. Sie war immer erstaunt, wie leicht er sich anfühlte; so leicht wie eine Feder, die vom nächsten Windstoß davongetragen wurde. »Erzähl mir lieber, was es mit den Fremden auf sich hat!«

Sie spürte, wie ihr Vater versteinerte. Sie blickte in seine Augen, die im Schatten unter den strengen Brauen lagen. »Gut«, sagte er. »Es wird Zeit, dass du mehr über deine Vergangenheit erfährst. Ariel, lass uns allein!«

Mira trat zurück und verfolgte gebannt, wie Ross seinen Stab reckte und das Ei an der Spitze aufstrahlte. Sollte es endlich so weit sein? So lange hatte sie darauf gewartet, dass ihr Vater sein Schweigen brach, hatte ihn wieder und wieder bedrängt, ihr von seinem Leben vor ihrer Geburt zu erzählen, der Zeit vor ihrem Schiffbruch in der Welt unter dem Winde; und davon, was ihnen vor zwölf Jahren widerfahren war.

Ross rammte seinen Stab in die Erde und klatschte zweimal in die Hände. Die Luft vor ihm vibrierte, dann schälte sich aus ihr eine durchscheinende Gestalt heraus.

Es war die Frau, die Mira aus dem Wagen hatte steigen sehen, die Frau mit den roten Locken. Wie zuvor war sie in ein schwarzes Kostüm gekleidet. Sie schritt auf Ross zu und verharrte dann in beinahe herrschaftlicher Pose, das Kinn hoch erhoben, als erwartete sie von ihrem Schöpfer, dass er sich ihr erklärte.

»Ihr Name ist Antonia, aber für mich war sie immer nur Toni«, sagte Ross und warf Mira einen undeutbaren Blick zu. »Erinnerst du dich an den Namen?«

»Ich bin mir nicht sicher«, murmelte Mira, einen Kloß im Hals. Irgendetwas lösten das Gesicht, der Name in ihr aus.

»Einst führte ich ein großes Unternehmen«, sagte Ross versonnen. »Eine Firma, die versprach, die ganze Westküste mit Energie zu versorgen ...«

»Ich weiß«, sagte sie, denn davon hatte ihr Vater oft gesprochen. »Mit Windrädern so wie dem, in dem du wohnst.«

Ross lächelte gütig. »Nun, nicht ganz – aber beinahe. Der Name der Firma war Kite Enterprises. Gut zwanzig Jahre hat es mich gekostet, sie von einer unausgegorenen Idee in der Garage meines Elternhauses zu einem millionenschweren Unternehmen zu machen.«

Mira hing gebannt an seinen Lippen. Endlich enthüllten sich ihr die Zusammenhänge, die sie bislang nur aus Andeutungen und dem Zeugnis seiner Träume erahnt hatte.

»Ich führte dieses Unternehmen nicht allein«, fuhr Ross fort und begann die geisterhafte Frau zu umkreisen. Je länger Mira sie betrachtete, desto unheimlicher wurde sie ihr. »Ich hatte meine Vertrauten, meine Untergebenen ... und ich hatte Toni.« Er blieb stehen. Sein Gesicht war nun so nahe an Antonias, dass sie seinen Atem hätte spüren können, wäre sie aus Fleisch und Blut gewesen. »Doch sie hat mich hintergangen. Verraten.« Er presste das Wort heraus. »In ihrer Vermessenheit, ihrer ... Selbstherrlichkeit hat sie meine Firma, meinen Traum, hinter meinem Rücken an meinen ärgsten Feind verkauft. Meine eigene ...!« Er stockte, dann trat er einen Schritt zurück und klatschte abermals in die Hände.

Ein weiteres Traumbild erschien.

Dieses war der dunkelhäutige, kräftige Mann im Anzug, der ebenfalls in dem Wagen gesessen hatte. Langsam, mit entschlossener Miene, schritt er auf die Gruppe zu, als wäre er der Herr dieser

Klippe und sie nur seine Gäste. Er war so groß wie ihr Vater, aber seine Schultern waren sicher doppelt so breit.

»Alexander King«, sagte Ross. »Der Gründer von King Industries. Einer der reichsten und einflussreichsten Männer Kaliforniens. Seine Macht verdankt er seiner Skrupellosigkeit: Rüstungsgeschäfte, Atomkraft ... das waren seine Haupteinnahmequellen.« Ross spuckte aus. »Er verschlang mein Lebenswerk wie ein Löwe sein Junges, als Toni es ihm zum Fraß hinwarf.«

Der Breitschultrige baute sich vor Antonia auf. Diese ging in die Knie, als vollführte sie einen Knicks, und er legte ihr seine schwere Hand auf die Schulter. Es sah aus wie ein Ritterschlag. »Ich habe nie erfahren, was sie für ihren Verrat erhielt – aber ich bin sicher, dass der Preis königlich war.«

»Konntest du ihnen denn nicht Einhalt gebieten?«, fragte Mira. Nach ihrem Dafürhalten war niemand mächtiger als ihr Vater, abgesehen vielleicht von Ariel.

Ross schüttelte betrübt den Kopf. »Es ging alles zu schnell. Als ich von Tonis Verrat erfuhr, war der Schaden schon angerichtet. Sie hatte alles gründlich vorbereitet, die Mitarbeiter unter Druck gesetzt ...«

Er klatschte noch einmal in die Hände, und diesmal erschien der schnauzbärtige Mann, der in der Vision Antonia aus dem Wagen geholfen hatte.

»Ohne den guten Francis wäre mein Traum verloren gegangen. Dank ihm brachte ich meine Bücher in Sicherheit, ehe sie in die Hände meiner Feinde fielen – die Bücher, die ich heute in meinem Windrad verwahre. All meine Ideen, all meine Träume – die Wahrheit über mein Leben, wenn es so etwas gibt. Francis war immer ein guter Freund. Sein einziger Fehler war seine Feigheit ... sonst hätte er sich von Antonia losgesagt.«

Francis trat näher und vollführte eine Geste, als würde er Ross etwas reichen, während Antonia, die sich wieder erhoben hatte, und Alexander King feindselig zusahen. Dann traten sie von hinten an ihn heran, packten ihn an den Armen, und Francis löste sich in Luft auf.

»Mir blieb nur die Flucht«, sagte Ross verbittert. »Um den Traum anderswo weiterzuträumen. Mit meinen Büchern … und mit dir, meiner Tochter, die ich über alles liebe.«

Auch Alexander King verschwand, sodass nur noch Antonia vor ihnen stand, die Hände begehrlich ausgestreckt. »Ich musste dich in Sicherheit bringen, ehe Toni mir auch dich stahl!«

Mira tat einen Schritt näher an das Traumbild heran. Sie konnte den Himmel durch Tonis Augen schimmern sehen, doch ihre stummen Lippen kündeten von einem Wissen, das beinahe greifbar war. Und auf einmal machte ihr dieses Wissen Angst.

»Wieso?«, fragte sie leise. »Wieso sollte sie mich dir wegnehmen?«

»Weil sie deine Mutter ist, Liebes«, sagte Ross mit schwerer Stimme. »Es grämt mich, es einzugestehen, aber Antonia Perrault … diese falsche Schlange, die Liebe meines Lebens … ist deine Mutter.«

Miras Mund war so trocken, als hätte ein Waldbrand darin getobt. Gleichzeitig drohte ein ganzes Meer aus ihren Augen hervorzubrechen. So lange hatte sie auf Fragen nach ihrer Mutter nur ausweichende Antworten bekommen, dass sie sich damit abgefunden hatte, eine Halbwaise zu sein. Niemals aber hätte sie erwartet, dass ihre Mutter eine solche Schuld auf sich geladen hatte. Sie spürte ihres Vaters Schmerz, und noch ein weiteres Gefühl, das sie kaum von ihm kannte. Dieses Gefühl war Hass – und es ängstigte Mira fast so sehr wie der Umstand, dass die Frau, die diesen Hass gesät hatte, ihr näher war als je zuvor.

»Meine Mutter … ist hier?«, brachte sie atemlos hervor.

»Deine Mutter und der Mann, an den sie mich verriet«, bestätigte Ross und schien fast zu frohlocken. »Was immer sie alle nach Big Sur führte – das Schicksal hat sie mir in die Hände gespielt. Was für eine herrliche Fügung! Was für eine Ironie! Nach all der Zeit … den langen Jahren … endlich bietet sich mir die Chance, die alte Rechnung zu begleichen.«

»Die Rechnung?«, wiederholte Mira. »Zu begleichen?« Dann begriff sie – die Unfälle, deren Zeugin sie geworden war, hatten sich nicht von ungefähr ereignet. »Du hast Ariel befohlen, sie in den Sturm zu lotsen, damit sie hier stranden, so wie wir?«

»Hätte ich die Chance denn verstreichen lassen sollen?« Ross reckte triumphierend die Faust. »Sie sind alle hier – mein alter Feind mitsamt seinem Sohn; die Frau, der ich einst mein Leben anvertraut hätte; und mein letzter Gefährte, der ihr doch nie den Rücken gekehrt hat. So günstig stehen die Sterne nie wieder. Das ist ein Geschenk! Ariel wird sie zu mir bringen, wir werden erneut aufeinandertreffen – und diesmal wird die Begegnung anders ausgehen.«

Ross' Augen leuchteten wie die Sterne, von denen er sprach. Mira wusste nicht, was sie sagen sollte. Sie hatte ihren Vater schon lange nicht mehr so voller Tatendrang erlebt – doch der Anlass schnürte ihr die Kehle zu. Sie liebte ihren Vater, und zweifelsohne hatten Antonia und dieser Mr. King ihm übel mitgespielt.

Aber bei dem Gedanken, ihrer Mutter etwas anzutun, bäumte sich ihr Innerstes auf.

»Bist du dir sicher, dass sie sich nicht verändert haben? Immerhin ist es lange her …«

»Verändert?«, fragte er verwundert. »Wer hat dich auf die Idee gebracht, dass Menschen sich ändern könnten? Sie hatten ihre Wahl, und sie haben sich gegen mich gestellt. Doch keine Angst: Ariel wird sie ein letztes Mal auf die Probe stellen. Sie mit ihrer Schuld konfrontieren. Das ist alles Teil des Plans.«

Sie wusste nicht, ob sie das überzeugte. Und ganz davon abgesehen …

»Was ist mit den anderen?«, fragte sie.

»Welchen anderen?«, fragte Ross verwirrt.

»Den anderen Menschen, die in Ariels Sturm gerieten. Der Mann und die Frau in dem Lastwagen. Der Junge auf dem weißen Pferd …«

»Unwichtig«, sagte Ross, als hätte sie nicht richtig zugehört. »Sie sind nur Beifang, der Ariels Mächten ins Netz ging. Sobald alles vorbei ist, werfen wir sie zurück ins Meer. Wo immer sie herkamen.«

»Zurückwerfen?«, protestierte Mira. »Der Reiter ist verwundet! Er braucht unsere Hilfe!«

»Er wird schon nicht sterben. Ich begreife nicht, weshalb dir das Wohlergehen irgendwelcher Fremder so wichtig ist.«

Da konnte sie nicht länger an sich halten. »Vielleicht, weil es echte Menschen sind? Die ersten Besucher, die in zwölf Jahren den Weg zu uns finden! Sollten wir sie da nicht willkommen heißen? Für sie da sein? Du hast davon gesprochen, dass wir diese Chance nicht verstreichen lassen dürfen. Ein Geschenk, so hast du es genannt. Und du hast recht! Es ist ein Geschenk! Verstehst du nicht? Ich sehne mich so lange schon nach Gesellschaft, nach einem Hauch von Freiheit ...«

»Du redest ja fast, als ob du eine Gefangene wärst«, staunte Ross. »Hast du denn nicht alles, was du brauchst? Dein Haus, das Dorf, so viele Träume ...«

»Die Träume!«, klagte Mira. »Die sind keine bessere Gesellschaft als mein eigener Schatten.« Sie schüttelte den Kopf. »Und die Schatten hab ich gründlich satt.«

»Es schmerzt mich, dich so reden zu hören.« Ross trat einen Schritt zurück und senkte die Brauen. »Freut es dich denn gar nicht, dass wir endlich zu unserem Recht kommen werden?«

»Unser Recht? Du meinst deines! Du hast all das geplant, ohne mich einzuweihen. Was für eine Rolle spiele ich in dieser Geschichte? *Deiner* Geschichte? Vor zwölf Jahren war ich noch ein kleines Kind ...«

»Du spielst eine viel größere Rolle, als du ahnst«, murmelte Ross.

Doch Mira war die Andeutungen und Halbwahrheiten leid. Ihr Vater mochte vieles besser wissen als sie – aber solange er ihr jede Entscheidung abnahm, als ob sie noch ein unverständiges Mädchen wäre, wollte sie seinen Kampf nicht zu ihrem machen.

»Wenn du mir nicht zuhören willst, dann kenne ich einen, der es tun wird. Er wird sicher interessiert sein, die Neuigkeit zu erfahren!« Sie wandte sich ab und marschierte davon in Richtung des Waldrands.

»Mira!«, rief Ross aufgebracht. »Bleib! Wohin willst du?«

»Was glaubst du?«, rief sie über die Schulter zurück. »Ich gehe zu Caliban!«

»Ich will nicht, dass du dich mit ihm triffst! Hörst du? Caliban ist nicht zu trauen!«

»Immerhin behandelt er mich nicht wie ein Kleinkind«, entfuhr es ihr. Sie hatte ihres Vaters Abneigung gegen Caliban nie verstanden. »Er war immer für mich da!«

»Mira!«, rief ihr Vater ihr nach. »Kind!«

Doch sie drehte sich nicht noch einmal um. Sie wollte nicht, dass ihr Vater die Tränen der Wut in ihren Augen sah.

Du tust ihm unrecht, hörte sie die Stimme Ariels ganz nahe, als säße der Geist auf ihrer Schulter und schmiegte sich an ihren Nacken. *Du bedeutest ihm alles. Er will dich nur beschützen.*

»Ich bin aber kein Kind mehr«, schluchzte sie. »Verstehst du den Unterschied?«

Ja, sagte Ariel. *Und er wird es auch verstehen. Ich verspreche dir: Deiner Mutter und den Fremden wird nichts geschehen.*

»Du solltest nichts versprechen, was du nicht halten kannst«, entgegnete Mira bitter. »Das lernen Kinder, wenn sie erwachsen werden. Ich glaube dir ja, dass du ihnen nichts Böses willst – was aber wirst du tun, wenn Vater es dir befiehlt?«

Hab Vertrauen, sagte der Geist. *Kannst du das für mich tun?*

»Bring mich auf die andere Seite des Waldes«, entgegnete sie trotzig, denn der Weg zu Calibans Haus war weit. »Kannst du das für mich tun? Danach lass mich alleine.«

Ariel gehorchte und stimmte eines seiner leisen Lieder für sie an; und als das Lied verklang, lag der Wald bereits hinter ihr und Ariel war nicht mehr da.

BASTIAN

Bastian träumte, zu ertrinken. Alles war dunkel, der kalte Leib des Ozeans lastete auf seinen Lungen, rauschte in seinen Ohren und entzog ihm alle Kraft. Wie ein lebloser Sack sank er immer tiefer; dann war ihm auf einmal, als könnte er eine Stimme in der Finsternis hören, beinahe einen Gesang, ein Lied – und von einem Moment auf den nächsten war er wieder Herr seiner Glieder.

Er schreckte auf, einen erstickten Schrei auf den Lippen, und schlug um sich, als gälte es, sich aus stürmischer See zum rettenden Ufer zu kämpfen. Dann ließen Elemente und Traum von ihm ab und Bastian King blickte um sich.

Er lag an einen kalten Hang gebettet. Steine und Wurzeln stachen in seinen Rücken, und seine Schultern und Beine schmerzten fast mehr als zuvor. Es war ein Wunder – und kein sehr erfreuliches –, dass er überhaupt eingenickt war, mit nichts bedeckt als seiner Kleidung.

Dunkel erinnerte er sich, wie sie nach dem Unfall die Limousine verlassen hatten. Der Baum hatte das Dach eingedrückt, die Heckscheibe war gesplittert, eine Tür heillos verzogen gewesen, und so hatte der Wald in der ersten Panik mehr Sicherheit verheißen als der Lincoln. Fünf Minuten später hatten sie im nächtlichen Sturm vollends die Orientierung verloren.

Darum hatten sie sich den nächstbesten Unterschlupf gesucht, der Schutz vor dem Regen versprach: zusammengekauert am Fuße dieses Hangs, der den Wind zumindest aus einer Richtung abhielt. So hatten sie ausgeharrt und waren schließlich vor Erschöpfung weggedämmert. Es war eine eigenartig intime Erfahrung gewesen – er war seinem Vater seit Jahren nicht mehr so nahe gekommen.

Blinzelnd nahm Bastian die Umgebung in Augenschein. Der Sturm hatte aufgehört. Bloß die hohe Tanne, die ihnen in der Nacht ein launenhaftes Dach gewesen war, schüttelte sich über ihnen aus wie ein zottiger Hund. Die Sonne war nirgends zu sehen, nur eine diffuse Helligkeit erfüllte den tropfenden, nebelvollen Wald. In der Höhe schimpften die Vögel über die Nässe und alles roch nach gespaltenem Fels und gewaschenen Küchenkräutern.

Im Sitzen klopfte er sich die Ärmel ab. Seine Kleidung war völlig …

Seine Kleidung war nicht die seine.

Erschrocken japsend fuhr er herum. Die anderen kamen ebenfalls gerade zu sich oder waren schon auf den Beinen – und Francis und Swaine erging es nicht besser als ihm. Antonia Perrault und ihr Assistent tauschten fassungslose Blicke. Swaine schaute an sich herab wie eine Ballerina, die einen neuen Schritt einstudiert, nur dass sie ein aus der Zeit gefallenes Kostüm trug, das sie mit ihrem blassen Teint wie ein Stummfilmstar aussehen ließ. Sein Vater stand ihm am nächsten, und es hätte Bastian wohl nicht überraschen sollen, dass der stoische Blick, mit dem Alexander King seinen Sohn bedachte, weniger Sorge als Vorwurf enthielt.

Langsam stand Bastian auf und sah an sich herab.

Er trug Schlaghosen aus Cord und spitze Lederstiefel, die selbst auf einem Rodeo gewagt gewirkt hätten. Seine Hände ragten aus den weiten Ärmeln eines bunten Hemdes, das ihm passte wie angegossen. Statt seines Sakkos hatte er eine samtene, mit verschlungenen Mustern bestickte Weste an; seine Armbanduhr war ein paar Lederbändern mit Holzperlen gewichen.

»Was zur Hölle?«, rief er, sobald er seine Stimme wiedergefunden hatte.

Swaine, von seinem Schrei aus der Selbstbetrachtung gerissen, sah ihn an und schlug sich die Hand vor den Mund. Fast hätte die Chauffeurin losgeprustet.

»Entschuldigen Sie«, sagte sie dann. »Sir«, fügte sie unsicher hinzu, als sie den strafenden Blick seines Vaters bemerkte, und schluckte. »Gut sehen Sie aus.«

»Das sind nicht meine Kleider!«

»Das hier auch nicht.« Swaine vollführte mit dem nackten Bein einen Charleston-Kick, präsentierte den knappen, cremefarbenen Rock und rückte sich den kleinen Glockenhut auf ihrer Haarpracht zurecht. »Es gefällt mir aber.« Selbst ihr Schirm war einem älteren und zierlicheren Modell gewichen.

Ein Räuspern lenkte ihrer beider Aufmerksamkeit auf Francis. Der ältere Mann hatte seinen Anzug gegen einen antiquierten Dreiteiler eingetauscht. Aus der Tasche der gestreiften Weste ragte die Kette einer silbernen Uhr. Seine Brille hatte einem einfachen Drahtgestell Platz gemacht, und mit den Manschettenknöpfen und der Schleife um den Hals wirkte er wie einem Wild-West-Streifen entsprungen. Kein Revolverheld – eher ein reisender Quacksalber oder Klavierspieler. Das Verstörende war, dass auch ihm der Aufzug *stand* – als hätte sein altmodischer Schnauzbart all die Zeit darauf gewartet, dass der restliche Francis seinem Beispiel folgte.

»Jemand hat uns überfallen«, stellte Francis eingeschüchtert fest.

»Überfallen.«

»Jemand?« Zweifelnd streckte Bastian die übergroßen Ärmel aus. Fragte sich, ob die Kleidung in den Augen der anderen ebenfalls zu ihm passte. »In meinem Fall wohl ein paar Hippies. Ich sehe aus wie Woodstock vor dem Regen.« Tatsächlich waren seine Sachen trocken – im Gegensatz zu denen seines Vaters oder Antonias.

»Wieso sollte Sie jemand überfallen, um Sie umzuziehen?«, fragte Antonia scharf, als beleidigte die Vorstellung ihre Intelligenz, und Francis' Bart verriet mit leichtem Zucken, was er von der Lage im Allgemeinen und dem Tonfall seiner Vorgesetzten im Besonderen hielt.

»Und weshalb nur uns drei?«, gab Bastian zurück. »Und nicht Sie? Oder dich, Dad?«

Er schaute zu seinem Vater, hielt dem Blick der großen Augen stand; doch Alexander King zog es vor, zu schweigen.

»Was wollen Sie damit andeuten?« Antonia funkelte ihn angriffslustig an.

»Gar nichts«, besänftigte er sie. »Ich finde es nur auffällig.«

»Ich glaube nicht, dass mich jemand heimlich umziehen könnte, ohne dass ich davon aufwache«, warf Swaine ein.

»Haben Sie denn eine bessere Erklärung?«, fragte Francis.

Die junge Frau zuckte die Schultern. Irgendwie sah selbst diese Geste in ihrem Kostüm wie eine Tanzfigur aus.

»Jemand könnte uns alle unter Drogen gesetzt haben«, schlug sie vor.

»Eine eigenartige Vorstellung von ›besser‹, die Sie da haben«, murmelte Bastian. Swaine arbeitete schon zwei, drei Jahre für seinen Vater, aber bislang hatte er nie ein echtes Gespräch mit ihr geführt – vermutlich der normale Gang der Dinge bei King Industries. Er hatte sie immer für etwas unbedarft gehalten, ein Landei vielleicht, doch genauso gut mochte sie sich ihre Naivität in kleinen Plastiktütchen gekauft haben.

Das ist der Hochmut deines Vaters, schoss es ihm durch den Kopf. *Bella hätte sie vielleicht gemocht.*

Swaine betastete ihren Hut. »Immerhin sind diese Sachen ganz schön was wert.«

»Vielleicht will uns jemand auf die Probe stellen?«, überlegte Francis.

»Oder veralbern.« Bastian sah zu seinem Vater. »Nicht wahr, Dad?«

»Ich weiß nicht, wovon du redest«, sagte Alexander King. Es waren die ersten Worte, die er an diesem Morgen sprach.

»Ach, das weißt du nicht?« Bastian marschierte mit ausgebreiteten Armen auf ihn zu. »Vielleicht ist es dir nicht aufgefallen, aber irgendein Verrückter hat sich heute Nacht in der Wildnis an uns angeschlichen und an uns dreien seine modischen Phantasien ausgelebt! Das – oder jemand hier verheimlicht den anderen etwas.«

Eine tiefe Furche grub sich zwischen seines Vaters Brauen, doch er erwiderte nichts, ja wandte gar – was Bastian sein ganzes Leben höchstens zweimal gesehen hatte – den Blick ab.

»Verschließ nur die Augen«, rief Bastian von der ausbleibenden Widerrede berauscht. »Das kannst du ja am besten! Aber ist das alles nicht ein ziemlich großer Zufall? Erst verunglücken Antonia und Francis, wir lesen sie auf, dann verunglücken wir alle …«

Er deutete herausfordernd mit dem Finger auf die alte Rivalin seines Vaters. »Was ist mit Ihnen, Antonia? Was verschweigen Sie uns?«

Antonias grüne Augen funkelten kalt. »Ich muss mich Ihnen nicht erklären, Bastian.«

»Ach nein?«

»Meinen Sie nicht, wenn ich über einen geheimen Vorrat an trockener Kleidung verfügte, hätte ich zuerst an mich selbst gedacht?« Sie lachte. »Aus meiner Perspektive sind Sie derjenige, der uns einen Schritt voraus ist. Sie sind Ihrem Vater sehr ähnlich.«

Bastian verkniff sich eine Erwiderung. Tat er ihr unrecht? Er dachte daran, wie er Antonia auf der Fahrt noch in Schutz genommen hatte. Er wusste, dass der Verlust ihres Mannes und ihrer Tochter sie tief verwundet hatten, und normalerweise hätte er ihre Privatsphäre respektiert.

Dennoch konnte er sich des Gefühls nicht erwehren, dass ihm etwas entging – und das machte ihm Angst.

»Lassen wir das«, mischte Francis sich pragmatisch ein. »Das bringt uns nicht weiter.« Der alte Mann lief ein paar Schritte und nestelte an seiner Taschenuhr. Als er sich der allgemeinem Aufmerksamkeit bewusst wurde, steckte er die Uhr wieder ein. »Mein Handy«, erklärte er. »Was immer diese ... *Veränderung* ... bewirkte, es hat mich mein Handy gekostet. Wie steht es mit Ihnen? Handys?«

Verärgert, dass er nicht früher daran gedacht hatte, klopfte Bastian seine leeren Taschen ab. »Man hat mich ausgeraubt«, stellte er fest.

Swaine schüttelte ebenfalls den Kopf. Sein Vater und Antonia hatten zwar noch ihre Mobiltelefone, aber die Akkus waren komplett leer.

»Fassen wir also zusammen«, fuhr Francis fort und lockerte unbehaglich seinen Kragen, als wäre er gezwungen, einen wichtigen Vortrag zu halten. »Diese merkwürdigen ... Vorkommnisse haben schon gestern begonnen. Im Sturm. Wir hatten die Orientierung verloren, fast einen Unfall gehabt, mit einem Reiter ...« Er ließ suchend den Blick über die hohen Stämme gleiten, zwischen denen sich der Nebel hielt. Schaudernd dachte Bastian an die merkwürdigen Trugbilder, die sie gestern im Regen gesehen hatten. »Wir haben kein Auto ... kein Auto und keinerlei Kontakt zur Außenwelt.« Er räusperte sich. »Was wollen wir tun? Streiten bringt uns nicht weiter.«

»Danke«, sagte Alexander King. »Das sind die ersten vernünftigen Worte, die ich heute höre.«

»Weit gelaufen können wir gestern nicht sein«, sagte Swaine und deutete in den Nebel hinaus. »Der Lincoln müsste ungefähr in dieser Richtung liegen.«

»Selbst wenn«, wandte Bastian ein, »der Wagen fährt nicht mehr. Oder?«

Swaine wiegte skeptisch den Kopf.

»Wo der Wagen ist, ist auch die Straße«, sagte Antonia. »Und die Straße ist besser als der Wald.«

»Die Straße war doch gestern schon leerer, als sie sein sollte«, erwiderte Bastian. »Oder nicht? Gut möglich, dass ein Erdrutsch den Highway vom Rest der Welt abgeschnitten hat. So etwas kommt immer wieder vor.«

»Was schlägst du stattdessen vor?«, fragte sein Vater herausfordernd.

»Gehen wir so lange bergauf, bis wir aus diesem Nebel raus sind und uns einen Überblick verschaffen können.«

»Wäre es nicht sinnvoller, einem Flusslauf zu folgen?«, warf Swaine unschuldig ein. »Also bergab?«

»Die Gegend ist nur schwach besiedelt«, gab Francis zu bedenken. »Solange wir nicht sicher sind, wo die nächste Ortschaft liegt, sollten wir vorsichtig sein. Sehr vorsichtig – sonst laufen wir nur tiefer, immer tiefer in den Wald.«

»Wir könnten uns aufteilen«, schlug Bastian vor. »Sie warten hier, wir erkunden die Gegend.«

»Und dann?« Francis legte den Kopf schief. »Meinen Sie, dass Sie den Rückweg zu uns finden, Mr. King?«

Bastian schnaubte ärgerlich. Der Alte hatte recht.

»Wir bleiben zusammen«, entschied sein Vater. »Früher oder später werden wir schon einen Weg aus dem Nebel finden.«

»Dort vorne wirkt es etwas heller«, sagte Swaine.

»Dann nehmen wir diese Richtung. Ein wenig Sonne wäre mir willkommen – im Gegensatz zu anderen stecke ich noch in den nassen Sachen von gestern.«

Widerwillig fügte sich Bastian. Auch Antonia und Francis folgten Swaine ohne Widerrede. Vermutlich war die Richtung so gut wie jede andere – Hauptsache, sie gelangten aus dieser Wildnis heraus. Keiner von ihnen war für eine längere Wanderung gekleidet, und sie hatten weder Essen noch Wasser dabei.

»Ich fürchte, Sie haben sich getäuscht«, sagte Antonia nach einer Weile. Die Bäume waren immer größer geworden, das Unterholz dichter. »Dieser Weg führt uns nirgends hin.«

Swaine hob entschuldigend die Schultern. »Vielleicht, wenn wir dort hinten …«

»Moment«, zischte Francis und hob eine Hand. »Haben Sie das gehört?«

»Was gehört?«, fragte Antonia.

»Ein Knurren. Ich bin mir sicher, dass ich ein Knurren gehört habe!«

Unbehaglich schauten sie sich um. Lauschten in den Nebel hinaus. Und da glaubte auch Bastian etwas zu hören – nur, dass es nicht das Knurren eines Tieres war.

Es war die Klage eines Saxophons.

Sein Verstand setzte aus.

Rasch erklomm er einen kleinen Hang und drehte und wendete suchend den Kopf. Der Klang kam eindeutig von der anderen Seite des Grates.

»Bastian!«, rief sein Vater. »Wo zur Hölle willst du hin?«

Er hielt inne, blickte zurück. Alexander King stand breitbeinig am Fuße des Hangs, die Fäuste geballt, grimmiges Zentrum der kleinen Gruppe von Menschen, seltsam verloren in seinem nassen schwarzen Anzug.

Bastian wollte ihm erklären, was er gehört hatte – *ein Saxophon, das klang genau wie ihr Saxophon …* Doch er wusste nicht wie.

Sein Vater sah nur sein Hadern und deutete es als Rebellion. Wutschnaubend machte er sich daran, ebenfalls den Hang zu erklimmen, stolperte jedoch über eine Wurzel. Beinahe wäre er gestürzt. Der Anblick war so außergewöhnlich, so unerhört – *mein Vater, der sich mit beiden Händen stützen muss, damit er nicht fällt!* –, dass Bastian es kaum glauben konnte.

Das Missgeschick änderte nichts an Alexander Kings Entschlossenheit. Doch der nächste Schritt ließ den vermeintlich unbezwingbaren Riesen vor Schmerz lauthals aufschreien und nach seinem Knöchel greifen. Swaine und Francis eilten an seine Seite.

Bastian zögerte nur kurz. Die Idee, seinem Vater zu helfen, kam und ging wie ein Neujahrsvorsatz. Dann wandte er sich ab und eilte voran – tiefer in den Wald urtümlicher Bäume, zwischen deren mächtigen Stämmen der Nebel wanderte, vom selben Ruf gelockt wie er.

Weiter und weiter trugen ihn seine Beine, ohne dass er einen klaren Gedanken fassen konnte. Stattdessen standen Bilder vor seinem geistigen Auge, so lebhaft, dass sie fast Gestalt im Zwielicht vor ihm annahmen: Bella, vor drei Jahren, wie sie von zu Hause fortging, einen Seesack über der Schulter und ihren Saxophonkoffer unter dem Arm; Bella, im Jahr darauf, als er sie in Monterey besuchte, während der warme Geruch von selbstgebackenem Brot und trocknender Ölfarbe durch die Zimmer ihrer WG wehte; und bei ihrem letzten Treffen, als das Heroin schon alles Leben aus ihrem Körper gesaugt hatte wie der Herbst den Saft aus einem vergessenen Apfel.

Die Melodie wurde deutlicher, bis Bastian sie erkannte: *Stormy Weather,* der alte Jazz-Standard, gespielt auf einem Tenor-Saxophon, das haargenau wie das seiner Schwester klang, bis hin zum leisen Quietschen einer Klappe. Erst gestern Mittag hatte das Instrument ihm die Tränen in die Augen getrieben: in Monterey, an Bellas Grab, als eine Freundin von ihr darauf zum Abschied gespielt hatte.

Ein schlechter Witz. Wer trieb hier seine Scherze mit ihm?

Erst, als er sich keuchend an die pelzige Rinde eines Mammutbaums stützte, fröstelnd vom Nebel in seinem luftigen Hemd, wurde ihm zweierlei klar: Es war töricht gewesen, dieser Melodie zu folgen – und er hatte nicht die geringste Ahnung, wo er sich befand.

Was habe ich erwartet?, schalt er sich. *Dass da tatsächlich der Geist meiner toten Schwester im Wald steht und versucht, Kontakt mit mir aufzunehmen?*

Wahrscheinlich hatte er sich alles nur eingebildet …

Die Musik war verklungen. Bastian trocknete sich die Augen und strich schniefend seinen lächerlichen Aufzug glatt. Zum Umkehren war es zu spät, und auch wenn es längst Mittag sein musste, würde er die anderen in dieser Waschküche nicht wiederfinden.

Also schritt er aufrecht weiter und versuchte, sich dabei nicht zu verfluchen. Egal, in welche Richtung er lief, der Weg schien nur noch bergauf zu führen – aber der Nebel dachte nicht daran, sich zu verziehen.

Hervorragend. Wahrscheinlich bin ich schon meilenweit von allem entfernt. Wenn ich weiter in diese Richtung gehe, werde ich irgendwo in den Bergen verhungern.

Suchend ließ er den Blick umherschweifen, als ihm ein paar Schritte weiter etwas ins Auge fiel.

Vor ihm auf dem Boden lag ein alter Hut.

Bastian bückte sich und hob ihn auf. Es war ein Cowboyhut aus dichtem Filz, dem selbst das Wetter nichts hatte anhaben können. Die Sorte Hut, in der man angeblich Wasser transportieren konnte.

Ratlos betastete er ihn mit den Fingern. Anscheinend war der alte Francis nicht der Einzige in historischer Garderobe im Umkreis. Leider war der Hut zu groß und auch Bastians knurrendem Magen half er nicht weiter.

Da ließ ihn etwas innehalten.

Das war nicht sein Magen, der da knurrte.

Ein paar Schritte vor ihm saß auf einmal ein Berglöwe. Das hieß, er sah aus wie ein Berglöwe, aber sein Fell war auffallend grau, wie das Fell eines Eichhörnchens.

»Ganz ruhig, Kitty«, murmelte Bastian und machte einen vorsichtigen Schritt rückwärts. Blieb man stehen oder ging man rückwärts, wenn man einem wilden Tier begegnete? Die Raubkatze fletschte die Zähne, und er konnte sich des Eindrucks nichts erwehren, dass sie es auf den Hut in seinen Händen abgesehen hatte. Vielleicht war dieser Hut alles, was von seinem Träger geblieben war, und sie war gekommen, sich den Rest zu holen?

Sachte warf Bastian der Katze den Hut hin. Er landete wie eine Frisbee-Scheibe vor ihren Pfoten. Darauf schnappte sie sich ihn und trabte stracks davon.

Bastian atmete tief durch. Sein Herzschlag pochte in seinen Ohren.

Dann drehte er sich um und rannte.

Er sprang über Wurzeln und durch Büsche, wich Baumstämmen

und Felsen aus, taumelte Hänge hinauf und hinab, bis der Nebel vor ihm plötzlich aufriss und den Blick auf den Waldrand freigab, jenseits dessen sich eine Wiese erstreckte.

Und vor der Wiese standen sein Vater, Antonia, Francis und Swaine.

Alexander King stützte sich auf einen knorrigen Stock, um seinen Fuß zu entlasten, und hatte tiefe Ringe unter den Augen. Auch die anderen wirkten erschöpft und waren sicherlich nicht schneller vorangekommen als Bastian auf seiner Flucht vor dem Puma.

Was, wie er messerscharf erkannte, nur heißen konnte, dass er im Kreis gelaufen war – einem reichlich krummen Kreis obendrein.

»Gerade recht«, kommentierte sein Vater. »Kommst du mit? Wir hätten dich ungern im Stich gelassen.«

Bastian beschloss, die Spitze zu ignorieren. Besser, nicht länger davon zu reden, was sich ereignet hatte.

»Habt ihr Hilfe gefunden?«, fragte er stattdessen und trottete kraftlos zum Rest der Gruppe, um einen besseren Blick auf die Wiese zu haben.

Dann blieb ihm der Mund offen stehen.

»Möchtest du fragen gehen?«, entgegnete sein Vater. »Du in deinem Aufzug würdest wenigstens nicht weiter auffallen …«

FERNANDO

Als Fernando wieder zu sich kam, lag er auf einem sanften Hang. Erst wusste er nicht, was Traum war und was Wirklichkeit, denn das Letzte, woran er sich entsann, ehe beides sich vermischte, waren die Schmerzen in seiner Seite und die Lichter im Sturm, dann Moonchilds Aufbäumen und der Sturz ins Dunkel. Die Schmerzen waren noch da, sonst aber passte fast nichts zu seiner Erinnerung. Der Boden unter ihm war trocken, der Himmel über den Baumkronen blau. Wie viel Zeit war seit seinem Sturz vergangen? Die Sonne stand hoch am Himmel. Eigentlich sollte er tot sein – ganz sicher sollte er nicht friedlich auf einem moosgepolsterten Hang ruhen.

Ohne den Kopf zu heben, betastete er seine Seite, suchte angstvoll nach der Stelle, an der ihn die Kugel aus dem Hinterhalt getroffen hatte. Doch statt heißen Blutes fühlte er nur einen dumpfen Schmerz unter etwas Hartem in seiner Weste. Seine Finger glitten in die Tasche und fuhren die Konturen darin entlang. Dann erkannte er sie. Er zog den kleinen Gegenstand aus der Tasche und hielt ihn sich vors Gesicht. Das mexikanische Silber funkelte in der Sonne.

Es war Reids Stern.

Das ergab keinen Sinn – er hatte gespürt, wie die Kugel ihn getroffen hatte, hatte das Blut gesehen. Vorsichtig schlug er die Weste zurück und krempelte sein Hemd hoch.

Alles, was er fand, war eine Narbe, direkt unterhalb der Stelle, an welcher der Stern in seiner Tasche gesteckt hatte. Es sah aus wie eine alte Wunde, die lange abgeheilt war.

Unwillkürlich griff Fernando nach dem Kreuz an seinem Hals. Dann kämpfte er sich auf die Beine und blickte sich um.

Er befand sich in einem lichten Nadelwald. Von der Küste, in deren Nähe er sich während seines nächtlichen Ritts noch gewähnt hatte, war nichts zu sehen. Vögel sangen in den Wipfeln, die Luft roch nach Kräutern und Harz. Neben ihm auf den Boden lag seine in Tuch geschlagene Gitarre, und selbst die Dose mit dem Gold war noch in seiner anderen Tasche.

So absurd es war, er musste den Tatsachen ins Auge sehen: Jemand hatte ihn wie durch Zauberei geheilt und auf diesem Hügel abgeladen, ohne ihn auszurauben. Dabei hätte Fernando seinen unbekannten Gönner nur zu gerne entlohnt. Er hoffte inständig, er war nicht unabsichtlich einen Bund mit dem Leibhaftigen eingegangen.

Fernando nahm Reids Stern und steckte ihn sich an die Brust. Er wusste nicht, ob er es war, der ihn beschützt hatte. Doch er wünschte, der Ranger wäre jetzt bei ihm.

Er hatte keinen Proviant, nicht einmal eine Decke für die Nacht. Er war unbewaffnet und offensichtlich nicht allein in der Gegend. Fernando kam sich vor wie auf einem Präsentierteller.

Er löste das Tuch um die Gitarre und vergewisserte sich, dass sie nicht beschädigt war. Sachte schlug er mit dem Daumen die Saiten an und stimmte sie nach; die Vögel in den Zweigen erwiderten den hellen Klang. Dann verpackte er sie wieder, schwang sich das Instrument auf den Rücken und erkundete die nähere Umgebung. Etwa zwanzig Schritte weiter fand er Hufspuren in der weichen Erde.

»Moonchild?«, rief er hoffnungsvoll, erhielt jedoch keine Antwort.

Gewissensbisse plagten ihn. Er hatte Reid versprochen, auf sein Pferd achtzugeben. So, wie er ihm versprochen hatte, den Stern Präsident Taylor zu geben, wenn er ihn je traf. Nun trug er den Stern auf der Brust und fühlte sich seiner nicht würdig.

»Moonchild!«

Fernando fragte sich, welcher Mächte Spielball er geworden war. Die Lichter, die den Hengst in Panik versetzt hatten, dieser unbekannte Ort – er legte den Kopf in den Nacken und drehte sich um die eigene Achse. Die Sonne spielte auf den Spitzen der Tannen, die sich dem weiten Himmel entgegenreckten. Hauchzarte Spinnweben zeigten die Strömungen des Windes an, und Vogelrufe und andere Tierlaute klangen aus der Ferne. Dabei wurde er sich seines knurrenden Magens bewusst und hoffte, dass es den Bewohnern dieses Waldes nicht ebenso erging.

Als er den Hufspuren eine Weile gefolgt war, hörte er plötzlich ein helles Piepsen vom Fuße einer hohen Kiefer. Fernando trat näher, teilte das Unterholz und fand ein Adlerjunges, ungefähr so groß wie ein Kätzchen und so gerupft wie ein altes Kopfkissen. In einem Häuflein grauen Flaums saß es am Boden und sah mit vorwurfsvollen Augen zu ihm auf.

»Wo kommst du denn her?«, murmelte Fernando. »Noch dazu im Herbst?«

Die Kiefer ragte himmelhoch über ihm auf. Ein Adler rief.

Fernando seufzte.

»Schätze, man vermisst dich dort oben, was?«

Das Junge piepste.

Behutsam griff er nach dem Vogel. Der junge Adler schlug unruhig mit den Stummelflügeln, und seine scharfen Krallen schnitten Fernando in die Haut.

»So wird das nichts.«

Fernando wünschte, er hätte einen Beutel oder eine Tasche, die groß genug für den Vogel war, doch alles, was er besaß, waren sein Hut und die Gitarre.

Kurz entschlossen wickelte er die Gitarre wieder aus. Dann schlang er sich das Wachstuch um und setzte sich das Küken auf die solcherart geschützte Schulter, wo es neugierig an seiner Hutkrempe knabberte

Fernando packte den untersten Ast und begann mit dem Aufstieg.

Die Kiefer war ein majestätischer, urwüchsiger Baum, dessen grobe Rinde viele Griffmöglichkeiten bot. Immer wieder schlugen ihm Nadeln ins Gesicht, und der Adler hüpfte aufgeregt auf seiner Schulter.

Je höher Fernando kam, desto unsicherer wurde sein Halt. Die Äste beugten sich unter seinem Gewicht und schwangen im Wind, der hier oben stärker wehte als am Boden. Als ein plötzliches Knacksen ihn rasch zum nächsten Ast greifen ließ, machte er den Fehler hinunterzusehen und musste die Augen schließen, damit ihm nicht schwindlig wurde. Der Adler krähte vergnügt, packte seinen Hut mit dem Schnabel und riss ihn ihm vom Kopf. Mit klopfendem Herzen klammerte Fernando sich fest. Einen Sturz aus dieser Höhe würde er nicht überleben.

Schließlich kam das Nest in Sicht, in einer der obersten Gabeln. Vorsichtig arbeitete sich Fernando heran, hoffte, dass die Mutter, deren Rufe immer wieder über die Wipfel hallten, sein Eindringen nicht als Bedrohung wertete.

Mit zitternden Füßen trat er auf den letzten Ast, schob den Kopf über den Nestrand. Darin lagen Federn und altes Gewölle.

»Nett hast du's hier«, murmelte Fernando und hob die Schulter. »Na los!«

Mit fröhlichem Ruf hüpfte das Adlerjunge von Fernandos Schulter in sein Nest. Wie zur Erwiderung ertönte ein Schrei aus dem blendend blauen Himmel. In der Ferne glaubte Fernando einen kreisenden Weißkopfseeadler zu sehen. Zeit, das Feld zu räumen.

Doch als er sich hastig umsah, um sich seinen Weg für den Abstieg zu suchen, fiel sein Blick nach Westen, und er erstarte.

Er konnte in dieser Richtung bis zum Horizont sehen – und dort, am Rand der Welt, erstreckte sich von Nord bis Süd ein graues Band geballter, schwerer Sturmwolken, deutlich vom sonst klaren Himmel abgesetzt.

War dies der Sturm, in den er gestern Nacht geraten war? Ein solches Phänomen hatte er noch nie gesehen. Das Wolkenband wogte und wallte wie Rauch; es mutete an wie Zauberei.

Da riss ihn ein weiterer Schrei aus seinen Gedanken. Ein Schatten mit ausgebreiteten Schwingen fiel rasch aus dem Himmel – die Mutter kehrte zu ihrem Jungen zurück.

Hastig kletterte Fernando die Kiefer hinab. Ein ums andere Mal verlor er in seiner Hast den Halt und schaffte es erst in letzter Sekunde, sich festzuhalten.

Dann taumelte er auf den Waldboden und brach keuchend zusammen. Über ihm riefen die beiden Adler.

Sobald er wieder zu Atem gekommen war, zog er sich das zerkratzte Wachstuch von den Schultern und stand auf, um Gitarre und Hut einzusammeln.

Die Gitarre war verschwunden.

»Das darf doch nicht …«

Wider besseres Wissen suchte er das Gebüsch der Umgebung ab, doch alles, was er fand, war sein Hut, der es eine beachtliche Strecke weit geschafft hatte.

Kaum, dass er sich danach bückte, blies ihn ein plötzlicher Windstoß weiter davon.

Verdutzt hielt Fernando inne, dachte sich jedoch erst nichts dabei und folgte dem Hut. Wieder bückte er sich, wieder wurde der Hut von einer Böe über den Waldboden geweht. Das Spiel wiederholte sich noch mehrere Male und führte ihn mit jedem Windstoß tiefer in den Wald.

»Ein guter Witz!«, rief Fernando, denn er fühlte sich beobachtet und schätzte es nicht, sich vor den Füchsen und Hasen und anderen Bewohnern des Waldes zum Narren zu machen. Insgeheim bekam er es auch mit der Angst zu tun. Sein Hut war nicht gerade leicht, und die Windstöße kamen ihm unnatürlich zielsicher vor: Sie wirbelten die Nadeln vom Boden auf und rissen an seinem Haar, während nur ein paar Schritte weiter Schmetterlinge unbehelligt durch den Sonnenschein flatterten.

»Ein schönes Spiel!«, bekräftigte Fernando, als redete er mit einem übermütigen Hund. Fast war ihm, als hörte er den Wind zur Antwort glucksen.

Am Rande eines tiefen Hohlwegs kam er stolpernd zum Stehen. Er musste einsehen, dass er diesen Wettstreit nicht gewinnen würde. Also wünschte er seinem Hut Lebewohl und wollte wieder seines Weges ziehen; erst da stellte er fest, dass er über der ganzen Angelegenheit auch Moonchilds Spur verloren hatte. Und er konnte sich des Eindrucks nicht erwehren, dass genau dies die Absicht seines Huts – oder des Windes – gewesen war.

Er stieß eine Verwünschung aus, die er in seiner Zeit als Goldwäscher gelernt und für besondere Gelegenheiten wie diese bewahrt hatte.

Da lenkte ein heiseres Winseln seine Aufmerksamkeit auf eine Grube ein paar Schritte weiter. Überrascht trat er näher und blickte in ein sechs Fuß tiefes Loch in der Erde, dessen Ränder mit Zweigen und Laub verkleidet waren – es gehörte nicht viel dazu, das Loch als eine Falle zu erkennen.

Und in der Falle saß ein aufgebrachter kleiner Grizzlybär.

»Mir scheint, die Tiere dieses Waldes pflegen einen beklagenswert nachlässigen Umgang mit ihren Jungen!«, stieß Fernando aus und wandte den Kopf zum Himmel. »Wieso ich? Ich bin kein Adler und habe mir für einen Adler fast den Hals gebrochen. Ich bin kein Bär und muss mich doch wohl gleich von einem zerfleischen lassen. Wer rettet mich? Wer bringt mich nach Hause?«

Doch der Vorwurf war, wie er sich eingestand, vielleicht nicht berechtigt: denn irgendjemand oder -etwas *hatte* ihn gerettet – und wo genau er sein Zuhause hatte, wusste er selbst nicht mehr.

Also sah sich Fernando nach etwas um, mit dem er dieses Bären-junge aus seiner misslichen Lage befreien konnte, und fand einen Ausweg in Form eines umgestürzten Baums. Da dem knorrigen Nadelgehölz schwer beizukommen war, zog er seinen Gürtel aus, schlang ihn um zwei Äste und zerrte den Baum mit aller Kraft zur Grube, wobei er sich das Hemd zerriss. Dann ließ er den Baum mit einem Ende hinabrutschen und begab sich rasch in Sicherheit.

Er hoffte, er hatte die Kletterfähigkeit des kleinen Räubers nicht überschätzt.

Doch da kam der Grizzly auch schon den Stamm emporgehopst, mit beiden Pranken an der Rinde wie eine fette, ungeschickte Katze. Sobald er festen Boden erreicht hatte, sprang er ab, rief noch einmal kehlig und tapste hastig von dannen.

»Gern geschehen«, kommentierte Fernando. »Wäre auch das er-ledigt.« Dann gürtete er sich wieder seine Hose, klopfte sich die Na-deln von den Überresten seines Hemdes und schaute sich um.

Er könnte wirklich etwas zu essen und trinken vertragen.

Ein Plätschern drang an seine Ohren.

Erst misstrauisch, dann hoffnungsvoll eilte Fernando voran. Er stolperte über aufdringliche Wurzeln und verteidigte seine letzte Habe gegen übergriffige Zweige. Irgendwo dort vorne wartete köst-liches Wasser auf ihn.

Und dann sah er es: eine Quelle, ein glitzerndes Bächlein, das aus einer Felsspalte in ein natürliches Becken rann, feierlich umringt von mehreren mannshohen Felsen.

Eilig taumelte er zum Rand des kleinen Teichs und hätte am liebsten sofort die Hände ins Wasser getaucht, als eine weiße Zeich-nung auf einem der Felsen seine Aufmerksamkeit erregte. Die feinen Linien waren zu klar gezogen, um natürlichen Ursprungs zu sein, gleichwohl sie eine der Natur nachempfundene Form bildeten: eine Art Gewächs, ein Farn vielleicht, oder … eine Hand.

Ein Windhauch kühlte seine Haut. Nicht zum ersten Mal hatte er das Gefühl, dass er in diesem Wald nicht alleine war – abgesehen von den Tieren war da noch etwas anderes. Etwas, das es bislang gut mit ihm gemeint hatte.

»Ich frage mich …«

Er zügelte seinen Durst für den Moment und sah sich die Zeichnung genauer an. Er hatte so eine Hand schon einmal gesehen, in seiner Zeit bei den Goldsuchern, an einem Nebenlauf des Flusses. Er wusste, dass es ein Zeichen der Esselen war, des Stammes seines Vaters. Ein Kunstwerk … oder mehr als das?

War es denkbar, dass noch Esselen in dieser Gegend lebten? Angeblich waren einige von ihnen vor den spanischen Missionaren in die Berge geflüchtet. Vielleicht war dieser Handabdruck ein Vermächtnis – ihre Art, zu überdauern …

Sein Blick fiel wieder auf das Becken. Auf einmal bemerkte er ein helles Glänzen im Wasser, ein Flackern wie von Kerzen in einer Kirche, denen die Gläubigen ihre Gebete anvertrauten. Auf dem Grund des Beckens lagen alte Münzen – silbern, kupfern, groß und klein. War der Teich womöglich eine Art Wunschbrunnen? Oder ein Heiligtum?

Fernandos Herz schlug schneller. Er betrachtete sein Spiegelbild im unruhigen Wasser. Sah sein müdes, von Zweigen zerkratztes Gesicht und Reids Stern an seiner Brust, der aufblitzte, als ein verirrter Sonnenstrahl das Silber traf. Seine Finger spielten mit dem Stern. Er dachte an das Versprechen, das er gegeben und zur Hälfte schon gebrochen hatte. Ob er Moonchild je wiederfinden würde? Was war dies für ein verwunschener Ort, der sich jenseits eines Bandes von Sturmwolken verbarg? Abermals wünschte er, der Ranger wäre hier und könnte ihm Rat geben.

Glaube weiter an die Gerechtigkeit. Gib nie auf!

Fernando nahm die Hand vom Stern. Er konnte sich nicht von ihm trennen – dennoch verspürte er den Wunsch, sich dieser lebensrettenden Quelle erkenntlich zu zeigen.

Er nahm das Döschen mit dem Gold aus seiner Weste und drehte ein apfelkerngroßes Nugget zwischen den Fingern. Was war es, das er gehofft hatte, sich von diesem Gold zu kaufen? Diesem Gold, das so viele Männer das Leben gekostet hatte? Er hatte weder eine Heimat noch ein Ziel.

Fernando warf das Nugget in das Becken.

Die Wasseroberfläche kräuselte sich, und auf einmal war es nicht mehr sein Spiegelbild, das ihm aus dem funkelnden Sternenfeld entgegenblickte, sondern das Bild einer Frau mit schulterlangem, dunkelblondem Haar. Sie war höchstens so alt wie Fernando und trug ein mädchenhaftes Kleid aus buntem Stoff. Auf ihrem Arm aber saß ein Adler, und an ihre Seite trat ein großer Bär, sodass sie für Fernando wie die Verkörperung einer Göttin der Natur oder der Jagd wirkte.

Und er hörte eine unsichtbare Stimme in einer alten Sprache, die er schon lange nicht mehr gehört hatte.

Es war die Sprache seines Vaters.

Sale, sagte die Stimme. *Esse name. Sale.*

Dies war das einzige Wort, das Fernando noch kannte: *sale,* gut. Doch er verstand die Aufforderung auch so.

Fernando beugte sich über das Becken, tauchte die Hände in das kalte Nass und trank in vollen Zügen, bis sich die Zunge von seinem trockenen Gaumen gelöst hatte. Das Wasser war herrlich, jedoch stieg es ihm zu Kopf fast wie Wein. Nachdem er seinen Durst gestillt hatte, wusch er sich Gesicht und Haar und schüttelte sich benommen.

Als er leises Lachen hörte, reckte er den Hals und rieb sich verwundert die Augen. Immer noch war er allein – aber er glaubte nun eine leise Melodie zwischen den Bäumen zu hören, die aus einer ebenso fernen Zeit zu ihm rief wie die Worte in der Sprache der Esselen. Es war ein Wiegenlied, wie es seine Mutter auf dem Rancho gesungen hatte.

Seine Lider wurden schwer. Er sackte auf dem Boden vor dem Teich zusammen, doch er spürte keine Angst.

Sale, wisperte die Stimme und führte ihn tiefer hinab in den Traum. *Xarxcina name …*

STEPHANIE

Der Scheibenwischer trug sein Lied mit der Traurigkeit eines Jazzbesens vor, mit dem ein betrunkener Schlagzeuger auf dem Bühnenboden sein Erbrochenes durchrührt.

Eine Weile glaubte sie, sie wäre wieder im *Naples,* bewusstlos unter der Theke nach einer rauschenden Feier, und müsste jeden Moment aufspringen, um den Unrat fortzuwischen, ehe der Manager kam.

Mit der Zeit realisierte sie, dass diese Jahre vorbei waren und sie auch niemals derart rauschend gefeiert hatte, zumindest nicht bei der Arbeit; diese Einsicht ging einher mit der Befürchtung, dass das Erbrochene, das sie zweifellos roch, vermutlich ihr eigenes war; sowie dem Schluss, dass ihre Lage in Wirklichkeit noch viel prekärer war als im Halbschlaf befürchtet.

Und mit diesem Gedanken sprang sie dann wirklich auf.

Der Sprung fand sein jähes Ende an der Decke der Fahrerkabine und betraf fast dieselbe Stelle ihres Kopfes, die sie sich zuvor an der Scheibe gestoßen hatte. Hellwach und mit wedelnden Händen wischte sie sich den Mund ab und erfasste die Situation.

Diese stellte sich ihr folgendermaßen dar: Sie saß nach wie vor auf dem Beifahrersitz des Lastwagens; die Sonne schien; vor der Windschutzscheibe klaffte eine blaue, straßenlose Leere; die Fahrertür stand offen und Rince war nicht da.

Wo war Rince?

Hektisch rutschte sie über die Sitzbank, doch die schnelle Bewegung ließ ihren Schädel wie ein lautes Becken schwingen und der Laster reagierte auf die Gewichtsverlagerung mit bedrohlichem Wippen.

Stephanie erstarrte. Sie erinnerte sich an den Unfall und wie sie auf den Abgrund zugerast waren. Und sie begriff, dass der Laster aller Wahrscheinlichkeit nach mit den Vorderrädern im Nichts hing und schon eine unbedachte Bewegung ihr Ende bedeuten konnte. Und dass Rince …

Sie schluckte.

So vorsichtig wie eine Mutter, die um die Wiege ihres schlafenden Kindes schleicht, manövrierte sie sich auf ihren Platz zurück und öffnete mit zitternden Händen die Beifahrertür. Die Tür klemmte. Sie gab der Tür einen Schubs, die Tür schwang auf, Wind wehte herein, der Laster schwankte und Stephanie stieß einen Schrei aus. Mehr auf ihr Glück als ihre Körperbeherrschung vertrauend, gelang es ihr, einen tastenden Fuß aus der Tür zu schieben und einen Blick nach draußen zu werfen.

Unter ihr gähnte das brodelnde Meer wie ein kalter, unbarmherziger Schlund.

Fast wäre sie vor Schreck wieder zurückgezuckt, doch der Laster schwankte nun so wild, dass Rückzug genauso gefährlich wie der Weg nach draußen schien. Gleichzeitig erhaschte sie aus dem Augenwinkel einen Blick auf ein Stück Fels nah am Trittbrett – den Klippenrand. Also nahm sie ihren Mut zusammen, setzte die Bewegung fort und schwang sich am Türrahmen in engem Bogen hinaus und auf sicheren Grund.

Dort stürzte sie auf allen vieren hin und starrte großäugig, keuchend den Boden an, bis auch ihr rasendes Herz begriffen hatten, dass es seinen letzten Schlag noch nicht getan hatte.

Der kalte Wind kühlte ihre schweißnasse Haut. Ihr Kopf schmerzte nun, da das Adrenalin langsam wich, umso mehr. Behutsam und auf die unberechenbaren Böen bedacht, kroch sie vom Klippenrand zum Heck des Lasters, der geduckt, die Schnauze zum Meer, auf seinen geplatzten Hinterrädern hockte wie ein schlapper Hund mit dem Gesicht im Napf. Nur dass der Napf in diesem Fall zweihundert Fuß tief war. Am Horizont lauerten noch die Reste des schlechten Wetters von gestern.

Stephanie kauerte sich hinter dem Laster zusammen, schlang die Arme um die Knie und kontemplierte über die Ungerechtigkeit ihres Seins.

Das hat man wohl davon, wenn man seinen angestammten Platz verlässt, dachte sie, und hätte der Gedanke einen Geruch besessen, so wäre es der jener kleinen Wohnung in Chicago gewesen, die sie sich lange Jahre mit ihrer Mutter geteilt hatte. Kaum hatte sie den Schritt hinaus in die Welt gewagt, wäre sie fast über deren Rand gestürzt – mehrfach sogar, doch nie derart konkret wie heute.

Und Rince ... Rince ...

Sie schluchzte. Dann wurde sie wütend. Wütend auf ihn, weil er sie mit ihrem Selbstmitleid allein gelassen hatte, und wütend auf seinen bescheuerten Plan. Den Plan, den er ihr nicht hatte verraten wollen, genauso wenig wie die Wahrheit über ihre Ladung. Die Ladung, die sich immer noch auf dem Laster befand ...

Stephanie erhob sich und wankte zur Ladefläche. Diese war nach wie vor mit ihrer Plane überspannt. Stephanie löste das Seil und schlug die Plane zurück.

Darunter kamen gestapelte Kisten zum Vorschein. Auch ein einzelnes Reserverad und etwas Werkzeug fanden sich. Ersteres würde ihr nicht sehr viel nützen, Letzteres vielleicht schon eher.

Ungeduldig legte sie eine Kiste frei, und mit einem Schraubenschlüssel und viel Kraft gelang es ihr, den vernagelten Holzdeckel aufzustemmen.

In der Kiste war eine Menge Holzwolle. Stephanie wühlte mit beiden Händen, bis ihre Finger auf hartes Glas stießen und sich unverkennbar um eine Flasche schlossen.

Sie zog die Flasche heraus. Sie hatte kein Etikett und enthielt eine goldfarbene Flüssigkeit.

Stephanie seufzte. Der Laut war eine Mischung aus Bedauern und Wohlgefallen. Sie wusste, was in der Flasche war, noch ehe sie sie geöffnet hatte und daran roch.

»Oh, Rince ...«

Es war Whiskey. Kanadischer Whiskey, wenn ihre Barerfahrung sie nicht trog, von durchaus feiner Qualität.

Eine schnelle Suche förderte noch elf weitere Flaschen in der Kiste zutage.

Das war also Rinces Plan gewesen – der Aufstieg in die Liga der großen Schmuggelkönige. Die Gelegenheit, Al Capone zu zeigen, was für ein toller Hecht sein linker Daumen doch war. Das war die Ladung, die er nach Reno hätte bringen sollen und die er stattdessen mit hohem Risiko und Gewinn an Dritte hatte verkaufen wollen. Die im wahrsten Sinne goldene Zukunft, von der er geprahlt hatte.

»Ach, Liebes …«

Nun würden sie wohl beide leer ausgehen.

Missmutig überschlug sie die Zahl der Kisten unter der Plane. Es waren mehrere Dutzend. Wenn alle zwölf Flaschen Whiskey enthielten, würde sie den Marktwert auf mehrere tausend Dollar schätzen – mehr, als sie die letzten Jahre in der Bar verdient hatte. Es rechtfertigte sogar die riesigen Umwege, die der Whiskey auf seiner Route genommen hatte. Mit einer solchen Ladung einfach durchzubrennen, war brandgefährlich – sicher würde man bald schon jemanden schicken, der nach ihnen suchte …

Da erregte eine Kiste in einem anderen Format ihre Aufmerksamkeit. Stephanie öffnete auch sie und hielt kurz darauf eine flache Schachtel in Händen.

Neugierig sah sie hinein.

Die Schachtel enthielt Pralinen – einzeln verpackt und säuberlich aufgereiht wie kleine Törtchen in einem Rüschenbett. Stephanie pickte eine heraus und schob sie sich in den Mund. Auch die Praline war mit Whiskey gefüllt, ummantelt von dunkler Schokolade. Ihr aufgebrachter Magen protestierte im ersten Moment, doch dann fand Stephanie rasch Gefallen daran.

Bald darauf hockte sie mit der Schachtel Pralinen neben dem Laster und suchte nach einem Ausweg aus ihrer beklagenswerten Situation. Hier saß sie nun, allein auf einer windgepeitschten Klippe …

»Mr. Rick Vincent III.!«, sprach sie in die kalten Böen. »Ist das Ihre Art, eine Dame zu behandeln? Ihr erst das Blaue vom Himmel zu versprechen und sie dann hier, inmitten dieses ganzen Blaus, dem sicheren Tod …« Sie machte eine hilflose Geste zu ihrem unsichtbaren Publikum, und dann musste sie schluchzen, da ihr neuerlich bewusst wurde, dass Rince ihr in Sachen Tod schon einiges voraushatte.

Sie erhob sich, schwach wie sie war, und tapste zurück zur Ladefläche. Die Pralinen hatten die Lust auf mehr in ihr geweckt, und die Trauer um ihre große Liebe verlangte danach, ihr ein Zeichen zu setzen.

Sie bemächtigte sich einer Flasche, entkorkte sie mit der Übung langer, dunkler Jahre in noch dunkleren Spelunken und trank einen Schluck. Ein heißer, angenehm weicher Geschmack vertrieb die Schokoladensüße aus ihrem Mund.

Sie ließ sich wieder auf den Boden plumpsen und setzte ihre Zwiesprache fort.

»Es war anständig von dir, mir wenigstens diese Flasche und all ihre Geschwister zur Gesellschaft zu lassen. So muss ich nicht alleine auf mein Ende warten, bis mich deine Freunde, die Polente oder andere Kriminelle erwischen.« Sie trank einen Schluck und schaute sich um. »Oder die wilden Tiere. Ich bin sicher, dass es hier wilde Tiere gibt. Die einzigen Zeichen von Zivilisation in hundert Meilen Umkreis sind wahrscheinlich Arbeitslager ...« Sie schauderte und trank einen weiteren Schluck. »Es ist eine ausnehmend schlechte Gegend für einen Unfall, und ich denke, es ist nicht zu undankbar, dir anzukreiden, dass du mich in eine solche Gegend gefahren hast, ohne mich in deine Pläne einzuweihen. Aber gut, schon gut!« Sie machte eine beschwichtigende Geste. »Man soll ja nicht schlecht über die Toten reden. Und ich möchte nicht, dass du mich womöglich hier sitzen siehst, wo immer du nun steckst, und mich schimpfen hörst. Andererseits ...«

Sie warf einen kritischen Blick auf die offene Fahrertür. Etwas daran missfiel ihr, und es war nicht nur die Tatsache, dass sie geöffnet war. Es musste etwas mit dem Abgrund darunter zu tun haben.

»Was ich kritisieren möchte«, fuhr sie grübelnd fort, »ist die Tatsache, dass du diese Tür allem Anschein nach geöffnet hast. Verzeih, dass ich es für nicht sehr glaubhaft halte, dass sie ausgerechnet im Moment des Unfalls aufschwang, ohne die geringste Delle ...« Sie nickte. »Du hast diese Tür geöffnet, und du bist gesprungen, um dich zu retten, und hast mich im Stich gelassen.« Sie schluchzte aufgebracht. Hatte sie sich so in ihm getäuscht? Von Zweifeln gepackt stand sie auf und arbeitete sich vorsichtig an der Lasterseite entlang, um einen Blick in die Tiefe zu werfen.

Unter ihr lag das Meer, unverändert und ewig im Wandel begriffen.

»Ach, Rince.« Sie hatte sich nicht in ihm getäuscht: Zwar hatte er zweifelsohne zu springen versucht – aber zu spät. Der untreue Tolpatsch war direkt in seinen Tod getaumelt. So kannte sie ihn.

Sie setzte sich besänftigt wieder hin und suchte Trost bei ihrer Flasche. Sie wünschte, Rince wäre nicht so ein Angeber gewesen. Nicht so ein Feigling. Und ein besserer Fahrer. Sie hatte wirklich geglaubt, dass er es ernst meinte und eines Tages einen passablen Ehemann abgeben könnte.

Wie die Dinge standen, konnte sie wohl nur noch hoffen, dass er sich als guter Schwimmer entpuppt hatte, und die Selbstlosigkeit dieses Wunsches wärmte ihr Herz.

Dies war der Kreis, in dem sich ihre Gedanken die folgende Stunde bewegten, und der sich wie eine Schlinge immer enger um sie zusammenzog, je mehr des goldenen Feuers durch ihre Kehle rann. Und so bemerkte sie das Stöhnen, das aus der Tiefe zu ihr aufstieg, erst gar nicht, bis es sich deutlich über das Jammern des Windes erhob; und selbst dann hielt sie es noch für Einbildung und – als das nicht mehr möglich war – für eine Stimme aus dem Geisterreich.

Ihre Mutter hatte früher häufig spiritistische Sitzungen mit ihren reicheren Freundinnen abgehalten und sich mit der Zeit einen bescheidenen Ruf als Medium erarbeitet – auch in der Hoffnung, dass ihr die eine oder andere Weisung aus dem Reich der Toten zum finanziellen Vorteil gereichen könnte. Für die kleine Stephanie waren dieses Anlässe und der dahinterstehende Glaube an die Banalität des Überweltlichen so selbstverständlich wie Kirschkuchen gewesen, und bald hatte sie ebenfalls begonnen, Leuten aus der Hand zu lesen.

»Ja, jetzt beschwerst du dich!«, erwiderte sie daher auf das unheimliche Stöhnen. »Vielleicht hättest du etwas rücksichtsvoller fahren sollen ...«

»Stephanie ...«

»... oder von vornherein eine andere Abzweigung im Leben nehmen. Aber auf mich hört ja nie einer, schon gar nicht ein Mr. Vincent III. …«

»Stephanie …«

»Dabei wäre dann vielleicht vieles anders gekommen! Zum Beispiel müsste ich jetzt nicht auf dieser Klippe frieren und du würdest nicht schmoren, wo eine Menge deiner Freunde und Geschäftspartner dir sicher Gesellschaft leisten …«

»Stephanie, jetzt lass den Scheiß!«, schallte die Stimme aus dem Abgrund. »Ich bin's wirklich! Komm und hilf mir!«

Sie schwieg verdattert. Dann reckte sie den Kopf. »Rince?«, rief sie, denn die Stimme war eindeutig seine und bar jenes charakteristischen blechernen Klangs, der Stimmen aus dem Jenseits sonst so verlässlich eigen war. »Bist das du?«

»So wahr ich hier hänge.«

»Wo steckst du?«

»Frag nicht so blöd und beeil dich!«

Stephanie zögerte.

»Bitte«, fügte er etwas kleinlaut hinzu.

»Na gut.« Stephanie stand auf und näherte sich dem Abgrund.

Es brummte und stöhnte aus der Tiefe.

»Ich kann dich nicht sehen«, rief sie zum Meer hinab. »Bist du sicher, dass du dort unten bist?«

»Ich höre dich direkt über mir. Du musst näher zum Rand!«

Vorsichtig beugte sie sich weiter vor. Dann wurde ihr schwindlig, also ging sie in die Hocke und kroch das letzte Stück auf allen vieren, bis sie etwa zehn Fuß tiefer tatsächlich einen weiteren Vorsprung ausmachte. Und halb an, halb unter diesem Vorsprung hing Rince in einem dürren Gesträuch ihr unbekannter Art.

»Rince!«

»Ja!«

»Du lebst!« Ihr drehte sich alles.

»Zieh mich hoch!«

»Aber wie?«

»Hol ein Seil!« Er hatte diesen drängelnden Tonfall, den sie nie an ihm gemocht hatte. Als ob sie ein wenig schwer von Begriff wäre.

»Haben wir denn eins?«

Er drehte angestrengt den Kopf, was in seiner Position sicherlich schmerzhaft war, hing er doch in dem Gesträuch wie ein verunglückter Dachdecker und forderte mit jeder unbedachten Bewegung den endgültigen Absturz heraus.

Dessen ungeachtet gelang es ihm, ihr einen herablassenden Blick zuzuwerfen, was angesichts der tatsächlichen Höhenverhältnisse eine beachtliche Verkehrung der Naturgesetze darstellte. Stephanie wurde abermals schwindlig.

»Womit glaubst du ist die Plane auf dem Laster festgemacht?«

Der Geistesblitz schoss ihr bis in den Magen. »Ich bin gleich wieder da!«

Sie stolperte zurück zum Laster und schaffte es, das Seil aus der Plane zu fädeln. Suchend schaute sie sich um. Dann band sie das Ende des Seils an der Hinterachse des Lasters fest und kehrte mit dem Rest zurück zum Abgrund. Rince sah ungeduldig zu ihr auf.

»Liebes, ich hoffe, du hast die letzten Monate nicht zu viel zugelegt«, sagte sie, während sie das Seil Schlinge für Schlinge zu ihm herabließ. »Der Laster steht wirklich nicht sehr stabil, und wir wollen doch nicht, dass er zu dir runterrutscht, richtig?«

Rince griff fuchtelnd nach dem Seil, das über ihm baumelte. Ein Kätzchen mit einem Wollknäuel hätte koordinierter gewirkt. »Ich werde das …« Er verfehlte das Seil. »Schon …« Abermals. »Schaffen!« Er bekam das Seil zu fassen und begann sich mit einem sehr männlichen Grunzen daran hochzuziehen. Einen bedrohlichen Moment lang schienen Laster und Gesträuch wie Gott und Teufel um ihn zu ringen, dann gab das Gesträuch ihn widerwillig frei, und unter Einsatz zahlreicher Muskeln, die sie gar nicht an ihm vermutet hätte, arbeitete Rince sich die Klippe hoch. Da ihr sonst nicht viel zu tun blieb, setzte sie sich hin und feuerte ihn an.

»Fast geschafft!« Sie klatschte aufgeregt in die Hände, bis es ihm nach mehreren Versuchen gelang, ein Bein über den Klippenrand zu schwingen. Dann brach er zitternd neben ihr zusammen, begleitet von einem derart ausdrucksvollen Stöhnen, dass sie zu wünschen begann, der Anlass wäre ein anderer.

»Du bist es!«, erinnerte sie ihn und sich selbst und zerzauste ihm das Haar. Ein schwacher Duft nach Ente stieg ihr in die Nase. »Und du hast mich nicht im Stich gelassen!«

»Wovon redest du?«, japste Rince.

»Schon gut.« Sie tätschelte seinen Rücken und rieb sich dabei verstohlen die fettigen Finger ab.

»Wie geht es dem Laster?«

»Du meinst: Wie geht es der Ladung? Ist das deine Frage?«

»Ich meine …«

»Du meinst: Wie geht es meinen Kisten mit teurem Whiskey, von dem ich meiner Stephanie nichts erzählen wollte? Dem Whiskey geht es bestens, danke der Nachfrage.« Sie erhob sich und drückte ihm die Flasche in die Hand. »Da, überzeug dich!«

Fast erwartete sie, dass er sich darüber beschweren würde, dass sie den Whiskey angebrochen hatte, doch er nahm die Flasche, stand auf, trank und machte dieses selbstzufriedene Gesicht, bei dem sie nie wusste, ob sie den Kopf schütteln oder ihn an ihr Herz drücken sollte.

»Du bist doch nicht wütend?«, vergewisserte er sich.

»Dass du uns das alles eingebrockt hast? Dass du mich in diese Einöde gefahren, einen Unfall gebaut und mir einen Riesenschreck verpasst hast?« Sie machte eine großspurige Geste. »Ach was! Lass uns lieber überlegen, was wir jetzt tun.«

Eine Weile standen sie in den Anblick des Lasters versunken und ließen die Flasche hin- und herwandern, grüblerisch wie zwei Handwerker vor einer kollabierten Ruine. Dann steckte sich Rince eine Zigarette an und schwadronierte.

»Zu zweit kriegen wir den Laster nicht von der Klippe gezogen. Zurücksetzen können wir ihn mit platten Reifen auch nicht. Und wir haben bloß ein Reserverad und der Laster würde uns wohl auch abstürzen, wenn wir versuchen, ihn aufzubocken. Das ist alles sehr schlecht, aber immerhin etwas.« Er sah Stephanies Blick und präzisierte. »Etwas, was schon mal nicht in Frage kommt! Der nächste Schritt wäre dann wohl, die Ladung zu bergen, die sowieso mehr wert ist als der ganze Laster. Ich schlage also vor …« Er packte die vorderste Kiste und ließ sie schnell wieder los, als der Laster ins Schwanken geriet. »Ich schlage vor, dass wir alles genau so lassen, wie es ist, damit die Ladung in Sicherheit ist! Wir warten, bis mein Kontakt uns suchen kommt – sofern sein Boot den Sturm überlebt hat und er das Leuchtfeuer erreicht, das sich wahrscheinlich …« Er blickte suchend die Küste auf und ab. »Nicht in der Nähe befindet. Wir müssen also zu ihm kommen, und dafür müssen wir das Leuchtfeuer finden.«

Er zog zufrieden an seiner Zigarette.

Sie schaute ihn an. »Bist du fertig?«

»Ja«, sagte er ohne Ironie und deutete auf den Whiskey. »Lass uns noch eine Flasche als Reserve mitnehmen. Für alle Fälle.«

Sie drückte ihm den Whiskey in die Hand und nahm ihm dafür die Zigarette ab. »Wir brauchen etwas zu essen«, hob sie hervor.

»Wir haben Pralinen.«

»Wir brauchen ein Telefon. Ein Auto, ein Dach über dem Kopf. Wir brauchen *alles,* Rince!«

»Das wird sich finden. Hast du den Revolver?«

Manchmal, wenn sie ihn so ansah, fragte sie sich, ob sich hinter dem unbeschwerten Gesicht nicht der Verstand eines Fünfjährigen verbarg. Eines fünfjährigen Waschbären, was immer dieses Alter in Waschbärjahren war.

»Dein Revolver ist im Handschuhfach.« Sie deutete auf die offene Beifahrertür, die halb über dem Abgrund schwang. »Und ich gehe da nicht wieder rein.«

»Du warst aber drinnen und es hat dich getragen«, stellte er fest. »Also klappt das auch noch mal.«

Sie setzte sich auf die Ladefläche und blies ihm Rauch ins Gesicht. »Hol ihn dir selbst.«

Er wollte etwas erwidern, doch sie ließ ihn nicht zu Wort kommen.

»Ich bin dein Gegengewicht – und wenn eine Dame von ihrem Gewicht redet, schweigt ein Gentleman und fügt sich ihrer Einschätzung! Wenn du deinen dummen Revolver willst, dann hol ihn dir!«

Insgeheim hatte sie gehofft, dass Rince klein beigeben würde, aber unglückseligerweise schnappte er stumm mit dem Mund und wandte sich tatsächlich zur Beifahrertür.

Stephanie stöhnte leise. Doch sie blieb tapfer sitzen und biss die Zähne zusammen.

Der Laster schwankte. Rince ächzte. Sie hörte etwas klappern. Dann hob sich die Ladefläche eine Sekunde wie eine Wippe und Stephanie quiekte höchst undamenhaft.

Sekunden später stand ein sehr bleicher Rince vor ihr, den Revolver in der einen, ihre Handtasche in der anderen Hand.

»Liebes!«, rief sie gerührt und schwor sich, dass sie nie wieder eine Wette auf seine Lebensmüdigkeit eingehen würde.

»Deine Tasche«, sagte er und drückte sie an ihre Brust. »Und vergiss den Whiskey nicht!«

MIRA

Calibans Haus stand östlich des Dorfes an einem Hang. Dort reckte sich das Land dem Himmel entgegen, wobei es sich nach und nach seines grünen Gewandes entledigte, bis der nackte Fels zum Vorschein kam, nur um wenig später jäh in eine tiefe Schlucht abzufallen. Am Fuße dieser Schlucht floss ein Creek, so tief in den verwinkelten Schatten, dass man ihn nur hörte, aber niemals sah. Und jenseits der Schlucht und des Hauses begann eine weglose Wildnis, die sich bis in die Berge erstreckte, deren Gipfel an diesem Tag im Tosen des Sturms verborgen lagen. Ariel war beschäftigt, hieß das. Je vehementer der Geist gerade seine Macht einsetzte, desto kleiner wurde Miras Welt.

Das Haus machte einen halb fertigen Eindruck. Genau genommen machte es den Eindruck, als wäre es bereits mehrfach halb fertig gewesen: die Steine waren ungleichmäßig groß, die Balken verliefen mal längs, mal quer und bestanden aus einer Vielzahl verschiedener Hölzer, sodass die Fassade ein großes Mosaik bildete, dessen einzelne Bausteine immer verwirrender und kleinteiliger wurden, je näher man sie studierte. Fenster waren linkerhand gestrichen und rechterhand nicht, kleine Erker und spitze Giebel strebten in die Höhe und schienen ihr Ziel sogleich zu vergessen; und ihre Zahl wuchs und schwand mit den Phasen des Mondes.

Ausläufer der Schlucht umschlossen das Haus wie ein gezackter Burggraben. Mira passierte die wackelige Holzbrücke, die unter ihren Ballerinas wie Scheite im Feuer knackte, und den kleinen Vorplatz dahinter. In die verkrümmte Kiefer, die dort wuchs, hatte vor langer Zeit der Blitz eingeschlagen, sodass sie halbseitig abgestorben war; doch das Leben hatte einen neuen Weg durch das hohle Gehölz gefunden und spross in jungen Trieben aus dem Stamm. Mira wusste nicht, ob es stolz oder unvernünftig war, in einem Haus zu leben, das weit und breit das Höchste war, das sich Gewittern darbot. An jeder anderen Stelle ihrer Welt hätte sie darauf gesetzt, dass Ariel Schaden von ihr fernhielt; die letzten Jahre aber mieden Caliban und Ariel einander, und sie glaubte nicht, dass er die Hilfe des Geistes noch annehmen würde.

Die Tür des Hauses öffnete sich, ehe sie sie erreichte.

Caliban stand im Eingang. Sein schwarzes Haar war wilder seit ihrem letzten Besuch, seine Haut ungeachtet der wärmenden Sonne bleich wie immer. Er trug einen dunklen, samtenen Gehrock, in dem sich die Farben eines nächtlichen Regenbogens verbargen, über einem schimmernd weißen Hemd. Seine melancholischen Kohleaugen starrten ihr entgegen, die schmalen Wangen waren erwartungsvoll gespannt, die blassen Lippen geschürzt. Wie immer wirkte er, als rechnete er jeden Moment damit, dass der Blitz auch in ihn einschlagen könnte.

»Hallo Mira«, sagte er.

»Caliban!«, rief sie und fiel ihm um den Hals. Sie spürte, wie er sich versteifte. Sie roch seinen Duft, der Ariels ähnelte, nach Wind und Meer und unerfüllten Träumen.

»Ich dachte, wir sehen uns erst in drei Nächten.«

»Es ist etwas passiert … ich muss mit dir reden.«

Er entspannte sich, vergrub das Gesicht in ihrem Haar. Dann löste er sich aus der Umarmung und ging ins Haus.

»Komm herein.«

Sie folgte ihm nach drinnen.

Der vordere Bereich des Hauses war eine finstere Treppenhalle, kalt trotz des schimmernden Spiegelsamts auf den einsamen Sesseln und der schweren Teppiche auf dem Steinboden. Calibans düstere Gemälde an den Wänden schienen bei jedem Besuch anderen Schemen eine Heimat zu geben, immer aber der gleichen Sehnsucht. Sie hatte ihn für seine Malerei stets beneidet, auch wenn es ihr manchmal unheimlich war, wie er die Welt sah. Auf Mira wirkte die Halle auf verstörende Art abweisend, verschlossen gar. Nichts darin passte zu dem Caliban, den sie kannte; es war, als führte er sie durch eine Ausstellung, deren Sinn sich ihm selbst nicht enthüllte.

»Du bist ja ganz aufgeregt«, stellte er fest. »Was ist passiert? Sollte sich im Reiche deines Vaters tatsächlich einmal etwas Unvorhergesehenes ereignet haben?«

»Es sind Leute gekommen!«, platzte es aus ihr heraus, denn sie hatte keine Zeit für seine Neckereien. »Andere Menschen! Zu uns!«

»Leute?« Er verharrte, die Hände hinter dem Rücken, und wandte sich ihr stirnrunzelnd zu. »Menschen?« Der Gedanke an Besucher musste ihm genauso fremd sein wie ihr. Sie hatten ihr ganzes Leben in der Welt unter dem Winde verbracht – sie war alles, was sie kannten. Und Mira und Caliban waren neben Ariel und Ross die einzigen vernunftbegabten Bewohner dieser Welt.

»Sie sind auf dem Weg zu uns. Glaub mir! Ariel hat es mir gezeigt.«

Seine Miene verfinsterte sich. Caliban misstraute dem Geist, weil Ariel ihrem Vater verpflichtet war.

»Hat er dich geschickt?«, fragte er. »Ariel?«

»Nein. Erst wollte er es vor mir geheim halten.« Sie strahlte ihn an. »Dann habe ich ihn überredet und er hat mir alles erzählt.«

»Und dein Vater?«

Sie seufzte; wünschte, Caliban hätte Vertrauen in sie. Es schmerzte sie, dass die einzigen Gefährten in ihrem Leben einander mit Argwohn begegneten. »Vater wollte nicht, dass ich zu dir gehe – da bin ich davongelaufen.« Sie warf die Arme hoch. »Manchmal kann er so stur sein!«

Caliban presste die Lippen zusammen, schaute unruhig zum Fenster. »Er hasst mich«, murmelte er.

»Oh Caliban.« Sie trat näher und drückte ihn an sich. »Wieso? Wieso stellt Vater sich zwischen uns? Immerzu warnt er mich vor dir, als wärst du ein gefährliches Tier. Wieso? Was ist zwischen euch vorgefallen?«

»Das weißt du genau. Er hasst mich seit dem Tag meiner Geburt.«

»Es fällt mir schwer zu glauben, dass er dich deiner … Herkunft wegen ablehnt.« Sie kannte die alte Geschichte, die angeblich von Ariel stammte: dass Calibans Mutter eine böse Zauberin gewesen sei, die von Miras Vater bei seiner Ankunft in der Welt unter dem Winde besiegt worden sei. Mira war sich nie sicher gewesen, wie viel davon Calibans oder Ariels Phantasie entsprungen war. Vielleicht war es nur eines von Ariels Märchen, wie jene, die er ihr als Kind erzählt hatte. Ihr Vater tat es als Hirngespinst ab, wenn sie ihn nach diesem Zweikampf fragte. Eine schmeichelhafte Fabelei und nichts weiter.

»Glaub mir, ich hege keinen Groll gegen deinen Vater«, bekräftigte Caliban. »Ich wünsche mir nichts mehr, als dass er mich in Frieden ließe.« Er wählte seine Worte mit Bedacht. »Auch wünschte ich, er würde deine Gedanken nicht ständig beschäftigen. Er ist ein bitterer Mann und kein freudvolles Thema für mich.«

»Er ist mein Vater.« Sie biss sich auf die Lippe. »Aber manchmal komme ich mir wie seine Gefangene vor. Und ich weiß, dass er dir unrecht tut.«

»Ist das so?« Er löste sich von ihr und ging weiter. »Dann hilf mir. Ich bin ganz allein.«

Mira folgte Caliban durch die rückwärtige Tür der Eingangshalle ins Herz des Hauses. Sie kannte den Anblick, der sie dort erwartete, seit ihrer Kindheit; doch er traf sie jedes Mal aufs Neue wie ein vergessener Schmerz.

Wind bauschte ihr Haar, und heller Sonnenschein schlug Mira ins Gesicht, als der Salon sich vor ihr auftat. Es war ein weiter, mit weichen Möbeln und Wandbehängen geschmückter Raum, in dem seiner sorgfältigen Staffage zum Trotz eine offene Wunde klaffte: Denn das Zimmer besaß zwar Boden und Decke, doch nur drei Wände. Die rückwärtige Wand fehlte – so wie bei allen Zimmern hinter dem Eingangsbereich.

Mira blieb stehen und ließ den Blick über die offenen Räume wandern.

Die Schlucht fuhr direkt durch Calibans Haus: durch Salon und Küche im Erdgeschoss wie durch Schlaf- und Musikzimmer darüber und das Studio unter dem Dach, so als hätte ein riesenhaftes Messer das Haus mitsamt seinen Möbeln gleich einer Torte durchgeschnitten und beide Hälften separiert, wobei die Schichten der Torte etwas verrutscht waren und beständig einzustürzen drohten.

Ungeachtet dieser Gefahr setzten sich Räume und Gegenstände auf der anderen Seite der Schlucht einfach fort. Ein Sofa begann auf der einen Seite und endete auf der anderen. Hemden wehten aus den offenen Flanken eines zerteilten Kleiderschranks; eines war gar in der Mitte zerteilt, sodass beide Ärmel auf ewig durch die Schlucht getrennt waren. Selbst Calibans Bett kannte zwei Hälften, ebenso sein Klavierflügel; und die Farbtöpfe seines Studios standen fern der schmetterlingsumtanzten Staffelei. Vögel spielten in dem Rinnsal, das aus dem halben Spülstein in die Schlucht tropfte.

Zwischen beiden Seiten der Schlucht, die an der breitesten Stelle gut zwanzig Fuß maß, hatte Caliban eine Vielzahl von Tauen und Stricken gespannt, darunter auch die eine oder andere Seilbrücke. Spinnwebfeine Fäden verbanden die beiden Hälften eines Buches wie ein Flüstern zwei getrennte Liebende, während starke Stränge Tische und Truhen ihrer Vollständigkeit versicherten. In der Tiefe – das wusste Mira von früheren, furchtsamen Blicken – spannten sich schwere Ankerketten durch die Schlucht, die gegen den kaltherzigen Zug des Gesteins ankämpften.

Caliban reichte ihr das Ende eines Seils und deutete auf die Hälfte eines dunklen Gobelins auf der anderen Seite der Schlucht. Mira wusste, was sie zu tun hatte – Calibans Haus stand unter großer Spannung und musste täglich neu verbunden werden. Sie half ihm nicht zum ersten Mal.

»Er hat meine Mutter in den Sturm getrieben«, sagte sie und betrat die nächstgelegene Seilbrücke.

Das ließ Caliban aufhorchen. »Deine Mutter?«

»Ja. Kannst du dir das vorstellen?« Kurz hielt sie inne und drehte sich auf der schwankenden Brücke zu ihm um. Der Wind blies ihr das Haar in die Stirn, und die helle Sonne ließ sie blinzeln. »Er sagt, sie habe ihn hintergangen, deshalb habe er damals mit mir fliehen müssen. Und nun ist sie uns gefolgt! Oder er hat sie gerufen.« Sie senkte den Kopf. Unter ihr klirrten die Ketten, und über ihr raunten die tiefen Saiten des Flügels im Wind. Doch heute machte ihr der bodenlose Schlund mit seinem unheilvollen Lied nicht halb so viel Angst wie die Veränderungen in ihrem Leben. Nach wie vor wusste sie nicht, ob sie beim Gedanken an die stolze, rothaarige Frau aus der Vision Furcht oder Freude empfand. »Ich verstehe es selbst kaum. Vater redet, als würde er sie hassen. Redet von Rache. Wieso ist das so, Caliban? Sollten Vater und Mutter einander denn nicht lieben?«

Caliban stand am Rande der Schlucht, sein Ende des Seils in der Hand, sein Gesicht eine Maske schmerzhafter Ahnungslosigkeit. »So sehr ich mir wünsche, dass es anders wäre, ich habe keine Antwort für dich.«

»Bitte verzeih.« Ihr wurde schwer ums Herz. Natürlich wusste Caliban keine Antwort, denn er besaß keine Eltern. Tatsächlich war er wohl noch einsamer als sie. Sie hatten nur einander und die Träume – von denen die meisten die Träume ihres Vaters waren – zum Trost.

Was für eine Närrin sie doch war! Tat dem einzigen echten Freund weh, den sie in der Welt unter dem Winde besaß. Dem Einzigen, der sie verstand!

Sie verließ die Brücke und machte sich daran, das Seil an den Fransen des Gobelins festzubinden. Daneben hingen ein paar alte Trockenblumen, die sie Caliban geschenkt hatte. Zum ersten Mal kam ihr der Gedanke, dass sie den Blumen einen schlechten Dienst erwiesen hatte, als sie sie pflückte und hinter Glas sperrte.

»Es tut mir leid«, sagte sie leise. »Ich weiß einfach nicht, was ich tun soll.«

Aus den Augenwinkeln sah sie, dass Caliban ebenfalls mit dem Seil hantierte. Eine Weile arbeiteten sie schweigend, beiderseits der Schlucht.

»Du hast von mehreren Leuten geredet«, hörte sie seine Stimme aus der anderen Hälfte des Zimmers. Deine Mutter reist also nicht allein?«

»Nein.« Sie zog den letzten Knoten fest. »Bei ihr sind ein alter Feind meines Vaters und dessen Sohn. Außerdem ein alter Mann und eine junge Frau, die für sie arbeiten. Ariel hat sie mir alle gezeigt.«

»Arbeiten? So wie Ariel für deinen Vater arbeitet?«

»Ich glaube nicht.« Sie lächelte zaghaft. »Du könntest Ariel bitten, sich um dein Haus zu kümmern, weißt du?«

»Ariel behauptet, das könne er nicht. Und wer sagt, dass er nicht Schuld an alldem hat?« Caliban strich den Gobelin glatt und folgte ihr nach auf die andere Seite des Hauses. »Fünf Leute also?«

Sie schüttelte den Kopf. »Außerdem sind da noch eine Frau und ein Mann, beide in lustiger alter Kleidung, mit einem sehr alten Auto …« Sie war sich nicht sicher, ob Caliban wusste, was ein Auto war, und hatte selbst schon sehr lange keins mehr gesehen. »Und ein Junge mit einem weißen Pferd, schwer verwundet. Ariel hat mir versprochen, ihm zu helfen.«

Caliban blieb vor ihr stehen und fixierte sie. »Ihm helfen? Wieso? Wer ist er?«

»Ist das wichtig? Er war verletzt und geriet versehentlich in den Sturm. Alles nur der Rache meines Vaters wegen! Wir sind für die Leidtragenden verantwortlich.«

»Ich bin niemandem etwas schuldig.« Calibans Wangenknochen traten weiß und scharf wie Marmor hervor. »Und du solltest das auch nicht sein.«

»Manchmal bist du so hartherzig. Würde ich dich nicht besser kennen …« Sie spann den Gedanken nicht weiter. »Du bist ein guter Mensch, Caliban.«

»Ein Mensch?«, sann er, den Blick in den blauen Himmel über ihnen gerichtet. »Glaubst du wirklich? Ein guter Mensch?«

»Natürlich! Und gute Menschen helfen einander. So wie ich diesem Jungen helfen muss.«

»Wenn du es sagst.« Er sah sie an und trat noch näher, bis seine Stirn beinahe die ihre berührte und die Dunkelheit seiner Augen sie zu verschlingen drohte. »Mir geht es nur um dich, Mira. Nur um dich.«

Ihr Herz klopfte wie wild, als er das sagte. Sie liebte Caliban wie ihren Vater oder Ariel – mehr vielleicht –, doch sie wusste, sein Begehren brannte heiß und gieriger als ihres.

»Ich will weg von hier, Caliban«, sagte sie und spürte, wie ihn ein Zittern durchfuhr und seine Glieder starr wie Zweige wurden.

»Was soll das heißen?«

»Verstehst du nicht?« Sie ordnete ihre Gedanken. »Wenn diese Fremden durch den Sturm zu uns kamen, dann können wir auch durch den Sturm hinaus! Vater sagt, er werde diejenigen Fremden, mit denen er nichts zu schaffen hat, zurückschicken … Ich habe es kaum zu hoffen gewagt, aber jetzt ist es klar: Wir sind frei, Caliban! Ich muss bloß einen Weg finden, um Ariel zu überzeugen, dann können wir gehen! Wir können die Welt sehen!«

»Wir?«, fragte er skeptisch. »Du meinst du und … deine Eltern?«

»Du und ich, Caliban.« Sie fasste seine kalte Hand. »Ich rede von uns beiden.«

Er zog seine Hand weg. »Ich kann die Welt unter dem Winde nicht verlassen.«

»Natürlich kannst du!« Sie musterte ihn unsicher, doch sein Gesicht war so verschlossen, wie sein Haus offen lag. »Wieso solltest du sie nicht verlassen können?«

»Weil ich – ganz gleich, was du in mir siehst – deinem Ariel vielleicht ähnlicher bin, als du denkst. Nur dass ich im Gegensatz zu ihm meinen eigenen Willen habe. Ich bin der Sohn einer Zauberin. Ich bin niemandes Diener und niemandes Schoßtier.«

Verletzt wandte sie den Blick ab. Starrte den festgebundenen Wandteppich an, auf dem eine dunkle Küstenlandschaft dem Abgrund zuwogte.

»Liebst du mich, Caliban?«, fragte sie mit leiser Stimme.

»Mehr, als du ahnst.«

»Dann zwing mich nicht, zu bleiben. Ich will gehen, ob mit oder ohne meine Eltern. Wenn du schon nicht mit mir fort magst, dann halte mich wenigstens nicht zurück.«

Da packte er sie an den Schultern. »Darum geht es also?«, herrschte er sie an. »Du willst mich verlassen? Ist es das?«

»Nein, ich ...«

»Das ist doch alles ein abgekartetes Spiel!«, brach es aus ihm hervor. »Wieso hat Ariel dir wohl diese Fremden gezeigt? Er tut nichts gegen den Willen deines Vaters. Siehst du es nicht?« Seine Finger schlossen sich um sie wie Schraubstöcke. »Dein Vater hetzt dich gegen mich auf. Treibt einen Keil zwischen uns. Er hasst mich und benutzt dich, so wie du mich benutzt.«

Tränen stiegen ihr in die Augen. Diese unbeherrschte Seite an ihm machte ihr Angst. »Ich benutze dich nicht!«

»Ach nein? Wieso bist du dann hier?« Er legte den Kopf schief. »Wieso fragst du mich nach Dingen, zu denen ich nichts sagen kann, weckst Wünsche, die mir immer verwehrt bleiben werden? Du wirst niemals bereit sein, mit mir zu leben. Seit Jahren reden wir davon, aber es wird nie geschehen.«

»Du tust mir weh!«

Sein Griff wurde schlaff, als hätte sie ihn geschlagen, und es gelang ihr, sich zu befreien.

»Du willst wissen, weshalb?«, rief sie und stieß ihn zurück. »Weil hier kein Platz für mich ist. Sieh dich doch um!« Sie deutete ringsum: der halbe Tisch, zwei Stühle hier, zwei Stühle drüben, das halbe Bett, das halbe Sofa, die schwankenden Seile, die pendelnden Lüster im Wind. »Wo sollte ich hier wohl leben, Caliban? Wo?«

Sein Gesicht, eben noch Feuer und Pein, verschloss sich ihr wieder, sperrte seine Gefühle tief in sich ein. Rabenschwarz stand er in seinem Gehrock vor dem Abgrund, eine farbenlose Ironie eingedenk seiner rauschhaften Bilder. »Du bist nur hier, um deinem Vater wehzutun«, sagte er tonlos. »Früher oder später wirst du zu ihm zurückkehren.«

»Du täuschst dich.« Sie stieß ihn beiseite und überquerte schnellen Schrittes die Seilbrücke.

»Mira!«, rief er ihr nach, und die Ketten unter ihr klirrten, spannten sich vor seinem Zorn. »Wo willst du hin?«

Sie drehte sich nicht zu ihm um. An einem anderen Tag hätte sie ihm seinen Ausbruch vielleicht verziehen, hätten sein Zwiespalt, seine Ohnmacht womöglich ihr Mitgefühl geweckt.

Doch nicht heute. Heute war zu wichtig.

»Nach dem Reiter suchen. Ich muss ihm helfen!«

TONI

Die Szenerie vor ihnen sah aus wie aus dem Märchen. Unter einem blauen Himmel tat sich eine weite Lichtung, eigentlich ein kleines Tal, vor ihnen auf, gefasst wie ein Schmuckstück in die sanften, wolkenverhangenen Berge. Die warme Sonne schien auf das hüfthohe Gras. Bienen und Schmetterlinge flogen zwischen den Blüten der Kräuter und Sträucher umher. Eine sanfte Brise fuhr durch Gras und Zweige, und eine Seifenblase ritt auf diesem Lufthauch bis direkt vor Tonis Gesicht, wo sie sich schillernd drehte und schließlich zerplatzte.

»Was …«, flüsterte sie, doch niemand gab eine Antwort, denn alle waren ebenso sprachlos wie sie.

Eine zweite Seifenblase zog ihre Aufmerksamkeit auf sich, dann eine dritte, und ihre Augen folgten der schimmernden Spur bis zu einem Hang, den sie auf den zweiten Blick als das begrünte, bis zum Boden reichende Dach eines Hauses erkannte. Am First drehte sich ein fröhliches Windrad in der Pfote eines großen Teddybären. Zwischen seinen Beinen stand ein Eimer Seifenwasser, mit der anderen Pfote hielt er den Blasring.

Jenseits des ersten Daches lag ein zweites, und hinter einer großen Eiche, die so breit war, dass sie auch gemeinsam keine Kette um sie hätten bilden können, erahnte sie weitere.

»Das ist ein Dorf!«, sprach Swaine aus, was alle gerade erkannten, und klang noch fröhlich darüber.

»Was ist das für ein Ort?«, fragte Alexander King. »Ist das Big Sur Village?«

»Nein«, sagte Toni. »Big Sur Village ist ein normaler, kleiner Ort mit einer Straße, Autos, Läden und der richtigen Jahreszeit. Das hier ist ... ich weiß nicht, was das ist.«

»Gleich, was wir hier gefunden haben«, verkündete er, »ich brauche etwas zu essen und zu trinken. Und vielleicht hat einer dieser Hippies ja ein Telefon.«

Toni fragte nicht, wie er zu dieser Einschätzung gelangt war. Alexander King war ein Mann der Konferenzräume, der verspiegelten Hochhäuser. In diesem ländlichen Idyll war er so fernab seines Elements wie ein Schiffbrüchiger auf einer einsamen Insel.

»Etwas zu trinken wäre gut«, stimmte Francis zu.

Sie alle waren durstig, hungrig, müde, und ihre Knochen schmerzten von der Nacht unter freiem Himmel und ihrer Wanderung.

»Schauen wir es uns an«, sagte Bastian. Der Junge hatte ihnen immer noch nicht erzählt, wieso er so plötzlich davongerannt war und wo er sich seitdem herumgetrieben hatte. Sein Groll auf die Welt und seinen Vater im Besondern war ihr schon gestern aufgefallen: erst auf der Beerdigung, dann auf der gemeinsamen Fahrt. Unter anderen Umständen hätte Toni sich nicht weiter darum geschert. Aber wie die Dinge lagen, war es vielleicht nicht genug, auf den gesunden Menschenverstand ihrer Begleiter zu vertrauen.

»Seien Sie vorsichtig«, mahnte sie deshalb.

Einer nach dem anderen verließen sie den Schatten der Bäume: Alexander King in seinem schwarzen Anzug, auf seine behelfsmäßige Krücke gestützt – ein Titan mit verstauchtem Fuß; sein impulsiver Sohn im Aufzug eines Blumenkinds; die püppchenhafte Swaine, deren Zwanzigerjahrekostüm in Tonis Augen eine deutliche Verbesserung zu ihrer vorigen Hostessen-Uniform darstellte; und Francis, der seine Rolle als Doc Holliday mit bemerkenswerter Würde ausfüllte und seine Angst einzig durch das nervöse Zucken seines Schnurrbarts verriet.

Auch Toni hatte Angst – da half kein Leugnen. Angst, weil jemand offensichtlich mit ihnen spielte; weil sie den Gedanken nicht loswurde, dass diese Verschwörung auf perfide Weise ihr persönlich galt; und weil sie keine rationale Erklärung für die Traumbilder und verrückten Vorkommnisse fand, die sie seit gestern Abend vor sich hertrieben.

Als die ersten Sonnenstrahlen auf sie fielen, blieb sie einen Moment lang stehen und schloss die Augen. Genau wie Alexander King trug sie noch immer Trauerkleidung; nun zog sie den klammen Mantel aus und ließ sich von der Sonne wärmen. Ein leises Windspiel klang in ihren Ohren.

»Da vorne ist ein Brunnen«, sagte Francis.

Toni schlug die Augen wieder auf und folgte ihrem Assistenten über einen flachen Hügel.

Mehrere Häuser bildeten ein Halbrund um den Platz mit der Eiche. Keines folgte rechten Winkeln; ihre verspielten, natürlichen Formen schmiegten sich nahtlos zwischen die Hänge. Teils hatten sie begrünte Dächer, andere überdachte Veranden mit üppigen Blumenampeln, sodass die Natur die Holzbauten durchdrang und sich auf sie bettete.

Grünliche Kolibris zuckten zwischen den Balken umher und verharrten in regloser Geschäftigkeit vor den aufgehängten Futterspendern. Dazwischen wogten zahllose Windspiele wie glitzerndes Seegras in einer Strömung. Untermalt wurde ihr Lied vom Surren von Windrädern: manche klein wie Kinderspielzeug, andere groß wie Wagenräder, allerorten drehten sie sich wie ein nimmermüdes Uhrwerk, das die Strahlen der Mittagssonne reflektierte. Von den Rädern führte ein Wirrwarr elektrischer Leitungen, das selbst in einem Entwicklungsland für Entsetzen gesorgt hätte, zu einem Netz schaukelnder Lichterketten in den Ästen der Eiche und Apparaten wie dem seifenblasenden Teddy: mechanische Vögel, possierliche Pumpen. Bänder und Wimpel flatterten von den Leitungen und Dächern, bunte Drachen flogen im Wind.

Die Schönheit der Szenerie schnürte Toni die Kehle zu. Es war diese besondere Form von Feenhäusern, wie man sie in Carmel antraf, und die Ross so geliebt hatte; nein, korrigierte sie sich, es war mehr als das. Dieses Dorf verhielt sich zu Carmel wie Carmel zu einer normalen Stadt. Es war eine Vision, die selbst die Künstlerkommunen der Westküste wie fade Kompromisse wirken ließ und außerhalb von Büchern nie existiert hatte. Davon abgesehen stimmten die Details nicht – die Pferdestangen wie aus einem Westerndorf zum Beispiel, und die fast kolonialen Säulen unter den Vordächern. Ein solches Dorf hatte in den Wäldern Big Surs nicht das Geringste verloren und hätte sich überall auf der Welt falsch angefühlt ... außer in jener Welt vielleicht, die Ross sich immer ausgemalt hatte.

»Spürst du das auch?«, fragte Alexander King, als sie stehenblieben. Er entlastete seinen Fuß und warf misstrauische Blicke um sich.

Toni nickte. »Jemand beobachtet uns. Wir sind nicht allein.«

»Und spürst du auch, was an dieser Szenerie nicht stimmt?«

Toni gab keine Antwort, doch die Antwort war offensichtlich: der Wind. Allerorten drehten sich Räder, trieben Automaten und Generatoren an; das ganze Dorf machte den Eindruck, als würde es gleich abheben. Aber sie spürte kaum Wind. Die angenehme Brise auf ihrer Haut war längst nicht genug, diesen rotierenden Irrsinn zu befeuern. Sie dachte an die Vision der riesenhaften Räder im Sturm.

»Ich mag es nicht, wenn jemand mit mir spielt«, sagte er.

Sie folgte Alexanders Blick: zu den Fenstern, deren Vorhänge sich sachte regten, als ob sie jemand gerade eben zugezogen hatte; zu den naiven Apparaten, die ohne regelmäßige Wartung nicht funktionieren würden; zu einem großen Greifvogel, der hoch über ihnen seine Kreise zog. Auf seltsame Weise wirkte er nicht wie ein Teil der Szenerie, sondern wie ein Beobachter gleich ihnen.

»Wollen wir hoffen, dass es nur das ist: ein Spiel«, entgegnete Toni und ging weiter.

»Hier ist ein Pferd!«, rief Francis, der zum Brunnen vorausgeeilt war.

Sie schlossen zu ihm auf. Auf der anderen Seite des großen Baums plätscherte ein Quell in ein behauenes Becken, und daneben stand angebunden ein weißer Hengst. Sein Sattel und Zaumzeug sahen aus, als hätten sie schon eine weite Reise hinter sich.

Als Alexander King dem Hengst auf dem Weg zum Brunnen zu nahe kam, scheute dieser.

»Francis«, raunte Toni, die Stimme unwillkürlich gesenkt, und deutete auf ein Holster am Sattel, aus dem ein antiker Gewehrschaft ragte.

Francis nickte und pirschte sich vorsichtig näher. Der Hengst schnaubte nervös. Da trat Swaine gelassen zu ihm hin und fuhr ihm mit der Hand durch die Mähne. Der Hengst tänzelte noch einmal, dann beruhigte er sich.

»So ist's gut, mein Schöner«, flüsterte Swaine, während Francis die Hand nach dem Holster ausstreckte. »Wo hast du deinen Reiter gelassen?«

Der Hengst schnaubte vernehmlich.

Francis zog die Waffe, die sich als eine doppelläufige Flinte erwies.

»Perkussionsschloss«, kommentierte er nach rascher Kontrolle und klang in seinem Western-Aufzug kompetenter, als er je mit einem Bündel Akten unter dem Arm aufgetreten war. Dann hielt er die Waffe von sich fort und führte den Ladestock in beide Läufe ein, um die Tiefe zu messen. »Geladen.«

»Sie überraschen mich«, sagte Toni und wandte sich dann Swaine zu. »Sie beide.«

»Wahrscheinlich hilft es, wenn man ein Herz besitzt«, murmelte Bastian King und behielt mit gerunzelter Stirn die Waffe im Blick.

Falls die Bemerkung auf seinen Vater gemünzt war, nahm dieser keine Notiz davon. Alexander King zog Mantel und Jackett aus und legte sie ordentlich zum Trocknen über die Pferdestange. Seinen Stock lehnte er daneben. Dann humpelte er zum Brunnen, öffnete die Weste und die oberen Knöpfe seines Hemdes, schlug beide Ärmel um und trank mit vollen Zügen aus den Händen.

Einer nach dem anderen folgten sie seinem Beispiel.

»Da unten ist ein Handabdruck«, merkte Bastian an.

Skeptisch besah sich Toni die verästelten Linien an der Brunnenseite. Tatsächlich sah es aus, als hätte dort vor langer Zeit jemand die Hand mit Farbe auf den Stein gepresst.

»Die Indianer der Gegend waren bekannt dafür, dass sie so was hinterließen«, sagte Swaine. »Sie glaubten, damit dem Fels ihren Geist aufzudrücken … oder so.«

Alle sahen die junge Chauffeurin mit großen Augen an.

»Reden Sie aus der reichhaltigen Erfahrung Ihres abgebrochenen Studiums?«, erkundigte sich Alexander müde.

»Sir«, sagte sie entschuldigend. »Vielleicht ist das ein altes Heiligtum.«

Francis keuchte erschrocken.

»Danke für den Hinweis.« Ihr Arbeitgeber kramte ein kleines Medikamentenfläschchen aus seiner Hosentasche und schluckte eine Tablette. »Falls ich mir den Magen am Geiste eines Ureinwohners verderbe, sollte das helfen.«

Swaine zuckte mit den Schultern und ging wieder nach dem Pferd sehen, während Alexander King sich mit schwerem Seufzen auf dem Brunnenrand niederließ. Francis nahm zu seinen Füßen Platz und wirkte mit der Flinte wie ein Cowboy, der während einer Schießerei Deckung sucht. Bastian hielt den Kopf unters Wasser und wusch sich das Gesicht.

Auch Toni war müde – doch ihre innere Unruhe wuchs von Minute zu Minute.

Der Hengst passte nicht ins Bild. Das Tier, die Waffe, sie schienen ihr wie eine Ablenkung. Sie musste herausfinden, wer dieses Dorf gebaut hatte und wo sich seine Bewohner verbargen.

»Warten Sie hier«, wies sie Francis an, der schläfrig nickte, und wandte sich dem nächstgelegenen Haus zu. Etwas an der breiten Veranda und der von Windspielen flankierten Eingangstür kam ihr schrecklich vertraut vor.

Langsam stieg sie die Stufen empor, atmete den Duft von warmem Holz und Farbe. Ein Kolibri flitzte dicht an ihrem Kopf vorbei und hing im nächsten Moment mit unsichtbaren Flügeln schwebend in der Luft, um von einem Futterspender zu trinken. Sie strich mit der Hand über den Türrahmen, der wirkte, als wäre er vor höchstens einer Woche frisch gestrichen worden. Dabei ruhte ihr Blick auf ihrem bloßen Ringfinger. Sie versuchte sich zu erinnern, wann sie zuletzt ihren Ehering getragen hatte und wo er sich heute befand.

Dann trat sie ein.

Sie erkannte die Sitzgruppe, den Durchgang zur Küche, den Treppenaufgang. Doch nichts stimmte: Anstelle des Ventilators hing ein märchenhaft geschmücktes Rad von der Decke. Die Treppe war zu breit und die Pfosten mit indianischen Totemtieren beschnitzt. Traumfänger bewachten Fenster und Türen.

Ross hatte sich an der schlichten Einrichtung seines alten Elternhauses in Carmel stets gestört. »Kreatives Chaos« war sein Euphemismus für die von ihm bevorzugte Arbeitsumgebung gewesen. Hätte sie das Chaos nicht gebändigt, als sie das Haus übernahmen, hätte es sicher bald anders ausgesehen …

Aber auch nicht so wie das Haus, in dem sie nun stand. Ross war kein Sammler indianischer Kunst gewesen, oder was Weiße dafür hielten. Davon abgesehen waren diese Räume nie bewohnt worden – sie waren ein Muster, ein Museum. Das getöpferte Geschirr, zu wenig und so neu wie am ersten Tag, stand unbenutzt in den Regalen. Es gab keine Lebensmittel. Im Arbeitszimmer hinter der Treppe lagen ein Bleistift und ein Winkelmesser säuberlich auf einem leeren Holztisch.

Hier hat er seine ersten Prototypen entworfen, die dann in der Werkstatt das Licht der Welt erblickten – der alten Garage, in der das Sägemehl, der Staub und die vollen Aschenbecher das Atmen schwer machten.

Sie schüttelte den Kopf. In seinem richtigen Arbeitszimmer hatte nie etwas an seinem Platz gelegen, sodass niemand außer ihm selbst je etwas fand. Manchmal war er in seiner eigenen Unordnung verschwunden, tagelang, wie in einem Wandschrank.

»Verdammt noch mal, Ross«, murmelte sie. »Hast du endlich den Weg nach Narnia gefunden?«

Wie zur Antwort meinte sie ein Klappern aus dem Obergeschoss zu hören.

Mit klopfendem Herzen ging sie die Treppe nach oben. Wie lange hatten sie hier gewohnt? Vier Jahre, fünf? Nach der Zeit in Berkeley, als die meisten seiner Patente noch verrückte Ideen gewesen waren. Ehe es nötig wurde, die stetig wachsende Firma nach San Francisco umzuziehen. Zweifellos war dies die glücklichste Zeit seines Lebens gewesen. Später musste sie ihn daran erinnern, dass sie ebenfalls einen Traum hatte und außerdem nicht jünger wurde.

Das hier war *er*. Das war *sein* Traum.

Sie wusste nicht, wie er es angestellt hatte, aber alles in diesem Haus – alles in diesem *Dorf* mit seinen Windrädern und kindischen Spielereien – atmete Ross' Geist. Ross und seine verrückte Ingenieurskunst, Ross und seinen kindischen Größenwahn. Ob jedes der anderen Häuser ähnliche Erinnerungen bereithielt? Ross war in jedem säuselnden Windhauch, jedem knarrenden Balken, jeder Seifenblase, die zerplatzte.

Was nicht passte, waren diese indianischen Artefakte.

Es sei denn natürlich …

Argwöhnisch blickte sie sich um.

Auch das Obergeschoss wirkte verlassen – vielleicht hatte sie nur einen Luftzug gehört, oder ein Eichhörnchen war durch eins der offenen Fenster hereingeklettert. Sie betrat das Schlafzimmer. Bezeichnenderweise war es kleiner, als sie es im Gedächtnis hatte. Ein trauervoll enger Raum, der fast im Paisleymuster des dunklen Teppichbodens versank.

Auf dem Bett aber lag ein Kleid für sie.

Sie erkannte es, weil es ihr Hochzeitskleid war – oder vielmehr das Kleid, das er ihr für die Feier mit Freunden geschenkt, das sie jedoch nicht getragen hatte.

»Du Schwein«, sagte Toni in den leeren Raum hinein.

Nicht, dass ihr das Kleid nicht gefallen hätte – es war weit und luftig mit hoher Taille, fast ein Empirekleid, und stürmischen blaugrünen Farbverläufen. Es war ein Kleid, das an keiner Frau wirklich schlecht ausgesehen hätte, und dennoch hatte sie sich dagegen entschieden. Sie hatte eine Menge Gründe dafür gefunden – ein Zwicken hier, ein Rutschen dort; die Wahrheit aber war, dass es nicht *ihr* Kleid war. Und vielleicht hatte sie an diesem besonderen Tag einfach nicht wie die Königin der Hippies aussehen wollen.

Antonia Perrault stand in ihrer schmutzigen Trauerkleidung vor dem Zerrbild ihres alten Ehebetts und starrte das bunte Kleid an, das Ross immer mehr gemocht hatte als sie.

Sie hob es auf und vergrub das Gesicht darin.

Es roch nach ihrem Parfüm.

Sie warf das Kleid zurück aufs Bett und ging hinaus ins Treppenhaus.

Wie sollte sie den anderen begreiflich machen, was hier geschah? Sie begriff es ja selbst nicht. Aber die Frage nach dem Wie war plötzlich sehr viel weniger wichtig als die nach dem Warum. Denn jemand hatte sie in ein Gefängnis aus der Erinnerung ihres Mannes gesperrt – des Mannes, der ihr vor zwölf Jahren im Wahn die Tochter geraubt und ihr Leben zerstört hatte. Der nach menschlichem Ermessen tot sein sollte …

Nun, wenn jemand einer kleinlichen Rechnung wegen aus dem Grab zurückkehrte, dann sicher Ross. Was wollte er von ihr? Hatte er befunden, dass ihre Strafe noch nicht hart genug war?

Er würde sich noch wundern!

»Wo steckst du?«, fragte sie das Haus, während sie die Treppe nach unten lief. Sie schätzte es nicht, wie eine Ratte in einem Versuchslabor hinters Licht geführt zu werden, während ein gackernder Wissenschaftler den Käse von der einen Wand hinter die andere schob.

Antonia Perrault hatte keine Angst vor ihrem toten Mann.

Sie war wütend.

Dann kam ihr ein zweiter Gedanke: Falls Ross tatsächlich lebte … was war dann mit Mira?

Wenn es nur den Hauch einer Hoffnung gab, ihre Tochter wiederzuerlangen, musste sie diese Chance ergreifen – koste es, was es wolle.

Als sie wieder nach draußen ins Freie trat, lagen die anderen reglos im Schatten vor dem Brunnen.

CALIBAN

Caliban saß in seinem licht- und winddurchfluteten Studio vor der Staffelei und malte. Das Studio nahm einen Großteil des verwinkelten Dachgeschosses beiderseits der Schlucht ein. Flankiert wurde es von einer Fülle von Verschlägen, Nischen und Erkern, deren genaue Zahl sich nicht erschloss; an manchen Tagen fühlte er sich von ihnen regelrecht umzingelt.

Das Malen half ihm, seinen Verstand zu klären. Manche seiner Bilder zeigten das Meer oder die Wälder; bei anderen war er sich selbst nicht sicher, was sie zeigten, außer seiner Zerrissenheit, der Unruhe in seinem Herzen. Die besten malten sich fast wie von selbst; dann schien es ihm für einige wertvolle Momente, als wäre sein Haus, ja die komplette Welt, geheilt und alles an seinem Platz. Er griff neben sich und pflückte den Pinsel geradewegs aus der Luft, spritzte die Farbe auf die Leinwand und geleitete sie mit dem Auge, seinem Geist an die richtigen Stellen, bis sie ein perfekter Spiegel dessen war, was er in seiner Seele sah.

An Tagen wie heute dagegen war das Malen eine Qual, weil alles in seinem Inneren ebenfalls Qual war, und der ganze Vorgang glich einer Farce. Wahrscheinlich war das der Preis dafür, wenn man fast seine gesamte Kraft dafür aufwandte, nicht an die eine Sache zu denken, die einen beschäftigte.

Missgestimmt studierte Caliban das dunkle, formlose Geschmier auf der Leinwand, aus dem sich an manchen Stellen eine Klippe, an anderer eine Burg zu schälen schien, ohne dass es einer dieser Formen gelang, sich aus dem zugrunde liegenden Chaos zu lösen. Dann erhob er sich und überquerte die nächste Seilbrücke zur gegenüberliegenden Seite, um sich einen anderen Pinsel zu holen. Die Brücke bestand nur aus einem dicken Tau und zwei dünneren Seilen, an denen er sich mit beiden Händen festhielt. An Tagen wie diesem traute er nicht einmal seinem eigenen Haus.

Natürlich hatte er versucht, die Besitztümer, die er am häufigsten brauchte, an einem Ort zu halten. Schränke und Tische zu reparieren und vom Abgrund fortzuschieben. Doch so funktionierte es nicht. Das Haus gehorchte einem diffizilen Gleichgewicht – nicht unähnlich der Komposition eines Bildes –, und jede Schieflage störte die Harmonie des Ganzen, bis das Haus drohte, komplett in den Abgrund zu rutschen.

Er hatte nicht gelogen, als er im Gespräch mit Mira die Schuld an all dem Ariel zugewiesen hatte. Ariel hatte ihrer aller Domizile erschaffen; nur der Riss durch Calibans Haus entzog sich seiner Kontrolle. Der Geist sagte, Schuld an der Schlucht habe Calibans Halbnatur, das magische Vermächtnis seiner Mutter. Genauso gut mochte alles auch nur ein weiterer Scherz auf Calibans Kosten sein. Er konnte ebenso wenig verhindern, dass der Geist, so ihm der Sinn nach Schabernack stand, heimlich ein Möbelstück verstellte, wie er die Vögel und Schmetterlinge aus seinem Haus halten konnte.

Insgeheim jedoch erfüllte ihn eine tiefe, halb erinnerte Gewissheit, die von seinen Träumen bis in seine Bilder reichte, dass die Geschichten über seine Abstammung nicht bloß erfunden waren. Dass seine Verwurzelung mit der Welt unter dem Winde genauso alt war wie die Ariels. Der Geist hatte es lediglich besser verstanden, Kapital daraus zu schlagen, seit Ross Calibans Mutter kraft seiner eigenen Magie entthront hatte.

Als kleiner Junge hatte Caliban die Geschichten über sie sogar gerne gehört, ihrer leidvollen Seiten zum Trotz. Er hatte der Mär von der finsteren Zauberin Sycorax gelauscht und sich wie ein Prinz in seinem verwunschenen Schloss gefühlt. Der Prinz aber trat niemals sein Erbe an. Heute eilte Ariel als emsiger Haushofmeister durch die Welt vor seinen Fenstern, und jeder Baum, jeder Windhauch, jeder Sonnenstrahl folgte seinem Fingerzeig wie Musiker dem Taktstock – Caliban dagegen war der verstoßene Küchenjunge auf dem Dachboden, der sich damit begnügen musste, der Musik zu lauschen.

Einer Eingebung folgend betrachtete er seine Hand, während er abermals vor dem unfertigen Gemälde Platz nahm. Den Pinsel, den er eben noch geholt hatte, warf er zu Boden. Dann tauchte er seine Hand tief in den Topf roter Farbe zu seinen Füßen, schüttelte sie kurz, dass die Tropfen flogen, und presste sie auf das düster stürmische Gemälde. Die dicke Farbe lief wie Blut herab, machte den

Abdruck zu einer wuchernden Koralle auf dem dunklen Fels, einem flammenden Menetekel.

Zufrieden besah sich Caliban sein Werk. Es war gut, weil es einfach war, und ehrlich in seiner Schlichtheit. Es war gut, weil es ihm das Gefühl gab, Macht über etwas zu haben, selbst wenn es bloß ein Bild war. Mira hätte es wahrscheinlich nicht gefallen – aber auch das machte es gut.

Was hatte sie sich nur gedacht bei ihrem Besuch? Sie wusste genau, was er für sie empfand. Und doch war er für sie nur der nützliche Zuhörer – ein Beistand, wenn sie zu ahnen begann, was Einsamkeit wirklich bedeutete. Sie eilte zu ihm, um sich freier zu fühlen, ohne zu erkennen, dass einzig sie selbst ihrer Freiheit im Wege stand. Dabei konnte sie alles haben, was sie wollte – im Gegensatz zu ihm. Caliban wusste nicht, ob sie die Welt unter dem Winde wirklich verlassen konnte, aber Ariel schlug ihr auch sonst keine Bitte aus. Was Mira hinderte, waren ihre Angst und ihr Vater – und selbst dieses Problem ließe sich lösen, wenn sie bereit dazu wäre. Wenn sie und er gemeinsam …

Da hörte er Geräusche unten vor der Tür.

Er erhob sich und eilte zu einem der Erkerfenster, die zur Vorderseite hinausgingen. Er sah den Graben um sein Haus, die Brücke und die halbe Kiefer auf dem Vorplatz.

Ein Schlag fuhr durchs Haus. Er nahm die Traumfänger, die Mira ihm gebastelt hatte, vom Fenster, um es zu öffnen und sich hinauszulehnen, und sah gerade noch, wie Miras Vater mit wehender Robe durch die aufgebrochene Tür stürmte.

Erschrocken zuckte Caliban zurück. Ross kam so gut wie nie zu seinem Haus. In Calibans Kindheit hatte Miras Vater noch Interesse an seinem Befinden gezeigt; er hatte sogar toleriert, dass seine kleine Tochter nach Gesellschaft verlangte, und Mira hin und wieder nach dem Unterricht vorbeigebracht, wobei er sie keine Sekunde aus den Augen ließ.

Auch hatte Ross ihn damals noch gewarnt, wenn Ariel den Kreis des Sturms so eng zog, dass seine Ausläufer die Giebel von Calibans Haus streiften. Und ein paarmal hatte er vorgegeben, das Wachstum der Schlucht überwachen zu müssen, und einige befangene Worte mit ihm gewechselt. Bei diesen Gelegenheiten, zu denen Ross stets alleine gekommen war, hatte Caliban oft den Eindruck gehabt, dass den Zauberer in Wahrheit etwas anderes interessierte, wonach er nicht zu fragen wagte. Vielleicht war es ihm auch nur darum gegangen, Caliban im Auge zu behalten, weil er fürchtete, dass dieser sich eines Tages an ihm rächen würde.

Nie zuvor aber hatte Ross einen Fuß in sein Haus gesetzt, und Caliban konnte sich nicht erinnern, ihn jemals so wütend gesehen zu haben.

Es blieb keine Zeit, bis zur Treppe zu laufen. Er packte einen der Stricke, die zu diesem Zweck in die Schlucht baumelten, ließ sich an ihm bis ins Stockwerk darunter gleiten, stieß sich pendelnd am durchbrochenen Boden ab und schwang sich dann mit Elan ins Erdgeschoss.

Er taumelte ein paar Schritte, bis er sein Gleichgewicht wiedergefunden hatte. Vor ihm stand Ross, mit wehender Robe, die Arme erhoben, sich seiner eigenen Lächerlichkeit nicht bewusst, seine Gebrechlichkeit überstrahlt von der Aura schöpferischer Macht, die ihn zum Herrn dieser Welt machte. In seiner rechten Hand hielt er den Stab mit dem metallenen Ei – sein Herrschaftszeichen. Nun pochte er damit auf den Boden und schrie Caliban an.

»Was hast du mit meiner Tochter gemacht? Wo versteckst du sie?«

Ein Beben erschütterte das Haus beim Schlag des Stabes. Staub rieselte aus den offenen Decken in den gähnenden Abgrund, und das Gebälk ächzte wie Bäume im Sturm.

»Gar nichts habe ich mit ihr gemacht!«, rief Caliban, doch die Antwort schien dem Alten nicht zu reichen. Er richtete seinen Stab auf ihn. Caliban hob die Hände wie einer, der sich gegen eine kippende Wand stemmt. Mehr aus Instinkt als aus Überlegung fokussierte er seinen Geist – so, wie er es tat, wenn er beim Malen eins mit sich und dem Bild wurde und Pinsel und Farbe seinem Willen folgten –, um Ross zurückzudrängen, seinen Stab niederzuringen …

Einen Herzschlag lang wirkte der Zauberer verdutzt, so als wäre

Caliban ein unscheinbares Tier, das ein beachtliches Kunststück vollführt. Dann jedoch wischte er den Anflug von Aufbegehren beiseite. Sein Stab schwang herum und das Ei an der Spitze traf Caliban in die Seite. Wider alle Vernunft griff Caliban nach dem Stab, versuchte ihn Ross zu entreißen, doch das Ei leuchtete auf und bohrte sich wie ein glühendes Brandeisen in sein Fleisch.

Mit einem Aufschrei stürzte Caliban zu Boden, und das Haus stöhnte mit ihm, pulsierte mit dem Schmerz in seiner Seite.

»Wo ist Mira?«

Breitbeinig baute Ross sich über ihm auf und hob den Stab wie zum Todesstoß.

»Ich weiß es nicht!«, schrie Caliban, und sein Hass und seine Furcht drohten ihn zu überwältigen. Ein Riss eilte die Decke über ihm entlang wie eine fliehende Spinne.

Ross stieß zu. Reflexartig rollte sich Caliban zur Seite, sodass das Ei auf den Boden schlug. Diesmal bebte der Boden so stark, dass es ihn wie eine Staubflocke von einem aufgeschüttelten Bett in die Luft hob. Fast wäre er in den Abgrund gestürzt.

»Ich habe dir gesagt, du sollst ihr nicht nahe kommen!«

»Deine Tochter kam aus freien Stücken zu mir. Und ebenso verließ sie mich!«

»Wohin ist sie gegangen?«

»Noch einmal, ich weiß es nicht!«

Er wollte sich wieder aufrichten, doch Ross setzte ihm den Stab auf die Brust und zwang ihn wie einen durchbohrten Schmetterling nieder.

»Du lügst!«

Der Stab versengte seine Brust. Caliban bäumte sich auf und schrie: vor Schmerz, vor Wut, vor Ohnmacht, und das Haus griff seinen Schrei auf. Die Seile, die sein ewig entzweites Heim zusammenhielten, spannten sich wie Schiffstaue im Sturm; halbe Tische, halbe Stühle purzelten aus den oberen Stockwerken herab, und eine Ankerkette in der Tiefe platzte mit lautem Knall. Der Abgrund begehrte auf wie ein hungriges Maul, verschlang den Regen halber Möbelstücke. Die Hälften des Hauses rückten ein weiteres Stück auseinander, und in der Ferne hörte man den scharfen Schrei, als die Schlucht sich ihren Weg durch den tiefen Fels fraß.

Und da hätte Caliban beinahe die Wahrheit gesagt. Hätte seinem Folterknecht ins Gesicht gespien, dass seine Tochter davon träumte, die Welt unter dem Winde zu verlassen. Dass sie *ihn,* Caliban, gefragt hatte, ob er sie begleiten würde, und er sich insgeheim danach sehnte, ihr diesen Traum zu erfüllen. Dass da eine zarte Flamme der Rebellion in Mira brannte, und sie augenblicklich unterwegs war, einen Fremden gesundzupflegen – weil Ross ihn verwundet hatte.

»Mach nur weiter so, alter Mann.« Zwischen tausendfachem Schmerz fand Caliban noch die Kraft für ein Lächeln. »Quäle mich, und du wirst deine Tochter auf ewig verlieren.«

Und einen kurzen Moment kräuselte der Hauch eines Zweifels des Zauberers Stirn.

Caliban frohlockte. Ein Teil seines Verstandes fragte sich, weshalb er das tat: weshalb er Mira, die ihn für einen anderen im Stich gelassen hatte, noch schützte. *Deshalb,* gab er sich die Antwort. *Für diesen Moment. Diesen Zweifel. Diese Saat.*

Dann war der Moment vorbei.

»Genug davon!«, tobte der Zauberer. »Nicht länger werden deine Lügen ihren oder meinen Geist vergiften. Du wirst uns meiden! Du wirst dich hier in deinem Haus verstecken und niemanden mehr sehen. Du bist ein Nichts, ein Niemand! Gib mir noch einen Grund, und ich werde dich auf ewig in die Tiefen des Sturms verbannen. Hast du verstanden?«

Caliban zögerte. Besaß Ross wirklich die Macht, ihn zu verbannen? In die Reiche des Chaos, des Wahns, der Nachtmahre des Sturms? Er wusste es nicht. Wollte er es herausfinden?

»Hast du verstanden?«, wiederholte Ross und bohrte seinen Stab in Calibans Brustbein. Das Ei loderte wie angefachte Kohlen. Schon erwartete Caliban, dass ihm Rauch und der Geruch versengter Kleidung und Haut in die Nase stiegen, doch Ross' Zauber brannte nur in seiner Seele.

»Ich habe verstanden«, flüsterte er schwach.

Der Zauberer grunzte. »Gut.« Ein letztes Mal stieß er den Stab auf den Boden, die Schlucht wuchs abermals, und diesmal zersprangen alle den Abgrund querenden Saiten des Flügels. Eine Hälfte des Instrumentes wurde hinab in die Tiefe gezogen und riss den Geschirrschrank mit um. Im selben Moment fuhr ein Windstoß aus der Tiefe auf und erfasste die Staffelei im Studio; ein Gestöber alter Skizzen und Gemälde ging auf die unteren Stockwerke nieder und deckte ihren Schöpfer zu wie Schnee.

Und so – in den Trümmern seines verwundeten Hauses, auf weiße und schwarze Tasten, halbe Teller und Terrinen gebettet, bedeckt von alter Leinwand – ließ Ross ihn zurück.

Caliban hörte die Schritte des Zauberers noch lange, nachdem er gegangen war. Denn es war der Rhythmus seines Herzens, den er hörte, und der Ross seinen Hass und seinen Schwur auf Rache nachsandte.

BASTIAN

Die Sonne flackerte durch die Krone der Eiche. Tupfer, hingesprenkelt auf Blätter und Boden, so warm, dass Bastian sie auf den Lidern spürte, wenn er die Augen schloss.

Eine Weile lag er still, lauschte auf das einlullende Plätschern des Brunnens, versuchte die Müdigkeit aus seinen Gliedern zu vertreiben. Dann richtete er sich stöhnend auf und rieb sich den Nacken.

»Bin ich eingeschlafen?«, fragte er in die Runde. Vom alten Francis bekam er nur ein Schnarchen zur Antwort. Swaine saß mit übergeschlagenen Beinen auf dem Brunnenrand und wippte gelangweilt mit dem Fuß. Sein Vater stand in selbstvergessener Feldherrnpose daneben und schaute ins Dorf hinaus. Keiner von beiden sagte ein Wort. Antonia Perrault war anscheinend immer noch fort.

Er wankte zum Brunnen und spritzte sich Wasser ins Gesicht. »Ich werde mir ein wenig die Beine vertreten«, erklärte er. »Sonst schlafe ich ein.«

Swaine nickte desinteressiert. Sein Vater machte sich nicht einmal die Mühe, sich umzudrehen.

Bastian wanderte davon ins Dorf. Etwas an diesem Ort berührte ihn auf unverhoffte Weise: die windschiefen Häuschen, die Windspiele und Lichterketten, die schwirrenden Vögel ... als wäre hier einst sein Zuhause gewesen. Als hätte er hier etwas verloren und würde jetzt erst merken, wie sehr er es all die Jahre vermisst hatte ...

Manchmal, wenn er den Kopf drehte, glaubte er am Rande seines Gesichtsfeldes etwas aufblitzen zu sehen. Aber er konnte es nicht festhalten.

Da hörte er das ferne Spiel einer Gitarre. Bastian erstarrte wie von der Berührung einer unsichtbaren Hand. Versuchte, die Richtung des Lieds zu bestimmen. Es war derselbe Song, den er zuvor schon gehört hatte – *Stormy Weather*. Dann zog ihn dieselbe unsichtbare Hand, die ihm Einhalt geboten hatte, voran.

Er folgte der Melodie zwischen den Häusern hindurch, bis sich leise Stimmen daruntermischten. Es waren Frauenstimmen, und sie tuschelten und lachten, während die Gitarre weiter ihren Perlenvorhang durch die warme Luft spann. An den Garten eines letzten Häuschens im Schatten eines Walnussbaums schloss sich dichteres Unterholz an. Bastian schob die Zweige beiseite und tastete sich vorsichtig ein Gefälle herab. Jenseits einer Reihe junger Bäume führte ein schmaler Pfad in ein Feld hoher Gräser. Der Geruch von Wasser lag in der Luft, und das Gitarrenspiel und die Stimmen waren nun ganz nahe.

Bastian betrat den gewundenen Pfad durch das Grasmeer. Immer wieder funkelte zu seiner Seite die fast unbewegte Oberfläche eines flachen Wasserlaufes oder Sees. Schmetterlinge wippten auf den mannshohen Halmen und drehten ihre Flügel zur Sonne. Dann verbreitete sich der Pfad zu einer kleinen Lichtung, und dort, zwischen Lilien und Farnen, saßen drei junge Frauen von siebzehn oder achtzehn Jahren.

Die Gitarrenspielerin war ein blondes, niederschmetternd schönes Mädchen mit strengen Zügen und tiefen Schatten unter den Augen. Die Leichtigkeit ihres Spiels vertrug sich nicht mit diesem

Gesicht, das so konzentriert auf die zupfenden Finger starrte; eine Vogelmutter, die mit ihren Krallen eine Maus zerpflückt. Ihre Begleiterinnen wirkten arglos im Vergleich, wie sie da plaudernd auf ihrer Decke lagen, Blumen im Haar und um den Hals, und sich an einem reichhaltigen Picknick erfreuten: Äpfel und Pfirsiche, Trauben und Käse, zwei Stangen Brot und eine Flasche Wein. Alle trugen leichte Sommerkleider und hatten ihre Sandalen achtlos neben sich geworfen; und beim Anblick der bunten Stoffe, der Blumenkränze und Fußkettchen fühlte sich Bastian in seiner närrischen Kleidung zum ersten Mal nicht fehl am Platz.

Er räusperte sich. »Hallo.«

Die Blonde schenkte ihm einen Augenaufschlag, ohne ihr Spiel zu unterbrechen, und zauberte mit den Mundwinkeln ein Lächeln, das auf dem kalten Gesicht umso magischer wirkte. Man hätte die Zeit anhalten wollen, um dieses Lächeln zu studieren, doch es verflog schon mit dem nächsten raschen Lauf ihrer Finger.

»Setz dich zu uns!«, rief eine ihrer Begleiterinnen und klopfte mit der flachen Hand neben sich auf die Decke.

Zögernd kam Bastian der Aufforderung nach. Zu jeder anderen Gelegenheit wäre ihm diese Situation peinlich gewesen. In seiner vom Familienunternehmen vorgezeichneten Jugend hatte er nur wenige solcher Momente gekannt – dies war Bellas Welt gewesen, nicht seine. Oder eher: die Welt, der Bella nachgejagt war, ehe sie auf der Suche danach ihr Leben ließ. Hier, am Ende der Welt und aller Vernunft, begann er erstmals zu verstehen, was Bella sich vielleicht erhofft hatte.

»Wie ist dein Name?«, fragte das Mädchen, das ihn angesprochen hatte.

»Bastian«, sagte er.

»Hallo Bastian.«

Seine Befangenheit ließ sie lachen, aber es war ein einladendes Lachen. »Ich bin Iris, und das ist June.« Ihre Freundin winkte ihm mit den Fingern zu.

»Und das ist Cora«, fügte Iris hinzu, als sein Blick wie von selbst zurück zu der Gitarrenspielerin wanderte. Diese störte sich nicht an seinem Starren; nur ein rascher Augenaufschlag verriet, dass sie alles, was geschah und gesprochen wurde, sehr genau verfolgte.

»Wo sind wir hier?«, fragte Bastian. »Was ist dies für ein Ort?«

»Was für eine Frage!« June gluckste. »Das ist Zuhause.«

»Zuhause?«, wiederholte Bastian.

»Komm, trink etwas.« June reichte ihm die Weinflasche.

Eigentlich stand ihm nicht der Sinn nach Wein, dennoch setzte er die Flasche an die Lippen und trank. Darüber fiel ihm auf, was für einen Hunger er hatte.

»Greif ruhig zu«, ermutigte ihn Iris und schob ihm Brot und Käse hin.

»Danke«, sagte er mit vollem Mund. Der Käse war vorzüglich – und die Trauben erst! Lächelnd schauten die Mädchen zu, wie er sich den Magen vollschlug.

Erst merkte er gar nicht, dass die Musik geendet hatte.

»Geht es dir besser?«, fragte Cora. Sie hatte eine ernste Stimme, die sie nicht heben musste, um sich Gehör zu verschaffen. Sie hatte die Gitarre beiseitegelegt, eine bunte Samttasche geöffnet und Zigarettenpapier und einen kleinen Beutel vor sich ausgebreitet.

»Ja, danke«, sagte Bastian und wunderte sich nur flüchtig über sich selbst. Er hätte sagen sollen, dass er einen Unfall gehabt hatte. Dass er nicht alleine unterwegs war und sie nach dem Weg in die nächste Stadt suchten. Doch all dies schien ihm nicht mehr wichtig. Die Gesellschaft dieser drei Mädchen war ihm deutlich lieber als die seines Vaters, und es ging ihm so gut wie seit Tagen nicht mehr.

Also sah er schweigend zu, wie Cora etwas Marihuana aus dem Beutel nahm und einen Joint drehte.

»Dieser Ort ist etwas Besonderes«, sagte sie. »Du wirst nie wieder einen Ort wie diesen finden, wie lange du auch suchst.« Ihre Freundinnen hingen an ihren Lippen, als spräche eine Priesterin zu ihnen. »Alle Menschen brauchen einen solchen Ort – aber nicht jeder findet ihn. Manche tragen ihn in ihrem Herzen, doch mit der Zeit vergessen sie ihn mehr und mehr, bis sie ihn nicht mehr wiedererkennen. Und was viele nicht verstehen, ist, dass man auch etwas zurückgeben muss. Der Ort lebt in dir – du lebst in dem Ort. Wenn du gehst, dann lässt du diesen Teil von dir zurück.« Sie zündete den Joint an, zog und reichte ihn an Bastian weiter. »Soll ich es dir zeigen?«

Mit klopfendem Herzen nahm er den Joint aus ihrer Hand. Er hatte nicht mehr Marihuana geraucht, seit …

Cora griff nach seiner Wange, und der Gedanke an Bella verflog. Bastian nahm einen Zug, und fast im selben Moment schien die Welt auf ihn einzudringen und sich zugleich zu erweitern wie bei einem Zoom-Effekt im Film, so als würde er sich ihrer und allem, woraus sie bestand, erstmals wirklich bewusst. Ebenso, wie er sich bewusst wurde, dass Iris und June ihn immer noch anschauten und kicherten, und dass hinter ihnen ein Regenbogen im Gras schimmerte.

»Komm mit«, sagte Cora und nahm ihre Tasche.

Er stand auf und ließ sich von ihr durch Gräser und Gesträuch zu einem Felsen führen. Dort kniete sie sich hin.

Sie entnahm der Tasche eine Dose, öffnete sie und rieb sich eine helle Paste auf die Hand. »Hier.«

Ratlos nahm Bastian die Dose entgegen. Sie war aus dunklem Holz geschnitzt, die Paste darin körnig und von strengem Geruch. Zögernd tauchte er die Finger hinein und zerrieb die Paste zwischen den Händen. »Und was tue ich jetzt damit?«

»Jetzt«, sagte Cora und drückte seine Hand auf den Fels, »lässt du einen Teil von dir hier.«

Bastian dachte an den Handabdruck, den sie im Dorf gesehen hatten, und verstand. Er fühlte den warmen Felsen unter seiner Haut und ahnte die Eidechsen, die sich in vielen Sommern hier gesonnt, die Insekten, die hier ihre Flügel getrocknet hatten. Er schmeckte den Regen, der auf ihn niederging, lauschte auf die Schatten der Wolken, die der schnelle Wind über ihn hinwegwehte. Und ihn überkam eine Ahnung unvorstellbaren Alters.

Er hörte, wie Cora neben ihm Luft holte und ihre Hand neben seine presste.

»*Anna enne*«, flüsterte sie. »Hier bin ich. Woher kommst du und was hast du gesehen? Sprich zu mir! *Kelloeia? Alpa name.*«

Fragend schaute er sie an.

»Felsen sind älter als alles andere, so alt wie die Welt«, sagte sie, als sie die Augen wieder aufschlug. »Sie bewahren die Erinnerung eines Ortes. Hast du es gespürt?«

Bastian nickte.

»Dieser Ort und du, ihr seid jetzt eins. Ein Teil von dir lebt hier fort, und ein Teil von ihm wird dich begleiten. Egal, wohin du gehst – niemand kann ihn dir nehmen.«

»Wer sollte ihn mir nehmen wollen?«, fragte Bastian verwundert.

Da hörten sie aus Richtung der anderen Mädchen lautes Geschrei.

Cora schaute ihn abwartend an.

Bastian riss sich aus seiner Starre und sprang auf die Füße. Dann rannte er den Weg zurück, den sie gekommen waren.

Bald schon sah er den Grund für die Unruhe.

Es war sein Vater.

Sein Vater, der gerade durch das Essen und die Hinterlassenschaften der geflüchteten Mädchen trampelte.

»Was verdammt tust du hier?«, rief Bastian. Hatte sein Vater ihn etwa verfolgt?

»Was ich hier tue? Diesen Ort dem Erdboden gleichmachen, das werde ich tun!« Alexander King bückte sich nach Coras Gitarre, hob sie über den Kopf und zerschlug sie in einem Splitterregen am nächsten Baum.

»Bist du wahnsinnig?« Bastian schaute sich hilfesuchend nach Cora um, doch sie war ebenso verschwunden wie ihre Begleiterinnen.

»Orte wie dieser stehen dir nur im Weg«, erklärte Alexander King seinem Sohn. »Wenn ich einen solchen Ort sehe, dann sehe ich vor allem eins: Möglichkeiten. Das Alte beseitigen, um Raum für Neues zu schaffen. Entweder ich kaufe es oder ich zerstöre es! Ich habe meine Kraftwerke nicht auf einem Sumpf aus Erinnerungen errichtet. Nur so kommt man zu Geld, Junge! Wer Erfolg will, der muss Opfer bringen!«

»Du bist ja völlig von Sinnen!«, fuhr Bastian seinen Vater an. Beinahe hätte er sich auf ihn gestürzt, doch etwas hielt ihn zurück.

Es war die Angst.

Sein Vater wirkte in diesen Sekunden noch größer, noch stärker als sonst. Und in seinen Augen blitzten Urgewalten.

»Kein Wunder, dass deine Frau und deine Tochter dich verlassen haben!«, schrie Bastian. »Du bist ein Monster! Hörst du? Und deine Frau kommt nie wieder und deine Tochter ist tot! Bist du zufrieden? Sie sind fort, für immer, und du bist noch hier. Ich wünschte, es wäre umgekehrt!«

Wenn er erwartet hatte, seinen Vater damit zu verletzen, hatte er sich getäuscht. Alexander King lachte. Er lachte aus vollem Hals.

Bastian wurde übel. Er musste weg von hier – zurück zu den anderen und sie warnen. Vielleicht war ihnen noch zu helfen und sie konnten gemeinsam von hier fliehen …

Er wandte sich ab und rannte zurück in die Richtung, in der er das Dorf vermutete. Er kämpfte sich durch unwegsames Gelände und verlor ein paarmal die Orientierung. Schließlich aber sah er das hinterste der windgeformten Feenhäuser geduckt unter den Ästen des Walnussbaums. Hinter sich hörte er das Stapfen des entfesselten Riesen, der sich seinen Weg zu ihm bahnte. Bastian mochte sich gar nicht ausmalen, was er mit ihm anstellen würde, wenn er ihn einholte. Er hatte seinen Vater nie gemocht – aber nun kam es ihm so vor, als hätte man Alexander King gegen ein Ungeheuer ausgetauscht. Panisch wie ein kleines Kind schaute er sich nach einer Fluchtmöglichkeit um.

Da nahm er wie schon zuvor ein Blitzen aus den Augenwinkeln wahr – diesmal in den Schatten hinter dem Haus. Es war das Blitzen einer hell erleuchteten Glastür, eingelassen in die Wand eines Schuppens.

Eine Glastür, die nicht in dieses Dorf gehörte.

Bastian schüttelte ungläubig den Kopf. Das konnte nicht sein! Das ergab keinen Sinn …

Als er wieder hinsah, war die Tür verschwunden. Nur ein Windspiel klirrte hell in der Brise.

Dann löste sich ein krachender Schuss in der Ferne und Bastian riss sich aus seiner Starre. Hatte jemand die alte Flinte abgefeuert?

Er rannte weiter und glaubte, den Weg zum Brunnen wiederzuerkennen. Hatten denn alle außer ihm den Verstand verloren? Wer schoss hier? Wer …

Da verfing sich sein Fuß in einer Wurzel – oder eine Wurzel griff nach seinem Fuß –, er schlug der Länge nach hin und ihm schwanden die Sinne. Er empfand keinen Schmerz, bloß kalte Angst – weil er den Kampf, in den er da geraten war, nicht mehr verstand. Es war, als hätten sich sein Vater, das Dorf, die Wirklichkeit selbst gegen ihn verschworen …

Die aufgebrachte Stimme einer Frau rief ihn ins Hier und Jetzt zurück. Er brauchte einen Moment, sie zu erkennen.

Es war die Stimme von Antonia Perrault.

TONI

»Was zum Teufel ist hier los?«, rief Toni.

Bastian King schreckte hoch. »Was?«, schrie er. Dann schaute er sich blinzelnd um. »Oh.« Er holte Luft. »Ich muss … wir waren wohl ziemlich müde.« Verlegen rieb er sich den Nacken und stand auf. Sein Blick wanderte über den schnarchenden Francis, die Flinte pflichtvergessen neben sich; Swaine, der ihr kleiner Hut ins Gesicht gerutscht war, den Regenschirm über der Brust; und seinen Vater, die großen Hände auf dem Bauch gefaltet, als hielte er einen Verdauungsschlaf. Er wollte Swaine anstupsen, doch Toni hielt ihn zurück.

»Lassen Sie die Leute schlafen. Es war eine kurze Nacht.«

»Mein Vater schläft nie tagsüber«, widersprach Bastian. »Und Swaine sollte Nachtschichten gewöhnt sein. Etwas stimmt nicht.«

»Sie atmen, also geht es ihnen gut«, sagte sie, obwohl ihr diese plötzliche Siesta genauso wenig geheuer war wie ihm. Ihre Gedanken rasten. »Vielleicht ist das die Gelegenheit für uns, zu reden.«

»Worüber wollen Sie jetzt denn reden?«, fragte Bastian misstrauisch.

Toni lachte und ließ sich auf den Stufen der Veranda nieder. Sie wusste noch nicht sicher, wohin die Reise führte, aber der erste Schritt war getan.

»Wie lange kennen wir uns schon, Bastian?«

Bastian, der noch vor dem Brunnen stand, schaute ungemütlich von seinem Vater zu ihr. Dann zuckte er die Schultern.

»Mein ganzes Leben, nehme ich an.«

»Dennoch scheint mir, wir haben uns nie wirklich kennengelernt.«

»Und Sie glauben, jetzt ist ein guter Zeitpunkt dafür?«

»Ich würde sagen, es war nie so notwendig wie jetzt. Heute Morgen waren Sie noch ganz wild darauf.« Sie ließ ihn nicht aus den Augen, verfolgte jede seiner Reaktionen. Bastian King war über dreißig Jahre jünger als sie. Und gerade wirkte er so nervös, als wollte sie ihn auf den Abschlussball einladen.

»Meinetwegen«, druckste er. »Wie erklären Sie sich all das? Den Unfall, unsere Kleider, dieses Dorf ... das geht doch nicht mit rechten Dingen zu.«

Toni lächelte. »Sie sind ein aufgeweckter Junge, Bastian. Längst nicht so engstirnig wie Ihr alter Herr.«

Bastian grunzte. »Mein Vater würde niemals etwas anerkennen, das sich seiner Kontrolle entzieht. Sie kennen ihn länger als ich.«

»Aber nicht so gut. Was meinen Sie: Welchen Reim macht er sich auf unsere Lage?«

Er scharrte mit dem Fuß im Staub. »Wahrscheinlich hält er es für eine Verschwörung. Aber er wird sich hüten, etwas zu sagen, ehe er sich seiner Sache nicht sicher ist.«

»So war er immer schon«, pflichtete ihm Toni bei. »Geduldig warten, bis sich eine Gelegenheit bietet – dann den eigenen Zug tun. Nur wird er diesmal vergeblich darauf warten.«

»Sie haben meine Frage nicht beantwortet«, stellte Bastian fest. »Was glauben *Sie,* was hier in Wahrheit vor sich geht?«

»Die Wahrheit«, wiederholte Toni und kostete den Geschmack des Wortes auf der Zunge, als wäre es ein Wein mit einer leichten Spur von Kork. »Wahrheit ist eine Erfindung von Leuten, die sich wichtig machen wollen. Manchmal spielen sie einander vor, dass sie dasselbe damit meinen, doch jeder hat seine eigene Wahrheit.«

»Eine selbstgerechte Antwort«, sagte Bastian. »Sie sind Wissenschaftlerin, Antonia. Ich hätte mehr von Ihnen erwartet.«

Sie lachte. »Jetzt plappern Sie Ihren Vater nach. Ziehen Sie den Kopf aus dem Hintern und machen Sie sich frei von irgendwelchen Vorstellungen, wie die Welt zu funktionieren hat. Sie schert sich nämlich nicht darum.«

Er merkte wohl selbst, dass sie seinen Bluff durchschaut hatte. Wieder blickte er zu seinem Vater, dann schaute er sie herausfordernd an.

»Also schön! Wieso erzählen Sie mir nicht *Ihre* Version der Geschichte? Ich bin gespannt darauf, sie zu hören. Wie verlor Antonia Perrault ihren Glauben an die Wahrheit?«

»Das muss etwa zu der Zeit gewesen sein, als ich begriff, dass mein Mann seit Jahren das wahre Ausmaß seiner Krankheit vor mir geheim hielt und ich mit einem Fremden zusammenlebte.« Sie strich ihre Trauerkleidung glatt, ließ die Worte wirken, dabei war sie sich der unbehaglichen Blicke des Jungen in seinem farbenfrohen Aufzug vollauf bewusst. »Sie wissen, dass Alexander und Ross einander seit dem gemeinsamen Physikstudium in Berkeley kannten?«

Bastian nickte stumm.

»Anfangs waren sie noch keine Rivalen«, fuhr Toni fort. »Sie waren fast so was wie Freunde. Ross war drei Jahre älter – er strebte auf seinen Abschluss zu und hoffte auf eine Stelle an der Universität. Ihr Vater war ein junger und ehrgeiziger Student. Beide waren sie Visionäre. Ihr Vater hatte sich schon in den Siebzigerjahren einen Ruf als Atomkraftexperte gemacht. Ross dagegen träumte von sauberer Energie – zu einer Zeit, als noch niemand ahnte, was für Probleme die Zukunft tatsächlich für uns bereithielt.

Alex war der Geschicktere der beiden. Er erregte das Interesse der richtigen Männer in der Wirtschaft, die ihn nach seinem Abschluss mit Kusshand willkommen hießen. Ein paar Jahre später gründete er seine eigene Firma.

Ross dagegen lernte vor allem, wie man Menschen mit Versprechen hinhielt, denen niemals Taten folgten. Als seine Mutter zurück zu ihren Geschwistern nach Europa zog, gab er seine schlecht bezahlte Stelle auf und überredete seine Assistentin, mit ihm nach Carmel in sein altes Elternhaus zu ziehen. Das diesem Haus hier überraschend ähnlich sah. Nur dass es damals noch kein New-Age-Museum war.«

Bastian musterte das Haus in ihrem Rücken. »Sie?«, fragte er dann. »Die Assistentin waren Sie?«

Toni lächelte schwach. »Die ersten Jahre waren eine aufregende Zeit. Wir hatten unser Firmenschild an der Tür und korrespondierten täglich mit Behörden, Politikern und Investoren. Das heißt, ich schrieb die Briefe, und Ross baute Luftschlösser. Irgendwann wurde mir klar, dass wir für jeden Schritt nach vorne zwei zurück taten. Unser größtes Potential lag in seinen frühen Patenten von der Universität. Doch statt die zu vermarkten und Turbinen und Windparks zu bauen, hobelte er in seiner Werkstatt an neuen Flügelprofilen. Die Eltern in der Nachbarschaft bezahlten ihn dafür, dass er Propeller für die Holzflugzeuge ihrer Kinder herstellte. *Kite Enterprises* – mehr war es in manchen Monaten nicht: Drachen und Spielzeug.«

Bastian erwiderte ihr Lächeln.

»Ich überredete ihn, zurück in die Bay Area zu ziehen. San Francisco war immer noch eine aufregende und kreative Stadt, und ich dachte, Ross würde dort aufblühen. Aber er hasste die Stadt. Zu viele Menschen, zu viele Meinungen … er fühlte sich eingeengt.«

»Trotzdem hatten Sie recht«, sagte Bastian. »Schließlich hatten Sie Erfolg, oder nicht?«

»Die Firma wuchs«, stimmte sie zu. »Ich stellte die nötigen Kontakte her, und mit deren Geld bauten wir unsere ersten großen Prototypen. Wir trafen auch Ihren Vater wieder – auf einem Kongress von Pacific Gas and Electric. Teil des Programms war der Besuch eines Reaktors. Sie können sich nicht vorstellen, wie viel Mühe es kostete, Ross dazu zu bewegen. Und wie lange er es mir vorwarf, als er dann krank wurde. Jahre später, wohlgemerkt.«

Bastians Miene verfinsterte sich. »Er gab Ihnen die Schuld?«

Toni lachte traurig. »Er gab allem die Schuld, was mit Atomkraft zusammenhing – oder mit Ihrem Vater. Seine Krankheit war der ideale Anlass, mit sämtlichen Dingen abzurechnen, die ihm sein Leben lang verhasst gewesen waren.«

»Ich glaube nicht, dass mein Vater Ross gehasst hat«, sagte Bastian. »Er sah einen Konkurrenten in ihm, und er schimpfte mehr als einmal auf seine Unvernunft. Es ging ihm aber immer ums Geschäft. Nie um den Menschen – nur um das Geschäft.«

»In den späten Achtzigerjahren buhlten King Industries und Kite Enterprises häufig um dieselben Aufträge. Sie waren damals noch ein kleines Kind – aber wann immer es an der Westküste ein neues Kraftwerk zu bauen gab, unsere Familien waren zur Stelle.«

»Ich erinnere mich, dass Sie manchmal noch zu Besuch nach L.A. kamen. Ich hielt Sie für Freunde.«

»Das galt vielleicht für mich«, sann Toni. »Und eine Weile auch für Ihre Mutter. Aber nicht mehr für Alexander und Ross. Für Ross war es *immer* persönlich, wenn er verlor – das müssen Sie verstehen. Das war leichter für ihn, als sich einzugestehen, dass er ein schlechter Geschäftsmann war.«

»Mein Vater mag der bessere Geschäftsmann gewesen sein«, sagte Bastian. »Dafür war er der schlechtere Vater.«

Einen Augenblick lang musste Toni um ihre Beherrschung kämpfen. Dieser selbstgefällige kleine … »Sie wissen nicht, wovon Sie reden.«

»Ach nein?« Bastian reckte herausfordernd das Kinn. »Was meinen Sie, wie viel Zeit Alexander King zwischen seinen millionenschweren Aufträgen für seine Kinder blieb? Einem Mann, der alles bis ins Kleinste überwachen muss? Der zu jedem Zeitpunkt hundertprozentige Perfektion erwartet? Nun überlegen Sie, was das mit seiner Familie macht.«

»Sie hatten es sicher nicht leicht«, lenkte sie ein, denn sie merkte ihrer Wut zum Trotz, dass sie endlich Erfolg hatte – der Junge öffnete sich ihr.

»Manchmal glaube ich, Bella und ich hätten es ohne ihn leichter gehabt«, fuhr er fort, ohne zu ahnen, wie dünn das Eis für ihn gerade war. »Aber wir waren nur Kinder. Gott, wir sehnten uns nach ihm!« Er schüttelte den Kopf. »Erst trieb er unsere Mutter davon, dann sahen wir auch ihn immer seltener. Bella hielt es nicht länger aus und zog zu Freunden nach Monterey. Eine Weile dachte ich, es täte ihr gut, doch sie geriet wohl an die falschen Leute ... Sie kennen den Rest.«

Toni dachte an die gestrige Beerdigung. Die unpersönlichen Worte des Priesters, das ungemütliche Schweigen der Gäste am Grab. Mrs. King oder wie immer sie inzwischen hieß, mit Handschuhen und Sonnenbrille, die so tat, als ob sie Toni nicht wiedererkannte, und mit niemandem ein Wort wechselte. Die hasserfüllten Blicke eines Sohnes für seinen Vater.

»Dennoch sind Sie geblieben«, stellte sie fest. »Und arbeiten heute sogar für King Industries.«

»Meinen Sie, ich bin mir dessen nicht bewusst? Ich denke jeden Tag darüber nach. So wie Sie wahrscheinlich.«

»Kommt darauf an. Worüber genau denken Sie nach, Bastian?«

Bastian wandte sich ab. Toni erhob sich von den Stufen und folgte ihm zurück zum Brunnen, wo er sich erschöpft zwischen Swaine und seinem schlafenden Vater niederließ.

»Darüber, dass wir alle unseren Preis haben«, murmelte er schwach.

»Sie müssten nicht für Ihren Vater arbeiten, wenn Sie nicht wollten.«

»Nein. Man hat immer eine Wahl. Das macht es noch schlimmer, finden Sie nicht?« Bastian rückte vorsichtig Swaines Hut zurecht. Die junge Frau räusperte sich im Schlaf, wachte aber nicht auf. »Selbst sie ist freier als ich.«

»Sie ist verwirrt«, widersprach Toni. »Wo hat Ihr Vater sie aufgegabelt?«

Bastian zuckte die Achseln. »Ich weiß nicht einmal, ob ›Swaine‹ ihr Vor- oder Nachname ist. Vielleicht ist sie die Tochter eines Mitarbeiters? Mein Vater sammelt Menschen wie sie. Glaubt wahrscheinlich, dass er ihnen eine Chance gibt. Eine Chance, die seine Kinder nie ergriffen.«

»Können Sie ihr vertrauen?«

Er schaute sie argwöhnisch an. »Worauf wollen Sie hinaus?«

Sie schlenderte langsam zu Francis. »Es ist wichtig, dass Sie auf Ihre Verbündeten zählen können.«

»Wollen Sie mir das etwa vorschlagen? Ein Bündnis?«

»Unter den gegebenen Umständen können wir nicht wählerisch sein.« Die Wahrheit war, sie würde den Verstand verlieren, wenn sie nicht rasch einen Ausweg fand. Nach wie vor fühlte sie sich als Teil einer Versuchsanordnung, bei der es um alles oder auch um nichts gehen konnte. Das Einzige, was sie aufrecht hielt, war der Zorn auf ihren Mann – und die vage, unvernünftige Aussicht darauf, ihre Tochter wiederzusehen. Wenn Ross dafür von ihr erwartete, dass sie ihm seinen alten Rivalen als Opfer darbrachte …

»Was ist *Ihr* Preis, Antonia?«, fragte Bastian. »Sie haben Kite Enterprises verkauft. Aber wieso ausgerechnet an meinen Vater? Das habe ich mich immer gefragt.«

»Ross war krank«, sagte sie. »Schwer krank. Lange dachte ich, es wäre bloß die Arbeitslast. Ein paar harmlose Verwirrungszustände. Häufig klagte er über Migräne. Dann konnte er die Veränderungen seiner Persönlichkeit nicht mehr länger verbergen. Er begann, unser Geld mit beiden Händen zum Fenster rauszuwerfen – alles, was er und ich uns aufgebaut hatten, war in Gefahr. Als ich ihn schließlich zur Rede stellte und er gestand, dass er Stimmen hörte, war meine Entscheidung gefallen. Ich musste an unsere Tochter denken – vielleicht verstehen Sie das ja.«

Bastian brummte nachdenklich.

»Ich wollte die Firma nicht verkaufen, aber Ihr Vater ließ mir keine Wahl. Und ein vertrauter Feind, der den Wert unserer Patente und Anteile kannte, war immer noch besser als eine Zwangsabwicklung.«

»Sie haben meinem Vater ein schöneres Geschenk gemacht, als Bella und ich es je vermochten. Ich habe ihn selten so zufrieden erlebt.«

»Ich habe mir die Entscheidung weiß Gott nicht leicht gemacht.«

»Was ging schief?«, fragte Bastian.

Toni betrachtete den schlafenden Francis in seinem vorsintflutlichen Aufzug. Seinen dichten Schnurrbart, der sich – wie sie halb angewidert, halb fasziniert registrierte – im Luftstrom seines Schnarchens sachte bewegte. Die kleinen Mäuseaugen hinter der Brille. Sein Gesicht war ihr so vertraut wie ein altes Sofa, das man längst hatte ersetzen wollen.

»Der gute Francis wüsste sicher mehr darüber. Wollen Sie meine Theorie dazu hören?«

Bastian nickte stumm.

»Ich denke, Francis bekam kalte Füße. Ross hatte ihm die Stelle als Buchhalter gegeben, als ihm niemand sonst einen Job anbot, und er arbeitete schon zu lange für ihn und fühlte sich ihm verpflichtet. Der Verkauf der Firma ließ sich nicht mehr stoppen – verplappert hat er sich dennoch. Ross bekam Wind von der Sache und schaffte die Firmenbücher beiseite.«

»Und obwohl Francis Ihnen dazwischenfunkte, haben Sie ihn weiter beschäftigt? Als Ihren Assistenten zumal?«

»Wir konnten ihm nichts beweisen, und niemand kennt sich in der Firma besser aus als er. Wir brauchten ihn, um den Schaden, den Ross angerichtet hatte, zu bereinigen. Alles, was ich tun konnte, war, ihn künftig besser im Auge zu behalten.« Sie studierte die Flinte, die neben Francis am Brunnen lehnte. »Sie kennen das alte Sprichwort über Freunde und Feinde.«

»Und Ross? Wann ist … wieso hat er …?«

»Sie wissen genau, was passiert ist.«

»Ich möchte es gerne von Ihnen hören.«

Sie holte tief Luft. Glaubte er etwa die Version seines Vaters nicht? Dann weckte sie die Geister der Vergangenheit aus ihrem Schlaf.

»Ich sagte schon, er war zu dieser Zeit wie ein Fremder. Vielleicht haben es ihm seine Stimmen befohlen, vielleicht wusste er einfach nicht mehr, was er tat. Aber er nahm unsere Tochter … und die verdammten Bücher … stieg in seinen alten Dodge … und fuhr los. Ich weiß nicht, was er sich dabei dachte. Möglich, dass er nach einem Weg zurück in die gute alte Zeit suchte … alles, was ich weiß, ist, dass er Mira entführte. Sie verbrachten zwei Nächte in dem Haus in

Carmel, in dem die letzten Jahre eine Jugendfreundin gewohnt hatte. Ihr Name war Cora.«

Bastian bedachte sie mit einem undeutbaren Ausdruck. Vielleicht bereute er es ja inzwischen, Ross als den besseren Vater bezeichnet zu haben.

»Dann verschwand er mitten in der Nacht. Er nahm den Highway 1 und geriet mitten in einen der schlimmsten Stürme, die es je hier in der Gegend gegeben hatte. Er durchbrach die Leitplanke ...« Sie musste schlucken. »Man fand den Dodge am Fuß einer Klippe – leer. Die Polizei sagte, die Fahrertür sei abgerissen, der Gurt geöffnet gewesen. Sie suchten im Meer nach den Leichen, aber fanden sie nicht.«

Bastian schwieg betroffen.

»Nun kennen Sie meine Geschichte«, sagte Toni. »Die Fassung, die man sich nicht auf Geschäftsessen erzählt. Ich weiß, was es heißt, jemandem ausgeliefert zu sein. Ich weiß, was es heißt, den Druck schon gar nicht mehr zu spüren – und was für eine Erleichterung es ist, wenn er endlich nachlässt. Vor allem aber weiß ich, wie es ist, einen geliebten Menschen zu verlieren, und zu wissen, dass man selbst Schuld daran trägt. Weil man zu lange gewartet hat ... nicht gehandelt hat, als noch Zeit war. Nichts ist schlimmer als dieses Gefühl.«

Sie sah, wie sich Bastians Kehle zusammenzog.

»Die Frage, die Sie sich stellen müssen, Bastian, lautet: Wie lange noch? Was muss noch geschehen, ehe Sie handeln? Bis Sie erkennen, dass alles besser ist, als der Spielball eines größenwahnsinnigen Despoten zu sein?«

»Was versuchen Sie anzudeuten, Antonia?« Der Junge konnte das Zittern in seiner Stimme nicht verbergen.

Toni blieb ganz ruhig. »Nach Bellas Tod sind Sie der Alleinerbe der Firma, nicht wahr?«

Bastians Augen wurden groß. Er erhob sich und trat einen Schritt auf sie zu.

»Was wollen Sie damit sagen?«

»Denken Sie nach. So wie Ihr Vater mit seiner Frau und Tochter umsprang, so wird er auch Sie behandeln. Wie Sie selbst sagten: Ich kenne ihn länger als Sie. Und eines weiß ich mit Gewissheit: Alexander King glaubt nur an sich selbst – und das wird sich nie ändern. Ich weiß nicht, ob ihn das zu einem schlechten Menschen macht. Aber es macht ihn zu einem schlechten Verbündeten für Sie und mich. Hier und jetzt – und auch, sobald das hier vorbei ist, was immer *das* ist. Ich nehme kaum an, dass er Sie in seine geschäftlichen Entscheidungen miteinbezieht? Ach, Bastian. Mit einem jungen, flexiblen Kopf an der Spitze von King Industries wäre so vieles möglich …«

»Ich kann nicht glauben, was Sie da reden.«

»Ich kann vieles nicht glauben. Zum Beispiel, dass wir es geschafft haben, uns auf einer Straße ohne jede Abzweigung zu verfahren. Und dann geraten wir alle ebenfalls in einen Sturm – ausgerechnet hier? Dieselbe Strecke, derselbe Sturm. Meinen Sie, man wird auch unseren Wagen im Meer finden? Wahrscheinlich hält man uns schon für vermisst oder tot, so wie Ross.«

Sie machte einen Schritt über Francis hinweg, sodass sie direkt vor ihm stand.

»Auch fällt es mir schwer zu glauben, dass wir seit gestern Abend in einer Ecke der Berge herumirren, die sich auf keiner Karte findet, und in der Mobiltelefone nutzloser als Rauchzeichen sind. Oder dass sich überall in diesem Dorf die Räder von Kite Enterprises drehen. Ich weiß nicht, wer Ihnen diese Sachen angezogen hat – aber Ross hätten sie sicher gefallen. In dem Nachbau unseres Hauses da liegt mein verdammtes Hochzeitskleid auf dem Bett. Wer hat es wohl dorthin gelegt?«

Bastian ballte die Fäuste, und sie sah Schweißperlen auf seiner Stirn glitzern. Sie wusste genau, wie es ihm ging. Es war eine Sache, das alles zu wissen, und eine andere, es auszusprechen.

»Und dann wirft man uns eine Waffe hin und alle außer Ihnen und mir schlafen ein. Was für einen Schluss ziehen wir daraus?« Sie wartete auf eine Antwort, aber Bastian wich ihrem Blick aus und sah seinen Vater an.

»Sie müssen sich entscheiden, auf wessen Seite Sie stehen. Sonst haben Sie in diesem Spiel keine Chance. Wollen Sie meinen Rat?«

Sie trat mit der Fußspitze gegen die Flinte. Die Waffe fiel ins Gras und Bastian machte einen Satz, als ob sie eine Schlange wäre. »Denken Sie an sich selbst.«

Einen langen Augenblick sagte keiner ein Wort. Toni sah, wie es in Bastian arbeitete, wie seine Wut auf seinen Vater und auf sie, vielleicht sogar auf Ross, in ihm wogte. Wut war gut – sie wusste selbst nicht mehr, was sie empfand, aber zu sehen, wie weit sie ihn bereits getrieben hatte, war berauschend. Hatte überhaupt irgendetwas, was hier geschah, Konsequenzen? Alles war besser als das quälende Gefühl der Angst. Das Gefühl ihrer Ohnmacht.

Bastian bückte sich und hob die Flinte auf.

»Sie sind wahnsinnig, Antonia.«

»Das wäre sicherlich eine Erklärung für die letzten vierundzwanzig Stunden«, erwiderte sie kalt. »Was ist mit Ihnen? Sind Sie wahnsinnig, Bastian?«

Bastian nestelte an den Hähnen der Flinte.

In diesem Moment erscholl der helle Ruf eines Raubvogels, und Alexander King schlug die Augen auf. Auch Swaine und Francis fuhren unvermittelt aus dem Schlaf hoch. Es ging alles so schnell, dass keine Zeit zu reagieren blieb.

Die Augen Alexander Kings richteten sich auf seinen Sohn. »Was willst du mit dem Gewehr in der Hand?«, fragte er mit ruhiger Stimme.

Toni sah, wie Bastian kleiner wurde, beinahe zusammenbrach. Und sie wusste, dass es zu spät war – die Gelegenheit zu handeln war vorbei.

Sie empfand Bedauern. Aber keine Scham.

»Da … da war ein wildes Tier«, log Bastian. »Ein Berglöwe!«

Alexander King hob eine schwere Braue. »Ein Berglöwe, sagst du?«

»Hörst du schlecht?«, schrie Bastian und warf die Flinte vor ihm zu Boden.

Mit lautem Krachen löste sich ein Schuss. Der Schrot schlug Kerben in die Veranda, und ein aufgebrachter Schwarm Kolibris stob in alle Richtungen davon.

Alle Augen richteten sich auf Bastian.

»Ich habe einen Berglöwen gesehen«, wiederholte er trotzig, drehte sich um und marschierte davon.

STEPHANIE

»Da ist kein Leuchtfeuer«, stellte Stephanie fest, den Schminkspiegel stoisch ausgestreckt, während Rince sich ungeachtet ihrer Einwände das Haar nachfettete. »Tatsächlich ist da vorne überhaupt nichts …«

Er brummte eine unverständliche Antwort und versuchte sich in ihrem kleinen Spiegel zu erkennen.

»Wie war das?«, fragte sie.

»Ich sagte, dafür, dass da nichts ist, ist es eine ganze Menge. Jetzt halt doch mal still!«

Stephanie stöhnte leise. Jahrelange Erfahrung half ihr dabei, selbst in ihrem gegenwärtigen Zustand gerade unterhalb jener Lautstärke zu bleiben, die ein Mann wie Rince als Provokation auffassen würde.

»Ein ganze Menge«, wiederholte er zufrieden und steckte die grausige Pomade wieder ein. Ein Hauch von Ente ritt auf dem Wind zur See hinaus gen Freiheit.

»Sicher ist es eine Menge.« Sie deutete auf den steinigen Pfad, die struppigen Bodendecker und Sträucher, das aufsteigende Hinterland. Dann packte sie den Spiegel zurück in die Tasche und drückte sie ihm zusammen mit dem Whiskey in die Hand, um aus ihrem Schuh zu schlüpfen und sich demonstrativ ein oder zwei Kiesel herauszuschütteln. »Deutlich zu viel für mein Schuhwerk, das ich nicht mit Blick auf eine Küstenwanderung ausgewählt habe.« Er wollte etwas entgegnen, doch sie hob mahnend die Hand. »Ich mache dir keinen Vorwurf, Liebes. Was geschehen ist, ist geschehen. Der Laster ist Schrott und wir sind hier gestrandet. Und wir haben ja wirklich eine *Menge* Sonne, Himmel, Wolken, Wind …« Sie atmete tief durch, während er gehorsam trank. »Sehr gesund. Riecht kaum nach Ente. Die Frage ist, was wir *nicht* haben.«

»Was haben wir nicht?«, fragte er und schaute sie großäugig an, ohne die Flasche vom Mund zu nehmen.

»Ich weiß nicht – ein Leuchtfeuer? Eine Straße, Brücken? Verdammt, Rince, wo sind die ganzen Siedlungen, die wir gesehen haben?«

»Da vorne steht ein großes Windrad«, sagte er unschuldig und zeigte mit dem Finger.

»Da ist kein …« Sie stockte, folgte seinem bebenden Arm. »Windrad«, beschloss sie den Satz in Widerspruch zu den Tatsachen.

»Vielleicht hat mein Kontakt ja das Windrad mit einem Leuchtturm verwechselt«, stellte Rince als Hypothese in den sonnigen, weiten und außerordentlich gut durchlüfteten Raum. »Das würde absolut erklären, weshalb wir einander noch nicht begegnet sind.«

»Vielleicht …« Sie gab es auf, es war sinnlos. »Sicher, Rince. Absolut. Gehen wir weiter in diese Richtung, es ist besser als nichts.«

Eine Weile stapften sie schweigend nach Norden die Küste entlang: linkerhand selbstgefällig unerreichbar das Meer in all seiner Tiefe, rechterhand und nicht minder abweisend mit ihren unwirtlichen Gipfeln die Berge. Und egal in welche Richtung Stephanie sah, in der Ferne lag die Ahnung dunkler Wolken.

Um das leichte Frösteln und das weniger leichte Schweigen zu vertreiben, ließen sie die Flasche kreisen – sofern man ein Passspiel unter zwei Personen als Kreis bezeichnen konnte –, und eine Zeitlang half das auch, obgleich sich für Stephanie nicht klärte, ob ihr dieses riesenhafte Windrad auf seinem fernen Hügel Anlass zu Hoffnung oder Sorge geben sollte.

Ob Rince es nun wahrhaben wollte oder nicht: Diese Landschaft, durch die sie sich da schleppten wie die am schlechtesten gerüsteten Arktisforscher aller Zeiten, hatte so gar nichts mit den Eindrücken gemein, die sie vom Lastwagen aus gesammelt hatten. Sie mussten sich ganz schön verlaufen haben … aber wie weit konnte man sich an einer Küste in Sichtweite des Wassers verlaufen?

Sie war sich nicht sicher, ob Whiskey die beste Antwort auf diese Fragen war. In jedem Fall war es das Einzige, was sie den Blasen an ihren Füßen entgegenzusetzen hatte, mittels äußerlicher oder innerlicher Anwendung. Und wo Rince sie schon nötigte, eine Reserveflasche in ihrer ausgebeulten Tasche mitzuschleppen, bestand zum Geizen auch kein Grund.

»Weißt du«, sagte er da weltvergessen und auf fahrlässige Weise unbehelligt von all ihren Sorgen. »Vielleicht ist es gar nicht so schlecht, dass aus dem Treffen mit unseren Abnehmern nichts wird.«

»Oh Liebes, das musst du mir erklären«, bat sie betont interessiert. »Wieso wäre es gar nicht so schlecht, wenn aus dem Treffen mit den Leuten, die uns hätten abholen können, nichts wird?« Sie blieb stehen und kramte ein paar Klammern aus der Tasche, mit denen sie mit mäßigem Erfolg versuchte, ihr windzerzaustes Haar zu bändigen. Ihre Frisur passte sich in Form und Struppigkeit mehr und mehr den Klippensträuchern an, je länger die salzige Luft sich ungestraft an ihr ausließ – aber sie wollte verdammt sein, wenn sie sich sein Entenfett in die Haare schmierte.

»Eigentlich hast du dir die Antwort selbst gegeben, denn die Idee hab ich von dir«, erklärte er und trank verschmitzt. Vor dem Hintergrund des Meeres wirkte er mit seiner Flasche wie eine Reklametafel für ein Leben in Gesetzlosigkeit.

»Von mir?«, fragte sie kleinlaut. »Oh je, Liebes, da musst du mich falsch verstanden haben.«

»Pass auf! Du sagtest doch: Wieso sollten irgendwelche Schmuggler mir – immerhin dem linken Daumen Al Capones – meine rechtmäßig gestohlene Ladung abkaufen?«

»Ja?«, sagte sie wachsam und harrte der Pointe.

»Das brachte mich darauf: Wieso sollte *ich* ihnen meine Ladung verkaufen?«

»Ach«, sagte sie.

»Wieso schalte ich nicht einfach die Mittelsmänner aus?«

»Tja«, sagte sie und gab den Kampf gegen ihr Haar und Rinces bezwingende Logik gleichermaßen auf. »Ich dachte, das *war* der

Plan. Der ganze Sinn dieses Treffens – der Grund, weshalb wir hierhergefahren sind statt nach Reno.«

Das brachte ihn ins Stocken. Stephanie schob sich eine Praline in den Mund.

»Du denkst zu kurz«, erklärte er dann.

Sie kaute abwartend.

»Überleg doch mal: Wir haben einen ganzen Laster mit erstklassigem Whiskey. Straßenwert mindestens fünftausend, wenn wir ihn selbst verkaufen. Und niemand weiß davon!«

»Die Leute, die in Monterey den Laster beluden, wissen davon«, gab sie zu bedenken. »Genau wie die, die jetzt in Reno darauf warten. Und alle, denen du den Whiskey in der Zwischenzeit versprochen hast.«

»Die wissen aber nur von einem Laster, der verloren ging – und den können wir problemlos verschwinden lassen! Wir laden den Whiskey aus, geben dem Laster einen Schubs ... ich wollte schon immer mal sehen, wie ein Auto ins Meer stürzt.«

Sie begann zu realisieren, dass er es ernst meinte. »Und dann?«

»Hält man uns für tot«, sagte er stolz. »Und den Laster samt Ladung für futsch. Was für eine bessere Ausgangslage kann man sich wünschen, um sein eigenes Geschäft aufzuziehen?«

»Ich weiß nicht«, gab sie zu und schaute sich um. »Nicht das hier?«

»Wir suchen uns einen Unterschlupf. Niemand wird von uns wissen. Niemand ahnt, auf was für einem Schatz wir sitzen. Und wir beginnen – ganz heimlich! – den Schatz zu verkaufen, Kiste für Kiste, und bauen von dem Geld unser Netzwerk auf. Wir werden die ganze Westküste mit Whiskey versorgen. Niemand wird wissen, wer die geheimnisvollen Köpfe an der Spitze dieses neuen Syndikats sind ...«

Sie schüttelte entschieden den Kopf. »Die etablierten Unternehmen werden niemals zulassen, dass sich jemand Neues auf ihr Gebiet ausbreitet. Sie werden ...«

»Wir reden hier doch nicht von irgendjemandem!«, erwiderte er scharf und blieb stehen. »Sondern von uns!« Er wedelte mit seinem Daumen.

»Was glaubst du wohl, dass Al …«

»Al können wir die Partnerschaft anbieten! Er erkennt ein lukratives Geschäft, wenn er es sieht. Gemeinsam können wir uns Reno und alle anderen vom Hals halten …«

»Rince!«, rief sie schrill. »Wir haben *nichts!* Wir haben *einen* Laster Whiskey, toll, aber ohne den Laster und ohne eine Straße und irgendwen, der uns hilft, ist das weniger als nichts! Wir haben kein Dach über dem Kopf, wir haben nicht mal was zu essen!«

»Wir haben Pralinen«, widersprach er ernst.

Sie warf ihm die Pralinen vor die Füße, wandte sich ab und schrie in den Wind.

»Also wirklich«, maulte Rince. »Ich verstehe nicht, wieso …«

»Das liegt daran, dass du betrunken bist, und wir haben gerade mal Mittag! Wie willst du das alles, was du da redest, denn bitte in die Tat umsetzen? Wie sollen wir die ganzen Kisten schleppen? Wo sollen wir schlafen? An was für einen Unterschlupf hast du gedacht?«

»Den da vorne zum Beispiel«, sagte er gelassen und zeigte voraus.

Sie verstummte entwaffnet und kniff die Augen zusammen. Eines musste man ihm lassen – er hatte einen wirklich scharfen Blick für Ausreden im letzten Moment.

»Da … das ist ein Haus«, stotterte sie. »Du meine Güte, da ist ein Haus!«

»Ja«, sagte er und ging weiter. »Nimmst du die Pralinen mit?«

Schnaubend stopfte sie in ihre Tasche, was sie an Pralinen noch fand, und eilte Rince hinterher.

Das Haus – oder eher, das Häuschen – wirkte so alt und wild wie die Landschaft und schmiegte sich todesverliebt an den Abgrund. Es war aus demselben Granit wie die Klippe, und durch die scheibenlosen Fenster konnte man den Himmel dahinter erahnen.

»Das sieht mir nicht mehr sehr bewohnt aus«, sagte sie.

Rince gab natürlich nichts darauf, doch ihr Verdacht erhärtete sich, je näher sie kamen: Das Gebäude war lange aufgegeben worden und war kaum mehr als eine Ruine. Zwei oder drei Meilen dahinter drehte sich das unheimliche Windrad, so hoch wie die Wolkenkratzer Chicagos, aber so schwerelos wie ein Kinderkreisel.

Kurz vorm Eingang des alten Hauses blieb sie stehen. »Bist du sicher, dass …«

Doch da hatte Rince auch schon die alte Holztür aufgestoßen, so selbstgewiss wie ein weitgereister Held, der nach vollbrachter Fahrt sein Zuhause betritt.

Die Arme misstrauisch um sich geschlungen, trat Stephanie über die Schwelle und schaute sich um.

Die einzige Einrichtung waren ein alter Tisch, zwei Bänke, ein paar Hocker und eine Theke, auf der verstaubte Schüsseln und Krüge standen. Doch etwas an dem Raum und der Anordnung der Möbel irritierte Stephanie.

Rince knallte den Whiskey auf den Tisch, wobei er ein kleines Schmutzwölkchen aufwirbelte, pflanzte sich daneben und breitete die Arme aus. »Nicht schlecht, was?« Dann nahm er zufrieden einen tiefen Schluck.

Stephanie erwiderte nichts.

»Was ist?«, fragte er endlich, sobald sich ihr Schweigen nicht länger als Zustimmung auslegen ließ. »Ich weiß, es ist nicht gerade fürstlich, aber viele Unternehmen haben klein begonnen. Man müsste wohl ein wenig durchputzen. Wenn du vielleicht …«

»Das ist es nicht«, unterbrach sie. »Ich meine, das ist es *auch* – schau dich mal um in dem Loch! Aber irgendwas stimmt nicht.«

Sie fröstelte, rieb sich die Arme. Verglichen mit draußen war es geradezu eisig.

Rince runzelte die Stirn. Der Whiskey in seinen Augen sah sie arglos an.

Da kam es ihr.

»Das ist das *Naples!*«, rief sie aus. »Unsere Bar. Wo wir uns kennenlernten, Dummerchen. Schau doch!« Sie trat zu ihm hin und drehte seinen Kopf mit beiden Händen, damit er ihr auch folgte. »Da, die Theke. Dahinter die Tür zur Küche. Hier vorn fehlt ein wenig der Platz, aber da im Eck war die Bühne, wo du aufgetreten bist …«

Rince brummte verunsichert, doch sie hielt sein Gesicht und führte seinen Kiefer, als wäre er eine Bauchrednerpuppe. »Mein Arzt sagt, dass ich keinen Alkohol mehr anrühren darf. Heißt das jetzt, ich muss mich scheiden lassen?‹« Sie schluchzte gerührt, obgleich ihr das Herz bis zum Hals schlug. »Gott, du warst *witzig*.«

»*Du* bist witzig«, nuschelte er und versuchte, seinen Kiefer aus ihrem Griff zu befreien. »Das ist doch Quatsch. Das *Naples* war viel größer und Millionen Kneipen haben die Theke in der Mitte.«

»Rince!«, schalt sie und ließ ihn los. »Wieso steht hier *überhaupt* eine Kneipe mit einer Theke? An einer Klippe ohne Straße, ohne Gäste, ohne alles?«

»Es ist ein Zeichen«, entschied er, und sein Kopf wippte in seiner neu gewonnenen Freiheit. »Hier soll unser Hauptquartier sein.«

Zum zweiten Mal an diesem Tag stieß sie einen Schrei aus, dann warf sie ihre Tasche zu Boden und ließ sich auf die Bank plumpsen, ehe sie noch etwas sagte, an das er sich morgen erinnern würde.

»Eine gute Idee«, kommentierte er und rutschte vom Tisch herab neben sie. »Lass uns Pause machen.«

Die nächste Stunde – vielleicht auch länger – saßen sie trinkend am Tisch und teilten eine Zigarette oder zwei, während er ihr in großer Detailliertheit seine Pläne schilderte und sie ihn mit aller Konzentration, die sie aufbringen konnte, ignorierte.

Irgendwann, als das nicht mehr möglich war, stand sie auf wackligen Beinen auf und wankte hinter die Theke. Dort inspizierte sie das alte Geschirr, dann die verschlossene Tür, die in einem anderen Leben in die Küche geführt hatte.

»Was hast du vor?«, fragte er.

»Einen Blick hinter diese Tür werfen, wenn wir schon hier sind.« Sie zog die Klammern aus ihrem ohnehin dank Wind und Salz kaum klammerbarem Haar und bog sie sich zurecht. Dann machte sie sich an dem Schloss zu schaffen. »Vielleicht ist es ja wirklich die Küche und wir finden darin was zu essen. Oder zu trinken. Etwas anderes als Whiskey, falls du das verkraftest …« Sie redete und arbeitete hastig, damit sie nicht darüber nachdachte, wieso diese Tür und das Schloss darin so sehr ihren Gegenstücken in Chicago glichen, die sie nach Feierabend mehr als einmal geknackt hatte. »Ich zumindest könnte ein Selters und ein paar Erdnüsse vertragen … Vielleicht gibt es ja sogar Konserven. Das wäre doch was!« Sie lachte nervös. »Erinnerst du dich noch daran, als Al und seine Freunde überraschend auftauchten und was zu essen wollten, und alles, was wir hatten, waren Dosenravioli?«

»Weißt du«, erwiderte er. »Ich habe nie so richtig verstanden, weshalb du damals im *Naples* gearbeitet hast. Klar, du warst eine super Kellnerin und wir hätten uns sonst auch nie getroffen und alles, aber … hatte deine Mutter nicht Geld? Wie alt warst du damals?«

»Wie alt ich war?«, wich sie aus. »Gib zu, du hast keine Ahnung, wie alt ich heute bin.«

»Mag sein«, gab er ungeniert zu. »Aber wieso hast du in deinem zarten unbekannten Alter überhaupt arbeiten müssen? Ich *weiß,* dass dein alter Herr euch einen Haufen Asche hinterließ, als er den Abgang machte.«

»Wir hatten nie viel Geld«, widersprach sie und widmete sich weiter dem Schloss.

Du lügst doch.

»Ich was?« Verdattert unterbrach sie ihre Arbeit. Im ersten Moment war es weniger die Unverfrorenheit des Vorwurfs, der sie überraschte, als die Leichtigkeit, mit der er sie durchschaut hatte. »Es war einfach nötig, dass ich was dazuverdiene. Kein Grund, gleich ausfällig zu werden, mein Lieber! Du weißt schließlich am besten, wie es ist, wenn es hinten und vorne nicht reicht.«

»Ich sag doch gar nichts!«, verwahrte sich Rince. »Wundere mich nur, wo das Geld von deinem Alten geblieben ist. Persönlich hatte ich ja immer den Eindruck, dass deine Mutter schon vor seinem Tod in zweiter Ehe mit einer Ginflasche lebte, aber was weiß ich schon, ich hab sie nur ein paarmal getroffen.«

»Ich möchte nicht, dass du so von ihr redest!« Sie wandte sich wieder dem Schloss zu, weil ihr die Tränen kamen und sie nicht sicher war, ob es Tränen der Erschöpfung oder Tränen der Wut waren und wem diese galten. Rince konnte nicht ahnen, wie viel die Trunksucht ihrer Mutter sie wirklich gekostet hatte. Keinen Schimmer hatte er, auch nicht von den teuren Sitzungen mit exklusiven Geistermedien, mittels derer ihre Mutter sich an ihren toten Mann geklammert hatte, bis sie dann selbst ins Geschäft einstieg.

»Du stellst Mutter hin wie eine Säuferin, und schau dich an ... schau uns beide an! Was aus uns geworden ist ... Alkoholschmuggler mit Wagenpanne! Meine Mutter war eine anständige Frau, die stets ein maßvolles Leben ...«

Du lügst!, schallte es ihr abermals ins Ohr, und viel zu nahe, sodass sie sich vor Schreck am Schloss einen Fingernagel abbrach.

»Sag noch einmal, dass ich lüge, und bei meiner Seele, ich stell dich auf den Kopf, bis dir der Whiskey aus dem Hirn zur Nase rausläuft!«

»Stephanie, ich hab keine Ahnung, wovon ...«

»Streit es nur ab! Wenn hier jemand mit seiner Flasche verheiratet ist, ja wenn hier jemand keine Ahnung von Geld und nur Witze auf Lager hat ...«

»Stephanie! Du bist ja von Sinnen!«

Sie wünschte, sie wäre es, aber ihre Sinne waren nur allzu präsent, und sie konnte sein dummes Gesicht nicht länger ertragen, also arbeitete sie.

»Du solltest meiner Mutter danken, *danken* sage ich, denn ohne sie wäre ich heute nicht hier, und ohne mich würdest du immer noch an einem Busch an einer Klippe hängen.« Schluchzend fingerte sie mit der Haarklammer herum, die endlich das letzte Hindernis im Schloss gefunden hatte. »Und du warst mir weiß Gott keine Hilfe! Nach dem Abend, an dem du und Als Jungs sich fast vor unserer Tür mit der Polente geprügelt hätten, hab ich ihr gesagt, wie ich mich fühle. Aber sie hat gesagt, dass man sich nicht aussucht, wenn man liebt, so wie sie auch immer meinen Vater ...«

»Stephanie!«

Die Klammer drehte sich im Schloss.

»Und sie hat Vater danach gefragt, und er hat uns allen noch seinen Segen gegeben, selbst aus dem Jenseits hat er dir und mir ...«

Du lügst, Stephanie!

Etwas klickte, und die Tür ...

»Ich lüge nicht, verdammt noch mal!«

… schlug auf.

Und aus der Tür fuhren ihr all die Geister der Vergangenheit entgegen, heulten aus dem unergründlich schwarzen Loch, hinter dem sich keine Küche und auch kein Chicago verbarg, nur Erinnerungen, emporgespien aus dem Schlund. Schneidend hell fuhren ihr die Gesichte entgegen: ihre Mutter, blass und krank, jede Falte eine trockene Furche, eine Spinnwebe jedes Haar in der fleckigen Stirn. Stephanie sah den Schaukelstuhl, sah den schweren, verblichenen Teppich, das dunkle Bett, in dem ihre Mutter ihre letzten Wochen verbracht hatte. Und sie sah das Gesicht ihres Vaters – jenes, das sie am besten kannte und das längst alle anderen überlagert hatte: das Antlitz seiner Totenmaske, kreideweiß und winterkalt, wie es jahrelang mit geschlossenen Lidern vom Kaminsims über seine Familie gewacht hatte, beim Essen wie bei den Séancen, um unheilsschwanger und orakelvoll zu schweigen, bis sein Wille mittels eines Glases oder Mediums seine Verkündung erfuhr.

Stephanie sah eine Verwirrung von Bildern und Eindrücken, die ihr nicht alle vertraut waren, und musste geblendet die Augen schließen, als vor ihr eine Feuersbrunst aufloderte. Das Letzte, was sie sah, als sie mit lautem Schrei zurücksprang, war ein großer, dunkler Hund, der wie ein gieriger Dämon auf sie zufuhr und Rauch und Flammen aus dem Maul spie. Sie hörte Rince, auf einmal neben sich, der ihren Schrei noch übertönte, dann stieß sie erst mit ihm zusammen, dann gemeinsam mit ihm gegen den Tresen.

Ihr blieb keine Zeit, einen klaren Gedanken zu fassen, denn im nächsten Moment schon hoben sich die staubigen Krüge und Schüsseln von der Theke in die Luft, verharrten eine Sekunde, als würden sie von einer unsichtbaren Hand geführt, die kurz ausholte, und prasselten im nächsten Moment auf sie ein.

Von einem Hagel schweren Geschirrs getrieben, taumelten Stephanie und Rince unter Angstgeheul aus der verwunschenen Taverne.

Sie liefen und stolperten – erst den Weg zurück und dann querfeldein, bis der kühle Wind und die tiefer werdenden Schatten ihren

Verstand zurück in die Glieder zwangen und sie keuchend innehielten.

»Was bei allen …« Rince stöhnte wie ein verletztes Tier. »Was *war* das?«

»Ein Poltergeist«, presste Stephanie hervor und rieb sich die schmerzenden Füße. »Ich hab so was Ähnliches schon mal erlebt, aber nicht derart …« Sie sah Rince ins glotzende Gesicht. »Jetzt schau nicht so! So was kann sehr gefährlich sein!«

Er schüttelte den Kopf, rang nach Worten. Da sah sie, dass es keine Widerrede war, die auf seinen Lippen bebte, sondern blankes Entsetzen.

»Du zitterst ja!«

Er nickte.

»Dann glaubst du mir jetzt also doch?«

»Ich hab nie was anderes behauptet! Ich weiß nicht, was da drinnen in dich gefahren ist – aber ich möchte lieber nicht mehr daran denken.«

Sie schluckte. Hatte sie ihm unrecht getan?

»Ich weiß ja selbst nicht, was ich – was wir – da gerade … da waren meine Mutter und mein Vater. Und hast du den Hund gesehen?«

Rince wurde kreidebleich, was sie im roten Licht der Abendsonne kaum für möglich gehalten hätte, und hob die Hand wie ein Boxer, der sich geschlagen gibt. »Kein Wort mehr! Hörst du? Schluss! Ich will nicht mehr darüber reden!«

»In Ordnung, Liebes«, sagte sie kleinlaut. »Ist gut. Wir müssen nicht über den …« Sie sah seine schreckgeweiteten Augen. »Ich sage gar nichts.«

Er nickte erleichtert und hatte im nächsten Moment eine volle Flasche an den Lippen.

Erst traute sie ihren Augen nicht. Doch es bestand kein Zweifel: Es war ihre Reserveflasche.

»Im Ernst?«, brachte sie hervor, sobald sie die Sprache wiedergefunden hatte und er sich mit erleichtertem Seufzen den Mund abwischte. »Dafür war noch Zeit? Ein Poltergeist greift dich an – und du rettest den verdammten Whiskey?«

»Du musst ja nichts davon trinken, wenn du nicht willst.«

Sie starrte ihn an. All die Aufregung, die Mühen – für nichts.

Aber nüchtern, wie sie im Moment wieder war, würde er die nächsten Stunden nicht zu ertragen sein.

»Gib her«, verlangte sie und trank ebenfalls. Der heiße Alkohol versengte ihr die Kehle. Sie krächzte, spuckte aus und sah sich um.

Sie standen auf einer abendlichen Wiese am Rande eines Nadelwaldes irgendwo im Landesinneren eines gottvergessenen Küstenabschnitts. Nach wie vor hatten sie kein Telefon, nichts zu essen und kein Dach über dem Kopf. Alles, was sie hatten, war eine Flasche Whiskey.

»Weit haben wir es ja nicht gebracht«, kommentierte Rince in einem seltenen Moment der Einsicht. Dann legte er den Finger ans Kinn. »Oder vielleicht schon zu weit?«

»Wir könnten zurück zum Laster«, schlug sie vor. »Solange wir ihn noch finden.« Die Wahrheit wahr, sie hatte Angst, sich zu verlaufen. »Dort gibt es mehr Whiskey«, fügte sie aufmunternd hinzu.

Rince aber marschierte einfach los in den Wald und den nächsten Hügel hinauf. »Ich kehre nicht um«, rief er. »Na los! Ab jetzt geht es nur noch bergauf für uns.«

»Rince! Das meinst du jetzt aber nicht wörtlich! Oder doch?«

Verzweifelt sah sie zurück zur Küste. Wie zum Hohn war an der Spitze des fernen Windrades ein schaurig grünes Licht entflammt. Fröstelnd humpelte sie Rince hinterher, der mit erhobener Flasche voranstolzierte.

»Wir werden dieses Land in Besitz nehmen«, deklamierte er. »Wo eine Taverne steht, muss es schließlich noch mehr geben. Wäre doch gelacht, wenn wir nicht irgendwo einen Unterschlupf fänden! Von nun an heißt es hoch hinaus. Wir werden leben wie die Könige! Niemand wird hier mit uns rechnen. Und dann, wenn wir uns gesammelt haben, starten wir den großen Coup. Chicago wird sich noch wundern!«

Solcherart Reden schwingend und nicht auf die Verständlichkeit seiner Pläne und die Verfassung seiner bedauernswerten Gefährtin bedacht, stapfte er durch den Wald, bis es immer dunkler wurde und sein eigener Zustand und Stephanies bittere Verwünschungen ihn schließlich zum Anhalten zwangen.

Dies vollzog sich am Fuße einer enormen Douglasie, eines so grotesk verwachsenen Baums, dass Stephanie zumindest einen Augenblick ihren Ärger und ihre Erschöpfung vergaß – ein flüchtiger, kostbarer Augenblick, der dahin war, sobald Rince sich anschickte, diesen Baum zu erklimmen, da er, wie er sagte, ja hoch hinaus wolle und gedenke, sich ein seinen Ambitionen gemäßes Nachtquartier zu erschließen.

BASTIAN

Mit Tränen in den Augen lief Bastian King durch das unwirkliche Dorf. Abseits des Platzes mit dem Brunnen unter der Eiche standen die Häuser in größerem Abstand, zeigten sich oft erst auf den zweiten Blick: im Schutze sanfter Hügel, inmitten weiter Gärten, im Schatten hoher Bäume. Alle standen sie verlassen, die Küchen und die Schränke waren leer, so als hätte niemals jemand hier gewohnt. Doch immer wieder war Bastian, als böge jemand eben um die Ecke, als schlösse sich gerade erst ein Fenster oder eine Tür, wenn er sich wie ein Einbrecher davonstahl und auf der Flucht den Kopf drehte.

Und er musste an die blitzende Glastür aus seinem Traum denken.

Wenn dies hier ein Traum war, was war dann ein Traum im Traume? War es die Wahrheit?

Er hätte die Flinte mitnehmen sollen, überlegte er. Gleichwohl machte es ihm Angst, was er dann damit tun würde.

Aus der Ferne hörte er ab und an die Rufe der anderen. Diesmal würden sie sich nicht verlaufen: Die Siedlung lag in einem sanften, von Hügeln und Wäldern flankierten Tal, das augenscheinlich bis zur Küste reichte. Schon glaubte er das Salz des Meeres zu riechen, das gemeinsam mit den ersten Abendwolken vom steten Wind ins Landesinnere getragen wurde.

Bastians Ziel war ein gewaltiges Windrad, das sich vor der tiefstehenden Sonne im Westen erhob. Abgeschieden, lautlos aus der Ferne, stand es auf den Klippen. Vielleicht könnte er sich von dort oben ein Bild von dieser verwunschenen Welt machen.

Wenn in den Gärten wenigstens etwas Essbares wachsen würde. Doch nur die kleinen Spielzeugwindräder sprossen wie Pilze aus dem Boden, und die farbenfrohen Wimpel flatterten spöttisch im Wind. Sein Magen knurrte, und sein Rücken und seine Beine taten weh. Er hatte seit gestern nichts mehr gegessen, oder nur im Traum. Wenn er nicht bald etwas fand, war er bereit, nach Wurzeln zu graben oder mit der Flinte auf Hasenjagd zu gehen. Nicht, dass er davon auch nur das Geringste verstanden hätte …

Der Laut von Hufen riss ihn aus seinen Gedanken.

Er drehte sich um und sah Swaine, die auf dem Schimmel zu ihm aufschloss, als hätte sie ihr Leben lang nichts anderes getan als reiten, den weißen Schirm als Sonnenschutz lässig über der Schulter. Als sie ihn erreicht hatte, passte sie sich an sein Tempo an.

»Sie können reiten«, sprach er das Offensichtliche aus.

»Nicht viel schwieriger, als den Lincoln zu fahren«, gab sie zurück.

Er wusste nicht, was er auf diese offensichtlich unsinnige Aussage erwidern sollte.

»Sind Sie noch wütend?«, fragte sie.

»Ich brauchte nur etwas … Distanz.«

»Das kann ich mir vorstellen.«

Wenn er geglaubt hatte, dass sie ihrer Einsicht auch Taten folgen ließ, so hatte er sich getäuscht, denn sie ritt noch ein Stück näher.

Irritiert blickte Bastian zu ihr auf. Statt ihres Zwanzigerjahrekostüms trug sie auf einmal weiße Jeans und eine pastellfarbene Bluse mit glitzernden Stickereien, dazu einen Gürtel mit breiter Schnalle, eine weiße Wildlederjacke mit Fransen unter den Ärmeln und einen leichten, gleichfalls weißen Cowboyhut auf dem Kopf. Auch der Schirm hatte sich abermals neu erfunden.

»Sie haben sich akklimatisiert«, stellte er fest.

»Das Kostüm war wohl einfach zu unpraktisch«, stimmte sie zu, ohne auf seine unausgesprochene Frage einzugehen.

»Für Sie ist das alles ein großer Spaß, was?«

Sie zog einen Schmollmund. »Ich sehne mich mindestens so sehr nach einer Dusche und einer Pizza wie Sie.«

»Aber bereitet Ihnen das alles …« Er machte eine ausholende Geste. »Machen Sie sich denn gar keine Gedanken?«

»Was für einen Sinn hätte es?«, fragte sie unschuldig. »Das macht es nur schlimmer.«

Bastian schüttelte befremdet den Kopf.

»Ich hatte mal einen Freund«, plauderte sie. »Gonzalez, Gonzo für seine Freunde.«

»Gonzo«, wiederholte Bastian.

»Schräger Typ. Vielleicht haben Sie ihn mal gesehen – Vollbart, Nasenring?«

»Ich glaube nicht, dass ich ihn kenne«, gestand Bastian.

»Es hat auch nicht funktioniert mit uns. Jedenfalls war Gonzo in einer Sekte – mit einem richtigen Guru und allem Drum und Dran, und richtig viel Problemen mit der Polizei. Sie erzählen das doch nicht Ihrem Vater?«

»Ich verspreche Ihnen, ich werde schweigen wie ein Grab.«

»Gut.« Sie lenkte den weißen Hengst um einen Baum und besah sich etwas an den oberen Zweigen. »Ich brauche nämlich das Geld für meinen Pilotenschein.«

»Es wäre das erste Geld, das er für etwas Sinnvolles ausgibt.«

»Ihnen ist klar, dass er Ihnen alles schenken würde, wenn Sie nur danach fragten?«, erkundigte sich Swaine. Dann klappte sie den Schirm zusammen und angelte damit nach einem Zweig. »Orangen! Und das so früh im Jahr!« Sie klemmte sich den Schirm unter den Arm und pflückte wohlgemut die Früchte vom Baum. »Fangen Sie, hier!«

Verdutzt fing Bastian die Frucht auf. Was hatte die Bemerkung über seinen Vater zu bedeuten gehabt? Und wieso waren ihm die Obstbäume bislang noch nicht aufgefallen?

Gierig machte er sich über die Orange her. Sie schmeckte so köstlich, dass er beinahe erschrak.

»Wo war ich?«, fuhr Swaine fort, steckte den Schirm in das Flintenholster, legte die Zügel übers Sattelhorn und schälte nebenbei ihre Frucht. »Gonzo! Gonzo sagte immer, die Probleme fangen an, sobald man Angst bekommt. Solange man darüber lachen kann, ist man auf der sicheren Seite.«

»Der sicheren Seite von was?«

»Des Trips«, sagte Swaine unschuldig und er verschluckte sich fast an der Orange.

»Sie glauben, das hier ist ein LSD-Trip?« Die Theorie schien ihm nicht abwegiger als alles andere, was er sich die letzten Stunden zurechtgelegt hatte.

»Nein«, sagte Swaine. »LSD fühlt sich anders an. Wie Pilze, bloß schneller. Die Sekte hatte immer gutes Acid. Das war einer ihrer Vorzüge, wissen Sie?«

»Vermutlich schlägt es Wein und Hostien am Sonntagmorgen«, riet Bastian.

»Um Längen! Aber sehen Sie, das alles ist nur die Spitze des Eisbergs.«

Bastian sah verwirrt zu ihr auf. »Des Eisbergs?«

»Ach, ein Eisberg.« Swaine seufzte. »Was gäbe ich jetzt für einen Berg aus Eis! Was mögen Sie? Ich mag Haselnuss.«

Bastian lächelte unsicher.

»Sie wissen genau, welchen Eisberg ich meine«, sagte Swaine, deutlich ernster. »Das Eis ist unsere Angst. Und der Berg wird immer größer, je tiefer Sie tauchen. Deshalb bleiben Sie lieber an der Oberfläche, Bastian. Immer in Bewegung. Sie müssen mit der Strömung gehen – nur so weichen Sie dem Berg vielleicht noch aus. Sie wollen auf einem Trip wie diesem keinen Schiffbruch erleiden. Glauben Sie mir! Ich bin Ihre Chauffeurin.«

Eine Weile liefen sie schweigend nebeneinander her und überquerten eine weite Wiese. Der Hengst, der Swaines akrobatische Einlagen klaglos hingenommen hatte, schnaubte zufrieden und rupfte etwas Gras. Nach Bastians Dafürhalten wurde es rasch dunkel, aber seit heute früh besaß er keine Uhr mehr. Hinter ihnen im Tal erwachten die bunten Glühlampen in den Gärten zum Leben, bis das Dorf so heimelig wie ein Jahrmarkt wirkte. Und auch an der

Spitze des großen Windrades glomm plötzlich ein einsames, grünes Licht.

»Hören Sie das?«, fragte Swaine unvermittelt.

»Was meinen Sie?« Bastian spitzte die Ohren. »Das Keuchen meines Vaters in der Ferne? Antonia, wie sie ihr Gift verspritzt? Das Knurren meines Magens?«

»Nein.« Sie hielt das Pferd an und legte den Kopf schief. Dann zog sie die Stirn kraus. »Musik. Da vorne.«

Bastian konzentrierte sich, und dann hörte er es ebenfalls: eine gezupfte Melodie, zu feierlich für das Instrument, auf dem sie vorgetragen wurde, mit einem gelegentlichen fröhlichen Schluckauf der hohen Saiten.

»Da spielt jemand Gitarre.«

»Ein echtes Talent«, stimmte Swaine zu. »Das Komische ist, ich glaube nicht, dass er oder sie zuvor je eine in der Hand hatte.«

Bastian fragte nicht, wie sie darauf kam, oder ob Gonzo sie auch in Musik unterrichtet hatte, aber besser ließ sich die befremdliche Musik in der Tat kaum beschreiben. Er dachte an die letzten beiden Male, als er ferner Musik gefolgt war, und kniff sich vorsichtshalber in den Arm, was sein Unbehagen allerdings kaum milderte.

Die Musik kam aus einem kleinen, windschiefen Haus am Rand der Klippe, das sich vor den tiefroten Resten der Dämmerung abzeichnete. Im Gegensatz zu den Häusern im Dorf war es aus groben Steinen gebaut, und sein Rücken ragte bedrohlich in die Leere. Sie hatten die Küste erreicht. Nur Fels und Sträucher und blühendes Eiskraut, so weit das Auge reichte. Ein gutes Stück weiter nördlich strahlte das Windrad.

»Kein Highway«, stellte Bastian fest. »Hätten wir auf dem Weg vom Landesinneren hierher nicht auf den Highway stoßen sollen?«

»Einfach lachen«, erinnerte ihn Swaine und schwang sich vom Pferd. »Wollen wir uns das mal näher ansehen?«

Sie ließ den Hengst ein Stück vorm Haus, wo er grasen konnte, und ging voraus. Kurz blickte Bastian auf das blutende Meer hinaus, lauschte auf die schon unsichtbare Brandung am Fuß der Klippe.

Stück für Stück hatten die dunklen Wolken auf ihrem Vormarsch zum Landesinneren die letzten Reste klaren Himmels über ihren Köpfen aufgezehrt.

Dann folgte er Swaine zu der schweren Tür, hinter der die sonderbare Weise erklang. Aus einem kleinen Fenster daneben fiel ein schwacher Lichtschein.

Und aus den Ritzen der Tür drang der wunderbare Duft von Essen.

»Riechen Sie das auch?«, fragte er Swaine leise.

Sie nickte mit großen Augen und griff nach dem Türknauf.

Das Haus war nicht abgeschlossen.

Die Musik verstummte im selben Moment, in dem die Tür aufschwang.

Vorsichtig traten sie ein.

Der Raum sah aus, wie sich Bastian als Kind eine Seeräubertaverne vorgestellt hatte: rustikale Bänke und dazwischen ein Tisch, auf dem zwei rußende Laternen standen. Ein mit Sägemehl bestreuter Dielenboden, alte Fischernetze an der Decke, und hinter der Theke ein großes Steuerrad an der Wand.

Auf der Theke aber war ein Bankett angerichtet.

Bastian sah Schalen voll Obst; er sah Bretter mit Brot, Käse und Schinken. Er sah polierte Kannen und bauchige Flaschen, glänzende Suppenterrinen und Platten mit dampfendem Fleisch, Gemüse und Fisch.

Mehr noch als der Anblick waren es die warmen Gerüche, die ihn gefangen nahmen. Es war, als würde seinem ganzen Körper plötzlich bewusst, wie kalt und ausgezehrt er seit Stunden schon war. Sein Gehirn setzte unter dem Ansturm der Sinnesfreuden und Gelüste einen Augenblick lang aus.

Vielleicht war das der Grund, weshalb er die beiden Alten nicht gleich bemerkte.

Sie huschten aus den Schatten hinter der Theke hervor, eine kleine alte Frau und ein kleiner alter Mann: sie mit einer Augenklappe und einer Strickjacke über den Schultern, die ebenfalls wie ein in die Jahre gekommenes Fischernetz wirkte, er mit einem ramponierten Dreispitz und – dem Pochen auf den Dielen nach – einem Holzbein.

Bastians Herz fühlte sich an wie ein nasser Lumpen, den resolute Hände über einem Eimer auswrangen.

»Einfach lachen«, flüsterte Swaine und nahm seine Hand. »Danke, sehr freundlich!«, flötete sie, als die Alten sie mit stummen Gesten zum Tisch bugsierten. In ihrem Habitus erinnerten sie Bastian an zwei fremdländische Gastgeber, die sich ihren Überschwang nicht von der Sprachbarriere mindern ließen. Ihre Gesichter schienen nur aus glänzenden Augen und breitem Lächeln zu bestehen.

Er gab sein Bestes, das Lächeln zu erwidern, während er und Swaine auf gegenüberliegenden Bänken Platz nahmen und die beiden Alten begannen, das Festmahl von der Theke auf den Tisch zu laden, der sich unter der Last bald krümmte.

»Gut machen Sie das«, sprach Swaine ihm Mut zu.

»Das liegt nur an meinem Hunger«, antwortete er und sah wie gelähmt den Speisen beim Wachsen zu. »Wenn ich nicht sofort etwas zu essen kriege, falle ich um.«

Die beiden Alten machten auffordernde Gesten mit den Händen zum Mund.

Bastian griff nach einem Hähnchenschlegel. Fragte sich, ob es wirklich weise war, seine Vorsicht seiner schieren Gier zu opfern. Was, wenn man sie vergiften wollte?

Swaine kostete derweil von einem Braten. »Tofurkey«, sagte sie überrascht. »Das ist wirklich zuvorkommend! Ich hätte nicht mit einer veganen Option gerechnet …« Dann machte sie sich so lustvoll über das Essen her, dass er fast errötet wäre.

Bastian vergaß alle Bedenken und gab sich dem Stillen seines Hungers hin.

»Keine Sorge«, sagte Swaine, als er eine Weile später den Blick erschöpft über den Tisch schweifen ließ und gegen das Völlegefühl ankämpfte. »Mir geht es nicht anders.« Vor ihnen türmten sich Knochen, Käserinden und Obstreste. Dazu hatten sie zwei Kannen Wasser und eine weitere mit Wein geleert. »Nur zu!«, rief sie zum Eingang. »Es ist genug für alle da!«

Bastian folgte ihrem Blick.

In der Tür standen sein Vater, auf seinen Stock gestützt, dahinter Antonia und Francis.

»Was ist das?«, fragte sein Vater unnötigerweise.

»Es ist Essen, Alex«, sagte Toni und schob sich an ihm vorbei. »Und da dein Sohn und deine Chauffeurin es freundlicherweise schon für uns gekostet haben, bin ich bereit, das Risiko einzugehen.«

Selbst Francis, dem die Furcht am deutlichsten ins Gesicht geschrieben stand, folgte ihr eilends zum Tisch.

»Es ist wirklich sehr …« Bastian fehlten die Worte, während Antonia und Francis ihre Sachen ablegten und neben ihm Platz nahmen. »Unsere …« Er drehte sich wieder um.

Die beiden Alten waren verschwunden.

»Was?«, fragte sein Vater. »Was ist wirklich sehr?«

»Eine sehr glückliche Fügung, in einem verlassenen Haus ein so reichhaltiges Essen vorzufinden«, sprang Swaine ein. »Setzen Sie sich, Mr. King.«

»Verlassen?«, fragte Alexander King skeptisch und lehnte seinen Stock an die Theke. Dann öffnete er sein Jackett, und Bastian sah mit klopfenden Herzen, dass er die Flinte in seinen Gürtel gesteckt hatte. Er zog sie heraus und nahm neben Swaine Platz, die sorgsam beiseiterutschte. Dann legte er die Flinte zur Rechten neben sich auf den Tisch. Zur Linken stellte er seine Magentabletten ab. »Irgendwer muss diese Speisen doch bereitet haben.«

»Dieses Dorf ist nicht so verlassen, wie es den Anschein macht«, sagte Antonia und biss in eine Kartoffel.

Swaine zuckte unschuldig die Schultern. »Wir haben niemanden gesehen. Stimmt's nicht, Bastian?«

Bastian riss sich vom Anblick der Flinte auf dem Tisch los. »Niemanden«, bestätigte er und lächelte ihr über den Tisch hinweg zu. Er musste sich schon wundern, dass er die Chauffeurin seines Vaters so lange unterschätzt hatte. Fast gelang es ihm darüber, die misstrauischen Blicke seines Vaters und Antonias Nähe zu ignorieren.

»Was für ein eigenartiger, eigenartiger Ort«, murmelte Francis und wischte sich die Soße aus dem Bart.

Antonias Augen wanderten über die Fischernetze und Laternen. »Es erinnert mich an eine Bar in unserer alten Nachbarschaft«, sagte sie. »Als Ross und ich noch in Carmel wohnten. Die Besitzerin trug nach einer Verletzung eine Zeitlang eine Augenklappe, und Ross scherzte, dass die Klappe gut zum maritimen Motto ihrer Bar passe. Ich weiß nicht, ob sie es witzig fand.«

»Du siehst Gespenster«, sagte Alexander King.

Bastian sah zu Swaine, die jedoch nur gleichgültig die Brauen hob und sich ein paar übriggebliebenen Trauben widmete.

»Mag sein, dass du recht hast«, sagte Antonia. »Vielleicht sehe ich wirklich Gespenster. Meinst du, man kann Gespenster sehen? Was siehst du, Alex?«

Alexander King schnaubte und zerlegte säuberlich ein Stück Fleisch. Es sah merkwürdig aus, wie geziert er das altertümliche Besteck hielt. Wie ein Kind, das demonstriert, was es gelernt hat.

»Du kannst diesen Kampf nicht durch Abwarten gewinnen«, fuhr Antonia fort. »Früher oder später musst du deine Deckung aufgeben und erkennen, dass wir es hier mit mehr als einer Autopanne, einem versteckten Museumsdorf oder einer geheimen Militärbasis zu tun haben. Meinst du, die Küstenwache kommt und fliegt uns nach Hause? Unser Gegner spielt nicht fair, Alex. Einen Punktsieg gibt es nicht.«

»Du bist es, die einen Kampf austrägt«, erwiderte Alexander King ungerührt und tupfte sich den Mund ab. »Aber es ist dein Kampf, nicht meiner.«

Wenn Antonia noch etwas erwiderte, so hörte es Bastian nicht mehr. Er erhob sich von der Bank; kurz wurde ihm schwindlig, und er merkte, dass ihm der Schweiß auf der Stirn stand. Er wusste nicht, ob es am Essen, an seiner Angst oder an der Gesellschaft der anderen lag – er wollte einfach nur weg. Und in einem musste er Antonia recht geben: Er wollte nicht länger eine Spielfigur sein, weder ihre noch die seines Vaters oder wer auch immer hier die Fäden zog. Er wollte solche Gedanken nicht einmal in Betracht ziehen müssen.

Die Probleme fangen an, sobald man Angst bekommt.

Er lief zur Theke, um einen Blick dahinter zu werfen. Die Tür zur Küche, wie er annahm, war verschlossen; die Herkunft des Essens war ebenso rätselhaft wie der Verbleib der beiden Alten, die sie eben noch bewirtet hatten.

Immerhin fand er angelehnt daneben die Gitarre, die ihn und Swaine herbeigelockt hatte. Er kannte sich mit Gitarren nicht aus, aber sie war ziemlich verschrammt. Neben ihr stand eine Flasche auf dem Boden, die nicht recht zur übrigen Einrichtung passte. Zwar hatte sie kein Etikett, doch ihre klare, schmucklose Form musste aus industrieller Fertigung stammen. Sie war zu einem Drittel mit einer goldenen Flüssigkeit gefüllt.

Bastian hob die Flasche auf, entkorkte sie und roch daran. Dann nahm er sich einen Becher von der Theke und goss sich ein.

»Was haben Sie da?«, fragte Francis derart hoffnungsvoll, dass Bastian trotz seiner Furcht fast gelacht hätte.

»Whiskey«, sagte er, trat zurück zum Tisch und reichte ihm die Flasche. »Mit den besten Empfehlungen des Hauses. Hoffen wir, dass er nicht selbstgebrannt ist.«

Francis schnüffelte kennerisch an der Flasche. Die Spitzen seines Schnurrbarts zuckten.

»Canadian Club, würde ich sagen. Nur die Flasche, die Flasche passt nicht.«

»Alkohol?«, fragte Antonia, als Francis sich einschenkte. »Das ist Ihre Antwort?«

Swaine hielt Francis ihren Becher hin.

»Oder hat jemand einen besseren Vorschlag?«, fragte Francis ungewohnt direkt in die Runde. »Jemand? Irgendwer?« Einen Moment rechnete Bastian damit, dass Antonia ihrem Assistenten eine Ohrfeige verpassen würde.

»Tun Sie, was immer Sie wollen«, sagte Alexander King. »Bleiben Sie hier und betrinken Sie sich! Steigert euch weiter in eure Wahnvorstellungen hinein.« Er erhob sich und griff nach der Flinte. »Ich für meinen Teil werde nach dem Verantwortlichen suchen. Vielleicht finde ich ihn oben bei diesem Windrad, vielleicht unten im Dorf. Und wenn ich ihn nicht bald finde, werde ich dieses Dorf Haus für Haus niederbrennen. Ich werde ganz *Big Sur* niederbrennen – wenn es das ist, was es braucht, sich Gehör zu verschaffen, werde ich es tun.«

Entweder ich kaufe es, oder ich zerstöre es, schoss es Bastian durch den Kopf.

Sein Vater griff nach der Laterne, die vor ihm auf dem Tisch stand. Sie erlosch.

Im selben Moment erlosch auch die andere.

Dann ertönte ein Poltern, als risse ein Riese das Haus in der Mitte entzwei, und der Boden bebte unter ihren Füßen. Swaine schrie überrascht auf. Ein Schwall kalter, nasser Luft schlug Bastian ins Gesicht. Sobald er wieder etwas erkennen konnte, war ihm, als sähe er aufs nächtliche Meer hinaus. Dort, wo eben noch die Wand hinter der Theke gewesen war, klaffte nun ein großes Loch; anscheinend war der hintere Teil des Hauses einfach abgebrochen und in die Tiefe verschwunden, und an seiner Stelle tat sich ein Fenster in die stürmische Weite auf.

Nein, korrigierte sich Bastian. Der Sturm war nicht da draußen über dem Meer. Der Sturm *war* das Fenster, *war* das Loch – er tobte mitten unter ihnen im Schankraum und nirgends sonst.

Über der Theke kreiste ein großer schwarzer Schlund wie der Trichter eines Tornados, so als blickten sie von oben direkt in das Auge. Mit einer Vielzahl von Armen ähnlich den Tentakeln einer Seeanemone griffen die rasenden Ränder des Wirbels nach Bechern, Tellern und Besteck und verschlangen sie, rissen sie hinaus auf die See. Schon konnte Bastian den gierigen Sog an seiner Kleidung spüren, und der nasse Atem, beißend wie Salzwasser, peitschte ihm ins Gesicht.

Dann sprach aus dem Nichts eine machtvolle Stimme zu ihnen.

Wenn es das ist, was es braucht?, höhnte die Stimme, die Worte seines Vaters wiederholend. *Was es braucht!* Es folgte ein Lachen wie Felsen, die ins Meer stürzen. *Was braucht es, dass ihr aufhört, leere Drohungen auszustoßen? Euch wie die Herren dieser Welt zu gebärden? Lügen,*

Machtspiele, Intrigen! Blender, allesamt! Was braucht es, dass ihr aufhört, die Schuld bei jemand anderem als euch selbst zu suchen?

Nur undeutlich war sich Bastian seiner Mitangeklagten bewusst, die vom Tisch aufgesprungen waren und wie er der Donnerstimme lauschten, unfähig, auch nur einen Finger zu rühren.

Antonia Perrault!, tobte die Stimme. *Was außer Hochmut hat dich getrieben, als du deinen Mann verraten und ihm sein Lebenswerk entrissen hast – zu jener Zeit, als er dringender denn je deine Hilfe gebraucht hätte? Alexander King! Wann war der Zeitpunkt erreicht, an dem deine Raffgier und dein Wunsch nach mehr Macht alle Menschlichkeit in deinem Herzen erstickten?*

Bastian hätte nicht sagen können, mit welchen Sinnen er es wahrnahm, aber er *spürte,* wie der Sturm der Reihe nach seine Aufmerksamkeit auf sie richtete und von seinem Vater weiter zu Francis und Swaine wanderte.

Wie leicht es doch fällt, sich selbst nur als Handlanger zu sehen! Nicht zu fragen, woher das Geld in der eigenen Tasche stammt! Einfach beiden Seiten die Treue zu brechen oder nie je Partei zu ergreifen – als ob damit der Verrat keiner mehr wäre!

Dann richtete sich der leere Zyklopenblick auf Bastian.

Meister des Vorwurfs, der unverheilten Wunden seid ihr! Doch keiner von euch hat sich je gefragt, was er selbst hätte tun können, um den Schmerz zu beenden!

Ich habe euch die Augen geöffnet und den Spiegel vorgehalten. Was braucht es noch, dass ihr euch selbst erkennt? Dass ihr euch seht, so wie andere euch sehen? Ich werde euch zeigen, was es braucht!

Und mit diesem Satz flutete der Sturm den Raum wie eine Woge, die über sie hereinbrach, und raubte ihnen die Sinne.

ZWEITER TAG

DER TURM
DER GESCHEITERTEN
TRÄUME

FERNANDO

Das ruhige Schaukeln des Bettes wurde von dem leisen Knarren von Holz begleitet. Es war eine beruhigende, einlullende Bewegung, und sich aus ihrer Umarmung zu lösen, kostete Fernando dieselbe Überwindung wie ein Kind, sich der Liebkosung seiner Mutter zu entziehen.

Fernando, sagte die Stimme, die er schon im Wald gehört hatte. *Akxepese name.*

Schläfrig tastete seine Hand nach dem Bettrand. Er fand die Kante eines Nachttischs und eine Wand, ertastete die Fugen warmer Bretter. Offensichtlich war er nicht mehr im Wald. Und es war auch nicht das Bett, das schwankte – es war der ganze Raum. Befand er sich auf einem Schiff?

Fernando war bislang nur auf kleineren Flussbooten gefahren, doch das Schaukeln, das wohlige Knarren von Holz sprachen eine deutliche Sprache. Zweifelsohne musste es so an Bord der großen Segelschiffe sein, die er im Hafen von Monterey gesehen hatte.

»Hey«, hörte er da eine neue, sanftere Stimme. »Wer wird denn da wach?«

Die Stimme hatte einen jungen, lebensfrohen Klang, der nicht zu seiner Vorstellung von rauhen Matrosen passte; davon abgesehen war es die Stimme einer Frau.

Fernando schlug die Augen auf.

Neben ihm saß die Frau aus der Vision – die er im Spiegel der Quelle gesehen hatte. Nur dass sie nicht mehr wie eine Göttin, sondern wie ein Mensch aussah. Sie hatte warme, hellbraune Augen mit einer Andeutung von Grün darin und eine schöne Nase, die vielleicht, nur vielleicht etwas zu groß für ihr Gesicht war. Eine leichte Rötung der Augen und verräterisches Schniefen irritierten ihn – hatte sie etwa geweint? Doch sie lächelte ihn so aufmunternd an, wie man ein Kätzchen bei seinen ersten tapsenden Schritten anlächelt, und ihre Schneidezähne lugten verschmitzt zwischen den Lippen hervor. Um den Hals trug sie eine Kette mit einem grünen Stein, der Ausschnitt gerahmt von ihrem dunkelblonden Haar und einem bunten Sommerkleid.

»Wo bin ich?«, fragte er. »Wer bist du?«

»Mira.« Sie wischte sich übers Gesicht und gluckste. »Und wer bist du?«

»Fernando.« Er konnte sich des Gefühls nicht erwehren, dass ihm etwas entging. »Wieso lachst du?«

»Ich lache nicht. Es ist nur …« Sie wurde rot, schlug die Augen nieder. »Ich habe noch nie … Wir haben nicht so häufig Besuch.«

»Ach so? Dann habe ich ja großes Glück gehabt.«

»Das hast du wohl«, bestätigte sie zufrieden.

Wahrscheinlich ein entlegenes Bergdorf, überlegte er, denn sie sprach Englisch mit einem eigenartigen Akzent. Nur dass ihr Kleid, ihr Schmuck nicht dazu passten. Mira sah nicht aus wie eine Farmerin. Ihr Teint war hell, ihre Haut babyzart. Fernando wusste, dass an der Ostküste Mädchen aus besserem Hause in behüteten Verhältnissen aufwuchsen, aber die meisten jungen Frauen, die er in seinem Leben getroffen hatte, waren nicht von Entbehrung und Arbeit verschont gewesen. Keine hatte eine solche Leichtigkeit versprüht, eine solche Unschuld und Verletzlichkeit.

Und keine hatte in einem so schönen und reinlichen Zimmer gelebt.

»Wo sind wir?«, wiederholte er seine Frage und spähte an ihr vorbei. »Ist das … Monterey?« Er sah Möbel aus hellem Holz, Regale mit Büchern und Stofftieren, eine Stange, auf der farbenfrohe Kleider hingen, die von einer Brise gebauscht wurden. Dieselbe Brise brachte ein paar bunte, im Sonnenschein schillernde Glasscheiben zum Klirren, die an Fäden in einem offenen Fenster hingen. Auch im Eingang schwang sachte ein Perlenvorhang, und ein dunkles, die Sinne verwirrendes Gemälde am Fußende des Bettes beschwor

Träume von stürmischen Meeren herauf. Die Luft im Zimmer roch jedoch nicht nach der See, sondern den leiseren Düften von Wäsche, getrockneten Blumen und einer Ahnung süßen, würzigen Räucherwerks; eine eigenartige Mischung, die Fernando an geborgene Kindheitstage denken ließ, an Essen auf dem Rancho und die sonntäglichen Kirchbesuche.

Mira schaute ihn mit großen Augen an. »Warst du schon mal dort? In Monterey?«

»Vor ein paar Jahren. Ich war gerade wieder auf dem Weg dorthin …« Er schluckte, tastete unter dem Bettlaken nach seiner Verwundung. Seine Finger fanden nicht einmal mehr die Narbe des Vortags.

Was er jedoch mit einiger Verspätung feststellte, war, dass er weder Hemd noch Schuhe trug, nur seine Hosen.

»Oh.« Mira schlug sich die Hand vor den Mund. »Wir haben dich ausgezogen, um deine Sachen zu waschen.« Sie strahlte. »Und du bist wieder gesund!«

»Wie ist das möglich? Und wer ist ›wir‹?«

»Du kannst auch neue Hosen haben, wenn du möchtest …«

»Wo *sind* wir?«

»Du musst mir unbedingt alles erzählen … wo du herkommst, wie es dort ist …« Sie ertappte ihre Hand dabei, wie sie nervös am Bettlaken nestelte, und legte sie sich in den Schoß. »Hast du auch die anderen gesehen?«

»Welche anderen?«

»Eine Frau, schon etwas älter«, plapperte sie aufgeregt. »Mit rotem Haar. Eigentlich zwei Frauen und drei Männer, in einem schwarzen Wagen. Dunkle Kleidung – abgesehen von der einen, also der anderen Frau, wobei ich nicht sicher bin, was sie gerade im Moment tragen.« Sie legte sich einen Finger an die Lippen. »Und noch ein Mann und eine Frau, in einem anderen Wagen …«

»Ich habe gar keinen Wagen gesehen.« Er überlegte verwirrt. »Ich habe *etwas* gesehen – im Sturm. Es hätte mich beinahe erwischt, aber ich weiß nicht, ob es ein Wagen war.«

Da wirkte sie so bekümmert, dass er sie trotz seiner eigenen Lage beinahe getröstet hätte. Doch ihre dunkle Stimmung ging so schnell, wie sie gekommen war. »Hast du Hunger?«, fragte sie. »Durst?«

Ohne eine Antwort abzuwarten, stand sie auf und reichte ihm eine Schale mit Äpfeln und ein Wasserglas.

Fernando richtete sich vorsichtig auf und trank einen Schluck. Dann stellte er das Glas auf den Nachttisch und nahm sich staunend einen Apfel. Er hatte noch nie so riesiges Obst gesehen … Unter Miras aufmunterndem Lächeln biss er hinein; der Apfel schmeckte so gut, wie er duftete.

Er seufzte schwer. »Wo immer wir sind, es muss ein ziemlich ruhiges Fleckchen sein.«

»Wieso das?«

»Na, weil du mich anschaust, als wäre ich das Interessanteste, was du je gesehen hast.«

Sie errötete wieder.

»Tut mir leid.« Er legte den Apfel neben das Glas und griff nach ihrer Hand, aber sie schreckte zurück. »Ich wundere mich nur, weil hier alles so … schön ist.«

»Findest du?« Sie blinzelte vergnügt. »Da, wo du herkommst, gibt es doch sicher alles, was man sich nur wünschen kann: exotische Speisen, elegante Kleider, Theater, Tänze, Lieder, Leute … ach, Leute …!«

Er schüttelte den Kopf. »Leute gibt es überall. Und ich habe zwar gehört, dass in Monterey tatsächlich gerade das erste Theater geöffnet hat – ich habe es aber nicht gesehen. Weshalb denkst du, das Essen oder die Kleider wären besser als hier? Du hast meine Kleider gesehen … und dieser Apfel …« Er aß weiter und machte einen, wie er hoffte, anerkennenden Gesichtsausdruck. »Das allein war die Strapazen wert!«

Das Schaukeln des Raums wurde stärker. Die Perlen im Eingang rasselten leise.

Mira wandte den Blick ab, wirkte aber eher verlegen als besorgt. »War es sehr schlimm?«, erkundigte sie sich, als wäre er sechs Jahre alt und würde ihr sein aufgeschlagenes Knie präsentieren.

»Sagen wir es einmal so …« Fernando wollte auf keinen Fall

die Gunst seiner geheimnisvollen Gönnerin verspielen. »Manches scheint mir hier nicht ganz mit rechten Dingen zuzugehen.«

»Findest du?«

Fensterschmuck und Perlen stimmten ein vielstimmiges Konzert an, als das ganze Zimmer sich hob und wieder senkte.

»Du wohnst also hier?«, rief Fernando etwas lauter als beabsichtigt. »Auf diesem ... Schiff?«

Mira lachte. »Es ist kein richtiges Schiff.«

Mit einer Spur von Starrsinn deutete er auf das schwappende Wasserglas.

Da fasste sie seine Hand. »Komm mit!«

Und ehe er sich's versah, zog sie ihn aus dem Bett. Er griff sich noch einen Apfel und steckte ihn ein, dann stolperte er ihr nach, nur mit seinen Hosen bekleidet. Sie teilte den flüsternden Perlenvorhang, hinter dem sich ein kurzes Flurstück verbarg, von dem zwei weitere Räume abgingen. Auch hier hingen zwischen gepressten Blumen hinter Glas mehrere dunkle Gemälde wie das am Fußende des Bettes. Irgendwie passten sie nicht zur mädchenhaften Unbekümmertheit der übrigen Einrichtung, und ihre wilden Farben zogen ihn in ihren Bann.

Während er noch damit beschäftigt war, sich vom Anblick der phantastischen Landschaften loszureißen, öffnete Mira eine Klappe im Boden, unter der eine Strickleiter baumelte. Helles Tageslicht strömte herein.

»Na los«, forderte sie ihn auf, warf ihre Schuhe voraus und schwang sich behende wie ein Eichhorn auf die Leiter.

Nach kurzem Zögern folgte Fernando ihr nach. Ebenfalls barfuß kletterte er die schwankende Leiter hinab, bis seine Zehen kühles Gras berührten. Dort fand er auch seine Stiefel – doch sein Blick galt etwas anderem.

Staunend trat er ein paar Schritte zurück, Mira lachend neben sich.

Sie standen auf einer weiten Lichtung. Das Haus, aus dem er eben herabgeklettert war, hatte tatsächlich die Form eines Schiffes, doch war es ein Baumhaus und zugleich eine Schaukel. Der hölzerne Rumpf pendelte an zahllosen Stricken von den starken Ästen eines Mammutbaums, flankiert von einer Schar von Lampions und flatternden Bändern. Farbenprächtige Windrädchen drehten sich unter seinem Kiel. Der Eindruck war der eines segellosen Bootes, das von einem bunten Schwarm von Fischen begleitet dank phantastischer Mächte durch den Himmel fuhr. Fernando konnte sich weder denken, wie man dieses Schiff an diesen Baum gehängt hatte, noch, wie es möglich war, dass es dort oben schwang und dennoch einen Eindruck heimeliger Sicherheit vermittelte.

»Das ist mein Zuhause«, sagte Mira, als sie sah, wie ihm der Mund offen stand. »Ist es so ungewöhnlich?«

»Na ja, wo ich herkomme, leben die Menschen nicht in Schiffen in den Bäumen ... Sie leben in Häusern, die auf dem Boden stehen.«

»Die haben wir auch«, versicherte sie ihm. »Aber ich muss als Kind wohl Schwierigkeiten mit dem Schlafen gehabt haben. Und da hat Ariel mir dieses Haus gebaut.«

»Ariel?«

Sie schaute ihn an, wie er da stand, in der frischen Morgenluft fröstelnd.

»Ich hätte dir was zum Anziehen geben sollen«, stellte sie erschrocken fest. »Tut mir leid!«

»Wer ist Ariel?«, hakte er nach.

»Du hast ihn schon kennengelernt.«

»Ich kann mich nicht ...«

»Er hat dich hergebracht.«

Fernando schwieg. Dachte an die befremdlichen, oft unheimlichen Vorkommnisse des vorigen Tages.

»Der Sturm ...«

»Das war er.«

»Meine Wunde ...«

»Ariel hat dich geheilt.«

»Wieso ...?«

»Weil ich es wollte.«

Er hätte noch weitere Halbfragen gestellt, doch Mira legte ihm den Finger auf die Lippen. »Es ist einfacher, wenn du ihn kennenlernst. Ariel?«

Erst geschah nichts, und einen Moment lang erwog Fernando, dass diese junge Frau, die da über die Schulter zu der verlassenen Lichtung sprach, als ob ein unsichtbarer Zuhörer hinter ihr stünde, ein wenig verrückt und er ihr Gefangener war.

Dann verwirbelte etwas die Luft hinter Mira, und aus dem geisterhaften Wirbel stolzierte ein grauer Fuchs, der ihr um die Füße strich und Fernando mit einem derart selbstzufriedenen Blick bedachte, dass er keine Sekunde daran zweifelte, dass es sich bei diesem Fuchs um keinen gewöhnlichen Fuchs handelte.

»Du redest mit den Geistern?«, staunte er.

»Eigentlich nur mit Ariel«, erwiderte sie. »Und er war derjenige, der zuerst zu mir sprach.«

Fernando starrte den Fuchs an. Er hatte nie in Frage gestellt, dass die alten Geister, mit denen die Vorfahren seines Vaters sich das große Land des Südens geteilt hatten, noch irgendwo in den Bergen, den raunenden Creeks, dem Rauschen des Windes und der Brandung lebten. Er hatte lediglich vermutet, dass das Erbe seiner Mutter und das Kreuz, das er um den Hals trug, sie verstörten und sie deshalb nicht mit ihm in Kontakt traten. Er konnte es ihnen nicht verübeln.

Dennoch hatten die Geister – oder dieser spezielle Geist – ihn gerettet … und zu diesem jungen Mädchen in dem bunten Kleid geführt, das sich nun bückte, um dem Fuchs das Fell zu streicheln, so selbstverständlich, als fütterte sie die Hühner auf dem Hof.

Der Fuchs keckerte leise.

»Er sagt, du verstehst schon sehr gut«, sagte Mira. »Aber ein Huhn ist eine Form, die er selten annimmt.«

»Er … er liest meine Gedanken?«

Statt einer Antwort setzte der Fuchs sich hin, streckte die Brust heraus, legte den Schweif säuberlich um die Pfoten und schloss die Augen.

Da hörte Fernando ein Rauschen über sich am Himmel, hob den Kopf und sah einen Weißkopfseeadler zu ihnen herabsteigen. Erst zuckte er zurück, da sah er, dass der Adler einen Hut im Schnabel trug, der ihm nicht unbekannt war.

»Ariel sagt, du hast dich sehr tugendhaft verhalten auf deinem Weg«, sagte Mira. »Du hast denen geholfen, die größere Not litten als du, und waren es auch nur einfache Kreaturen.«

Der Adler bremste seinen Flug und ließ den Hut fallen. Fernando fing ihn und setzte ihn sich auf, ehe Ariel es sich anders überlegte, obschon er sich lachhaft vorkam, nur mit Hosen und seinem Hut bekleidet zu sein.

Da lenkte ein Brummen seinen Blick in die andere Richtung, und ein großer Grizzlybär kam aus dem Wald gestapft. Es mochte sich um ein Elternteil des Bärenjungen handeln, das er aus der Grube befreit hatte, doch im Maul trug der Bär wie eine Katze ihr Junges Fernandos Gitarre. Dass Mira vor den wilden Tieren nicht ansatzweise erschrak, wunderte ihn schon längst nicht mehr.

Sachte legte der Bär die Gitarre vor ihm ins Gras und entfernte sich wieder. Nach einer respektvollen Sekunde trat Fernando näher und hob sie auf, um den Tau von ihr zu streichen.

»Ariel sagt, du hast dir deine Sachen redlich zurückverdient«, sagte Mira mit stolzem Lächeln. »Er dankt dir dafür, dass er sie eine Weile leihen durfte.«

»Aber gerne.« Fernando entschied, dass es nicht lohnte, mit einem Geist die sprachlichen Feinheiten von »leihen« und »dürfen« zu diskutieren.

Der Fuchs schien zu grinsen.

»Eines fehlt noch«, sagte Mira.

Ein Wiehern ließ Fernando herumfahren.

»Moonchild!«

Der weiße Hengst kam zwischen den Bäumen hervor und trabte auf sie zu. Mira klatschte entzückt in die Hände.

»Hey!«, rief Fernando und legte Moonchild den Arm um den Hals. »Schön, dich zu sehen! Wo hast du gesteckt?«

»Ariel sagt ...« Mira warf einen irritierten Blick auf den Fuchs. »Was soll das heißen, ›anderweitig benötigt‹?«

Moonchild schnaubte.

»Die Steigbügel sind verstellt«, stellte Fernando fest. »Wer hat dich geritten, Junge? Und was ist das hier?« Verwundert zog er einen Regenschirm aus dem Holster.

»Sei ehrlich!«, rügte Mira den Fuchs, der missmutig davonstrich und wieder kehrtmachte wie ein wankelmütiger Greis. Fernando verstand zwar nur Miras Teil der Unterhaltung, doch der Ausdruck des Fuchses tat ein Übriges.

»Verboten?«, brauste Mira auf. »Verboten?«

Fernando hob neugierig die Brauen.

»Es ist mir gleich, was Vater gesagt hat! Weißt du, wie lange ich gestern herumgeirrt bin? Die Augen habe ich mir ausgeweint, während du in Vaters Auftrag deinen Spaß hattest! Ist es das, was ihr wollt? Dass ich mich im Wald verirre? Denn wenn ihr weiter versucht, mich festzuhalten, werde ich erst recht davonlaufen, das solltest du wissen!«

Der Schwanz des Fuchses peitschte patzig den Boden.

»Du unterschätzt mich, Ariel.«

Der Fuchs hob die Schnauze und blinzelte frech.

»Ich will meine Mutter sehen! Nicht ›morgen‹, nicht ›vielleicht‹, sondern jetzt gleich!«

Der Fuchs machte kehrt und spazierte davon. Mira ließ erschöpft die Schultern hängen.

»Komm«, sagte sie dann zu Fernando und ging zurück zur Strickleiter.

»Darf ich fragen, was der Gegenstand eures Streits war?«, erkundigte er sich höflich und führte Moonchild am Zügel mit.

»Ich soll dir was zum Anziehen bringen«, sagte sie nur und kletterte die Leiter hinauf. Er konnte ihr Gesicht nicht sehen, doch als sie die Nase hochzog, klang es, als weinte sie wieder.

»Mira?«

»Ich bin gleich wieder da.«

Fernando stieß einen Seufzer aus und tätschelte Moonchild den Hals.

Er war allein auf der Lichtung.

Einen Augenblick lang dachte er darüber nach, aufzusteigen und einfach wegzureiten. Er wusste nicht, wo er war, aber früher oder später musste er die Küste und den Weg nach Monterey finden. Und dort …

Was dort?

Ratlos zog er seine Stiefel an. Jemand hatte sie geputzt und frische Socken hineingelegt. Dann aß er seinen Apfel und wartete, bis Mira zurück war.

»Da bin ich wieder«, rief sie kurz darauf und kam mit einem Armvoll Hemden die Leiter herabgeklettert. »Such dir was aus! Deine Weste ist auch dabei, nur dein Hemd war nicht mehr zu retten. Es tut mir wirklich leid, was Ariel mit dir angestellt hat. Er gibt auf uns acht, aber manchmal ist er einfach … nun, du hast ihn ja gerade erlebt.«

Erstaunt besah sich Fernando die Sachen, die sie ihm reichte. Sie waren edler als alles, was er je getragen hatte. Er suchte sich ein purpurrotes Hemd mit weiten Ärmeln aus und zog die alte Weste mit Reids Stern darüber. Ein flüchtiges Abklopfen verriet ihm, dass auch die Dose mit dem Gold noch in der Tasche steckte.

»Ihr habt gerade nicht nur über meine Kleider gestritten«, merkte er an. »Ariel und du.«

»Nein.« Sie blinzelte ihn an. »Ich habe dir schon gesagt, dass du nicht der Einzige bist, der sich im Sturm zu uns verirrt hat … da waren noch andere.«

»Du hast mir immer noch nicht gesagt, wo wir eigentlich sind.«

»In der Welt unter dem Winde«, sagte Mira, als ob er eine sehr dumme Frage gestellt hätte.

»Davon habe ich noch nie gehört.«

Sie öffnete den Mund, dann schloss sie ihn wieder. Ein Schatten wanderte über ihr Gesicht. »Und ich kenne kaum etwas anderes. Mein Vater brachte mich hierher, als ich noch klein war. Mit Ariels Hilfe. Und nun haben sie euch hergebracht: dich, die anderen … und meine Mutter.«

»Deine Mutter?«

Sie senkte den Blick. »Meine Mutter und ein paar Leute, die meinem Vater einst unrecht taten. Sagt er.« Fernando schaute Moonchild an, als könnte der Hengst ihm das alles erklären. Da kam ihm ein Gedanke. »Könntest du ihn nicht fragen, was er erlebt hat? Vielleicht hat er sie ja gesehen.«

Sie schüttelte bedauernd den Kopf. »Ich kann nicht mit Tieren reden. Nur mit Ariel in seinen verschiedenen Formen.«

»Verstehe.« Fernando streichelte die weiße Mähne. »Ich hoffe bloß, der Geist weiß, was er tut ... und dass alle wohlauf sind. Vor allem deine Mutter, natürlich.«

»Wieso sagst du das?«, fragte Mira besorgt.

»Meine Flinte.« Fernando wies auf das Holster mit dem Schirm am Sattel. »Entweder, sie ging im Sturm verloren – und irgendetwas sagt mir, dass nichts hier einfach so verloren geht –, oder jemand hat sie an sich genommen und mir dafür diesen Schirm geschenkt.«

Mira presste die Lippen aufeinander. »Das werden wir bald wissen.« Dann hob sie den Kopf und rief aus Leibeskräften in den Wind: »Vater! Komm zu mir!«

Fernando sah sich verunsichert um. Sie waren allein auf der Lichtung – doch die Entschlossenheit, mit der Mira rief, war ihm Beweis genug, dass sie wusste, was sie tat.

»Er wird kommen«, sagte Mira, als hätte sie seine Gedanken gelesen. »Entfernungen spielen keine Rolle für uns.« Dann griff sie nach seiner Hand, und er war sich nicht sicher, wem von ihnen beiden sie damit Mut machen wollte.

Eine Brise rauschte in den Bäumen. Vögel hoben sich empor und verschwanden im Blau des Himmels. Und dann eilte ein Mann in einem eigenartigen Mantel auf die Lichtung. Er hatte graues, lockiges Haar, das wild in alle Richtungen stand. Sein Gesicht war herrisch wie das eines Großgrundbesitzers, und er hielt einen Stab mit einem eiförmigen Metallstück in die Höhe.

»Mira!«, rief er. »Mira!«

Als sein Blick auf Fernando fiel, schien die Anwesenheit des anderen Mannes dem Alten für einen Moment die Sprache zu verschlagen. Dann schritt er betont langsam das letzte Stück zu seiner Tochter und breitete die Arme aus. Doch Mira ließ ihm keine Gelegenheit für eine Begrüßung.

»Wo ist sie, Vater?«, konfrontierte sie ihn. »Wo ist meine Mutter? Wo sind die übrigen Gestrandeten?«

»Mira«, versuchte er sie zu besänftigen. »Es hat alles seine Richtigkeit, geht alles seinen Gang ...«

»Seine Richtigkeit?«, spottete Mira verbittert. »Seinen Gang?« Alle Leichtigkeit auf ihren Zügen war mit einem Mal dahin. Ihr Gesicht war gerötet, die Augen schimmerten feucht.

Ihr Vater streckte flehentlich die Hand nach ihr aus. Mira nahm es durch den Tränenschleier vielleicht nicht wahr, aber Fernando sah genau, wie sehr die Hand zitterte.

»Kind, ich weiß genau, wie schwer das für dich zu verstehen ist. Ich verstand es einst selbst kaum. Doch egal, was du glaubst – du kennst Antonia nicht! Mir ging es genauso, bis sie mich betrog und es zu spät war.«

Mira wich zurück, ihr Vater aber ließ nicht ab von ihr.

»Deine Mutter ist eine gefährliche Frau! Wir wissen nicht, was sie im Schilde führt, und müssen mit Bedacht vorgehen. Die Kontrolle bewahren! Ich kann nicht riskieren, dass sie dir etwas antut. Und ich werde nicht zulassen, dass sie dich mit ihren Lügen vergiftet.«

Er rammte gebieterisch den Stab in den Boden, nur um im nächsten Moment in sich zusammenzusinken, Despot und vor Sorge kranker Vater in einem.

»Ehe du ihr gegenübertrittst, muss sie sich ihrer Schuld stellen. Mira, du weißt, ich würde alles tun, damit dir kein Leid widerfährt!«

»Wieso, Vater?«, schluchzte Mira. »Wieso verwehrst du mir diesen einfachen Wunsch? Wieso hältst du alles von mir fern? Du willst mir das Aufregendste nehmen, was in meinem Leben je passiert ist. Erst erzählst du mir von Mutter, dann verdammst du mich zur Tatenlosigkeit. Ich bin keine zarte Blume, die du unter Glas halten musst! Wenn sie und ihre Begleiter wirklich so gefährlich sind, wie du sagst – weshalb hast du sie dann überhaupt hergebracht?«

»Damit sie für ihre Taten büßen!«, brauste ihr Vater auf. »Damit die Wahrheit ans Licht kommt und du endlich begreifst!« Dann mäßigte er seinen Ton und richtete seinen misstrauischen Blick auf Fernando.

»Wie ich sehe, warst du ebenfalls nicht untätig, mein Kind. Das Aufregendste, was dir je passiert ist, sagst du? Ein gewagtes Urteil. Was sagst du dazu, junger Mann?«

Fernando begegnete seinem Blick. »Ich weiß nicht, Señor. Wir wurden einander noch nicht vorgestellt.«

Der Alte schlug den Boden mit seinem Stab, und Fernando wich alle Luft aus den Lungen, so als lastete plötzlich ein Baumstamm auf seiner Brust.

»Nicht zu scheu, seinen Mund zu benutzen!«, kommentierte Miras Vater. »Das gefällt mir. Und recht hat er auch! Also, mein Junge: Mein Name ist Ross, und ich bin der Herr dieser Welt. Wie lautet dein Name?«

»Fernando«, keuchte Fernando, und ohne, dass er seinem Körper den Befehl dazu erteilt hätte, griff sein Arm nach seinem Hut, um ihn höflich zu lüften, und Kopf und Brust deuteten eine Verbeugung an, als tanzte er an unsichtbaren Fäden.

Ross lachte. »Na bitte! Nun haben wir einander vorgestellt. Wo waren nur meine Manieren?«

»Vater!«, rügte Mira.

Fernando trat der kalte Schweiß auf die Stirn. Er war nicht länger Herr seiner selbst. Nie hatte er sich derartiges Zauberwerk ausgemalt, und das Gefühl der Hilflosigkeit angesichts solcher Macht füllte ihn mit Entsetzen. *Ein Puppenspieler,* schoss es ihm durch den Kopf, und er dachte an Reids warnende Worte: *Zu lange haben wir das Land in den Händen von Gesetzlosen gelassen, für die ihre Mitmenschen nur Marionetten sind …*

»Vater!«, rief Mira abermals, und endlich fiel der unsichtbare Zwang von ihm ab und Fernando schnappte nach Luft.

»Woher kommst du?«, fragte Ross, nun fast unbeteiligt, als hätte er sich nur zufällig in dieses Gespräch verirrt. »Und was willst du hier? Ich habe dich nicht gerufen.«

»Ich war auf dem Weg nach Monterey«, antwortete Fernando wahrheitsgemäß, »als ich in einen schweren Sturm geriet. Mein Pferd scheute und warf mich ab.« Er deutete auf Moonchild, aber Ross nahm den Hengst kaum zur Kenntnis.

»Ariel, Ariel«, murmelte er tadelnd. Dann zog etwas anderes seine Aufmerksamkeit auf sich: Es war der funkelnde Stern auf Fernandos Brust. So vorsichtig, als wäre der Stern aus Glas, streckte er die faltigen Finger danach aus. Fernando wollte zurückweichen, doch eine stumme Geste Miras ließ ihn wissen, dass es weiser war, es geschehen zu lassen. Also hielt er still.

»Das ist der Stern eines Rangers«, sagte Ross und fuhr mit dem Finger die Kanten des ehemaligen 5-Peso-Stücks nach. »Eines Texas Rangers.« Sein Blick wanderte Fernandos Brust empor, bis die grauen Augen sich in seine bohrten. »Du siehst nicht wie ein Ranger aus, mein Junge.«

»Meine Mutter war eine Kalifornierin«, sagte Fernando mit dem Stolz eines Mannes, den man nicht zum ersten Mal wegen seiner Abstammung zu beschämen versuchte. »Mein Vater ein Esselen.«

Das schien das Interesse des Alten zu wecken. »Dann verstehst du dieses Land vielleicht besser als viele andere. Woher aber hast du diesen Stern?«

»Ein Ranger gab ihn mir. Sein Name war Reid – und er nahm mir das Versprechen ab, für die Gerechtigkeit einzustehen.«

Die Worte hätten weniger hohl geklungen, wäre er nicht Gefangener dieses Zauberers gewesen. Doch zu seiner Überraschung wirkte Ross beeindruckt, ja fast begeistert.

»Reid?«, rief er aufgeregt wie ein kleiner Junge. »Das ist bemerkenswert! Aus welchem Jahr stammst du?«

Fernando schüttelte verwirrt den Kopf.

»Was spielt das für eine Rolle?«, mischte Mira sich ein. »Er geriet in den Sturm, den Ariel für dich heraufbeschwor, und fiel vom Pferd. Ich habe ihm geholfen und wünschte, du würdest mich auch den anderen helfen lassen. Die Menschen sind nicht alle so schlecht, wie du glaubst.«

Ross lachte leise. Es war ein nachsichtiges, aber auch trauriges Lachen, so als würde er die Wahrheit in den Worten seiner Tochter erkennen, selbst wenn er sie nicht als die seine annehmen konnte.

»Vielleicht hast du recht – zumindest mit diesem jungen Mann hier. Das heißt jedoch nicht, dass alle Menschen das Vertrauen, das du ihnen schenkst, auch verdienen. Du kennst die Menschen nicht wie ich, mein Kind.«

»Weil du mich gar nicht lässt!«, gab Mira zurück, und ihr Vater atmete scharf ein, so als hätte er sich an einem Dorn gestochen.

»Also schön, Fernando«, sagte er dann und reckte die ausgezehrte Brust. »Ich werde dir das Gastrecht bis auf Weiteres gewähren. Doch du wirst dir unser Vertrauen verdienen müssen – ich werde dich auf die Probe stellen.«

»Vater!«, ermahnte ihn Mira abermals. »Ist das wirklich nötig?«

»Darf ich daran erinnern, dass es nicht meine Idee war, ihn bei uns aufzunehmen? Wer weiß, auf was für Gedanken du als Nächstes kommst – oder er! Etwas Arbeit wird ihn beschäftigt halten.«

»Du meinst, damit er deine Pläne nicht stört«, sagte Mira bitter. »Was hast *du* als Nächstes vor, Vater? Das allein bereitet mir Sorgen.«

»Ich weiß nicht, wovon du redest«, sagte er abweisend.

»Ach nein?« Mira funkelte ihn an. »Was genau soll Ariel für dich tun? Und wozu braucht er dabei eine Flinte?«

Einen Moment lang brachte sie ihren Vater aus der Fassung.

»Sorge dich nicht«, brummte er dann und raffte seinen Mantel zusammen. »Die Bühne für den nächsten Akt ist fast bereitet! Ich verspreche dir, bald schon wirst du deine Mutter kennenlernen. Und vielleicht verstehst du mich dann besser.«

Bevor er sich abwandte, richtete er noch einmal das Wort an Fernando.

»Beweise dich mir – und wenn alles vorüber ist, kannst du deiner Wege ziehen! Ariel wird dir sagen, was du zu tun hast.«

Fernando spürte, wie Mira von hinten neben ihn trat und seine Hand ergriff. »Ich habe verstanden«, sagte er ruhig.

Ross nickte noch einmal. Die Falten der Mundwinkel zeichneten tiefe Gräben in seinem kummervollen Gesicht. Dann stapfte er auf seinen Stab gestützt davon und verschwand zwischen den Bäumen. Ein Windhauch teilte vor ihm die Zweige und schloss sie wieder.

Fernando schaute Mira an. »Danke, dass du ein gutes Wort für mich eingelegt hast.« Er blickte auf seine Hand, die immer noch in ihrer lag, und sie zog sie zurück.

Dann ging er zu Moonchild, der neben der Strickleiter graste, als ginge ihn das alles nichts an, und streichelte ihm den Hals.

»Was würde geschehen, wenn ich jetzt davonritte?«

»Ich weiß es nicht«, gestand Mira. »Vielleicht würdest du Monterey erreichen, vielleicht nicht. Alles, was ich weiß, ist, dass ich wieder allein wäre. Nicht die beste Art, für Gerechtigkeit einzutreten, oder?«

Fernando schaute sie prüfend an, und ein unsicheres Grinsen wagte sich auf ihre Lippen.

»Ich möchte dich nicht im Stich lassen«, versicherte er ihr. Aber ich möchte auch nicht das Spielzeug deines Vaters sein …« Er schüttelte den Kopf. »Es gibt vieles, das ich nicht möchte, und noch mehr, was ich nicht verstehe.«

Sie trat näher. »Bleib, und ich werde mein Bestes geben, es dir zu erklären. Und ich verspreche dir, Vater wird dir nichts antun.«

»Ich glaube dir, dass du es ehrlich meinst. Aber kannst du dieses Versprechen auch halten, Mira?«

Sie nickte, aber ihre Schultern bebten, als hätte sie eine schwere Last zu tragen.

»Bitte bleib.«

CALIBAN

Der Pfad schlängelte sich am Rande des Creeks entlang durch lichte Wälder Richtung Küste. Caliban kannte jede Biegung des Creeks, hätte seinen Weg jedoch auch dann gefunden, wenn es Ariel oder seinem Gebieter seit Calibans letztem Ausflug eingefallen wäre, den Lauf eines Tals oder den Rücken eines Berges zu ändern.

Caliban streifte nicht häufig umher, weil außerhalb seines Hauses nur Ungemach auf ihn wartete. Nichtsdestoweniger hatte er sein ganzes Leben in dieser Welt zugebracht, die in jede Richtung kaum mehr als einen Tagesmarsch durchmaß und nur durch die unwegsame Landschaft und Ariels Grillen den Anschein von Weite bot. Tatsächlich roch jeder Winkel dieser Wälder und Wiesen nach ihrem Schöpfer; und manchmal, wenn Ariel den Sturm für Ross so eng zusammenzog, dass er die Fenster von Calibans Haus berührte, drohte dieser Geruch ihn zu ersticken.

Beim Gedanken an sein Haus wurde Caliban schwer ums Herz. Die Aufräumarbeiten hatten den Rest des gestrigen Tages beansprucht und waren längst noch nicht abgeschlossen. Manche Wunden würden länger zum Heilen brauchen als seine eigenen. Das Haus hatte die Aufgabe, ihn an sich selbst zu erinnern. Ihm, dem Verstoßenen dieser Welt, ein Refugium zu sein. Ross hatte dieses Refugium geschändet. Zahllose liebgewonnene Andenken und Bilder waren dem Abgrund anheimgefallen, vor dem Caliban sie so lange bewahrt hatte. Er fühlte ihr Fehlen in der Leere seines Herzens, hinter der Maske seines Gesichts. Er spürte den Verlust noch brennender als die Schläge, die der Zauberer ihm versetzt hatte.

Als er heute Morgen aufgebrochen war, hätte er nicht sagen können, was eigentlich sein Ziel war. Nicht die Flucht – denn es gab keinen Ort, wohin er hätte fliehen können. Auch nicht Rache, denn er wusste, dass er gegen Ross allein keine Chance hatte – dies hatte die gestrige Konfrontation deutlich bewiesen. Und selbst wenn es stimmte, dass Fremde ihre Welt betreten hatten, so waren sie vermutlich ebenso Spielball ihres Herrschers wie er. Caliban teilte nicht Miras Glauben an die grenzenlosen Möglichkeiten von Menschen, auch nicht den an das Gute in ihnen. Er hatte sein Leben lang nur zwei Menschen gekannt, und der eine hasste ihn und die andere … ja, was? Liebte sie ihn? Verachtete sie ihn? War er ihr gleichgültig?

Vielleicht war es die Antwort auf diese Frage, die er suchte. Wahrscheinlich hatte er die Hoffnung noch nicht aufgegeben, dachte er, als er auf die Lichtung von Miras Haus hinaustrat.

Er hatte niemanden sonst – Mira hingegen …

Am Rand der Lichtung blieb er stehen.

Natürlich kannte er Miras Haus. In den ersten Jahren hatte er sie oft besucht; später hatte er sich heimlich zu ihr schleichen müssen.

Ariel hatte es für sie gebaut, genau wie seines, und auf seine Weise war es ebenso ein Spiegel seiner Bewohnerin wie Calibans. Es war ein Haus für Kindheitstage – eine Wiege, eine Schaukel, von sanften Winden liebkost und beschützt. Caliban schätzte die Präsenz des Geistes, die auf diesem Ort ruhte, nicht sonderlich; doch sie war der Preis dafür, dass Ross seiner Tochter ein eigenes Reich zugestanden hatte. Und wann immer der Blick ihres Vaters und der ihres Schutzgeistes andernorts geruht hatten, waren sie hier heimlich zusammengekommen, hatten gesessen und geredet, sich ihrer ewigen Freundschaft versichert und ihre Namen in den Fuß der alten Sequoia geritzt …

Caliban erstarrte.

Im Schatten des Mammutbaums stand ein weißer Hengst und graste friedlich die Wildblumen ab.

Wem gehörte dieses Tier? Caliban dachte an den Reiter, von dem Mira erzählt hatte. Hatte sie ihn etwa …?

Da öffnete sich die Klappe im Bauch des Schiffes, und ohne dass er hätte sagen können, weshalb, ging Caliban in Deckung hinter einem blühenden Oleander. Ein Paar Schuhe fielen hinab ins Gras, dann kam Mira barfuß die Strickleiter herabgeklettert. Wie immer in der ewig milden Welt unter dem Winde trug sie eines ihrer leichten Kleider, die schwerelos um ihre Beine wehten; helle Haut inmitten eines die Sinne verwirrenden Blütenkelchs türkisfarbener Tücher.

Caliban fühlte seine Kehle trocken werden. Er konnte den Blick nicht abwenden, doch er brachte es auch nicht über sich, seine Deckung zu verlassen. Denn über der Schulter trug Mira eine Satteltasche und eine Gitarre an einem Gurt. Caliban hatte die Gitarre nie zuvor gesehen – und er kannte die Gegenstände, an denen Miras Herz hing: ihre Bücher, ihre Stofftiere, den Tand, den ihr Vater oder Ariel ihr im Laufe der Jahre geschenkt hatten. Unwillkürlich fragte er sich, ob die Bilder, die er ihr gemalt hatte, noch an ihren Plätzen hingen. Offenbar hatte sie eine neue Leidenschaft.

Mira erreichte den Boden, schlüpfte in ihre Schuhe und machte sich daran, Tasche und Gitarre am Pferd festzugurten. Sie stellte sich nicht sehr geschickt dabei an, benahm sich aber, als wäre das

Pferd ihr eigenes, und das Tier ließ es geduldig mit sich geschehen. Fast erwartete Caliban, dass sie aufstieg und losritt, doch Mira tätschelte dem Hengst nur den Hals, nahm den Zügel und führte ihn mit sich.

Mit jedem Atemzug schnürte sich Calibans Kehle enger zusammen. Der Schmerz stach in vielerlei Farben: als Eifersucht, Einsamkeit und Scham. Die Gefühle selbst waren nicht neu – wie grell sie flammten, jedoch schon. Auch deshalb schaffte er es nicht, aus seiner Deckung zu treten und Mira anzusprechen, während sie die Lichtung zur anderen Seite hin verließ, den Hengst hinter sich.

Stattdessen entschloss sich Caliban, ihr zu folgen.

Er wusste, dass es falsch war, was er tat, und das Gefühl begleitete ihn mit jedem Schritt, den er wider besseres Wissen setzte. Liebende verfolgten einander nicht wie Jäger ihre ahnungslose Beute. Liebende vertrauten einander, statt ein Spiel der Täuschung zu betreiben.

Aber hatte Mira nicht genau dieses Vertrauen missbraucht? Hatte sie nicht das Band zwischen ihnen durchtrennt, als sie sich von ihm abgewandt und jemandem verschrieben hatte, der im Gegensatz zu ihm in der Lage war, ihren kindlichen Wunsch nach Flucht aus dieser Welt zu erfüllen?

Und waren sie das denn wirklich – Liebende?

Manchmal hatten sie die Worte ausgesprochen, so wie die Liebenden in Miras Büchern das taten. Sie hatten es vielleicht auch *gemeint,* wenn sie miteinander geschwiegen oder des anderen Hand gehalten hatten. Aber war es wirklich *diese* Art von Liebe? Oder nicht eher die Liebe zwischen Kindheitsfreunden ... zwischen Geschwistern ... den einzigen Verbündeten in einer viel zu kleinen Welt?

Er redete sich ein, dass er nur auf die passende Gelegenheit wartete, mit ihr zu reden; überraschend in ihren Weg zu treten und die richtigen Worte zu sprechen. Doch ein Teil von ihm wusste, dass diese Gelegenheit nicht kommen würde, vielleicht niemals mehr.

Mira dagegen war weder Calibans noch seiner Zweifel gewahr, während sie auf einem schmalen Pfad den Wald durchquerte, jenseits dessen ein breiterer Weg auf sie wartete. Nur der weiße Hengst schnaubte einige Male, wenn Caliban zu nahe kam, und zwang ihn, Zuflucht hinter einem Baum zu suchen.

Sobald sie wieder unter freiem Himmel waren, sah sich Caliban genötigt, den Abstand zu ihr zu vergrößern. Gerade noch in Sichtweite folgte er ihr einen steinigen Hang hinauf und auf der anderen Seite wieder hinunter, über eine Brücke über einen zweiten Creek und unter einem Felsenbogen durch. Es fiel ihm nicht schwer, denn er kannte den Weg. Und mit wachsendem Schmerz in der Brust sah er Mira immer beschwingter und leichtfüßiger eilen, bis sie fast tanzte, die Andeutung eines wortlosen Lieds auf den Lippen.

Ihr Ziel war die alte Mühle auf dem Hügel nördlich des Creeks.

Die Mühle hatte schon immer dort gestanden, aber Caliban suchte sie nur selten auf. Wie alle Windräder und wirbelnden Spielereien ihrer Welt war sie ein Machtsymbol ihres Herrschers; ein Denkmal, das sich Ross gesetzt hatte, ein Beweis seiner selbst. Ariel benutzte sie gelegentlich, um sich die Zeit zu vertreiben oder wenn es Ross nach frischem Brot verlangte, aber echter Hunger war ihnen fremd. In der Welt unter dem Winde fand sich alles, was ihre Bewohner benötigten: in den Wäldern, unter den Hügeln, in ihren Träumen.

Etwas aber hatte sich anscheinend geändert, denn Caliban hörte das Mahlen des Mühlsteins unter dem steten Rauschen der vier Mühlenflügel, begleitet vom Stöhnen eines Mannes.

Er ging in Deckung hinter einem Felsen und verfolgte das Geschehen.

Mira band den weißen Hengst an einem zweirädrigen Karren an, der beladen mit Getreidesäcken vor der Mühle stand. Der Hengst wieherte – entweder zum Gruß oder aus Protest über die Nähe eines so kruden Arbeitsgefährts.

Sein Ruf fand Erwiderung in einem dumpfen Plumpsen aus dem Inneren, und ein erschöpfter Mann schleppte sich aus dem Mühlendunkel in die Mittagssonne und zog sich blinzelnd den breitkrempigen Hut in die schweißnasse Stirn. Er trug ein unzweckmäßiges – und für Calibans Geschmack zu grelles – Hemd, auf dem der Mehlstaub mit dem Schweiß zu einer dicken Kruste verbacken war.

»Mira!«, rief der Fremde und schien bei ihrem Anblick regelrecht aufzublühen.

Caliban bekam vor Pein fast keine Luft mehr.

»Hallo Fernando«, sagte Mira in einem Ton, der ihm neu war. Schüchtern, aber zugleich seltsam vergnügt.

Der Fremde musterte Mira. »Du hast mir meine Gitarre gebracht.«

»Ich dachte, du vermisst sie vielleicht.« Miras heimlichem Zuhörer schien das eine sehr eigenartige Vermutung zu sein, bedachte man Fernandos gegenwärtige Lage. Ohne weiter auf seine Verfassung einzugehen, nahm sie die Gitarre vom Pferd, während Fernando dem Hengst liebevoll über die Schnauze strich.

Dann nahm er das Instrument von ihr entgegen.

»Ich habe sie tatsächlich vermisst«, sagte er und blies mit wenig Erfolg das Mehl vom Korpus, das seine Hände sogleich darauf hinterließen.

»Spielst du mir etwas vor?«, fragte Mira unschuldig, doch Caliban kannte den Tonfall. Er wusste, sie würde nicht lockerlassen, ehe man ihren Wunsch erfüllte.

»Jetzt?«, fragte Fernando, der ein wenig länger brauchte, um zur selben Erkenntnis zu gelangen. Dann zuckte er die Schultern und nahm unter ihren großäugigen Blicken auf dem Rand des Karrens Platz. »Wieso nicht?«

Und mit den ersten Tönen des Lieds, das er ihr spielte, Note für Note, zogen sich die unsichtbaren Fesseln um Calibans Brust enger, gewirkt aus einem kalten Garn, das eine emsige Nadel direkt durch sein Herz stieß, Stich für Stich.

MIRA

Fernandos Finger kletterten über die Saiten wie flinke Eichhörnchen, tanzende Geschöpfe im Sonnenschein, die immer waghalsigere Sprünge vollführten, bis sie sich schließlich würdevoll zur Ruhe legten.

»Kannst du es mir zeigen?«, fragte Mira.

Fernando hielt inne. Ihr fiel auf, wie zärtlich er den Hals des Instrumentes in den Fingern hielt, ehe er sich mit einem Aufschlag seiner dunklen Augen davon löste wie ein Liebhaber aus der Umarmung.

»Was zeigen?«, fragte er sie mit seinem warmen spanischen Akzent. Die letzten Töne verklangen.

»Das«, sagte Mira und zeigte in die Luft, als könnte sie die einzelnen Noten herausdeuten. »Das Gitarrenspiel.«

»Komm her«, sagte Fernando und deutete auf die Stelle neben sich auf dem Karren.

Erwartungsvoll kam sie der Aufforderung nach. Er rutschte ein Stück beiseite und nahm seinen Hut ab. Dann legte er den rechten Arm um sie und reichte ihr mit der Linken die Gitarre. Er roch nach Leder, Mehl und einer Menge Schweiß. Mira störte sich nicht daran, ihr Magen jedoch schlug kleine Purzelbäume. Die Nähe des Fremden war, wie freihändig an ihrer Strickleiter zu baumeln.

»Ich mag Musik«, sagte sie, während er ihre Finger zu einem ersten Griff auf die Saiten legte. »Aber ich habe nie spielen gelernt.«

»Hattest du denn je ein Instrument?«

»Ich hätte alles haben können.« Sie zuckte die Schultern und versuchte, keinen Krampf in den Fingern zu kriegen. »Vermutlich war es leichter, mir von Ariel etwas vorspielen zu lassen. Inzwischen denke ich, dass es besser wäre, es selbst zu lernen.« Caliban und die gemeinsamen Stunden an seinem Flügel erwähnte sie nicht.

»So ist es gut.«

Zaghaft strich sie die Saiten. Der Akkord war klar, aber traurig in seiner Einsamkeit, als würde er auf die Weite all der ungespielten Melodien verweisen, die ihr bislang entgangen war.

»Jetzt schlage die Saiten einzeln«, sagte Fernando und tippte der Reihe nach ihre Finger an. »So.«

Sie folgte seinem Beispiel, ungeschickt erst, dann immer sicherer.

»Das macht Spaß!«

Da blickte er unvermittelt auf und kniff misstrauisch die Augen zusammen.

Sie brachte die Saiten zum Verstummen. »Was ist?«

»Ich dachte, ich hätte etwas gehört.« Er schüttelte den Kopf. »Wahrscheinlich habe ich es mir nur eingebildet. Oder ... Ariel ist in der Nähe.«

»Hoffentlich nicht!«, entfuhr es ihr.

Er rückte beiseite, sah sie an. »Wie lange kennst du ihn schon?«

»Eigentlich mein ganzes Leben.« Es war schon eigenartig – nie zuvor hatte sie sich ihren unsichtbaren Beschützer und Freund möglichst weit weg gewünscht.

»Es ist so merkwürdig«, sagte er.

»Was?«

»Alles«, erwiderte er. »Du. Ariel. Dass ich vor wenigen Tagen beim Gedanken an Geister wohl Angst gehabt hätte, aber seit ich hier bin ... seit ich dich getroffen habe ... an diesem seltsamen Ort kommen mir Geister beinahe normal vor.«

»Erzähl mir von da, wo du herkommst«, bat sie und legte die Gitarre zwischen den Getreidesäcken auf den Karren. »Ich will alles über dich wissen.«

In einer unerwartet schüchternen Geste spielte er mit seinem Hut. »Ich glaube nicht, dass mein Leben verglichen mit deinem sehr interessant klingt. Ich meine, du lebst in diesen verzauberten Tälern und Wäldern wie eine Prinzessin, du hast mächtige Diener, einen Vater, der dich liebt ...«

Sie wollte lauthals protestieren, ihm erklären, dass sie sich eher wie eine Gefangene denn eine Herrscherin fühlte und sich nichts sehnlicher wünschte, als davonzulaufen – doch sie fürchtete, dass er sie ebenso wenig verstehen würde wie Caliban. Dabei hatte sie Caliban so gut zu kennen geglaubt ... Seit dem Streit mit ihm war sie einsamer denn je.

»Es ist nicht so einfach, wie du denkst«, sagte sie vorsichtig.

Er musterte sie, schien jede Kleinigkeit in sich aufzunehmen. Wenn Caliban sie anschaute, hatte sie oft das Gefühl, dass er im Geiste ein Bild von ihr malte – und manchmal jagten seine Bilder ihr Angst ein. Bei Fernando hatte sie das Gefühl, dass er sie so sehen wollte, wie sie wirklich war.

»Wahrscheinlich ist es das nie.« Er löste den Blick, schaute dem trägen Schlag der Mühlenflügel zu. »Ich bin auf einem Rancho aufgewachsen – einer großen Farm. Mein Vater war ein Feldarbeiter, meine Mutter eine Wäscherin. Und das ist alles, was ich von ihnen habe.« Er fasste an das Kreuz an seinem sonnengebräunten Hals und legte die andere Hand auf die Gitarre. »Sie starben, als ich noch ganz klein war. Ich durfte bleiben, aber ich musste mir mein Essen und mein Bett verdienen – so ähnlich wie jetzt eigentlich.« Er legte den Kopf schief. »Man sieht mir wohl an, dass ich mit harter Arbeit vertraut bin. Dein Vater hätte einen guten *Ranchero* abgegeben.«

»Du musst dir dein Essen nicht verdienen«, sagte Mira betroffen. »Wir haben doch genug …« Da schlug sie sich an die Stirn. »Fast hätte ich es vergessen – ich hab dir etwas mitgebracht.«

Sie war einfach unmöglich – ließ sich von diesem Jungen vorspielen und von seinem Leben erzählen und vergaß darüber den wichtigsten Grund ihres Besuchs!

»Ich hole es dir.« Sie lief zu Moonchild, nahm die Brownies und Erdbeeren aus der Satteltasche und präsentierte sie dem staunenden Fernando.

»Ich habe nur das Übliche bestellt, weil ich nicht wollte, dass Ariel Verdacht schöpft«, entschuldigte sie sich.

»Das sind sehr große Erdbeeren«, sagte Fernando, dann schlang er Beeren und Brownies mit einer Gier hinunter, dass es ihr doppelt peinlich war, wie lange sie ihn hatte hungern lassen.

»Dein Pferd ist so schön«, sagte sie, um das Thema zu wechseln. »Woher hast du ihn?«

»Vom selben Mann wie den Stern«, schmatzte Fernando mit vollem Mund und schlug sich auf die Brust.

»Diesem Ranger? Reid?«

Fernando nickte kauend.

»Ist er ein Freund von dir?«

»Er ist tot.« Fernando schluckte. »Seine letzte Bitte war, den Stern seinem alten Gefährten zu überbringen. Präsident Taylor.« Er schaute sie mit seinen braunen Augen an. Sie hatte das Gefühl, dass ihm eine Frage auf den Lippen brannte, die er nicht stellte. Machte er ihr Vorwürfe? Hoffentlich machte er ihr keine Vorwürfe …

»Ich hoffe, du wirst die Gelegenheit haben«, antwortete sie mit Bedacht.

»Schätze, ich sollte das deinen Vater fragen.« Ein prüfender Ausdruck trat auf sein Gesicht. »Kennst du den Präsidenten?«

Sie schüttelte verwirrt den Kopf. »Nein. Natürlich nicht.«

»Wie ist denn sein Name?«

»Taylor«, sagte sie verwirrt. »Das hast du doch gerade …«

»Dein Vater hat mich gefragt, aus welchem Jahr ich stamme.«

»Vater stellt viele seltsame Fragen …«

»Du findest die Frage seltsam?«

Sie fühlte sich in die Enge getrieben. Wie erklärte man denn jemandem, dass er wohl aus dem Wilden Westen stammte? Schließlich wollte sie ihn nicht verletzen …

»Ich habe mir ehrlich gesagt nie viele Gedanken um Jahreszahlen gemacht.«

»Wie alt bist du, wenn ich fragen darf?«

»Siebzehn.«

»So alt wie ich«, sagte er. »Und wann bist du geboren, Mira?«

Sie wollte ihm keine Angst machen. Sie wollte ihn aber auch nicht belügen.

»1990 … glaube ich.«

Einen Moment schienen alle Muskeln in seinem Gesicht zu erstarren. Dann nickte er nachdenklich, wie jemand, der gerade etwas verstanden hat, was gleichermaßen schmerzlich wie trostreich ist. Er ging ein paar Meter zum Wasserfass, das im Eingang der Mühle stand, und holte sich etwas zu trinken. Sie wartete gefasst auf seine nächsten Worte.

»Erzähl mir von deiner Welt«, bat er dann. »Der, aus der du ursprünglich stammst«, fügte er hinzu, denn ihre Welt war heute offenkundig, was sie beide in diesem Augenblick sahen: die Mühle, die Hügel, die schartigen Felsen, der weite, windgefegte Himmel.

»Ich erinnere mich kaum an irgendwas«, gestand sie. »Und bei dem wenigen, was ich noch weiß, bin ich nicht sicher, ob ich mich wirklich erinnere oder ob Vater oder Ariel es mir erzählt haben. Ich war erst fünf, als sie mich herbrachten. Ich hab dir doch davon erzählt.«

Er nickte. »Du hast mir aber nicht erzählt, *wieso* sie das getan haben.«

»Ich weiß es nicht«, wich sie aus. weil sie selbst nicht mehr wusste, was sie glauben durfte. »Vater sagt, um mich zu schützen. Die letzten zwölf Jahre habe ich nur hier gelebt. Die Welt, aus der ich stamme, wäre mir heute ebenso fremd wie dir.«

Er wiegte zweifelnd den Kopf. »Wie sieht Monterey zu deiner Zeit aus?«

Sie zuckte entschuldigend die Achseln. Was hätte sie gegeben, seine Frage beantworten zu können! »Es ist eine schöne Stadt – glaube ich zumindest. Vater sagt, dass Städte alle zu groß sind und es zu viele Autos und schlechte Luft gibt ... aber auch, dass es dort einmal ein großes Festival gegeben hat.«

»Das klingt doch gut.« Er sah sie an. »Ich frage mich nur, weshalb man seine fünfjährige Tochter vor der ganzen Welt verstecken muss – oder die Welt vor ihr.«

»Deshalb muss ich unbedingt mit meiner Mutter reden«, sagte sie ernst. »Denn Vater will es mir nicht sagen.«

»Würdest du denn gerne zurück?«, fragte er. »In dein Monterey? Deine Welt?«

»Das fragst du? Natürlich!« Die Ereignisse der letzten vierundzwanzig Stunden waren immer noch so viel, dass ihr die Tränen in die Augen stiegen. Erst der außergewöhnlich heftige Sturm, dann die ungeheuerlichen Enthüllungen; der Streit mit Caliban, die starrsinnige Weigerung ihres Vaters, sie ihrer Mutter vorzustellen ... und nun Fernando, der aus einem anderen Jahrhundert stammte und dennoch mehr Verständnis für sie zeigte als alle jene, welche die letzten zwölf Jahre ihre Familie gewesen waren.

»Ich wünsche mir nichts mehr, als wegzugehen«, sagte sie mit leisem Schniefen und rieb verlegen ihre Nase. »Ich liebe diesen Ort, und meinen Vater und Ariel ...« Ihm von Caliban zu erzählen, hätte alles noch komplizierter gemacht. »Aber manchmal kommt es mir so vor, als würde ich in einem Blumenfeld am süßem Duft ersticken. Die vielen Orte, die ich nur aus Büchern kenne, oder von denen Vater mir früher erzählt hat … ich will sie mit eigenen Augen sehen. Ich will die Städte kennenlernen, in denen die Menschen Musik spielen wie du, und mir ihre Lieder anhören. Ich will alles über sie wissen: wie sie leben, wovon sie träumen, worüber sie lachen …«

Sie sah den nachdenklichen Blick, mit dem er sie bedachte. »Was ist? Sind diese Wünsche so töricht?«

»Nein. Ich glaube, ich war dir früher sehr ähnlich. Oder wäre es vielleicht gewesen, unter anderen Umständen.« Er zuckte die Schultern. »Vermutlich hast du recht: Die Welt, die du als Kind kanntest, könnte dir heute sehr fremd vorkommen. Ich weiß nicht, wie viele Probleme die Menschen deiner Zeit schon gelöst haben, aber zu meiner gab es immer eine ganze Menge.«

»Menschen oder Probleme?«

»Beides bedingt einander.« Er grinste. »Manchmal vergisst man darüber, was wirklich wichtig ist: gute Gespräche und gute Musik, beispielsweise.«

Sie lachte. »Würdest du gehen?« Die Frage war heraus, ehe sie die Worte im Geiste zu Ende gedacht hatte.

Er runzelte die Stirn. »Du meinst vermutlich, wenn ich du wäre? Denn ehrlich gesagt *habe* ich versucht, zu gehen – dein Vater zahlt mir schließlich keinen Lohn und ist ein etwas harscher Zeitgenosse, wenn du die Bemerkung verzeihst. Aber es hat nicht funktioniert: Ich habe es kaum bis zu diesem Hügel da hinten geschafft, da kam ein solcher Wind auf, dass ich nicht mehr weiterkonnte, und der Sand tat in den Augen weh …«

Sie berührte ihn am Bein und er verstummte. »Ich meine, mit mir.«

Da senkte er den Blick und sie schalt sich eine Närrin, diesem Mann, den sie kaum kannte, eine solche Frage zu stellen. Doch nun war es geschehen und sie wusste nicht weiter. Es war alles so verwirrend – sie hörte nur das Klopfen ihres Herzens und den dumpfen Flügelschlag der Mühle, die inzwischen einen langen Schatten warf.

Fernando spielte mit dem Kreuz um seinen Hals. »Ich vermute, dass nicht vielen Menschen jemals diese Frage gestellt wird. Du willst wissen, ob ich das Leben, das ich kenne, gegen ein anderes tauschen würde?« Er ließ das Kreuz los und schüttelte nachdenklich den Kopf. »Bislang scherte sich mein Leben selten darum, was ich von ihm hielt. Nicht, dass ich klagen wollte … aber wenn ich ehrlich überlege, was mich davon abhält, dein Angebot anzunehmen und endlich frei zu sein, zu tun und zu lassen, was mir einfällt, so lautet die Antwort: einerseits die Hoffnung, Präsident Taylor zu finden, um Reid seinen letzten Wunsch zu erfüllen – und andererseits dein Vater, dem ich inzwischen sicher fünf Säcke Mehl schulde.« Er grinste.

Sie erwiderte das Grinsen hoffnungsvoll. »Sonst hält dich nichts?«

Er lachte. »Hast du mir eigentlich zugehört? Ich könnte nicht gehen, selbst wenn ich wollte. Dein Vater …«

Sie legte ihm den Finger auf die Lippen. Woher sie den Mut nahm, wusste sie nicht. Vielleicht aus der Einsicht, dass es immer auf ihren Vater hinauslief. Mit Caliban, Ariel, ihrer Mutter: Immer, wenn es darauf ankam, hatte ihr Vater das letzte Wort. Er bestimmte, wen sie sehen durfte, und wer an ihrem Leben teilhatte.

»Lass mich mit ihm reden.«

Er griff in seine Westentasche und nahm eine flache Dose heraus.

»Ich nehme nicht an, dass ihn das hier überzeugen würde?« Er öffnete die Dose, der ein strenger, würziger Geruch anhaftete, schlug ein Tuch darin auf und präsentierte ihr einige kleine Goldkrümel. »Ich bin gerne bereit, für Kost und Logis zu bezahlen.«

Mira nahm seine Hand und schloss sie um die Dose.

»Lass mich«, sagte sie abermals. »Und für dieses Gold finden wir eine andere Verwendung. In Ordnung?«

Da fuhr Fernando abermals zusammen und drehte suchend den Kopf; seine Hand zuckte zur Seite, als hoffte sie, dort eine Waffe zu finden. Mira schaute sich ebenfalls um, sorgte sich aber eher um ihn als um sich selbst. Sie nahm an, dass die Welt unter dem Winde durchaus befremdlich war für jemanden, der sie nicht kannte.

»Tut mir leid«, sagte Fernando und entspannte sich wieder. »Ich habe nur dieses komische Gefühl, dass wir beobachtet werden.« Er steckte das Gold ein.

»Vielleicht hast du einen Traum gesehen«, mutmaßte sie. »Man bemerkt sie manchmal nicht gleich, aber wenn man weiß, worauf man achten muss ...« Sie lächelte gewinnend. »Siehst du? Da hinten.«

Eine geisterhafte Gestalt kam den Weg zur Mühle hochgestapft. Sie hatte breite Schultern, ging gebeugt und zog einen Karren wie den, auf dem sie saßen, hinter sich her. Ihr Gesicht war größtenteils von einem breiten Strohhut und darunter einem dichten Bart verborgen; ein Nasenring in der Mitte weckte unglückliche Assoziationen zu einem schuftenden Ochsen.

Mira konnte die Erscheinung nicht zuordnen, aber das war nichts Ungewöhnliches. Es tauchten immer wieder neue Träume in der Welt unter dem Winde auf, lebten eine Weile bei ihnen und verschwanden wieder. Die meisten stammten von ihrem Vater, gelegentlich auch von ihr, gespeist aus ihren Büchern und Ariels Geschichten. Einmal, glaubte sie, war ihr im Wald ein Traum von Caliban begegnet – doch sie hatte es nie mit Sicherheit erfahren, denn ihr hatten die Worte gefehlt, ihn zu beschreiben.

»Wir alle haben unsere Träume, unsere Erinnerungen«, erklärte sie ihm. »Ariel sagt, wir sind wie das Meer: Wir wandeln uns, doch wir vergessen nie. Manche Ideen sinken immer tiefer ... aber eines Tages spült eine Flut sie wieder an Land. Vielleicht werden auch deine Träume bald Gestalt annehmen.«

Fernando erhob sich, nahm seine Gitarre vom Karren und tat ein paar Schritte beiseite. Mira stellte sich neben ihn. Die Gestalt kümmerte sich nicht weiter um sie, sondern zog ihren Karren, auf dem mehrere Getreidesäcke lagen, bis zu jenem, auf dem sie bis eben gesessen hatten.

Dann schritt sie *in* den Karren hinein.

Fernando keuchte erschrocken, doch Mira fasste ihn beruhigend an der Hand. In dem Moment, in dem beide Karren zur Deckung kamen, verschwand der Geist; alles, was blieb, waren die Säcke, die er transportiert hatte, und die nun gemeinsam mit den anderen Säcken auf der Ladefläche lagen.

»Schätze, ich arbeite nicht schnell genug«, kommentierte Fernando und rieb sich den Nacken.

»So geht das nicht weiter«, bekräftigte Mira. »Ich weiß nicht, weshalb Vater und Ariel dich hier schuften lassen, aber es ist unhöflich, gemein und einfach unmöglich!« Sie ballte die Fäuste.

»Es ist in jedem Fall kein Zeichen beispielhafter Gastfreundschaft«, scherzte Fernando. »Ich weiß, sie haben mich nicht um meinen Besuch gebeten – doch ebenso wenig war es mein Wunsch, in eurer Welt zu stranden. Nur zu gerne würde ich wieder meiner Wege ziehen, ob in die eine oder die andere Richtung, allein …« Er schaute Mira an. »Oder gemeinsam.«

Sie spürte neue Zuversicht in sich aufsteigen. »Ich kläre das«, versprach sie. »Ich bin so bald wie möglich zurück!«

Fernando stellte die Gitarre in den Schatten und schulterte keuchend den nächsten Sack. »Danke, Mira. Ich weiß, es ist schwer, aber …« Er zwinkerte. »Gib nicht auf!«

TONI

Die Luft war kalt, der Boden hart in ihrem Rücken. Nur undeutlich erinnerte sie sich an jenen schwarzen Schlund, der ihnen erst wüste Beschimpfungen und dann seine eigene Dunkelheit entgegengespien hatte. Die Schwärze hatte sie verschlungen und gab sie nach wie vor nicht mehr her, sodass die wenigen Eindrücke, die wenigen Gedanken, die ihr blieben, wie Inseln aus diesem finsteren Meer ragten. Sie waren bewegt worden – wie, das konnte Toni nicht sagen – durch eine stürmische Nacht und dann grob eine lange Treppe hinab. Hin und wieder glaubte Toni das Stöhnen der anderen zu hören, von Francis, von Alexander, aber keiner von ihnen hatte die Kraft, zu sprechen oder um Hilfe zu schreien. Das Einzige, was Toni mit Sicherheit wusste, war, dass sie sich nicht mehr in der Taverne befanden.

Sie war absolut hilflos. Sie konnte sich weder bewegen noch die Augen öffnen; oder wenn doch, dann machte es keinen Unterschied. Sie war gefangen in der Dunkelheit, gefangen in einem Netz ihrer Angst … nein, korrigierte sie sich, sie *war* gefangen, sehr real sogar: Jemand oder etwas hatte sie gefesselt, sie fühlte es deutlich an ihren Händen und Füßen. Eben wurde ein weiterer Strang um ihr Bein geschlungen, dann um ihren Arm, ihre Schulter, immer weiter. Sie setzte sich zur Wehr, aber es war völlig aussichtslos. Hatte man sie unter Drogen gesetzt? Oder spann ein Verrückter sie tatsächlich ein? Sie kam sich vor wie eine Fliege in der Gewalt einer Spinne.

Sie kämpfte und kämpfte, doch sie konnte sich aus dem Albtraum nicht lösen. Das schwarze Meer stieg höher, drohte, ihr kleines Atoll des Bewusstseins zu überfluten. Verzweifelt suchte sie nach etwas, an das sie sich klammern konnte, ein Stück Treibgut in dieser Flut des Wahnsinns, das sie über Wasser hielt. Dann glaubte sie unter ihren Fingern warme Erde zu spüren, und etwas Gras – und sie sah ein Licht in der Ferne und konzentrierte sich mit aller Macht darauf, weil alles, egal was, besser war als dies.

Sie richtete sich auf und schlug die Augen auf … und sah …

.   *

… die Hügel San Franciscos wie die Silhouette einer Spielzeugstadt im Nebel, der von der Bucht in die Straßenschluchten sickerte, durch welche unsichtbar die alten Cable Cars krochen; die ziegelsteinroten Pylone der Golden-Gate-Brücke wie die Masten eines versunkenen Schiffes in der Ferne. Hohe Bäume verdeckten hier und da die Sicht, sodass man meinte, die Stadt aus einem Wald heraus zu betrachten.

»Francis hat vielleicht einen geeigneten Firmensitz für uns gefunden«, sagte Toni und klopfte sich den Sand von den Fingern, um nach den Sandwiches zu greifen. »Das Haus war früher mal ein Kino. Über dem Eingang steht immer noch *Milano*.«

»Klingt mehr nach einem Restaurant«, merkte Ross an.

»War es später auch«, sagte Toni. »Aber ein chinesisches.«

Sie lachten und aßen. Ein Picknick im Golden-Gate-Park war ein Luxus, den ihr voller Zeitplan an sich gar nicht hergab, doch sie war froh, dass sie Ross dazu überredet hatte. Strawberry Hill auf seiner

Insel inmitten des Stow Lake war der höchste Punkt des Parks und trotz einiger Jogger und Familienausflügler überraschend ruhig und friedlich zu dieser Stunde. Tief unter ihnen ergoss sich der künstliche, von einem Reservoir gespeiste Wasserfall in den See, auf dem die Touristen mit Booten fuhren, und wenn der Wind richtig stand, hörten sie das leise Schlagen einer Trommel in dem chinesischen Pavillon.

»Der gute Francis«, sagte Ross stolz. »Wusste ich doch, dass er's noch draufhat.«

Toni musste zugeben, dass ihre Bedenken gegen den stotternden, struppigen Kauz, den Ross auf einem seiner Streifzüge aufgelesen hatte, vielleicht grundlos gewesen waren. Doch das war nicht das Thema.

»Dann wirst du es dir ansehen?«, fragte sie hoffnungsvoll.

»Natürlich werde ich es mir ansehen.«

»Aber?«

Ross seufzte schwer. »Meinst du wirklich, die Investition ist es wert? Sie werden uns nie einen Windpark in der Bay Area genehmigen.«

»Wo sie ihn uns genehmigen, ist gleich«, sagte Toni. »Es ist der richtige Zeitpunkt, zu wachsen. Der Windkraft gehört die Zukunft.«

Plattitüden wie diese wären Mitte der Achtzigerjahre für niemanden mehr etwas Neues gewesen, aber ausgerechnet Ross zauberte der Satz jedes Mal ein Lächeln aufs Gesicht, als hätte sie ihm ein schmutziges Geheimnis anvertraut – und seit ihrem Wegzug aus Carmel schien er immer seltener zu lächeln.

»Warum dann der Firmensitz hier in der Stadt?«, fragte er.

»Ich dachte, dir gefällt San Francisco«, sagte sie, denn sie hatten die geschäftliche Seite ihrer Entscheidung oft genug diskutiert. Offensichtlich wollte er ihre persönlichen Gründe hören. »Die alten Häuser … die Kultur … oder weil man hier Typen wie Francis und Gebäude wie das *Milano* findet.«

Er schmunzelte versonnen. »Für eine Großstadt ist es nicht schlecht. Zu Beginn meines Studiums, kurz bevor wir uns kennenlernten, da war ich häufiger hier.«

»Die wilden Sechziger«, sagte Toni halb im Scherz.

»Es ist nicht mehr dasselbe«, sagte Ross.

»*Wir* sind nicht mehr dieselben.« Sie schenkte ihm ein Glas Wein ein und reichte es ihm.

Ross ließ den Blick über den Picknickplatz schweifen, als fragte er sich, wie er hierhergelangt war. »Da hast du sicher recht. Zum Beispiel konsumieren wir legale Drogen an einem eigens dafür vorgesehenen Ort …«

»Die Gläser sind illegal«, versicherte sie ihm.

Da prusteten sie abermals und stießen an.

»Auf die Zukunft.«

»Die Zukunft!«

Eine Weile aßen sie und tranken und sahen den anderen Besuchern des Hügels zu. Tonis Blick ruhte auf einer Gruppe junger Eltern und ihrer Kinder; ein kleiner Junge ließ mit seinem Vater einen Flugkreisel starten, eine Mutter spielte einen Bob-Dylan-Song auf einer verschrammten Gitarre.

»Was meinst du?«, fragte sie vorsichtig. »Was hält die Zukunft noch für uns bereit?«

Er zuckte zusammen, riss sich von der Gitarrenspielerin und ihrem Lied los.

»Du meinst …« Er folgte ihrem Blick zu dem Jungen und den anderen Kindern. »Wir sind noch jung, Toni.«

»Du wirst bald vierzig«, erinnerte sie ihn.

»Na ja, ›bald‹ …!«, verwahrte er sich.

»Du kleidest dich bloß immer noch wie dreißig«, neckte sie ihn, um davon abzulenken, wie ernst es ihr war.

»Gefällt es dir?« Er zupfte an dem viel zu großen Kragen seines bunten Hemdes.

»Du gefällst mir«, sagte sie, stellte den Wein ab und gab ihm einen Kuss. Er nahm sie in den Arm, sie kuschelte sich an ihn und legte sich dann auf den Rücken, den Kopf in seinem Schoß. Über ihr spielte die Sonne mit den Wolkenfetzen wie eine Tänzerin, die verschiedene Kleider anprobiert.

»Es ist die Arbeit«, entschuldigte er sich leise. »Wir haben noch einen so weiten Weg vor uns … manchmal weiß ich nicht, wo mir der Kopf steht.« Er lachte unsicher. »Außer wenn ich Migräne habe, dann weiß ich es wieder ziemlich genau.«

»Ist es wieder schlimmer geworden?«, fragte sie besorgt. »Vielleicht solltest du doch einmal zum Arzt gehen.«

»Halb so wild«, wehrte er ab. »Der Geist ist mächtiger als der Körper.«

»Dein Geist grübelt aber trotzdem«, stellte sie fest, denn sie kannte ihn zu gut, als dass sie sich so einfach abspeisen ließ.

»Es war einfach ein Fehler«, brummte er. »Ich hätte keinen Fuß in diese Teufelsmaschine setzen sollen.«

Sie schloss die Augen. Versuchte sich ihre Erschöpfung nicht anmerken zu lassen. »Es war eine Führung durch ein Kraftwerk, Ross. Wir haben doch darüber geredet … davon wächst einem kein zweiter Kopf.« Sie versuchte es wie einen Witz klingen zu lassen, doch er schüttelte den Kopf. Für einen Wissenschaftler war er manchmal so verflucht unbelehrbar.

»Alles, was Alex anfasst, verwandelt sich in …« Er griff nach einer Handvoll Erde, ließ sie zwischen den Fingern durchrieseln. »Der Name King Industries taucht inzwischen überall auf, wo sich mit fragwürdigen Geschäften Geld verdienen lässt. Gäbe es keinen militärisch-industriellen Komplex, Alex würde ihn gerade erfinden.«

»Du übertreibst.«

»Findest du? Merkst du denn nicht, wie sie uns das Wasser abgraben? Sie schwimmen im Geld, und wir …«

»Muss alles immer ein Wettstreit sein?«, fragte sie matt und richtete sich auf. »Unsere Unternehmen sind Konkurrenten, ja – aber nicht bei allem, was er tut, hat Alex dich und unsere Firma im Sinn. Er ist einfach ein guter Geschäftsmann.«

»Und ich bin das nicht«, stellte Ross bitter fest. »Das willst du mir damit doch sagen, oder? Würdest du dir wünschen, dass ich ein besserer Geschäftsmann bin?«

»Ich wünschte vielleicht manchmal, du würdest das Geld nicht mit beiden Händen verschenken«, rutschte es ihr heraus.

»Ah«, machte er wissend. »Darum geht es dir.«

Sie biss sich auf die Lippen. Sie hatte das Thema nicht wieder ansprechen wollen, schon gar nicht heute. Aber wahrscheinlich war es einfach noch nicht abgeschlossen, und es verdeutlichte den Kern ihrer Kritik. »Du willst der ganzen Welt einen Gefallen tun. Und du glaubst, dass sie deshalb auch dir einen Gefallen schuldet. Du tust, als ob du immer noch Spielzeug an Kinder verschenkst – aber nicht jeder Mensch ist dein Freund, und du musst auch nicht jedermanns Freund sein. Manche Menschen sind einfach wichtiger als andere.«

»Und manche Menschen sind dir ein Dorn im Auge. Nicht wahr, Toni?«

»Es fällt schwer«, gab sie zu. »Es fällt schwer, wenn man sich im ersten Jahr in der Stadt kaum das Büro und die laufenden Kosten leisten kann und dann herausfindet, dass du das Haus in Carmel deinem Jugendschwarm überlassen hast. Mietfrei, versteht sich.«

»Es ist nur ein Haus, Toni. Und eine Werkstatt.«

»In einer der teuersten Gegenden Kaliforniens …«

»Ich habe mit ihr geredet«, sagte er. »Sie zahlt jetzt Miete. Schon seit einem halben Jahr.«

Das nahm Toni einen Moment den Wind aus den Segeln. »Ach ja?« Sie zuckte die Schultern. »In Ordnung. Das ist gut. Das ist …«

Ross schüttelte den Kopf. »Kann es sein, dass du einige deiner Probleme auf mich überträgst? Mein Neid auf Alex – deine Eifersucht, Toni. Dabei besteht dazu doch überhaupt kein Anlass.«

Sie war sich nicht sicher, ob er sie gerade veralberte. »Vielleicht würde es mir helfen, wenn du mir irgendwann erzählt hättest, wieso es mit euch beiden nicht funktioniert hat«, gestand sie. »Immerhin wart ihr eure ganze Jugend über zusammen … bis du nach Berkeley gingst.«

»Du willst wissen, wieso es nicht funktioniert hat?« Er tat gelassen, doch er wich ihrem Blick aus. Spielte mit seinem Wein. »Ganz einfach. Cora war wahnsinnig.«

»Wahnsinnig? Einfach so?«

Ross lachte bedauernd. »Nichts daran ist einfach, wenn man nicht selbst wahnsinnig ist. Menschen wie Cora leben in einer eigenen Welt. Und der Abgrund zwischen beiden Welten ist einfach zu …«

Er schüttelte wieder den Kopf und trank, und sie fragte nicht weiter. Es war die ehrlichste Antwort, die er ihr je zu diesem Thema gegeben hatte, und die zwei oder drei Gelegenheiten, zu denen sie Cora in Carmel getroffen hatte, reichten, um das Bild zu vervollständigen: das Bild einer Frau, die ein kleines bisschen schöner und ein kleines bisschen mehr den Drogen und der Esoterik zugetan gewesen war als alle in den Sechzigern.

»Ich bin froh, dass du nicht wahnsinnig bist«, sagte sie ernst.

Ross klatschte in die Hände. »Und mit diesem wunderbaren Kompliment wollen wir Vergangenes ruhen lassen und nach vorne sehen! Andere mögen bessere Geschäftsleute sein als ich, doch immerhin bin ich noch nicht verrückt; und für den Fall, dass beides in Zusammenhang steht, ist mir das so herum lieber als umgekehrt. Komm!«

Er warf die Reste des Picknicks in den Korb und zog sie auf die Füße.

»Was hast du vor?«, fragte sie. »Wo willst du hin?«

»Mir das *Milano* ansehen. Oder was davon übrig ist.«

»Jetzt?«

»Wieso nicht?« Er lachte. »Wenn es die nächsten Jahre unser zweites Zuhause sein soll, lerne ich es lieber heute als morgen kennen.«

Vielleicht war es doch ein guter Tag, dachte sie, als sie sich unter den regelmäßigen Schlägen der Trommel an den Abstieg vom Hügel machten. Dennoch konnte sie sich des unbestimmten Gefühls nicht erwehren, dass die Zeit nicht auf ihrer Seite stand. Beinahe fühlte sie sich gefangen – und als sie wenig später die Brücke von der Insel in den Park überquerten und an der Statue der Pionierin mit ihren Kindern vorbeikamen, konnte sie nicht anders, als an die Geistergeschichte zu denken, die man Touristen an dieser Stelle erzählte: dass einst eine Frau ihr Kind in diesem See verloren hatte und seitdem an seinen Ufern umging, auf der Suche nach einem Ausweg, den es für sie nicht mehr gab.

*

Das Sonnenfunkeln auf dem See verblasste, das Plätschern des künstlichen Wasserfalls verhallte, wurde zur Erinnerung an glücklichere Tage, die sie nie hierfür gehalten hätte. Doch alles wurde zum Bild einer besseren Zeit, wenn die Gegenwart ein schwarzes Loch war, in dem man gefesselt wie auf einer Streckbank lag. Sie spürte sanfte Vibrationen in den Stricken, als wäre noch jemand anderes bei ihr in der Dunkelheit, der über die Fesseln stakste und sie zum Schwingen brachte. Sie wollte schreien, doch ihren zugeschnürten Lungen fehlte die Kraft.

Da durchfuhr sie ein Schlag, als hätte man die Seile unter Strom gesetzt, und sie wurde sich bewusst, dass sie tatsächlich nicht alleine war: Denn obgleich sie sich nach wie vor nicht bewegen konnte, *spürte* sie die anderen, sie spürte Francis' alte Knochen und das Brennen in Alexanders Bauch, sie spürte Bastians Angst und Swaines grenzenloses Erstaunen.

Sie spürte ihre Träume.

Und in ihrer Verzweiflung und Einsamkeit griff Toni nach ihnen – weil Träume alles waren, was sie noch hatte.

CALIBAN

Keine Worte hätten je zum Ausdruck bringen können, was Caliban in diesen Stunden empfand. Kein Sturm kam den Gefühlen auch nur nahe, die in seiner Brust mit Blitz und Donner tosten.

Er verstand nicht einmal, was er sah, während er da hinter dem Felsen kauerte und Mira und Fernando bei ihrem Stelldichein im Schatten der Mühle beobachtete. Verstand nicht, wie es möglich war, dass dieser Fremde mühelos mit jedem Wort genau das sagte, was Mira hören wollte. Und dass sie in dem ungehobelten, verschwitzten Rumtreiber mit seiner verstimmten Gitarre zu finden glaubte, was sie bei Caliban lange Jahre gesucht hatte.

Er versuchte zu ergründen, was genau mit ihnen schiefgegangen war. Zu welchem Zeitpunkt er einen Fehler gemacht hatte. Normalerweise hätte ein Streit wie der gestrige – so es überhaupt dazu gekommen wäre – keine Folgen gezeitigt. Nun war eingetreten, was er nie für möglich gehalten hätte: Er hatte Mira verloren. Aber nicht an die Lügen ihres Vaters, sondern an ein Hirngespinst – in Gestalt eines anderen Mannes. Die Ankunft dieser Fremden hatte alles verändert.

Und Schuld daran trugen nur Ross und sein Steigbügelhalter Ariel. Caliban kannte ihre Beweggründe nicht, doch sie hatten den Frieden gestört. Sie hatten die Welt unter dem Winde aus ihrem Schlaf gerissen und die zerbrechliche Harmonie ihrer Bewohner zerschlagen. Noch wagte er kaum darüber nachzudenken, was die Konsequenz hieraus sein musste. Ross war immer gegen ihn gewesen, hatte sich mit Rücksicht auf seine Tochter aber zurückgehalten. Nun, da auch Mira sich von ihm abgewandt hatte, standen die Zeichen auf Krieg.

Immer tiefer musste er sich kauern, weil seine Seelenqual ihm ein Stöhnen entlockte oder seine zitternde Hand, sein bebender Fuß ein Steinchen ins Rutschen brachte. Ein paarmal hätte der Fremde ihn beinahe entdeckt – dafür, dass er ein so schlechter Musiker war, besaß er ein feines Gehör. Als dann Mira den wirbelnden Mühlenschatten verließ und ihr Schoßhund zurück an die Arbeit kroch, heftete er sich nach kurzem Zögern an ihre Fersen.

Einen dunklen Raum in seinem Herzen verlangte es danach, den Fremden sofort aus der Welt zu schaffen – doch für den Augenblick war Miras Strahlkraft stärker als der Hass. Etwas an ihrem energischen Gang, den geballten Fäusten, rührte ihn an. Er kannte die Sprache ihres Gesichts und ihres Körpers; er hatte sich beim Malen viele Stunden in sie vertieft. Was sie erfüllte, war derselbe jugendliche Zorn, den sie gestern noch auf ihn gerichtet hatte. Heute galt der Zorn ihrem Vater – genau, wie Caliban es sich lange ersehnt hatte.

Eine Weile kehrten seine Gedanken zu jenen glücklicheren Tagen zurück, in denen sie in seinem Studio Modell für ihn gesessen oder sie ihn in ihr fliegendes Haus eingeladen hatte, um ihm ihre Blumen und Basteleien zu zeigen. Eine Meile oder zwei machte er sich vor, dass diese Zeiten wiederkehren und alles beim Alten sein könnte, aller Streit der letzten Stunden vergessen. Es waren Lügen, ein süßes Gift, das seinen Verstand einlullte. Und so verdrängte er lange, dass sie auf dem Weg zur Küste und zu Ross war, wohin er ihr nicht folgen durfte, schon gar nicht in seiner gegenwärtigen Verfassung. Und er vergaß immer öfter die Notwendigkeit, sich zu verstecken – bis es zu spät war.

Mira war gerade hinter ein paar Felsen auf der anderen Seite einer Lichtung verschwunden, die von Sonnenschein und blauem Vergissmeinnicht in ein funkelndes Edelsteinmosaik verwandelt wurde. Caliban folgte ihr um die Felsen und fand sich noch im selben Moment Auge in Auge mit einem grau bepelzten Wolf wieder.

»Caliban, was tust du nur?«, fragte der Wolf.

»Geh mir aus dem Weg, Ariel«, sagte Caliban, denn natürlich erkannte er den Geist, gleich welche Erscheinung sich dieser verlieh. »Wir haben miteinander nichts zu schaffen.«

»Ich habe dich großgezogen«, wandte der Wolf ein. »Hast du das vergessen?«

»Ich vergesse nie«, zischte er. »Auch nicht die ungezählten Gelegenheiten, bei denen du tatenlos zusahst, wie dein Gebieter mich misshandelte.«

»Du tust uns unrecht«, sagte Ariel. »Uns allen.«

»Geh!«, rief Caliban und wollte an dem Wolf vorbei, doch der machte einen Schritt zur Seite, sodass er ihm erneut den Weg versperrte, und bleckte die Zähne.

»Du würdest mich angreifen?«, fragte Caliban beinahe erfreut.

»Du führst einen aussichtslosen Kampf, den du nicht gewinnen kannst. Du wirst dir deine Wünsche nicht mit Gewalt erfüllen – ebenso wenig wie ich. Wenn du es versuchst, so wirst du nur noch mehr verlieren. Du schadest dir selbst.«

»Was weißt du schon von meinen Wünschen?«, höhnte Caliban.

»Alles«, antwortete Ariel. »Denn du wünschst dir dasselbe wie ich.«

»Und das wäre?«

»Freiheit«, sagte Ariel.

»Die habe ich längst«, behauptete Caliban. »Im Gegensatz zu dir!« Doch der hohle Klang seiner Worte überzeugte ihn selbst nicht. Miras Schutzgeist hatte seine Augen überall – er war Ross' Spitzel und zugleich sein Kerkermeister. Caliban konnte nicht hoffen, seinem Blick zu entgehen. Gleich, was er plante: Der Geist würde ihn im Handumdrehen an seinen Herrn verraten.

Es sei denn …

Ariel schaute ihn fragend an. »Du redest von Freiheit und versuchst zugleich, Mira die ihre zu nehmen? Das ist nicht der Weg für uns.«

Doch Caliban hörte ihm schon kaum noch zu. »Also schön!«, gab er sich geschlagen und wandte sich ab. »Du gewinnst!« Er vergewisserte sich, dass der Wolf ihm nicht folgte, sondern argwöhnisch weiter die Wegbiegung bewachte, und lief in die Richtung zurück, aus der er gekommen war.

Sobald er außer Sicht war, beschleunigte er seine Schritte.

Ariel hatte recht: Mit Gewalt allein kam er nicht weiter. Er musste seinen Gegenspielern einen Schritt voraus sein.

Und der Geist hatte ihm auch die Idee geliefert, was zu tun war.

Eilig durchquerte er den Wald, diesmal in südlicher Richtung, und trat bald darauf erneut auf die Wiese mit der großen Sequoia hinaus.

Er wusste, wo er Ariel empfindlich treffen konnte.

Grimmig ließ er den Blick auf Miras pendelndem Haus ruhen. Es gefiel ihm nicht, ihr Vertrauen zu enttäuschen. Doch sie war es, die ihn im Stich gelassen hatte. Sie hatte das verletzliche Versprechen, das sie einander gegeben hatten, gebrochen.

Er riss sich aus seinen Zweifeln und marschierte zur Strickleiter. Zwischen Mira und Ariel bestand eine besondere Verbindung, die er nie ganz durchschaut hatte – aber er konnte sie sich zunutze machen.

Es war richtig, dass Ariel sich um sie beide gekümmert hatte, als sie noch Kinder gewesen waren. Nur dass sich diese Fürsorge für Caliban als strenge Unterweisung in den lebensnotwendigen Dingen dargestellt hatte, während Mira in den Genuss jeder erdenklichen Annehmlichkeit gekommen war. Für Mira war der Geist mehr Spielgefährte als Lehrer gewesen, hatte ihr mit der Stimme des Windes Lieder gesungen und Geschichten gelesen, die sie aus ihrer Zeit über dem Winde vermisst hatte. Mira liebte den Geist heiß und innig – und Caliban nahm an, dass es sich umgekehrt genauso verhielt, sonst hätte Ariel es nicht toleriert, dass Mira ihn nicht nur wie ein Kuscheltier behandelte, sondern tatsächlich ein Stofftier mit seinem Namen besaß.

Kuscheltiere waren etwas, das in Calibans Leben nie eine Rolle gespielt hatte.

Namen aber, das wusste er, besaßen Macht.

Genau wie Liebe.

Caliban erklomm die Leiter. Die Klappe im Bauch des Schiffes stand offen, denn es hatte bis heute nie jemanden gegeben, vor dem Mira ihr Haus hätte verschließen müssen.

Und so zog sich Caliban hinein und richtete sich auf.

Miras Haus roch wie die Blumen, die sie pflückte: süß aber in sich gekehrt, für die Welt vor den Fenstern verloren.

Langsam führten Calibans Schritte ihn in Richtung des Schlafzimmers, das er so lange nicht mehr gesehen hatte. Seine Augen wanderten über die Bilder an der Wand, suchten das Portrait von ihr, das einst sein Geschenk für sie gewesen war. Hatte sie es abgehängt? Es war eins der wenigen Gemälde, auf die er je stolz gewesen war. Die übrigen Bilder würde er heute ganz anders malen. Die Farben glichen dem Geruch: lieblich und weltfremd. Fast verspürte er den Wunsch, sie von der Wand zu reißen. Das Haus ahnte nicht, wen es da eingelassen hatte: Er war nicht nur ein Einbrecher, er war ein Brandstifter, ein Attentäter, und sein Herz klopfte einen rasenden Takt des Triumphs und der Bitternis.

Dann fand sein Blick den kleinen grauen Fuchs in seinem Regal, flankiert von Märchenbüchern und Schmuckkästchen.

Daneben das Bett. Die zerwühlte Decke, das zerdrückte Kissen.

Seine Nase nahm den fremden Geruch wahr, der heute früh noch diese Laken besudelt hatte. Er erstickte Caliban wie ein Gifthauch.

Angewidert nahm er den Fuchs aus dem Regal. Er fühlte sich alt und weich wie welkes Herbstlaub an, und starrte aus matten Augen zu Caliban auf. So kraftlos und schlaff. Als würde er beim geringsten Druck zerfallen.

Doch Caliban war nicht interessiert daran, den Fuchs zu vernichten; so weit würde seine Macht auch gar nicht reichen.

Er wollte nur, dass der Geist ihm nie mehr nachspionierte.

Mit einer präzisen Geste seiner Finger, als pickte er sich einen Pinsel aus dem Glas, stach er dem Fuchs die schwarzen Augen aus.

»Du kannst mich nicht sehen«, sprach er laut in den leeren Raum, der seine Worte mit einem Schaudern aufnahm.

Dann ließ er die Augen in seine Tasche gleiten.

Ein sachter Ruck fuhr durch das Haus.

»Ariel?«, erklang Miras Stimme von draußen.

Caliban fuhr zusammen.

Mira! Was tat sie hier? Sie war doch auf dem Weg zur Küste gewesen! Hatte Ariel sie gewarnt? Hatte sie Caliban überlistet, ihn verfolgt, den Spieß umgedreht?

Ohne nachzudenken, stürmte Caliban zum Ausgang, aber sie hatte die Strickleiter längst erklommen und sich durch die offene Klappe geschwungen. Schon fuhr sie herum und sah ihn mit ihren beinahe grünen, unvergleichlich weiten Augen an.

»Du?«, fragte sie. Nur dieses eine Wort – doch in ihrem Blick tosten die Fragen wie Gischt auf den Felsen ihres Verstandes. Sie begriff, dass er sie hintergangen hatte. Fragte sich, wie lange schon und was er nun vorhatte. Und tief in diesem wilden, salzigen Tosen schimmerte ein Tropfen Angst.

Ihr Blick fiel auf seine Hand, die nach wie vor den geblendeten Fuchs umklammert hielt, und ein Schrei stieg aus ihrer Kehle auf, ein Schrei wie von einem verwundeten Reh.

Da hielt Caliban es nicht länger aus. Er verlor seine Würde und seine Beherrschung, die er jahrelang unter dem gestrengen Blick ihres Vaters, seinen endlosen Demütigungen vervollkommnet hatte, stieß Mira beiseite und tat einen Satz durch die Luke. Den Fuchs ließ er fallen. Mit mehr Glück als Geschick bekam er die Strickleiter zu fassen, oder eher, die Strickleiter fand seine ausgestreckte

Hand; dennoch war es mehr ein Stürzen als ein Klettern, bis er mit einem Aufschrei ins Gras fiel und losrannte. Er rannte, ohne auf die Schmerzen in seinem Fuß zu achten, obgleich er weiterschrie wie wild, und wie ein Wilder hätte er sich die Kleider vom Leib gerissen, wenn er auf diese Art nur schneller eins mit den Bäumen und Tieren des Waldes hätte werden können.

Er rannte und rannte und hielt erst an, als er keine Kraft mehr zum Rennen hatte.

Dann brach er am Fuße einer großen Douglasie zusammen.

Keuchend vergrub er das Gesicht im Schmutz, krallte die Finger ins Erdreich, bis sein Körper nicht länger von Krämpfen geschüttelt wurde. Er zitterte. Ihm war kalt. Er war über und über mit Dreck verschmiert. Wahrscheinlich sah er schlimmer aus als der Fremde – aber das wäre nur passend. Er hatte alles verloren. *Er* war nun der Fremde. Ohne Mira war er nicht mehr als ein Tier, und nichts anderes sah sie in ihm.

Kraftlos drehte er sich auf den Rücken, blickte den verwachsenen Stamm hinauf. Der Baum war fast so groß wie der, an dem Miras Zuhause hing. Die Sonne war hinter der hohen Krone fast nicht zu sehen.

Eine Bewegung auf einem der unteren Äste erregte seine Aufmerksamkeit. Hatte er ein Tier aufgeschreckt? Einen Puma vielleicht? Ein scharfer Geruch stach ihm in der Nase, doch es roch nicht nach Katze. Eher nach … Ente?

Da ließ sich ein Schatten von dem Ast herab und stürzte sich auf ihn. Bevor Caliban sich zur Seite rollen konnte, prasselte auch schon ein Sturm von Schlägen und Tritten auf ihn ein. Ein, nein zwei Schatten … Er riss die Hände vors Gesicht, doch er wusste sich nicht zu verteidigen. Nie in seinem Leben hatte er mit bloßen Händen zu kämpfen gelernt. Er versuchte, die Angreifer Kraft seines Geistes zurückzustoßen, aber ein harter Treffer direkt auf sein Kinn raubte ihm die Sinne. Wer immer ihn da angriff – es waren keine Träume.

Eine Weile trieb er taub und blind durch eine dumpfe Schwärze.

Das Nächste, was er wahrnahm, war ein Gefühl des Ertrinkens.

Jemand flößte ihm etwas ein – doch es konnte kein Wasser sein, denn es brannte wie Feuer. Ein reißender Flammenstrom versengte ihm die Kehle. Caliban hustete, spuckte, wollte wild um sich schlagen, aber starke Arme hielten ihn fest.

»Na los«, vernahm er unter Qualen einen wilden Ruf. »Gib ihm mehr!«

Die Arme packten ihn noch fester. Er konnte nichts sehen, denn das flüssige Feuer in seinem Hals trieb ihm die Tränen in die Augen. Dazu war der Geruch nach Ente derart stark, dass er sich fast übergeben hätte; dann allerdings wäre er vielleicht wirklich erstickt.

»Meinst du?«, fragte eine andere Stimme, etwas weniger boshaft. »Ich glaube, das reicht!«

Ein Tritt in den Rücken sandte ihn zurück in den Schmutz. Er wollte aufstehen, doch ein Fuß in seinem Nacken verwehrte es ihm. Würgend und keuchend rang er nach Atem. Er schaffte es kaum, einen klaren Gedanken zu fassen. Wer waren diese Bestien?

»Weißt du«, sagte die erste Stimme, »ich denke vom heutigen Tag wird man sich in Chicago noch lange erzählen.« Der Druck in seinem Nacken verstärkte sich. »Hey, du da unten! Hörst du mich?«

Caliban stöhnte.

»Ich glaube, er hört dich, Rince.«

»Sehr gut. Dann sperr mal die Lauscher auf.« Er hörte den ersten Sprecher trinken, dann aufstoßen. »Ab sofort haben nämlich wir hier das Sagen!«

BASTIAN

Die Tür bestand aus strukturiertem Glas, das wie die gekräuselte Oberfläche eines unruhigen Gewässers wirkte. Das obere Viertel wurde von einem kunstvoll gesetzten Namenszug eingenommen, der sich wie ein Regenbogen wölbte. Es war eine Tür aus einem Detektivfilm in Schwarzweiß, verborgen hinter Zigarettenrauch, nicht die Tür zum CEO eines Unternehmens wie King Industries. Und

Bastian wusste, dass er träumte, in dem Moment, in dem er eintrat und Helligkeit ihn umfing – denn im Wachen hatte er diese Tür niemals durchschritten.

Natürlich hatte er es versucht, mit kindlicher Inbrunst, wann immer sie Dad in der Firma besucht hatten. Selbst als er noch zu jung gewesen war, seinen Wunsch zu benennen, hatte er sich gleich einer Katze automatisch von dem einen Raum im Haus angezogen gefühlt, der ihm verboten war. Doch immer hatte man ihn aufgehalten, den Jungen unter den Armen gegriffen und zur nächsten Sitzgruppe getragen, um mit ihm auf Ledersesseln zwischen Pflanzenkübeln und Getränkespendern darauf zu warten, dass Alexander King sein Allerheiligstes verließ.

Verstanden hatte er es nie. Mom hatte meist nur gesagt, dass Dad sehr beschäftigt sei und man ihn nicht stören dürfe. Dads Mitarbeiter hatten stets versprochen, dass er gleich Zeit für sie haben werde. Aber Begriffe wie beschäftigt, stören, Zeit klangen leer in den Ohren eines Kindes, das seinen Vater sehen wollte. Und was für ihn galt, galt noch mehr für seine kleine Schwester. Er sah sie vor sich: Bella auf dem Schoß seiner Mutter oder zu Füßen einer Sekretärin, mit Puppen auf dem hochflorigen Synthetikteppich, der nach Putzmitteln roch.

Es war schon seltsam, wahrscheinlich bezeichnend, dachte Bastian King, wenn die prägende Erinnerung an die eigene Kindheit das Bild einer wartenden Familie war, Bittsteller am Ende ihrer Reise in den dreiundzwanzigsten Stock. Er wusste noch genau, wie es sich anfühlte, mit ausgestreckten Händen an den bodentiefen Fenstern zu stehen, unter sich ausgebreitet die Blocks von Los Angeles wie ein diesiges, rostrotes Meer unter dem weiten Himmel, gesprenkelt von Palmeninseln. Verdammt, er wusste noch, wie diese Fensterscheibe *schmeckte,* die ihn da vor dem Sturz in die Tiefe bewahrt hatte. Mom war vor Höhenangst ganz außer sich gewesen, wenn er da gestanden hatte, doch er hatte der Scheibe stets vertraut. Dabei hatte er gespürt, dass sie nicht halb so stark war wie die Scheibe in der Glastür seines Vaters – denn diese war unüberwindlich. Eher würde die gesamte Fensterfront zerbrechen und er dreihundert Fuß in die Tiefe stürzen, als dass die Glastür am Ende dieses Flurs sich für ihn öffnete.

*

Verwundert über sich selbst blieb Bastian stehen und schüttelte den Kopf. Diesmal wusste er, dass er träumte, dennoch grübelte er über alte Wunden, denselben Schmerz, der ihn sein Leben lang begleitet hatte. Wo war er? Zurück im Dorf? Aber war das Dorf wirklich oder auch nur ein Traum? Er erinnerte sich an die Geschehnisse in der Taverne und die albtraumhafte Erscheinung, die sie abgeurteilt hatte. Dann verwirrte sich alles.

Er war durch eine Tür – *die* Tür – getreten. Das helle Licht hatte ihn geblendet …

Allmählich konnte er wieder etwas erkennen. Die Teppiche, die Tapeten, das Schränkchen waren ihm genauso vertraut wie der Olymp in Downtown mit dem Büro seines Vaters: Er befand sich in seinem Elternhaus.

Wann hatte er zuletzt so schutzlos hier gestanden? Vor fünf Jahren wahrscheinlich, ehe sein Vater ihn aufs College geschickt hatte. Selbst sein Auszug war keine echte Flucht gewesen – so stark wie Bella war er nie gewesen. Er war viele Kompromisse eingegangen: mit seinem Gewissen, seinem Stolz. King Industries war wie eine Sicherheit spendende Krake, die ihn nach seinem Abschluss freudig willkommen hieß. Er hatte nie einen anderen Arbeitgeber gehabt. Hatte sich eingeredet, dass eine eigene Wohnung genug war; ein paar Meilen Abstand zwischen sich und seinem Vater.

Er schritt den Flur entlang Richtung Wohnzimmer. Jedes Knarren, jeder Schattenwurf war ihm bekannt, als hätte er gestern erst die Tür hinter sich ins Schloss gezogen. Achtzehn Jahre hatte er in diesem Haus gelebt. Und Bastian spürte die Jahre seines Lebens mit jedem Schritt schmelzen, schmelzen wie Wachs, als näherte er sich einer heißen Flamme. Bis er die Tür des Wohnzimmers erreichte, war er wieder der kleine Junge, der nichts von den Tragödien ahnte, welche die Zukunft bereithielt.

Dann sah er sie vor sich, die Titanen seiner Kindheit: sein mächtiger Dad, der selbst den Kräften des Atoms gebot, und Mom – als sie zwischen ihren Bildhauerkursen noch nach Hause gekommen war, um von ihren Abenteuern und Ausstellungen zu berichten. Und ihre Freunde aus San Francisco noch häufig zu Besuch: der freundliche Mr. Perrault, immer mit einer Süßigkeit, die er ihm heimlich zusteckte, und Mrs. Perrault, die aussprach, was er dachte: dass Mom zu selten in Kalifornien war. Wenn er Mr. Perrault seiner Geschenke wegen mochte, so mochte er Mrs. Perrault, weil sie Moms Freundin war, und er mit kindlicher Inbrunst darauf hoffte, dass eine Freundin bewirken konnte, was er selbst nicht vermochte: Mom zum Bleiben zu bewegen.

»New York ist eine wunderbare Stadt«, schwärmte Mom ihr vor. »Und die Schulen dort sind die allerbesten.«

»Ich würde es mir gerne einmal ansehen«, sagte Mrs. Perrault und strich sich über den gewölbten Bauch. »Doch die nächsten Jahre habe ich andere Pläne.«

Mom nickte verständnisvoll. »Hast du dir schon überlegt, wie du die Kinderbetreuung organisierst? Ich kann dir ein paar gute Adressen geben.«

»Danke.« Mrs. Perrault lächelte, legte aber auch die zweite Hand auf ihren Bauch, als wollte sie ihn beschützen.

Bastian wusste da schon, wo die Babys herkamen: Seine Schwester Bella schlief im Obergeschoss. Und die »guten Adressen«, von denen seine Mutter sprach, kümmerten sich um sie beide, solange Mom in New York war. Sie warteten sogar mit ihm im Flur vor dem Büro seines Vaters.

Die Männer im Raum wirkten seltsam unbeteiligt. Dad hielt sich grimmig an seinem Glas fest, und Mr. Perrault pickte sich unverdrossen durch die Häppchen auf der Anrichte.

Bastians Augen wurden feucht angesichts der Erinnerung, die da vor ihm zum Leben erwachte. Zu jener Zeit hatte er noch nicht gewusst, dass Dad bei Moms Gerede von Kunstschulen an eine ganz bestimmte Schule und einen ganz bestimmten Lehrer dort dachte, den Mom ihm verheimlichen zu können meinte. Und Mr. Perrault lebte wahrscheinlich damals schon mit einem Bein in seiner eigenen Welt, obschon niemand es ahnte.

»Was dein Angebot angeht«, murmelte der ältere Mann, während er Häppchen auf seinen Teller häufte.

»Es steht nach wie vor«, brummte Dad mit unbewegter Miene.

»Das ist sehr freundlich.« Mr. Perrault schenkte ihm ein gezwungenes Lächeln und wandte dann rasch wieder den Blick ab. »Aber ich kann es nicht annehmen. Nicht, wenn ich daran denke, woher du das Geld hast. Rüstung, Alexander? Schreckst du vor nichts mehr zurück? Ich wünschte wirklich, du würdest ehrlichere Geschäfte treiben. Ich kann das nicht gutheißen.«

Da drehte Dad den Kopf, ganz langsam, und blickte auf den vollen Teller. »Ich brauche deine Billigung nicht, Ross. Ich wollte einem Freund aus einer wirtschaftlichen Not helfen. Deine Firma braucht Geld. Und davon habe ich genug. Das ist alles.«

Hastig stellte Mr. Perrault den Teller ab. »Einem Freund.« Wieder das Lächeln. »Ja, das ist wirklich sehr nett von dir.«

Besorgt trat Mrs. Perrault hinzu, doch ehe einer von ihnen noch etwas sagen konnte, warf Mom die Arme hoch und lachte, als würden sie über die nebensächlichste Sache der Welt streiten. »Ach, das liebe Geld! Manche Dinge ändern sich einfach nie, habe ich recht?«

Sie hatte unrecht, und das wusste sie.

Es änderte sich alles.

*

Die Möbel schienen ein Stück weit zu schrumpfen, mit jedem Zoll, den Bastian wuchs. Er lief weiter in die Küche und hinter die Theke. Er war als Kind viel im Haus herumgewandert; die Schränke und Treppen und Winkel waren seine Spielgefährten gewesen. Und seit Mom nicht mehr kam, hatte er viel Zeit damit verbracht, sich sein eigenes Reich zu schaffen.

Das Eck hinter der Küchentheke, in dem sich zwei Schränke in einem Niemandsland ungenutzten Stauraums trafen, war seine persönliche Festung der Einsamkeit. Hier hatte er auch den letzten großen Streit verfolgt – den, als Mom auf Dad eingeprügelt hatte wie auf einen unbewegten Felsen und sich dabei die Hand gebrochen hatte. Angeblich konnte sie die Hand seither nicht mehr benutzen und hatte ihr Künstlerleben an den Nagel hängen müssen. In jedem Fall hatte es das Ende ihrer Besuche markiert; es war der erste Winter ohne sie.

Er hörte das ruhige Stapfen seines Vaters, die tiefe, unbewegte Stimme. »Komm rein, Toni.«

Und dann die Stimme von Mrs. Perrault, brüchiger als sonst. »Danke, Alex, für deine Zeit.« Gefolgt von einer Reihe von Schritten und dem Klirren von Glas.

»Ich habe immer ein offenes Ohr für dich, Toni.«

»Es ist lange her.«

»Ja.«

Zwei Gläser, die einander trafen.

»Ich frage dich nicht, wie dein Weihnachten war, wenn du mir dieselbe Höflichkeit erweist.«

Mrs. Perrault lachte trocken. »Du weißt genau, weshalb ich hier bin.«

Etwas an der Art, wie sie sprachen, sagte Bastian, dass die Erwachsenen nichts von seiner Gegenwart ahnten und er es besser dabei beließ. Mr. und Mrs. Perrault kamen schon lange nicht mehr zu Besuch – es musste etwas passiert sein.

»Ich habe dir gesagt, dass es so weit kommen würde.«

»Das hast du, Alex.«

»Wie schlimm ist es?«

»Schlimm.«

Sie redete gefasst, so als bereitete es ihr große Mühe. Vorsichtig kroch Bastian vor zur Ecke der Theke, um sie besser zu verstehen und vielleicht einen Blick ins Wohnzimmer zu erhaschen.

Sein Vater brummte schwermütig. Es war derselbe Laut, den er in den letzten Telefonaten mit Mom oft gemacht hatte. »Als ich das letzte Mal mit ihm reden wollte, hörte er mir nicht einmal mehr zu. Er beschimpfte mich. Nannte mich einen Mörder.«

»Alex …«

»Er nannte mich einen Mörder *vor meinen Kindern,* Toni. Weil ich mit den falschen Leuten Geschäfte triebe. Und er gibt mir immer noch die Schuld an seinem ... du weißt schon.«

Langsam streckte Bastian den Kopf um die Ecke. Mrs. Perrault sprach immer schneller. Sie klang nun ganz aufgelöst. Hätte er nicht die Begrüßung der beiden gehört, er hätte nicht geglaubt, dass sie es war.

»Alex, er hat die Kontrolle verloren. Das ... der Tumor muss im letzten Jahr stark gewachsen sein. Die Ärzte sagen, sie können nichts für ihn tun, solange er sich weigert, sich operieren zu lassen – du kennst ihn ja. Und die Wahnvorstellungen ...«

»Ein furchtbarer Gedanke. Der Feind im eigenen Kopf.«

»Nur dass er es so nicht sieht – die Feinde, das sind wir, Alex. Er lebt völlig in seiner Welt, verbringt fast die ganze Zeit bei seiner verrückten Erfindung. Diesem neuen Energiemodul ... alle sagen ihm, dass es nicht funktionieren wird, nicht funktionieren *kann,* aber er glaubt niemandem mehr außer sich selbst und den Stimmen in seinem Kopf. Er kann die Firma nicht mehr führen ...«

Das kleine Mädchen stand auf einmal mitten in der Küche und schaute ihn an. Fast hätte Bastian einen lauten Schreckensschrei ausgestoßen. Sie musste durch die Tür vom Treppenhaus hereingelangt sein ...

»Er hört Stimmen?«

»Ich habe die Zahlen gesehen – unsere Konten. Wir stehen am Abgrund, Alex. Ich weiß nicht, was aus uns werden soll. Wenn es nur um mich ginge ... Aber Mira! Seine eigene Tochter!«

Natürlich, erkannte Bastian. Das war Mira. Mira Perrault! Wie alt war sie heute? Fünf? Es war lange her, dass er sie zuletzt gesehen hatte.

Er war geistesgegenwärtig genug, den Finger an die Lippen zu legen. Wenn sein Vater ihn jetzt erwischte ...

»Liebes?«, rief da Mrs. Perrault aus dem Wohnzimmer. »Bist das du? Du solltest doch draußen warten! Was tust du da?«

»Nichts«, antwortete Mira und schaute Bastian mit großen Augen an. Dann lächelte sie schelmisch. »Gar nichts!«

»Komm her, Liebes.«

Das Mädchen drehte sich um und rannte mit eiligen kleinen Schritten zu seiner Mutter.

Keuchend zog sich Bastian hinter die Theke zurück.

»Sie sollte so etwas nicht hören«, urteilte Alexander King. »Kein Kind sollte das.«

»Es ist nichts im Vergleich zu dem, was sie tagtäglich mit anhören muss, glaub mir.«

Sein Vater schwieg. Fast konnte Bastian die schweren Gedanken hören, die sein Vater wie Mühlsteine wälzte.

»Toni«, sagte er. »Ich weiß nicht, was du dir von mir erhoffst …«

»Ich …«

»Lass mich ausreden.«

Mrs. Perrault verstummte.

»Was ich sage, werde ich nur einmal sagen, also hör mir gut zu. Wir kennen uns schon eine kleine Ewigkeit. Ich weiß noch, wie Ross dich mir als seine Assistentin vorstellte, damals in Berkeley. Und egal, was für einen Unsinn er sonst noch die nächsten zwanzig oder fünfundzwanzig Jahre erzählt hat, ich habe dich immer respektiert. So wie ich versucht habe, auch ihn zu respektieren. Doch meine Geduld kennt Grenzen.«

Bastian hörte leises Tuscheln und Rascheln, als Mrs. Perrault ihre Tochter auf den Schoß nahm.

»Er hat mich beleidigt. Er hat mir die Schuld an seiner Krankheit gegeben. Manchmal glaube ich, er hält mich für eine Ausgeburt des Teufels.« Ein Glas wurde auf den Tisch gestellt. »Als ich ihm Geld geben wollte, schlug er es aus. Ein solches Angebot mache ich kein zweites Mal. Aber du bist eine Freundin. Und ich weiß, wie es ist, einen Menschen, den man liebt, zu verlieren. Und was es heißt, sich um seine Kinder zu sorgen.« Ein gläserner Stöpsel wurde aus einer Karaffe gezogen und ein leises Gluckern erklang. »Deshalb biete ich dir an, dir dein Problem abzunehmen.«

Als Mrs. Perrault erneut sprach, klang ihre Stimme bitter. »Red nicht um den heißen Brei herum, Alex. Das passt nicht zu dir.«

»Verkauf mir deine Anteile an der Firma.«

Eine Pause. »Du willst Kite Enterprises?«

Sein Vater lachte. »Was ich *will,* ist dir helfen.«

»Helfen.« Eine längere Pause. »Meine Anteile allein werden dir nicht viel nützen.«

»Du hältst wie viel Prozent an der Firma? Dreiunddreißig? Fünfunddreißig?«

»Sechsunddreißig«, sagte Mrs. Perrault leise.

»Und zwanzig Prozent befinden sich im Streubesitz, wenn ich recht informiert bin.« Das Glas wurde abgestellt, dafür hörte Bastian das Kratzen eines Bleistifts auf Papier. »Eingedenk des aktuellen Kurswerts und der Patente, die Kite Enterprises hält, scheint mir das ein angemessener Betrag für deine Anteile zu sein. Genug, dir etwas Neues aufzubauen, und mehr als genug, sollte die kleine Mira eines Tages selbst nach Berkeley wollen.«

»Mommy?«, fragte Mira.

»Nicht jetzt, Liebes.«

»Die übrigen zwanzig Prozent zu erwerben, wird kein Problem sein«, sagte sein Vater. »Es kostet mich nur einen Anruf. Und im neuen Jahr hast du dein Geld.«

Schweigen.

»Soll ich anrufen, Toni?«

»Mommy?«

Bastian hörte keine gesprochene Antwort. Nur das leise Klirren von Glas und dann die vertrauten Töne des Telefons.

*

Das war, was sein Vater immer tat, dachte Bastian, während die Erinnerung verblasste, der Traum seine nächste Wendung nahm: Alexander King sammelte seine Kräfte, wartete den Zeitpunkt ab, zu dem seine Gegner am schwächsten waren, und schlug dann zu – mit aller Macht. Bastian hatte sich diesem Kampf nie gewachsen gefühlt, war immer der Junge geblieben, der die Erwachsenen aus seinem Versteck belauschte.

Die kleine Mira hatte er nach jenem Tag nie wieder gesehen. Später hatte er erfahren, was geschehen war, nachdem sein Vater und Antonia ihren Plan in die Tat umgesetzt hatten: dass man Mira und ihren Vater für tot erklärt hatte. Und auf seltsame Weise hatte er sich mitschuldig gefühlt, weil seine einzige Sorge bei ihrem letzten Besuch gewesen war, dass Mira ihn verraten könnte, und keine Sekunde, wie es ihr wohl erging; und weil sie darauf weggegangen und gestorben war.

Antonia arbeitete – mit wenig Enthusiasmus – weiter für die Firma, die nun nicht mehr ihre Firma war. Nach dem Verlust ihrer Familie blieb ihr sonst wohl nicht mehr viel. Der Einzige, der in der ganzen Angelegenheit gewonnen hatte, war wie immer Alexander King. Die Widersacher erst vernichten und dann Milde zeigen – es war so viel leichter, nicht darüber nachzudenken.

Bastian trat aus der Küche und wandte sich der Treppe ins Obergeschoss zu. Mit jeder knarrenden Stufe, die er nahm, zogen die Jahre seines Lebens an ihm vorüber: seine nicht weiter auffällige Zeit an der Highschool, dann auf dem College, obgleich ihm die Stelle im Familienunternehmen bereits sicher war. Er wusste nicht, was sein Vater sich vom Studium seines Sohnes versprochen hatte; und dass Bastian dem ihm gewiesenen Weg gefolgt war, schien Dad noch mehr enttäuscht zu haben, als wenn sich Bastian ihm verweigert hätte. Bella hingegen hatte gehofft, das College möge den Funken des Widerstands in Bastians Herz anfachen. Aber der einzige Widerstand, der in ihm aufgelodert war, hatte dem Collegeleben selbst gegolten. Auch Bella hatte er nichts als Enttäuschung gebracht.

Er dachte an Bella und den Tag, als er sie das letzte Mal hier besucht hatte. In seinem zweiten Jahr, kurz vor ihrem achtzehnten Geburtstag. Wie sehr sie diesen Tag herbeigesehnt hatte!

Er drehte den Türknauf. Ein weiteres Blitzen – und Bastian trat in Bellas Zimmer, genau wie damals.

Bellas Zimmer war ein Fremdkörper im Hause King, so als wäre vor vielen Jahren ein buntes Schiff auf diesem düsteren Riff aufgelaufen, von dem es sich nicht mehr befreien konnte. Kaum, dass er eintrat, schlugen ihm die Gerüche von Patschuli, Kräutertee und Tabak entgegen. Die Wände verschwanden hinter Postern und Seidentüchern, und die geschmückten Dachschrägen um das Erkerfenster hingen tief über dem Matratzenlager, das Bellas Bett war. Von der Decke baumelte ein alter Kristalllüster, den sie auf einem Flohmarkt gekauft hatte, und leere Weinflaschen dienten flackernden Kerzen als Ständer. Das Saxophon ragte wie eine goldene Skulptur aus einem Berg getragener Wäsche.

Und Bella weinte. Gefühle zu zeigen war ebenfalls etwas Fremdes im Hause King. Vielleicht hatte Bastian deshalb seine Schwester nie verstanden.

»Was ist los?«, fragte er und schloss, als sie keine Antwort gab, die Tür hinter sich und nahm neben ihr auf dem Boden Platz.

»Ich muss hier weg«, schluchzte sie mit rauher Stimme. »Ich ertrage es nicht länger.«

Er brauchte nicht zu fragen, was genau sie meinte. Bellas Antwort auf Konflikte in der Familie war immer schon Ungehorsam gewesen, während Bastian stets gewartet hatte, dass sich die Wogen wieder glätteten.

»Wohin willst du denn gehen?«, fragte er.

»Nach Monterey.«

»Weg aus L.A.?«, fragte er verwundert, denn er hatte Bella immer für ein Großstadtkind gehalten.

»Ich hab ein paar Leute von da kennengelernt ... sie haben ein Haus und haben mich eingeladen.«

»Was für Leute denn?«, fragte er, aber Bella schüttelte stumm den Kopf und steckte sich eine Zigarette an. Dass sie in ihrem Zimmer rauchte, war Affront genug – etwas anderes als Tabak wagte sie nicht, doch er wusste, dass sie es außer Haus tat. »Von was willst du leben?«

»Darum sorgst du dich?«, rief sie aus. »Oh, Bastian!« Sie trocknete sich die Augen und wandte den Blick zum Dachfenster. »Auf jeden Fall nicht länger von blutigem Geld! Wusstest du, dass er zuletzt sogar Anteile an privaten Militärunternehmen ...« Sie winkte ab. »Du willst nicht hören, womit er sein Geld verdient. Du siehst nicht, wie er einfach alles um sich aussaugt – seine alten Freunde, sogar dich.«

»Bella …«

»Du hast eine Wahl. Das weißt du doch, oder? Du hast immer eine Wahl.« Sie blies Rauch in die Luft. »Aber es ist dir egal. Bald wirst du so sein wie er.«

»Ich will, dass es dir gut geht!«, sagte er, ohne auf ihren Vorwurf einzugehen. »Du weißt, dass du mir nicht egal bist.«

Sie schaute ihn an. Drückte seine Hand.

»Dann lass mich gehen, Bastian. Ich ersticke hier.«

»Bella, bitte …«

»Lass mich.« Sie zog ihre Hand weg. »Ich pass auf mich auf. Geh zurück auf dein College und lass mich mein Leben leben.«

Diesmal dachte er nicht nur an sich selbst – er tat genau, was sie gesagt hatte.

Hielt seinen Teil der Vereinbarung ein.

Sie nicht.

*

Die Tür mit dem Namenszug am Ende des Flurs im dreiundzwanzigsten Stock von King Industries glühte wie das Bleiglasfenster einer Kathedrale, wenn Sonnenschein oder die Gegenwart Gottes es durchdrang. Die Glastür währte ewig und unerreicht, eine verbotene Frucht, ein ungebrochenes Siegel. Alle Geheimnisse der Welt lagen dahinter verborgen.

Und sie kam immer näher.

Gleich wache ich auf, dachte er. *Oder die Helligkeit blendet mich und ich finde mich erneut an einem anderen Ort wieder.*

Er konnte nicht ergründen, was hinter dieser Tür lag, selbst im Traume nicht. Träume waren Pastichen des Wirklichen, Mosaike aus den Scherben der Erinnerung. Er konnte nicht von etwas träumen, was er im Wachen nie erlebt hatte.

Es sei denn, dachte er, als er die Hand nach der Tür ausstreckte, dieser Traum war nicht seiner …

Die Hand auf dem Knauf beispielsweise war sicherlich nicht seine. Zum einen war sie weiß – und zwar wirklich auffällig weiß –, und zum anderen war es die Hand einer Frau, inklusive eines Satzes mandelförmiger, sorgfältig manikürter Fingernägel.

Doch ihm blieb kaum die Zeit, sich zu wundern, denn was hinter dieser Tür lag, ließ keinen anderen Gedanken neben sich zu.

Die Tür schwang auf.

Hinter einem massiven Schreibtisch in einem Ledersessel, die bodentiefe Glasfront mit dem majestätischen Blick über Los Angeles im Rücken, saß der große Alexander King.

Und er hatte eine Waffe im Mund.

Das Bild war absurd. Es war obszön. Widersinnig, ein hilfloser Riese, ertappt wie ein Kind mit einem Schmutzheft.

Niemand sagte ein Wort. Dann nahm Alexander King sehr langsam die Waffe aus dem Mund, sicherte sie und legte sie vor sich auf den Tisch. Es handelte sich um eine enorme vernickelte Pistole, die Bastian groß wie ein Gewehr vorkam. Dass sein Vater überhaupt eine Waffe besaß, war ihm neu.

Ein Räuspern.

Alexander King faltete die großen Hände auf dem Tisch. »Swaine.«

»Sir«, sagte Swaine, und da erahnte Bastian ihr Spiegelbild – *sein* Spiegelbild – in der Fensterfront.

»Sie haben nicht geklopft«, stellte sein Vater fest.

Swaine deutete zur Tür. »Soll ich noch mal reinkommen …«

Alexander King starrte aus Augen, so tief wie der Lauf der Pistole.

Dann brach er in Gelächter aus. Es klang, als spränge eine alte Lok vom Gleis und würde durch den Schotter pflügen.

»Sir …«, sagte Swaine.

»Nein«, beruhigte sie Alexander King. »Sie brauchen nicht noch mal reinzukommen. Nehmen Sie Platz.«

Zaghaft wie eine Schneeflocke über einem Kohlegrill ließ sich Swaine in den Sessel vor dem Schreibtisch gleiten und verfolgte gebannt das Wunder dieses entgleisten, führungslosen Mannes, dessen Lachen sich nun in leisen Tränen verlief.

»Meine Tochter ist tot«, sagte er unvermittelt.

Swaine gab keinen Mucks von sich.

»Man hat sie gefunden. In einem Haus in Monterey. Eine Überdosis.«

»Das ist schrecklich, Sir.«

»Fast drei Jahre habe ich sie nicht mehr gesehen. Können Sie sich das vorstellen?«

Sie schwieg.

»Drei Jahre, Swaine. Ich frage Sie: Was für ein Vater sieht drei Jahre lang nichts von seiner Tochter?«

»Ich weiß nicht, Sir. Aus der Erfahrung gesprochen …« Sie spielte mit ihren kleinen Daumen. »Es gehören zwei dazu.«

»Und nun ist nur noch einer übrig.«

Sie schluckte. »So meinte ich das nicht, Sir.«

»Meine Frau hat mich verlassen. Ich dachte, sie würde bleiben, wenigstens der Kinder wegen, und die Kinder blieben bei mir – dafür hatte ich gesorgt. Aber ich hatte mich getäuscht. Sie verließ mich dennoch.« Sein Blick ging ins Leere. »Damals habe ich geschworen, alles für meine Kinder zu geben. Um ein doppelt guter Vater zu sein. Kinder sind das Wichtigste, wissen Sie, Swaine?«

Sie gab keine Antwort.

»Aber meine Kinder hielten mich für ein Monster. Schon seit der Übernahme von Kite Enterprises und den … Folgen, die das nach sich zog. Und wofür das alles? Egal was ich tat – was ich *für sie* tat – es wurde nur schlimmer, von Jahr zu Jahr. Bella lebte lieber mit ihren … *Freunden* in ihrem Dreckloch in Monterey. Sie wollte nie wieder etwas von mir annehmen. Immerhin war sie ehrlicher als ihr Bruder.«

»Sir«, sagte Swaine. »Was Sie da sagen … ist nur eine Sicht auf die Dinge, und eine ziemlich unvollständige.« Die großen, nassen Krakenaugen nahmen sie ins Visier. »Sie klammern sich an Ihren Schmerz. Aber wenn Sie einmal losließen …« Sie schluckte wieder. »Ihre Frau ist gegangen, aber Sie sind geblieben. Sie haben …« Sie deutete hilflos aus dem Fenster. »Ein *Imperium* aufgebaut. Und Sie haben einen Sohn da draußen, der Sie braucht. Ich denke, dass Sie ihm unrecht tun. Meinen Sie nicht, dass er sich dieselben Vorwürfe macht wie Sie? Er hat seine Schwester verloren.«

Bastian fuhr ein Stich ins Herz. Wie war es möglich, dass Swaine ihn so gut kannte … und er sie fast gar nicht?

Ihr Blick richtete sich auf die Pistole auf dem Tisch. »Sie dürfen ihn jetzt nicht im Stich lassen. Sir.«

Alexander King schwieg einen Moment. Dann nahm er bedächtig die Waffe vom Tisch und ließ sie mit einem dumpfen Poltern in einer Schublade verschwinden. Als Nächstes öffnete er ebenso gemessen ein anderes Fach in seinem Tisch und entnahm ihm eine Flasche und zwei Gläser, jede Geste konzentriert wie die eines Schachspielers.

»Was Sie da eben gesehen haben …«

»Sir«, unterbrach ihn Swaine und lächelte schwach. »Alles, was ich heute gesehen habe, war der beste Boss der Welt – denn er hat mich auf einen Drink eingeladen.« Sie räusperte sich. »Um zwölf Uhr mittags. Ihren Termin werden Sie übrigens nicht mehr wahrnehmen können.«

Alexander King hielt ihr schnaubend ein Glas hin. Dann runzelte er fragend die Stirn. »Sie sind doch einundzwanzig, oder?«

Swaine nahm das Glas. »Wenn Sie es sagen, Sir. Sie sind der Boss.«

STEPHANIE

»Glaub mir, Junge, das tut mir mindestens so weh wie dir!«

Stephanie schloss reflexhaft die Augen, als Rince sein Argument mit einer weiteren Salve Stiefeltritte unterstrich. Nur die Hälfte davon fand auch ihr Ziel, doch der Junge verzog vor Schmerzen das Gesicht und versuchte, mit den Händen seinen Unterleib zu schützen. Alles, was er damit erreichte, war freilich, dass Rince ihm beim nächsten Tritt beinahe die Finger brach. Es war beklagenswert offensichtlich, dass der Junge in seinem Leben noch nicht viele Kämpfe bestritten hatte.

»Jetzt rede endlich, verdammt! Wer zur Hölle bist du und für wen arbeitest du?«

Stephanie warf ihrem Gefährten einen zweifelnden Blick zu. »Liebes, glaubst du wirklich, dass das die richtige Frage ist?« Ehrlich gesagt wirkte der Junge nicht, als ob er überhaupt je gearbeitet hätte, egal für wen. Aber Rince war außer sich vor Wut – vornehmlich darüber, seinen letzten Whiskey an dieses fruchtlose Verhör verschwendet zu haben – und ließ sich nicht beirren.

»Das ist doch kein Zufall, dass er ausgerechnet jetzt hier aufkreuzt!«

»Wir saßen ziemlich lange in dem Baum«, gab Stephanie zu bedenken. »Früher oder später *musste* ja mal wer vorbeikommen. Und wir wissen immer noch nicht richtig, wo ›hier‹ eigentlich ist.«

»Guter Punkt!« Rince trat den Jungen. »Wo ist hier? Wo sind wir? Ich meine – wir sind hier. Ist ja unser Gebiet. Aber wieso eigentlich? Das wüsste ich wirklich gerne, Bürschchen. Los, spuck's aus!«

»Caliban«, flüsterte der Junge.

»Er hat was gesagt!«, rief Rince aufgeregt und beugte sich vor, um ihn zu verstehen. »Was war das? Kannst du etwas lauter reden?«

»Caliban«, brachte der Junge mit letzter Kraft hervor.

Rince deutete triumphierend auf den bebenden Erfolgsbeweis seiner Befragung.

»Das ist eine ziemlich unklare Antwort«, warf Stephanie ein. »Nicht, dass ich dich dafür kritisieren wollte«, schickte sie nach, als Rince Anstalten machte, ein konkreteres Ergebnis zu erzwingen. »Ich verstehe bloß nicht, was das heißt. Was ist ein Kahliban?«

»Caliban«, keuchte der Junge ein drittes Mal. »Mein Name.«

»Ah«, machte Stephanie und kam sich ein kleines bisschen dumm dabei vor. Vielleicht hätte sie sparsamer mit dem Whiskey umgehen sollen. »Ja wenn das so ist … Wieso hast du das nicht gleich gesagt?«

Der Junge richtete sich ein Stück weit auf und deutete ein Schulterzucken an. Humor in einer solchen Lage – das gefiel ihr.

»Das ist Rince«, übernahm sie die Vorstellung. »Und ich bin Stephanie.«

»Stephanie«, wiederholte der Junge nachdenklich. An sich war dieser Caliban ein hübsches Kerlchen. Vielleicht ein bisschen mädchenhaft für ein solches – also ein Kerlchen – mit seinen dunklen, trauervollen Augen und dem langen, rabenschwarzen Haar, das ein Gesicht wie das einer französischen Statue einrahmte: sanfte, weiße Kurven, so weit, dass einem von den Wangen bis zum Kinn ganz mulmig wurde.

»Weißt du«, sagte sie und verlor kurz den Faden, bis sie es schaffte, sich von seinem Anblick loszureißen. »Rince mag es gar nicht, wenn man ihn zwingt, so zu sein. Und ich ehrlich gesagt auch nicht. Weshalb beantwortest du nicht artig seine Fragen und wir alle wissen endlich, was hier eigentlich los ist? Das wäre doch schön für uns alle. Na komm.« Sie hielt ihm die Hand ihn und zog ihn mit einem Ruck auf die Beine. »Und? Was sagst du?« Sie breitete gewinnend die Hände aus, als hätte sie gerade das salomonischste aller Urteile gefällt und nicht einmal ein Schwert dafür gebraucht.

Caliban schaute sie anklagend an. Auf verstörende Weise hatte sie den Eindruck, dass er ihnen die Tritte nicht halb so übel nahm wie die Unterhaltung danach. Es war die Anklage eines Künstlers, den es ärgert, dass man ihm die Zeit stiehlt.

»Dann fragt«, sagte er. »Die richtigen Fragen.«

Rince holte mit dem Bein aus. »Dieser unverschämte kleine …«

»Wohnst du in der Gegend?«, fragte Stephanie und schob sich zwischen Caliban und Rince, der darüber ins Taumeln geriet.

Der Junge nickte und strich seine Kleidung glatt.

»Und diese Gegend nennt sich wie …?«

»Unter dem Winde«, sagte Caliban.

»Sicher ein alter Indianername«, entschied sie, um den Verlauf des Gesprächs nicht unnötig zu erschweren. »Wohnen noch mehr Leute hier?«

»Nur einer.«

Zufrieden klopfte sie Rince auf den Arm. »Hörst du? Das ist prima für unseren Plan! Niemand wird uns stören.«

»Kommt ganz drauf an«, murrte Rince verschnupft. »Nur einer also. Ist der auch so ein Waschlappen wie du?«

Caliban zog finster die Stirn kraus.

»Na los, Alkiban, mach's Maul auf!«

»Er versteht die Frage nicht«, beschwichtige Stephanie ihren

Partner, ehe dem der Geduldsfaden riss. »Pass auf«, wandte sie sich an Caliban. »Rince und ich, wir wollen hier eine Weile untertauchen. Das stört dich doch nicht, oder?«

Der Junge schüttelte argwöhnisch den Kopf.

»So ist's brav.« Sie zerzauste Caliban das Haar wie einem kleinen Kind, aber das Prickeln, das bei der Berührung unerwartet ihren Arm hinauflief, passte nicht ins Bild. »Wenn wir uns weiter so gut verstehen, könnte ich mir vorstellen, dir einen Job in unserem Syndikat anzubieten. Was meinst du, Rince? Etwas Hilfe können wir doch sicher gut gebrauchen.«

»Pah!« Rince winkte ab. »Das kriegen wir auch gut zu zweit hin.« Er wirkte gekränkt und auch ein wenig misstrauisch. »Wie kommst du überhaupt dazu, ihm so ein Angebot zu machen? Das Syndikat war meine Idee! Wieso machst du ihn nicht gleich zu deiner rechten Hand?« Energisch marschierte er umher und stach mit dem Finger Löcher in die Luft. »Hat Al Capone vielleicht als seine eigene Hand angefangen? Sein eigener Daumen? Nein, er hat *mich* zu seinem Daumen gemacht! Und nun bin *ich* die Hand. Der Kopf! Ich bin der Kopf – die Hand gebe ich dir. Und du …«

Stephanie wurde wieder schwindlig. »Rince, bitte lass das. Wenn du so auf und ab stolzierst, siehst du aus wie ein wütender Erpel …« Sie biss sich auf die Lippe, doch da war es heraus – und der Entengeruch umwehte ihn stärker denn je. Als hätte die Luft hier eine besondere Qualität, so wie eine Halle den Klang einer Trompete verstärkt.

Mit sperrangelweit geöffnetem Mund starrte Rince sie an. Sie rechnete damit, dass er jeden Augenblick zu schnattern anfing. Da hörte sie den Jungen leise glucksen, und das brach den Bann – denn es war nicht freundlich, sich über Rince lustig zu machen. Schließlich war es *ihr* Rince.

»Sei nicht so gemein!«, rügte sie ihn und gab ihm einen Klaps auf die Backe. »Und Liebes …« Sie wandte sich an Rince. »Weißt du, was unser Problem ist? Also abgesehen von allem hier … und eigentlich auch wieder nicht davon abgesehen, denn alles hier *ist* Teil des Problems … und weißt du auch, was?«

Der kurze Redeschwall hatte Rince den Wind aus den Flügeln genommen. Ratlos schüttelte er den Kopf.

»Unser Problem«, erklärte Stephanie und wünschte, sie könnte es benennen. »Unser Problem ist – dass wir zu wenig zu trinken haben!«

»Jap!«, machte Rince mit leuchtenden Augen und es klang genau wie ein Quaken.

»Und zu essen«, fügte sie hinzu. Wenn er jetzt noch zu watscheln begann ...

Stephanie ballte die Fäuste und kniff fest die Augen zu. *Bloß nicht drüber nachdenken ...*

»Wir haben zu wenig zu trinken!«, presste sie hervor. »Nämlich gar nichts! Wir wollen ein Syndikat gründen und haben keinen Schnaps. Oder eher, wir haben einen Laster voller Whiskey, der uns beim kleinsten Windstoß von der Klippe fällt – und *dann* sind wir wirklich ›unter dem Winde‹.« Sie lachte gezwungen. »Wir müssen den Whiskey bergen und an einen sicheren Ort bringen. Und wir müssen an Nachschub denken.« Sie gab Caliban einen weiteren Klaps. »Du könntest sicher auch noch was vertragen, oder? War ein aufregender Mittag für dich. So was wie wir passiert einem nicht alle Tage.«

Caliban schaute sie unergründlich an. Gott, diese Augen. Wie tiefe Schokoladentöpfe. Fast wurde ihr schlecht, denn sie musste an die Pralinen denken. »Ihr wollt etwas trinken?«, fragte er.

»Was ist denn das für eine Frage?«, brüstete sich Rince. »Natürlich wollen wir – wer will das nicht! Wir wollen trinken, wir wollen reich werden, wir wollen mit der ganzen Welt ins Bett!«

»Rince?«, schnappte Stephanie. »Ich glaube, ich höre nicht recht?«

»Geschäftlich gesprochen!«, schnatterte er und reckte großspurig den Hals. »Rein geschäftlich!«

»Das will ich aber schwer hoffen!«, schalt sie ihn. »Sonst rupfe ich dir das Gefieder!«

Ein Kloß bildete sich in Rinces Kehle und schwoll immer weiter an.

»Vielleicht kann ich euch helfen«, sagte Caliban.

Stephanie und Rince hielten inne.

»Ach ja?«, quakte Rince, packte Caliban am Kragen und zupfte an seinem schimmernden Hemd herum. »Und wie willst du uns wohl helfen, du aufgeplusterter, hühnchenbeiniger Pfau …«

»Vielleicht sollten wir die Vogelvergleiche lassen«, mischte Stephanie sich ein. Sie merkte, wie der Junge vor Ekel das Gesicht verzog, wenn Rince ihm zu nahe kam. *Er riecht es auch!* »Damit ist keinem hier geholfen …«

Sie schob ihren Partner brüsk beiseite und hoffte, er merkte nicht, wie sie sich frische Luft zufächerte. »Wie willst du uns helfen, Junge?«

»Ihr sagtet, ihr braucht mehr zu trinken.« Caliban sprach mit ruhiger Stimme, so wohltuend nach all den Strapazen. »Ich habe zu trinken. Ich habe etwas, was ihr sicher noch nie getrunken habt – ihr werdet nie wieder etwas anderes wollen.«

»Ha!«, spottete Rince und streckte die Brust heraus, als hätte Caliban ihn zu einem Wettschwimmen herausgefordert. »Das sind … Worte! Große … *Worte,* die du da spuckst!« Um sein Bild zu unterstreichen, spuckte er ihm vor die Füße. »Du … du Zampanan!«

»Was für ein Getränk sollte das wohl sein?«, fragte Stephanie interessiert und schenkte Caliban ihren berühmten Augenaufschlag, der ihr zu ihrer Zeit in Chicago die besten Trinkgelder beschert hatte.

»Ein Wein«, raunte Caliban. »Der Wein eurer Träume.«

»Ein Wein? Ein Wein?«, plapperte Rince und imitierte einen wirklich grauenhaften französischen Akzent. »Sehen wir vielleicht aus wie Weinhändler? *Les connaisseurs du vin?*«

»Jetzt halt doch endlich mal den Schnabel!«, entfuhr es ihr. Was war nur los mit ihnen? Früher hätte sie nicht so mit Rince geredet. Erstaunlicherweise gehorchte er aber. Wenn ihre Mutter sie jetzt sehen könnte!

Aus den Augenwinkeln glaubte sie Caliban lächeln zu sehen. Ach, würde Rince doch manchmal so lächeln. Aber Enten lächelten nicht.

Sie wackelten bloß mit dem Bürzel …

Nicht!, ermahnte sie sich. In dieser Richtung lauerte nur Wahnsinn.

»Unsere Expertise liegt eher auf dem Gebiet des Mais- und Roggenbrennens, weniger auf dem vergorener Trauben. Aber Dollar sind Dollar und Geschäft ist Geschäft. Wenn dieser Wein nun also, wie du sagst, ein wirklich guter Wein ist …«

»Der beste«, versprach Caliban. »Es gibt keinen besseren. Das sagt jeder, der ihn kostet. Er wird euch sehr reich machen.«

»Reich?«, schnappte Rince und wollte sich näher drängeln, aber Stephanie hielt ihn auf Abstand.

»Das klingt gut«, sagte Stephanie und mühte sich um den unbeteiligten Gesichtsausdruck der Pokerspieler, die früher immer das *Naples* frequentiert hatten. »Wenn es denn wahr ist. Bring uns eine Kostprobe dieses Weins – und sofern er hält, was du versprichst, darfst du den Vertrieb übernehmen.«

»Aber Stephanie!«, klagte Rince und klang auf einmal ganz flehentlich. »Und was wird aus mir?«

Gott, sie hasste es, wenn Männer bettelten. Das passte nicht zu Rince. Doch sie wollte sich diese Gelegenheit nicht nehmen lassen. Sie hatte es sich *verdient,* auch mal Erfolg zu haben. Nicht wie ihre Mutter nur ein Leben lang um einen Mann zu kreisen, der beim Aufstehen die eigenen Füße nicht fand.

»Für dich finden wir auch was«, versprach sie Rince. »Und natürlich kriegst du deinen gerechten Anteil.«

Sie registrierte, dass er nicht nachfragte, wie groß der denn war. Glück gehabt. Vielleicht merkte ja selbst Rince, dass er gerade nicht sehr viel zu ihrer Zukunft beitrug. Ein guter Wein – geschickt am Markt lanciert – konnte sie zu diesen schweren Zeiten sehr wohlhabend machen. Sie *wollte,* dass der Junge die Wahrheit sagte. Sie wünschte sich nichts inniger als das.

Sie hoffte, man sah es ihr nicht zu sehr an.

»Der Wein wird euch nicht enttäuschen«, versicherte Caliban. »Er hat noch niemanden enttäuscht. Tatsächlich wird er umso besser, je mehr man sich von ihm erwartet.«

»Jetzt krieg ich aber wirklich Durst«, sagte Stephanie. »Dann lass mal probieren!«

»Kommt mit«, sagte Caliban und lief ein paar Schritte. »Und nimm die Flasche da mit«, fügte er an Rince gewandt hinzu und deutete auf die leere Whiskeyflasche am Boden. Rince wollte gegen die plötzliche Rollenumkehr protestieren, doch Stephanie ließ keine Widerrede zu. »Na los, ich habe wirklich Durst. Und du sicher auch. Oder nicht? Wir mögen dich doch beide lieber, wenn du keinen Durst hast.«

Der letzte Satz schien ihm Anlass für weitere Diskussionen zu geben, aber dankenswerterweise überzeugte ihn ein scharfer Blick vom Gegenteil. So gehorchte er und hob die Flasche auf.

Caliban, selbstbewusster denn je, marschierte voraus, so gewandt wie Robin Hood in seinem piekfeinen, dabei nicht sonderlich waldtauglichen Aufzug, und Stephanie und Rince gaben sich alle Mühe, mit ihm Schritt zu halten.

Tiefer und tiefer führte er sie in den enormen Wald, und Stephanie musste sich eingestehen, dass sie keine Ahnung hatte, wo sie waren oder wie spät es eigentlich war. Seltsamerweise jedoch wähnte sie sich in der Obhut ihres jugendlichen Reiseleiters sicherer, als sie sich mit Rince am Steuer des Lasters je gefühlt hatte, und sie war sogar bereit, ihre schmerzenden Füße für ihn zu vergessen.

Der Weg, der meist bloß eine Richtung war, welcher Caliban mit sechstem Sinn folgte, führte durch immer hügeligeres Terrain. Sie überquerten einen Creek auf einer schmalen Brücke und traten schließlich auf eine kleine Lichtung hinaus, auf der Wind und Wetter das nackte Gestein freigelegt hatten, sodass es aussah, als hätten sich Riesenzähne aus dem Fleisch des Waldes geschoben. Große Felsen umstanden einen Teich, der von einem Quell aus einer Steilwand gespeist wurde. Einer wies eine merkwürdige weiße Markierung auf – wahrscheinlich eine Art Wegzeichen.

»Wir sind da«, sagte Caliban und deutete auf den mannshohen Spalt in der Wand, aus dem das Wasser in den Teich sprudelte. »Dort drin ist das geheime Versteck, in dem ich den Wein verwahre. Ihr wartet hier.«

»Dort drin?«, maulte Rince. »Du willst dich doch nur verdrücken. Ich komme mit!«

»Stephanie«, sagte Caliban eindringlich und sah ihr tief in die Augen. »Du kannst mir vertrauen.«

»Stephanie!«, quasselte Rince von der anderen Seite. »Der Junge erzählt dir doch bloß, was du hören willst!«

Ihr drehte sich alles. Ein Teil von ihr war versucht, zu erwidern: Na und? Steht mir das nicht zu? Einmal was Nettes gesagt zu bekommen?

Ratlos starrte sie ihr Spiegelbild im Teich an. Und ein weiterer Teil von ihr fragte sich, ob ihr wirklich der Sinn nach mehr Alkohol stand oder ob etwas kühles Wasser nicht vielleicht die bessere Idee war.

Da berührte Caliban ihre Hand und sie zuckte zusammen, als hätte sie eine heiße Herdplatte gestreift. »Ich laufe nicht weg. Ich hole nur Wein. Gib mir die Flasche.«

»Rince«, zischte Stephanie und schnippte ungeduldig mit den Fingern. »Die Flasche. Na los!«

Mürrisch drückte Rince ihr die leere Flasche in die Hand. Sie reichte sie Caliban, der sich mit einem Lächeln bedankte, bei dem ihr die Beine schmolzen. Dann vollführte er eine Verbeugung – nicht ganz wie ein Höfling und nicht ganz wie ein Bühnenkünstler –, die bei jedem anderen Mann lachhaft gewirkt hätte, bei ihm aber völlig natürlich aussah, zwängte sich durch den kaum handbreiten Spalt und verschwand in der Felswand.

Eine Weile sagte keiner ein Wort. Die einzigen Geräusche waren das friedliche Plätschern der Quelle und ein zankendes Häherpaar in den Zweigen.

»Meinst du, er hat da drin wirklich Fässer mit Wein versteckt?«, fragte sie kleinlaut, denn auf einmal kam ihr das mit dem sehr schmalen Spalt und dem ganzen Geheimlager im Wald doch reichlich seltsam vor, und sie merkte wieder, wie müde, verkatert und ausgehungert sie war.

Statt einer Antwort steckte Rince sich eine Zigarette an und hockte sich dann schmollend an den Rand des Teichs, um dort in

Entenpose über ihre Lage zu brüten. Vielleicht hätte sie nicht so gemein zu ihm sein sollen …

Dann war Caliban zurück und alle anderen Gedanken waren plötzlich wie fortgewischt.

»Hast du ihn?«, fragte sie aufgeregt und konnte an nichts anderes mehr denken als an Calibans Wein und die fabelhafte Zukunft, die dieses Arrangement mit ihm versprach, und überhaupt Caliban, Caliban …

»Hier«, sagte er und reichte ihr aufmunternd die Flasche. »Koste!«

Ungeduldig riss sie ihm die Flasche aus der Hand und führte sie an die Lippen.

Der Geschmack war anders als alles, was sie in ihrem Leben probiert hatte. Kein Getränk der Welt – und sie hatte in ihrer Zeit im *Naples* eine Menge versucht – hätte sie darauf vorbereiten können. Der Wein stillte ihren Durst und sogar ihren Hunger. Ihr war, als wäre sie eine Wüstenblume, die sich nach Monaten der Dürre frischem Regen öffnet, eine blutlose Puppe, plötzlich von Leben durchtränkt. Ihr ganzer Leib erwachte unter dem Kuss der Ekstase, ihre Sinne erblühten gleich einem Orchester, das nur auf seinen Einsatz gewartet hatte …

Als man ihr die Flasche wieder wegnahm, fühlte es sich an, als entrisse man ihr ein geliebtes Kind.

Natürlich war es Rince, der ihr die Flasche abgenommen hatte.

Fast war sie versucht, mit ihm darum zu kämpfen, doch Caliban hielt sie zurück. »Lass ihn trinken«, bat er, und so sahen sie gemeinsam zu, wie Rince die Flasche ansetzte und den Kopf tief in den Nacken legte.

»Und?«, fragte sie begierig auf Rinces Urteil und begieriger noch darauf, die Flasche zurückzubekommen.

Doch Rince dachte gar nicht daran, sie wieder herzugeben.

»Das ist ganz … erstaunlich«, nuschelte er zwischen den Schlucken. »Läuft runter … wie Wasser. Was für ein Wein!«

»Lass mir was drin!«, schrie sie und versuchte ihm die Flasche wegzunehmen. Er wehrte sich und stieß sie fort, sie kreischte und schlug, und es entspann sich ein Gerangel wie zwischen flatternden Vögeln, das sich erst entschied, als das funkelnde Objekt ihrer Begierde in hohem Bogen durch die Luft flog und am Rande des Teichs auf den Felsen zerschellte.

Entsetzt starrten Stephanie und Rince auf das Zeugnis ihrer Unbeherrschtheit.

»Was haben wir nur angerichtet«, flüsterte sie, ihre Hände immer noch an seiner Kehle. Bestürzt ließ sie ihn los und trat zu dem Scherbenhäuflein.

»Das … ist das … Wein?«, fragte sie verunsichert, denn die Lache auf dem Gestein schien so klar wie Wasser. Stephanie blinzelte. Dann waren die Reste des zauberischen Getränks auch schon versickert und nur feine Splitter verblieben wie glitzernder Kies nach der Flut.

»Ich will mehr davon!«, schrie Rince und ging auf Caliban los, packte und schüttelte ihn, bis Stephanie ihn zurückzog.

»Rince! Was ist in dich gefahren!«

»Ich will Wein!«

»Wir haben keine Flasche mehr!«

»Dann holen wir neue! Wir schütten unseren Whiskey weg und füllen um! Ich will mehr!«

»Verdammt, Rince! Wir wollten den Wein doch verkaufen, nicht selbst trinken!« Sie wusste selbst nicht mehr, was sie wollte oder glauben sollte, aber sie klammerte sich an die Reste ihres Plans und das bisschen Lebenserfahrung, das sie noch nicht an ihre verwirrten Sinne, an Rince oder sonstige Irrtümer verloren hatte. »Wir müssen bei klarem Verstand bleiben! Das ist die erste Regel bei jedem Geschäft!«

»Vielleicht ist nicht jeder dafür geschaffen«, flüsterte Caliban.

Rince schnaubte lautstark. Es war ein fast herrschaftlicher, über alle Entenhaftigkeit erhabener Laut. »Jetzt pass mal auf, du blasser Besenstiel. Erzähl du mir nie, was ich sein kann! Ich mag nur ein Daumen sein – doch selbst, wenn ich nicht mehr als eine Zehe wäre, so würde ich doch wachsen, mich verbreiten wie ein unaufhaltsamer Fußpilz, bis ich alles überwuchert habe. So einer wie du wird mir nie das Wasser reichen, oder den Wein oder den Whiskey – ach, ich weiß auch nicht mehr – du Kleiderständer, du Krückstock! Als Tisch taugst du auch nichts, als Schemel vielleicht, das wärst du noch wert, als Schemel vor dem Thron, den ich meiner Stephanie kaufe von all dem Geld ...«

»Rince!«, entfuhr es ihr gerührt. »Mein lieber Rince!« Sie hätte nie zu träumen gewagt, dass er im Grunde seines eng möblierten Herzens so viel Platz für sie reserviert hatte.

»Erst musst du den Wein verkaufen«, mahnte Caliban. »Und das ist nicht einfach.«

»Da kennst du meine Stephanie schlecht!«, brauste Rince erneut auf. »Beim großen Al, ich habe diese Frau schon Fusel ausschenken gesehen – das reinste Spülwasser! Es gibt nichts, was sie nicht zu Geld machen könnte. Sie versteht mehr vom Geschäft als wir beide zusammen. Sie könnte dir Wasser als Wein servieren ...«

Rince verlor den Faden, als wäre ihm gerade etwas aufgefallen.

Caliban legte abwartend den Kopf schief. »Ach ja?«

Stephanie gab dem Jungen einen freundlichen Stoß. »Jetzt lass auch mal gut sein! Ab und zu hat Rince einfach recht mit dem, was er sagt.« Sie strahlte ihren Partner an. »Und du musst nicht eifersüchtig sein, Liebes. Du wirst immer meine Nummer zwei in unserem Syndikat sein.«

»Ich bin gar nicht ... Nummer zwei?«, schnappte Rince verdattert.

»*Meine* Zwei.« Sie drückte ihm einen Kuss auf die Wange. »Verdammt noch mal, jetzt bräuchten wir doch wirklich was zu trinken!«

»Genau«, stimmte Rince kleinlaut bei.

»Da will man einmal auf ein gutes Geschäft anstoßen ... und darauf, dass ihr beide euch endlich versöhnt habt!« Sie schenkte Caliban ein hoffnungsfrohes Lächeln, konnte sich ein letztes Flehen aber nicht verkneifen: »Bist du dir sicher, dass du keinen Wein mehr in Flaschen hast?«

»Erst die Arbeit«, sagte Caliban erstaunlich bestimmt. »Dann der Wein.«

»Augenblick.« Rinces Fügsamkeit drohte schon wieder zu schwinden. »Arbeit?«

»Erklär besser rasch, was du meinst«, riet sie Caliban. »Arbeit ist so gar nicht Rinces Ding.«

Sie durfte sich diese Gelegenheit auf keinen Fall vermasseln lassen. Alles, wovon sie jemals geträumt hatte, während sie ihrer Mutter zur Hand gegangen oder Ganoven Getränke serviert hatte, schien auf einmal in greifbare Nähe gerückt.

»Ich habe doch gesagt, dass ich nicht alleine hier bin«, erinnerte Caliban ruhig. »Es gibt noch den alten Ross. Ein verrückter Erfinder. Von ihm stammt auch der Wein.«

»Ich bin ja kein Experte«, räumte Rince das Offensichtliche ein. »Aber soweit ich weiß, stammt Wein doch von den alten Römern! Al nahm es immer sehr genau, wenn es um seine italienischen Wurzeln ging.«

»Der Wein hat die eine oder andere geheime Zutat«, erläuterte Caliban. »Und das Rezept verwahrt der Alte in seinen Büchern, an die er niemanden lässt. Und er würde nie erlauben, dass jemand anderes an seinen Freuden teilhat. So war er immer schon. Ein böser, missgünstiger Mann.« Die Verbitterung in seiner Stimme ließ Stephanie das Herz ganz schwer werden. »Und er hasst mich! Er hat mich immer gehasst.«

»Aber du weißt, wo er seine Bücher verwahrt?«, vergewisserte sie sich.

Caliban nickte. »Sein Zuhause ist nur ein paar Meilen von hier.«

»Dann würde ich sagen, wir haben eine Vereinbarung«, verkündete sie. »Wir schaffen dir diesen Alten vom Hals … und du hilfst uns, mit seinem Wein ein Vermögen zu machen. Was sagst du dazu?«

Ein diebisches Grinsen trat auf Calibans Züge. »Meint ihr denn, dass ihr es mit ihm aufnehmen könnt? Er ist sehr zäh für sein Alter.«

»Fragst du das ernsthaft?«, mischte Rince sich ein und griff in seine Jacke. Als er die Hand wieder herausnahm, hielt er darin den Revolver.

Bis zu dieser Stunde war Stephanie nicht gerade begeistert davon gewesen, die Waffe in seinem Besitz zu wissen. Jetzt war sie geneigt, Rince für seinen Dickkopf dankbar zu sein.

»Na?«, fragte Rince siegessicher und hielt Caliban den Revolver unter die Nase. »Was sagst du jetzt?«

Caliban wiegte den Kopf. »Vielleicht werden wir in seiner Behausung auf Dinge treffen, gegen die das nicht hilft.«

»Wir haben keine Angst vor Geistern!«, log Stephanie. »Auch wenn es ganz schön viele hier zu geben scheint. Ist dir das schon aufgefallen?«

»Alle Geister dienen Ross«, sagte Caliban. »Wenn wir ihn beseitigen, sind wir in Sicherheit.«

»Dann los!« Ob vom Wein oder von der Aussicht auf Reichtum, Stephanie vibrierte vor Tatendrang. Je schneller sie den Alten erledigten und dieser Spuk vorüber war, desto eher könnte sie endlich ihr neues Leben beginnen. »Führ uns zu diesem Ross. Bereit, Liebes?«

»Dein Wunsch ist mir Befehl.« Rince drehte grinsend die Trommel des Revolvers und deutete einen Tritt Richtung Caliban an. »Zeig uns den Weg!«

TONI

Toni hätte ihre Umgebung jederzeit wiedererkannt: der künstliche Geruch der Teppichböden, das leise Surren der Klimaanlage, das kaum merkliche Flackern der Beleuchtung, die durch selbstverlegte Leitungen von experimentellen Solarpaneelen auf dem Dach gespeist wurde. Sie befand sich im Firmensitz von Kite Enterprises in San Francisco. Und sie saß an einem Schreibtisch aus speckigem Eichenholz, das in einem vorigen Leben aufregende Abenteuer als Bootsrumpf oder Rumfass erlebt haben mochte.

Wie war sie hierhergelangt? Was ...

Ihr Blick fiel auf die altmodische Digitaluhr, den aufgeschlagenen Kalender. Nichts passte zusammen, alles wirkte wie vom nächstbesten Flohmarkt gekauft – was streng genommen auch den Tatsachen entsprach. Das Datum aber ...

Es war Mittwoch, der vierte Januar 1995. Drei Tage, bevor Ross mit Mira verschwand.

Ihr Blick fiel auf ihre Hände, die ohne ihr Zutun einen Termin aus dem Kalender strichen und ihn dann zuklappten.

Es waren nicht ihre Hände.

Männerhände.

Es musste ein weiterer Traum sein. Und dieses Mal anscheinend nicht ihrer …

Sie hatte bereits eine Ahnung, wessen Traum es sein könnte, noch ehe sie sich persönlich die Antwort gab.

»Francis«, hörte sie ihre eigene Stimme, schaute auf – und sah sich selbst. Oder eher, sie sah ihr jüngeres Selbst, Anfang vierzig, mit glatterer Haut und mehr Farbe im Haar. Die Wangen streng, die Augen schmal, das Kinn unnahbar gehoben, blickte sie auf sich – auf Francis – herab. »Haben Sie einen Moment?« Ohne eine Antwort abzuwarten, schloss sie die Tür hinter sich und trat an seinen Tisch, nahm jedoch nicht Platz, sondern stellte sich direkt neben ihn.

Es war eine verstörende Erfahrung: die eigene Stimme zu hören, so fremd wie von einer Tonaufzeichnung; ihre Mimik, ihr Make-up zu sehen, auf einmal nicht mehr geschäftlich, sondern herablassend in ihrer Wirkung.

War dies, wie Francis sie sah? War dies, wie alle sie sahen?

»Was kann ich für Sie tun, Toni?«, fragte er, und sie folgte dem Geschehen wie ein blinder Passagier in einer herzlosen Geisterbahn.

»Helfen Sie mir, eine Reihe von Buchungen auf unserem Rücklagenkonto zu verstehen. Ich habe sie erst kürzlich entdeckt.« Die jüngere Antonia breitete eine Reihe von Ausdrucken vor ihm aus: Kontoauszüge, Zahlungsaufträge, Kopien und Faxe.

Sie wusste noch genau, wie sich dieses Drama entspann, doch sie hatte es sich nie von dieser Warte aus vorgestellt. Fasziniert sah sie mit an, wie Francis sich zu seinem Aktenschrank drehte, einen kleinen Schlüssel an einer Kette aus seiner Weste zog und den Schrank damit aufschloss. Seine Hände hatten damals schon alt gewirkt – der Schlüssel sowieso. Und als er nach den Büchern griff, konnte sie es kaum glauben, wie lange ihre Firma ohne eine vernünftige elektronische Buchhaltung überdauert hatte. Francis war ein Fossil, obgleich ein sehr gewissenhaftes, und genau aus diesen Gründen hatte ihr ins Gestern verliebter Mann ihn auch angestellt.

Dem Anschein nach stand Kite Enterprises für Fortschritt und mutige Vision. In Wahrheit war es ein Spiegel der immer kleineren Welt, die Ross regierte. Und diese Welt zerfiel.

»Dann wollen wir mal, wollen wir mal sehen«, murmelte Francis, lud schnaubend ein atlantengroßes Rechnungsbuch auf dem Tisch ab, blies etwas Staub vom Einband, schlug es umständlich auf, blätterte bedächtig die dicken Seiten um und fuhr mit den Fingern die Zeilen und Spalten nach.

»Ja«, sagte er dann, »ja, ja«, und wischte sich über den Bart. Immer sein verdammter Bart, und nun *spürte* sie den Staub, der sich darin niedergelassen hatte und ihn in der Nase kitzelte. Es war furchtbar.

»Das sind alles Finanzflüsse *zur besonderen Verwendung*«, zog er sein Resümee.

»Sie betonen das, als ob es mir etwas sagen sollte.«

»Nun«, druckste Francis herum. »Zur besonderen Verwendung durch Ross. Sie verstehen – Ross. Zu seiner … Verwendung.«

Die Augen der jüngeren Antonia verengten sich wie die einer Katze kurz vor dem Angriff. »Sie wollen mir nicht ernsthaft sagen, dass Ross diese Gelder für sein sogenanntes Geheimprojekt abgezweigt hat? Wir haben beim letzten Quartalstreffen darüber gesprochen! Und ich habe ausdrücklich veranlasst, diesen Hahn zuzudrehen!«

Francis' Hände legten sich schützend auf die Seiten, als sollten die Zahlen darauf ihren Zorn nicht sehen. »Es ist ein anderer Hahn.«

»Wie war das?«

»Es ist gewissermaßen – um im Bild zu bleiben – ein anderer Hahn. Den alten haben wir zugedreht, wie besprochen: zu. Ross wünschte, dass wir einen neuen öffnen. Einen neuen Hahn …«

»Wir?«, schoss sie.

»Er … und ich«, stotterte Francis. »Ich.«

»Und dafür, dass Ihnen das wieder einfiel, haben Sie erst die Nase bis zur Wurzel in Ihre magischen Machwerke stecken müssen?«, zischte sie. »Francis, für wie dumm halten Sie mich eigentlich?«

»Nicht ... dumm ...«

»Würden Sie mir zustimmen, dass ich Ihnen gegenüber weisungsbefugt bin?«

»Was? Ich ...«

»Bin ich Ihre Vorgesetzte, Francis? Stelle ich Ihre Gehaltsschecks aus?«

Die jüngere Antonia wurde immer größer, was wohl hieß, dass Francis immer mehr in sich zusammensank. »Sie ... ja ...«

»Dann gebe ich Ihnen jetzt eine direkte Anweisung: Beenden Sie es! Drehen Sie *alle* Hähne zu, sofort! Ross' Sonderprojekte erhalten keinen einzigen Cent mehr. Die Tage der Verschwendung sind vorbei. Verstanden?«

»Verstanden«, sagte er.

»Sagen Sie es ruhig noch mal«, zog sie ihn auf, obwohl sie genau wusste, dass Francis' Tick umso schlimmer wurde, je mehr sie ihn unter Druck setzte. »Damit Sie es auch wirklich meinen.«

»Verstanden. Verstanden«, wiederholte er und senkte den Blick.

»Gut. Dann habe ich noch etwas für Sie.«

Sie warf ihm eine Liste auf den Tisch. »Dies ist eine Aufstellung von Verbindlichkeiten, die zum nächstmöglichen Zeitpunkt beglichen oder eingefordert werden müssen. Lassen Sie sich nicht vertrösten! Wir machen reinen Tisch. Des Weiteren wünsche ich eine umfassende Aufstellung sämtlicher Patente, die Kite Enterprises augenblicklich hält, inklusive einer Projektion ihrer Vermarktbarkeit und Wertentwicklung. Dazu die Unterlagen vom letzten Treffen. Nehmen Sie sich so viele Mitarbeiter, wie Sie brauchen, aber verlieren Sie niemandem sonst gegenüber ein Wort. Sie berichten nur mir. Ist das klar? Ich brauche die Ergebnisse bis übermorgen!«

Erst hatte es den Anschein, als ob er protestieren oder nach einer Ausrede suchen würde: dass er mehr Zeit bräuchte oder ihr Mann gegensätzliche Order erteilt hätte. Doch Francis war nicht so naiv, wie er tat. Er wusste genau, wie ernst es ihr war und dass er mit dem Feuer spielte, wenn er ihren Wunsch nicht respektierte.

Und zum ersten Mal seit diesen Geschehnissen fragte sich Toni, zu welchem Zeitpunkt genau Francis ihre Absicht durchschaut hatte und ob sie das, was als Nächstes passiert war, vielleicht hätte abwenden können, wenn sie ihn nur anders behandelt hätte.

»Ist die Lage derart … aussichtslos?«, fragte er.

»Sie sind der Buchhalter«, erwiderte sie. »Sie kennen die Antwort oder sollten sie kennen. Besser als ich.«

Er schüttelte betroffen den Kopf. »Ich dachte einfach, dass Sie … und Ross …«

»Nein, Francis«, sagte sie so endgültig wie eine Mutter, die einen Streit beendet. »Keine Zaubertricks mehr. Keine Wundermittel. Und kein Antonia und Ross. Das ist die Wirklichkeit – wir hätten uns ihr viel früher stellen müssen.«

Francis senkte den Blick.

Die jüngere Antonia Perrault wandte ihm den Rücken zu und rauschte aus dem Büro.

Sie ist keine nette Person, dachte Toni. *Ich war keine nette Person.*

Aber es war nicht die Zeit, um nett zu sein. Es war keine Zeit …

*

Der Tisch war derselbe, aber die Digitaluhr zeigte den nächsten Tag. Und auf dem Tisch lag ein Stapel von Mappen und Unterlagen, die Francis nun zusammenschnürte. Dann öffnete er mit einem seiner antiken Schlüssel ein weiteres Fach, in dem sich wenig überraschend eine Flasche verbarg, goss sich einen Drink ein und stürzte ihn hinunter. Darauf klemmte er sich die Dokumente unter den Arm, verließ sein Büro und schloss es gewissenhaft ab.

Sein Weg führte ihn durch die verwinkelten, schiefen Flure von Kite Enterprises. Die Büros in den Obergeschossen waren früher einmal Wohnungen gewesen; das Erdgeschoss hatte erst das *Milano,* dann das chinesische Restaurant beherbergt. Francis ging mit gesenktem Kopf und schaute nicht links und nicht rechts, grüßte nur die Mitarbeiter, die ihm direkt entgegenkamen. Er vermied den alten, engen Fahrstuhl, obwohl die Dokumente unter dem Arm ihm rasch schwer wurden, und nahm stattdessen das Treppenhaus, dessen Wände noch mit alten Filmplakaten und Reisnudelreklame tapeziert waren. Die Betonstufen wichen Gitterrosten, als er die ehemalige Tiefgarage erreichte, in der sich heute die Forschungslabore von Kite Enterprises befanden. Wahrscheinlich war Francis der einzige Mensch in der ganzen Stadt, der wusste, ob sie für die zahlreichen Änderungen, die sie an dem alten Bauwerk vorgenommen hatten, eigentlich eine Genehmigung besaßen.

Er erreichte eine Schleuse, wartete darauf, dass sich die massive Edelstahltür öffnete, und trat in die weiße, von Neonlicht erhellte Unterwelt der Firma. Die Männer und Frauen, die hier arbeiteten, waren ebenso handverlesen wie eigentümlich – in Ungnade gefallene Wissenschaftler und Ingenieure, die unter Ross' Ägide eine neue Heimat gefunden hatten. Toni hatte diesen Bereich nur selten betreten. Sie hatte es immer als ihre Aufgabe gesehen, die Firma auf Kurs zu halten, und das hieß: das Kerngeschäft, nämlich die Produktion und Vermarktung von Windkraftanlagen, voranzutreiben. Die bürokratischen Hemmnisse und finanziellen Rückschläge hatten sie genauso frustriert wie alle anderen. Was Ross jedoch tat, war, das wenige Geld, das ihnen geblieben war, in experimentelle Technologien zu stecken, die keinen Gewinn abwarfen.

Manchmal glaubte sie, er konnte nicht ohne seine Spinnereien leben – und seit sein alter Traum von sauberer Energie Realität geworden war, ohne die erhoffte bessere Welt einzuleiten, brauchte er einen neuen Tagtraum, eine noch verrücktere Vision. Es wäre ein bewundernswerter Charakterzug gewesen, hätte ihr Mann darüber nicht jeden Sinn für die Wirklichkeit verloren.

Francis trat durch eine Glastür in das zentrale Labor. Ross stand im Kreise seiner Mitarbeiter vor einer großen Maschine – dem Monster, das die Firma die letzten Wochen an den Rand des Ruins getrieben hatte. Mehr als alles andere hatte dieser Irrsinn Toni überzeugt, dass sie Ross nicht länger freie Hand lassen durfte. Er verrannte sich in Ideen, die keine wissenschaftliche Grundlage mehr hatten.

Auch Francis warf dem silbernen, mannshohen Sockel einen

misstrauischen Blick zu, ehe es ihm gelang, Ross' Aufmerksamkeit zu erregen. Toni spürte sein Unbehagen über die blinkenden, surrenden Lichter. Insbesondere das straußeneigroße Modul, das von magnetischen Kräften gehalten eine Handbreit über dem Sockel schwebte, war Francis unheimlich. Nebel waberte über das kalte Metall, und Francis drückte schützend seine Dokumente an sich.

»Francis!«, rief Ross und drehte sich um. Er trug einen Laborkittel, Handschuhe und eine enorme Schutzbrille, die er sich in die Stirn geschoben hatte. »Was treibt dich alten Zahlenschubser in den Keller?« Mit beiden Armen wie ein überschwänglicher Gebrauchtwagenhändler präsentierte er die Maschine. »Ist es nicht herrlich? Francis, darf ich vorstellen: CERES! Wenn wir weiter so gute Fortschritte machen, findet der erste Testlauf noch diesen Monat statt.«

»CERES«, wiederholte Francis, für den der Begriff nie mehr als ein Schlagwort in seinen Buchungen gewesen war.

Ross nickte begeistert. »Bist du mit dem Konzept der Nullpunktenergie vertraut?«

»Nein, ich …«

»Lass es mich dir erklären!«, fiel Ross ihm ins Wort. »Eigentlich ist es ganz einfach: Lange Zeit dachten wir, Energie wäre nichts anderes als die Bewegung von Atomen. Ein Zittern wie die Blasen in einem sprudelnden Kochtopf. Kälte stellten wir uns als atomaren Ruhezustand vor. Und am absoluten Nullpunkt, bei minus 273 Grad, müsste jedes Atom vollkommen stillstehen.« Sein Grinsen teilte beinahe sein Gesicht. »Was wir verkannten, ist, dass es einen perfekten Stillstand nicht gibt, gar nicht geben kann! Einer der wichtigsten Grundpfeiler der Quantenmechanik – Heisenbergs Unschärferelation – besagt, dass eine letzte Unklarheit über den genauen Ort eines Teilchens immer bleibt. Diese Unklarheit der Verortung ist nichts anderes als eine Form von Bewegung – und das ist nur die Spitze des Eisbergs!« Ross lief aufgeregt auf und ab wie ein dozierender Professor. »Selbst am absoluten Nullpunkt – sogar im Vakuum! – existieren unvorstellbare Energien, mächtiger als alles, was sich durch Kernspaltung erzielen lässt. Richard Feynman rechnete aus, dass das Vakuum in einer einfachen Glühbirne reicht, alle Ozeane der Welt zu verdampfen!«

Francis nickte ohne echte Begeisterung. Dann lugte er sorgenvoll zu den Technikern an der Maschine.

»Wir müssen uns unterhalten. Unter vier Augen.«

Da endlich registrierte Ross den angespannten Ausdruck seines Freundes und die Mappen unter Francis' Arm. »Meine Güte, dir ist es ja richtig ernst«, murmelte er und sah sich verschwörerisch um. »Komm mit!«

Er führte ihn um die Maschine zu einem wild mit Bauteilen und Instrumenten bedeckten Tisch.

»Wie geht es dir?«, fragte Francis. »Ich meine, abgesehen von der Arbeit?« Toni war sich nie sicher gewesen, ob der Buchhalter über das Ausmaß von Ross' Krankheit informiert war oder wie viel ihr Mann seinem alten Weggefährten offenbart hatte. Erzählte man sich unter Freunden von den Stimmen, die man hörte? Den Gedächtnislücken? Den Wahnvorstellungen?

»Gut, solange du die Ärzte von mir fernhältst.« Grinsend tippte Ross sich an die Schläfe. »Diese Schädelbohrer wollen mir an mein Gehirn. Aber ich geb es nicht her!«

»Ross …«

»Was führt dich zu mir? Es sind deine Zahlen, was? Lassen sie dir keine Ruhe? Ich kenne das.«

»Es sind immer die Zahlen«, gestand Francis und lud ächzend seine Mappen auf dem Tisch ab. Was hatte er vor? Diese Unterlagen hatten hier unten nichts verloren. Toni schwante Übles. »Das ist mein Job, oder nicht? Die Zahlen. Mein Job?«

Ross knuffte ihn leicht in die Schulter, als hätte er einen guten Witz gemacht. »Und ich wüsste nicht, was ich ohne dich täte. Eher löse ich versehentlich die Weltformel, als dass ich eine fehlerfreie Steuererklärung abgebe.« Irritiert über die ausbleibende Reaktion warf er einen Blick auf die Dokumente, die Francis nun umständlich auf der chaotischen Arbeitsfläche ausbreitete. »Was ist das?«

»Aktienwerte«, sagte Francis. »*Unsere* Aktienwerte«, präzisierte er.

»Der Pfeil geht steil nach oben. Das ist gut, oder?«

»Nun, nach unten war nicht mehr viel Raum«, murmelte Francis, doch diesmal erntete er keine Belustigung. »Ja«, fuhr er hastig fort, »nach oben ist gut. *Wäre* gut, hätten sich die Käufe nicht alle diese Woche ereignet. Diese Woche.«

Ross kniff die Augen zusammen. »Was soll das heißen?«

»Dass seit Neujahr jemand unsere Aktien kauft. Aufkauft, genauer gesagt. Nämlich alle.«

Die Augen wurden noch enger. »Wer?«

Francis öffnete eine andere Mappe. »Verschiedene Käufer, verschiedene Firmen. Aber die meisten – wahrscheinlich alle, mir fehlt die Zeit, einfach die Zeit, das gründlicher …« Er blätterte fahrig durch Auszüge des Unternehmensregisters, bis auf der letzten Seite ein protziges Logo prangte, das Toni sofort wiedererkannte.

Sie hatte Francis offenkundig unterschätzt.

»King Industries.« Ross wich zurück wie ein Priester angesichts einer Blasphemie. »*Er* – was will ausgerechnet – was wollen King Industries mit unseren Aktien? Wir halten nach wie vor die Mehrheit. Ich wüsste, wenn sich daran etwas geändert hätte, richtig? Ich hätte meine Zustimmung zu einem Verkauf oder einer weiteren Emission geben müssen. Habe ich aber nicht.« Das Grinsen kehrte zurück. »Problem gelöst!«

»Ich fürchte, so einfach, ganz so einfach ist es nicht.« Francis klopfte auf einen anderen Stapel. »Bitte.«

Misstrauisch nahm Ross die oberste Mappe und öffnete sie. Ein Lächeln huschte über sein Gesicht. »Das ist ein altes Patent von mir. Selbstausrichtende Rotoren.« Er zeigte Francis die Skizzen. »Erinnerst du dich?«

»Schau dir den Rest an.«

Erst zögerlich, dann immer schneller arbeitete sich Ross durch den Stapel. »Noch mehr Patente. Wer hätte gedacht, dass ich so viele gute Ideen hatte! Nicht wahr?« Er lächelte unsicher. »Was soll das, Francis?«

»Das sind alle Patente von hinreichender Marktreife. Antonia wollte, dass ich sie ihr bringe.«

Ross' Miene versteinerte. »Toni wollte das?«

»Dazu die letzten Quartalsberichte, Rahmenverträge, die gesamte juristische …«

Ross schüttelte hastig den Kopf und hob eine Hand. »Was willst du mir sagen, Francis?«

»Deine Frau bereitet eine Übernahme der Firma vor. Einen Verkauf, Ross. Sie hat alles, was sie dazu braucht.«

»Außer die nötige Mehrheit, um …« Ross verstummte. »Das ist absurd. Ihre Anteile? Sie will ihre Anteile verkaufen?«

Francis nickte stumm.

»Das kann sie doch nicht …« Die grauen Augen blitzten. »Das würde sie nicht *wagen!*«

»Ich konnte es selbst kaum glauben – aber ich sehe keine andere Erklärung dafür, keine. Ross, du weißt nicht, was die letzte Zeit … Du warst schon lange nicht mehr bei den Sitzungen. Sehr lange. Das kommt nicht von heute auf morgen. Sie muss einen Handel geschlossen haben …«

»Einen Handel mit dem Leibhaftigen!«, entfuhr es Ross, so laut, dass die Techniker, die um den glänzenden Sockel standen, sich zu ihnen umdrehten. »Sie will uns verraten! Hält sie mich für dumm? Für verrückt?«

Er presste sich die Hand an die Stirn, als plagten ihn mit einem Mal rasende Kopfschmerzen. »Weißt du, dass sie nicht mehr will, dass ich meine Tochter sehe? Was kommt als Nächstes? Meine Firma – meine Tochter – meine Seele?« Er lachte schrill.

Es war schrecklich, ihn so zu sehen. So außer sich und von gerechtem Zorn erfüllt. Und zugleich so hilflos, voller Leid. So nahe am Zusammenbruch.

»Davon hat sie nichts gesagt«, murmelte Francis betreten und warf einen nervösen Blick zu der großen Maschine. »Aber sie will die Forschung hier unten einstellen. Ich soll alle Hähne dafür zudrehen.« Er illustrierte es mit einer nervösen Geste. »Zu.«

»Aber der Testlauf!« Ross blinzelte, als wäre ihm etwas ins Auge geflogen. Massierte sich die Schläfen und schnappte nach Luft. »Versteht sie denn nicht … wie wichtig dieser … dieser Durchbruch für uns ist?«

Statt einer Antwort führte Francis Ross zum nächsten Stuhl und kniete sich neben ihn auf den Boden, bis sich der keuchende Atem des Firmengründers beruhigt hatte.

Toni wusste, was als Nächstes kam – kommen musste. Sie hatte immer angenommen, dass Francis nur ein bescheidener Lügner gewesen und Ross ihnen von selbst auf die Schliche gekommen war. In Wahrheit hatte Francis sich entschieden, wem seine Loyalität galt.

»Glaubst du an mich?«, fragte Ross so ernst wie Ahab seinen Steuermann.

»Ich glaube an die Firma«, antwortete Francis pflichtschuldig. »Und dass wir viele schlechte Zeiten durchgestanden haben. Zu viele, um uns jetzt aufzugeben. Du hast an mich geglaubt. Wir hatten Prinzipien. Und das unterschied dich, unterschied uns immer von … den anderen.«

Ross legte ihm ergriffen die Hand auf die Schulter. Es war pathetisch – lachhaft. Zwei alte Männer, die in Vergangenem schwelgten. Doch Toni konnte nicht anders: Sie war gerührt. Und sie hätte Francis und Ross vielleicht sogar verziehen – genau wie Alexander und vielleicht sogar sich selbst –, hätten die Dinge danach einen anderen Lauf genommen.

»Du wirst ihr diese Unterlagen nicht bringen«, sagte Ross. »Das sind die Originale?« Francis nickte. »Ich nehme sie an mich. Gib mir alles, was ich brauche, um die Firma abzusichern. Alles, was man wissen muss, um …«

»Die Bücher«, sagte Francis.

Ein Lächeln überzog Ross' gehetztes Gesicht. »Die Bücher! Ja natürlich, das ist es – ohne die wird sie hilflos sein. Soll sie versuchen, die Firma mit gebundenen Händen zu führen. Oh, Francis, mein guter Francis, du bist genial! Bring mir die Bücher! *Alle* Bücher!«

MIRA

Mira fand ihren Vater auf den Wiesen zwischen Dorf und Küste. Die Sonne neigte sich bereits dem Horizont entgegen, und sie spürte, dass die Träume des Dorfes darauf drängten, zu erwachen. Der Grund hierfür war jedoch nicht der Stand der Sonne, sondern ihr Vater, der aufgebracht im Kreis schritt und immer wieder seinen aufblitzenden Stab ins Erdreich rammte. Mira konnte sich dieses Verhalten erst nicht erklären und verharrte in einiger Entfernung hinter einem Obstbaum. Dann begriff sie, dass ihr Vater ein Streitgespräch führte, und zwar keineswegs mit sich selbst, sondern mit Ariel, der im Gras um seine Füße strich. Sie entdeckte ihn erst, als er einen energischen Satz in die Luft machte, sich noch im Sprung verwandelte und als grauer Uhu seine Kreise über ihres Vaters Kopf zog, der nun weiterstapfte in Richtung Klippe.

Sie wusste nicht, was in ihrem Vater vorging. Es war beklemmend, ihn so zu sehen. Ihre Absicht war es gewesen, mit ihm über Fernando zu sprechen. Damit er diesen aufrechten Jungen, der ihr binnen kurzer Zeit so ans Herz gewachsen war, nicht länger quälte und ihm die Freiheit schenkte.

Auch verlangte es sie nach wie vor, ihre Mutter und deren Begleiter zu sehen. Sie wollte die Wahrheit darüber erfahren, weshalb ihr Vater ihnen zürnte, weshalb ihre Mutter sich damals gegen ihn gewandt hatte und wie ihre Welt heute aussah.

Vielleicht sollte sie auch über Caliban sprechen. Caliban, der sich zuletzt fast feindselig verhalten hatte. Sie war es sich inzwischen fast sicher, dass er es gewesen war, der sie und Fernando beschattet hatte; und ihn wie einen Einbrecher in ihrem eigenen Haus zu ertappen, hatte sie zutiefst verletzt. Sie verstand es nicht – sie hatte nie etwas anderes als Freundschaft für ihn empfunden. Wieso behandelte er sie plötzlich wie eine Verräterin?

Und nun tat sie fast das Gleiche mit ihrem Vater, verfolgte ihn, versuchte ihn zu belauschen, aber wagte es nicht, ihm gegenüberzutreten, weil sie seinen Absichten misstraute. Sie war eine schlechte Verbündete, und eine noch schlechtere Tochter. Diese Erkenntnis schmerzte mehr als jede andere: Zum ersten Mal in ihrem Leben war sie sich nicht mehr sicher, ob ihr Vater das Beste für sie im Sinn hatte.

Oder sie für ihn.

Sie erreichten die Klippe. Es war ein unruhiger Abend mit tückischen Böen, die sie eine sichere Distanz zum Abgrund halten ließen. Der Sturm lag nur wenige Meilen entfernt über der See, und er kam immer näher. Ross gestikulierte noch, mal herrisch, mal verärgert, dann beinahe ausgelassen. Nur gelegentlich wehte der Wind ihr mit den ersten Regentropfen einen Fetzen seines Monologs zu. Ariel ließ sich auf seiner Schulter nieder; falls er Mira entdeckt hatte, ließ er sich nichts anmerken.

Immer wieder sah sie von fern fahle Gestalten über das Land ziehen: Träume kamen vom Dorf, aus den Wäldern, von den Hügeln herab. Und dann erkannte Mira, was das Ziel der großen Prozession war: die alte Taverne, die auf dem Weg zu ihres Vaters Windrad lag und die sich je nach Anlass mal als Ruine, mal als gastliches Häuschen darbot. Heute war sie in gutem Zustand; aus den Fenstern fiel Licht. Mira würde sich offenbaren müssen, wenn sie dort eintrat. Aber gut – was immer Ross im Schilde führte, es wurde Zeit, sich ihm zu stellen.

Sie wartete, bis er hineingegangen war und die Tür hinter ihm und Ariel ins Schloss fiel. Dann atmete sie tief durch, strich sich den Regen aus dem Haar und folgte ihnen nach drinnen.

Ihre Sorge erwies sich als unbegründet: Der kleine Schankraum war schon bis in den letzten Winkel mit Träumen gefüllt.

Ross hielt Hof.

Fast vergessene Jugendfreunde, Geschäftspartner von einst, Zerrbilder von Zufallsbekanntschaften aus sämtlichen Städten, in denen er gelebt hatte und die Mira nur dem Namen nach kannte – Carmel, Berkeley, San Francisco –, dazu natürlich das alte Piratenpaar, das die Taverne seiner Phantasie gemäß führte: Sie alle hatten sich eingefunden, um ihrem Herrn und Meister zu lauschen. Und auch einige eigene, lange nicht mehr gesehene Träume schlüpften hinter ihr durch die Tür, tiergestaltige Kindheitsfreunde aus halb erinnerten Märchen, die schützend um sie Position bezogen, als spürten sie Miras Not zu dieser Stunde.

Dankbar verbarg sie sich in der Menge.

Ross stand an der mit Getränken beladenen Theke, einen Becher in der Hand, seinen Stab neben sich.

»Heute will ich nur fröhliche Gesichter sehen!«, erklärte er und hob den Becher. »Diese Runde geht auf mich!«

Sein phantasmagorischer Hofstaat vergalt die Ankündigung mit Jubel. Wie immer konnte man die Träume nicht so sehr hören, als dass man es sich *vorstellte* – wenn sich Mira konzentrierte, war ihr fast, als spürte sie den Applaus in ihren Ohren hallen. Doch das war nicht das Gleiche.

Dies schien auch Ross zu erkennen, der sich nun an Ariel wandte, welcher in Uhugestalt zwischen den Krügen und Fässchen hockte. »Ich will, dass alle hören, was wir zu sagen haben, und unsere Freude teilen! Wie wäre es, du verleihst ihnen eine Stimme? Und dir gleich mit?«

Mira unterdrückte einen Ausruf des Erstaunens. Ihr Vater wünschte, dass Ariel die Träume beseelte, um durch ihre Münder zu sprechen – das hatte sie erst ein einziges Mal erlebt, und es war sehr verstörend gewesen.

Ariel gehorchte. Der Uhu flatterte durch den Raum, um sich auf der Schulter des alten Männleins mit dem Dreispitz niederzulassen und sogleich zu verschwinden. Im nächsten Moment marschierte der Alte auf seinem Holzbein hinter die Theke und rief mit rauher Stimme: »Ihr habt den Meister gehört. Füllt eure Becher!«

Aufgeregt stürmten die Träume ihm nach. Die Frau des Alten half ihm mit dem Ausschank, und eine Weile verschwanden beide hinter einem Wald gereckter Trinkgefäße. Sobald sich der erste Ansturm gelegt hatte, fiel des Alten Blick auf Mira und er zwinkerte; und Mira begriff, dass Ariel sie sehr wohl bemerkt hatte. Es war töricht von ihr gewesen, zu meinen, sie könne sich vor ihm verstecken.

Oder wollte er, dass sie Zeuge des Geschehens wurde? Denn ihr Vater sah geradewegs durch sie hindurch, als sie auf Ariels auffor- derndes Nicken hin vortrat und sich ebenfalls einen Becher abholte.

Für ihren Vater war sie nicht mehr als eine Traumgestalt – hatte Ariel einen Zauber auf sie gelegt? Sie verstand immer weniger.

»Meine Freunde. Meine Verbündeten!«, richtete Ross das Wort an die Versammlung. »Heute ist ein großer Tag – für uns alle. Ein Tag des Triumphs!«

Frenetischer Jubel, diesmal laut und deutlich, Anstoßen und Zuprosten. Der Inhalt der Becher war nicht realer als jene, die daraus tranken – das tat seiner Wirkung jedoch keinen Abbruch.

»Eine glückliche Fügung des Schicksals hat eine Gruppe Fremde in unsere Hände gespielt. Einige von euch haben sie bereits gesehen, sogar bewirtet.« Ariel lüftete ergeben den Dreispitz, die Alte mit der Augenklappe gackerte.

»Unter ihnen sind der Mann, den ich einst einen Freund nannte, bis er sich mit seinem blutigen Reichtum mein Lebenswerk einverleibte. Die Frau, die ich liebte und der ich vertraute wie keinem anderen Menschen, bis sie mich hinterging, mich für wahnsinnig erklärte und mir alles zu stehlen versuchte, was ich mir aufgebaut hatte.«

Buhrufe erklangen aus den hinteren Reihen.

»Wir hätten sie umgehend ihrer Strafe zuführen können, doch der Gerechtigkeit halber haben wir ihnen einen Aufschub gewährt. Wir haben sie auf ihr Gewissen getestet, sie auf die Probe gestellt, und was soll ich sagen? Sie sind noch ebenso verdorben wie einst.«

Ross stieß seinen Becher in die Luft, dass der Schaum über den Rand schwappte.

»Und Dank unserem Ariel sind sie nun festgesetzt und wir können sie für ihre Schuld büßen lassen, so lange es uns beliebt!«

Erneuter Jubel. Nur Ariels Lächeln blieb kalt wie der Regen, der von draußen gegen die Fenster schlug.

Ross breitete die Arme aus. »Mein Ariel! Berichte uns: Sind meine Feinde sicher verwahrt? Hast du meine Wünsche alle treu erfüllt?«

»Sehr wohl«, antwortete der Geist in der Gestalt des Wirts und ließ den Blick über die Gäste schweifen, wobei er nur einen Lidschlag lang auf Mira verharrte. Seine Stimme klang so ungewohnt aus einem Halse – wenn er in Gedanken zu ihr sprach, war sie allgegenwärtig wie das Auge des Sturms. Dann stakste er gemessenen Schrittes hinter der Theke hervor. »Sie liegen gebunden im Keller deines Turms, wo sie die Augenblicke ihrer Schuld und ihres Scheiterns erleben, wieder und wieder, und verdammt sind, sie miteinander zu teilen, ohne dass ein Feigenblatt der Lüge sie ihre Blöße verbergen ließe. Sie sind vollständig hilflos und harren deiner Gnade.«

Ross trank zufrieden. Schaum rann sein Kinn hinab in seinen Stoppelbart.

Ariel kam vor ihm zum Stehen und neigte den Kopf, ein Ruck fuhr durch den alten Wirt, dann seine Frau – und als der Geist erneut sprach, tat er es aus der Kehle der Einäugigen, die nun ebenfalls ihren Platz hinter der Theke verließ.

»Wenn ihr sie sehen könntet!«, richtete sie das Wort an die Menge. Die Träume wogten gespannt auf und ab, klebten an den Lippen des großen Geistes. Die Alte griff nach ihrer Augenklappe und hob sie an. »Sehen, wie ich sie sah.« Sie fixierte Ross. »Der mächtige Alexander King – so hilflos in des Traumes Fesseln wie ein Baby, verstrickt in einen Schmerz, den du kaum ahnen kannst. Bastian, sein richtungsloser Sohn, der einem Blatt im Winde gleich kein Ziel für seinen Zorn mehr kennt, seit er verlernt hat, seinen Vater zu hassen. Und seines Vaters Verbündete – Antonia, deine eigene Frau! –, die nach zwölf Jahren der Blindheit zu sehen lernt, was sie nie sehen wollte: nicht zuletzt sich selbst.«

Ross lächelte zufrieden, doch eine Spur Unsicherheit mischte sich in seinen Ausdruck. Er ahnte wohl, dass der Geist noch nicht fertig war.

»Und mit ihnen das Mädchen Swaine, das nie eine andere Schuld auf sich lud, als deinem Feind das Leben zu retten, und als Strafe nun deine Gefangene ist. Ihre junge Seele spürt die ihr verwehrte Freiheit wie ein eingepferchtes Fohlen. Und jener Mann, den du einst den guten Francis nanntest und der als Einziger in deiner Not noch zu dir hielt? Sein Schicksal ist vielleicht das traurigste von allen, denn ihm bleibt nichts, als immer wieder die gute Tat zu durchleben, derentwegen ihn nun dein Zorn befällt – eine bittere Lektion fürwahr.« Die Alte reckte Ross den dürren Finger entgegen. »Der Bann, der auf ihnen allen lastet, ist so stark, dass es dich reuen würde, könntest du sie sehen!«

Schweigen senkte sich auf die ausgelassene Gesellschaft. Alle Träume richteten den Blick auf Ross. Der stellte seinen Becher ab, nahm seinen Stab und trat auf die Alte zu.

»Mich reuen?«, fragte er streng und schaute auf sie herab. »Glaubst du, Ariel?«

»Überzeuge dich selbst.« Die Alte vollführte eine Drehung ihrer Hand, und als sie ihre Finger wieder öffnete, sah Mira darin eine Phiole mit einer klaren Flüssigkeit schimmern. »Dies ist das Destillat der Träume, zu denen du sie verdammtest, die reine Essenz ihres Schmerzes und ihrer Schuld. Ich habe sie für dich gesammelt, damit du dir die Antwort selbst geben kannst.«

Zögernd nahm Ross die Phiole entgegen. Schraubte sie auf und roch daran. Er rümpfte überrascht die Nase.

»Mich würde es reuen«, sagte die Alte und hob das Kinn. »Wenn ich ein Mensch wäre.«

Ross musterte Ariel lange Sekunden, dann setzte er die Phiole an die Lippen und trank.

Da weiteten sich seine Augen – und von einem Moment auf den nächsten verließ ihn alle Kraft, sodass er sich auf seinen Stab stützen musste. Hilfesuchend starrte er das Ei an seiner Spitze an.

»Erinnere dich«, hauchten der Wirt und seine Frau nun gemeinsam.

»Erinnere dich!«, wiederholten die versammelten Träume im Chor, als der Geist durch den Mund jedes Einzelnen sprach. Der Klang sandte Mira einen Schauder über den Rücken.

Mit weißen Knöcheln hielt Ross seinen Stab umklammert, während verfeindete Wahrheiten Krieg in ihm führten. Der Schmerz auf seinen Zügen war Mira schier unerträglich.

Dann stieß er einen tiefen Seufzer aus.

»Meine größte Furcht«, richtete er leise das Wort an die schweigende, von Ariel beseelte Menge. »Meine größte Furcht war es stets, zu scheitern. Die Menschen, die ich liebte, zu verlieren. Aber was ist aus mir geworden?« Er schüttelte den Kopf. »Ich habe sie alle zu Zerrbildern gemacht. Zu Monstren! Und nicht meine Krankheit hat mich verblendet, sondern meine Eitelkeit.« Unsicher wie ein greiser Liebender tastete sich seine Hand den Stab empor. »Über die Naturgesetze selbst wollte ich triumphieren! Stattdessen habe ich meinen eigenen Ruin herbeigeführt.« Er schloss die Augen, rang mit sich selbst. Dann schlug er wütend den Stab auf den Boden. »Und ich habe nicht vergessen, was es heißt, ein Mensch zu sein, Ariel!«

Ohne den Stab loszulassen, hob er mühevoll die andere Hand, deutete in die Menge. »Denkst du das über mich? Dann irrst du dich! Denn es reut mich, Ariel, hörst du? Es reut mich mehr, als du ermessen kannst, Geist.«

Er schloss die bebenden Lippen, seine Augen zuckten nach links und rechts. Langsam sank er auf die Knie.

»Jene, die mir helfen wollten, habe ich von mir gestoßen. Und die mir Teuerste vor lauter Angst in ein Gefängnis gesperrt. Es war nie meine Absicht. Das weißt du doch? Natürlich weißt du es. Aber ich durfte nicht scheitern! Ich durfte sie nicht verlieren!«

Da konnte Mira nicht länger an sich halten. Sie drängte sich durch die Reihen der körperlosen Wesen, die sich teilten wie wisperndes Gras, und kniete sich mit klopfendem Herzen vor ihm hin. »Wovon redest du? Wen durftest du nicht verlieren?«

Er sah sie an, als wollte er nicht glauben, was er sah, dann rieb sich die feuchten Augen.

»Mira?«

»Ich bin es, Vater. Ich bin hier!«

»Du … sollst mich nicht so sehen«, flüsterte er.

»Aber ich möchte verstehen«, flehte sie. »Ich möchte die Wahrheit erfahren – über dich und mich, über Mutter, die Fremden … und weshalb wir in der Welt unter dem Winde strandeten!«

Ross schloss die Augen, deutete ein Kopfschütteln an. Fast sah es so aus, als weinte er.

»Ich bitte dich«, sagte sie.

»Ich habe alles für dich getan«, sagte er. »Nur für dich.«

»Ich glaube dir. Aber du musst mir helfen, zu verstehen!«

Der Wirt und seine Frau traten heran und halfen ihm auf die Beine.

Deine Tochter hat recht, sagte Ariel, nun wieder die körperlose Stimme, die Mira seit ihrer Kindheit kannte. *Es ist an der Zeit. Sie hat ein Anrecht darauf.*

Ross' Mundwinkel zuckten. Vor den Fenstern der Taverne toste der Sturm.

Dann nickte er und streckte zitternd die Hand nach ihr aus.

Mira ergriff sie und drückte sie an sich. Seine Haut war zerfurcht wie die Klippen, kalt wie das Meer. Er tastete sich ihren Arm empor und streichelte ihren Hals, ihre Schulter.

»Es tut mir leid«, sagte er. »Aber ich werde es wieder gutmachen. Alles wird gut. Ich werde die Gefangenen befreien. Vorher jedoch …«

Sie spürte Ariels Nähe, wie man an den Ufern des Schlafes die Träume der Nacht spürt, wenn sie ihr Segel hissen und warten, dass man an Bord tritt, bereit für die Fahrt.

Die Taverne verschwamm, dann wurde der Schleier des Vergessens von ihr gerissen wie eine Augenbinde. Ein Blitz fuhr vor den Fenstern nieder.

Erinnere dich!

CALIBAN

»Du hast mir ja nicht glauben wollen, dass da Geister sind!«

»Hab ich wohl!«

»Und jetzt hast du dir fast in die Hose gemacht!«

»Hab ich nicht!«

»Und ob du hast!« Stephanie gab Rince einen Klaps mit der flachen Hand. Rince stolperte und wäre beinahe der Länge nach hingestürzt, doch im letzten Moment hielt Stephanie ihn auf den

Beinen, um ihm in einer Geste der Gutmütigkeit den Arm um die Schultern zu legen. »Mein armer Rince!« Rince schwang sie herum, sie schrie auf, und er drückte ihr einen Kuss auf die Lippen. Die Betrunkenen lachten.

Caliban stöhnte leise. Er hätte diesen Einfaltspinseln nie trauen dürfen. Missmutig behielt er die Ecke im Blick, hinter der Rince das befremdliche Wesen erblickt hatte.

Die meisten Häuser wirkten verlassen, eine Geisterstadt, aber Caliban wusste, dass dieses Wort jeden Moment eine neue Bedeutung annehmen mochte. Das Dorf war zu wichtig für Ross, ein Fenster in seine Seele. Es war gefährlich, sich länger hier aufzuhalten – wer wusste schon, was seine schattenhaften Bewohner im Schilde führten. Zwar hatten sie keinen echten freien Willen, doch sie waren schlau genug, sie an ihren Meister zu verraten … oder Trotteln wie diesen den Schreck ihres Lebens einzujagen.

»Ich hätte schwören können, dass da ein Waschbär war«, murmelte Rince und taumelte unbelehrbar wie ein Nachtfalter abermals zu der fraglichen Ecke, nahm sich eine Laterne von einer Veranda und leuchtete ins abendliche Dunkel. »Ein menschengroßer Waschbär mit Hosen und einer Pfeife im Mund …«

»Wir müssen weiter!«, mahnte Caliban. Wahrscheinlich hatte Rince einen von Miras Träumen gesehen, aber das würde er ihm jetzt ganz bestimmt nicht zu erklären versuchen.

Eigentlich hatte er Rince und Stephanie komplett am Dorf vorbeiführen wollen – doch der Versuch, sie auf einem bestimmten Weg zu geleiten, war, wie zwei liebestolle Schafe zu hüten. Beim ersten Anblick der fernen Häuser waren sie losgaloppiert, um, wie sie sagten, nach einem neuen Hauptquartier zu suchen. Dann hatte ein munteres Plätschern sie gelockt und zielsicher zum Dorfbrunnen geführt, an dem sie gierig ihren Durst gestillt hatten. Machtlos hatte Caliban mit ansehen müssen, wie sich die Narren das Wasser mit beiden Händen ins Gesicht spritzten und johlten, als handelte es sich um eine weitere Quelle mit Traumwein.

Caliban wusste sich den enormen Effekt seiner Suggestion nicht zu erklären. Er war es zwar gewohnt, dass Träume seinen Wünschen folgten. Und Mira und ihr Vater schienen manchmal etwas in ihm zu sehen, das sich ihm nicht erschloss – ihnen konnte er jedoch nicht gebieten. Stephanie und Rince saugten Täuschungen auf wie ein Schwamm. Waren denn alle Menschen aus der Welt über dem Winde so leicht hinters Licht zu führen? Nicht nur hatte das Versprechen auf mehr Wein gereicht, sie zur Mitarbeit zu bewegen; es hatte sogar Calibans ganze Überredungskunst gebraucht, sie zu überzeugen, dass ein Rausch allein nicht die Lösung sämtlicher Probleme darstellte.

Und sie kamen gar nicht auf den Gedanken, dass Caliban ihnen ihre Misshandlungen, die sie wahrscheinlich schon vergessen hatten, noch nachtrug.

»Wir haben keine Zeit zu verlieren. Wir müssen zu Ross – seine Bücher entwenden!«

Natürlich war es Unsinn, dass diese Bücher irgendwelche Rezepte enthielten. Caliban glaubte auch nicht, dass sich ein Zauberspruch oder Ähnliches darin fand. Aber er wusste, dass die Bücher und der Stab Ross seine Macht verliehen. Ersteres hatte Mira ihm vor langer Zeit verraten, Letzteres hatte er oft genug am eigenen Leib erfahren. Wenn er diese Macht an sich brachte, konnte er nicht nur Ross für seine Taten büßen lassen ... er konnte vielleicht sogar Ariel und dem Sturm befehlen und die Störenfriede aus ihrer Welt verbannen.

»Na los, Rince.« Stephanie zog ihren Gefährten am Ärmel. »Sonst läuft der Kleine noch blau an. Und du kriegst wieder einen Riesenschreck.«

»Krieg ich nicht«, widersprach Rince aus Gewohnheit, ließ sich jedoch bereitwillig mitziehen, als unversehens ein bedrohliches Knurren hinter der Ecke erklang.

Caliban wurde aus dem Verhältnis dieser beiden, die einander schlugen und stießen, herzten und küssten, nicht schlau. Aber Stephanie schien im Lauf ihres Lebens ein kleines bisschen seltener auf den Kopf gefallen zu sein.

»Was ich trotzdem nicht verstehe, sind die ganzen Häuser«, lallte Rince, als er vom Dorfrand noch einmal zurückblickte.

»Niemand versteht die, Liebes.« Stephanie tätschelte ihm den

Rücken, als rechnete sie mit einem Bäuerchen. »Die reden auch viel zu undeutlich.«

»Nicht so!« Rince verpasste Stephanie einen Schubs. »Ich meine, wenn – dieser Bannilall … dieser Lalliball …«

»Caliban, Liebes. Das könntest du dir wirklich mal merken.«

»Balikan Schmalikan«, alberte Rince. »Wenn dieser *Pelikan* …«

»Von Wasservögeln solltest du Abstand nehmen«, riet Stephanie besorgt. »Entschuldige. Was wolltest du sagen?«

»Wieso stehen da so viele Häuser?« Rince zeigte anklagend auf das Dorf hinter ihnen, das sich tiefer in sein Geheimnis hüllte. »Angeblich lebt doch bloß dieser Alte hier in der Gegend?«

Stephanie schaute ihn verdattert an und stammelte stumm ihre Zustimmung zu seiner unverhofften Beobachtung. Caliban konnte die Verblüffung nachempfinden – es war, als zeigte ein Kind mit dem Finger auf die elterliche Lüge.

»Diese Häuser sind leer«, erklärte Caliban. »Wie eine Bühne. Für den alten Ross. Die ganze Welt ist seine Bühne. Er ist wahnsinnig.«

»Dann sind wir wirklich allein hier?«, hakte Rince nach und ließ den Laternenstrahl eine Reihe dunkler Sträucher entlangwandern. »Mir ist nämlich, als hätte ich da hinten …«

Der Rest ging in einem schrillen Quietschen unter, als der Strahl auf ein großes weißes Kaninchen fiel, das mit einem entsetzten Blick auf seine Taschenuhr davonschoss.

»Achtet einfach nicht darauf«, seufzte Caliban, denn Träume wie dieser waren nicht einmal gewitzt genug, sie zu verraten. »Es ist eine unruhige Nacht. Aber vielleicht können wir das zu unserem Vorteil verwenden.«

»Was …«, machte Rince. »Da …?«

Stephanie schaute Caliban an. »Geister?«, fragte sie fachmännisch.

Caliban nickte ernst.

»Sag ich's doch!«

»Es wohnt niemand hier außer Ross«, bekräftigte Caliban. »Alles andere sind Spukgestalten.«

»Und du«, sagte sie mit schlauer Miene.

»Richtig.« Von Mira hatte er ihnen nicht erzählt, und von den Fremden brauchten sie ebenfalls nicht zu wissen. »Und ich.«

»Und wo genau sagtest du noch gleich wohnt der Alte?«, fragte Stephanie. »Ich meine, er hat ein ganzes Dorf … aber ist sich zu fein dafür?«

»In seinem Turm«, antwortete Caliban, um Diskussionen über bauliche Details zu vermeiden. »Nicht mehr weit von hier.«

»Das sagst du schon seit Stunden!«, maulte Rince. »Und ich glaube, ich habe gerade einen Tropfen abgekriegt.«

»Es wird sich lohnen«, versprach Caliban mit aller Zuversicht, die er noch aufbringen konnte, was Stephanie ein erwartungsvolles Seufzen und Rince zumindest ein duldsames Brummen entlockte.

So trieb er sie mit vielerlei Versprechen und Schmeicheleien den nächtlichen Pfad Richtung Küste entlang. Der Wind frischte auf und trieb Wolken von der See herein, die kalten Regen mit sich brachten. Immer wieder erahnte er das Irrlichtern von Träumen zwischen den Hügeln, doch er hütete sich, seine Begleiter darauf hinzuweisen. Was immer Ross und Ariel im Schilde führten – es war die ideale Ablenkung für Calibans Plan.

Wenn man es denn einen Plan nennen konnte. Das Schicksal hatte ihm zwei Narren in die Hände gespielt, und er hatte beschlossen, sie als Waffen zu gebrauchen.

Nun musste er dafür sorgen, dass die Waffen nicht hochgingen, ehe es an der Zeit war.

»Dieser Ross wohnt also in einem Turm an der Küste«, resümierte Rince.

»Das ist richtig.«

»Ist er vielleicht Leuchtturmwärter?«, fragte er.

»Nein.«

Schweigend stapften sie weiter.

»Weißt du, ich glaube, ich kenne die Gegend«, sagte Rince nach einer Weile und blieb stehen. »Kommt da oben nicht diese alte Taverne?« Sein Gesicht war im Laternenschein totenbleich. »Da gehe ich nicht noch einmal hin!«

»Das musst du auch nicht, Liebes«, sagte Stephanie und legte ihm beruhigend die Hand auf den Rücken.

»Ich hatte nicht die Absicht, Halt in der Taverne zu machen«, versicherte Caliban, denn er hatte das unbestimmte Gefühl, dass genau dorthin die ganzen Träume unterwegs waren. »Ich denke, wir hatten genug zu trinken.«

Rince machte den Mund auf, um zu protestieren, dann schaute er den Weg hinauf und schloss ihn wieder.

»Lass uns einen Bogen schlagen«, sagte Stephanie und zog Rince mit sich. »Ich glaube, ich weiß, was für einen Turm der Junge meint.«

Rince sah sie verständnislos an. »Woher ...«

»Das Windrad, Liebes. Erinnerst du dich? Wir haben es von der Küste aus gesehen. Als wir das Leuchtfeuer suchten.«

»Der alte Trottel wohnt in dem Windrad? Dieses verdammte Windrad, dass da anstatt des Leuchtfeuers stand?«

»Streng genommen *hat* es später auch geleuchtet, wenn ich nicht nur betrunken war, aber es war kein sehr schönes Licht.«

Doch Rince hörte ihr schon kaum noch zu. »Dieser Typ ist schuld, dass mein Geschäft nicht zustande kam! Wahrscheinlich ist das Schiff gesunken und alle sind ertrunken!« Er zog den Revolver und wedelte damit in der Luft herum. »Wenn ich den erwische!«

»Beruhige dich! Bitte!«, rief Stephanie. »Wir werden ihm schon zeigen, was wir von seinem Wohnsitz halten.«

Caliban sah sich nicht bemüßigt, seine Handlanger darüber aufzuklären, dass kein normales Leuchtfeuer irgendeinem Schiff den Weg in die Welt unter dem Winde weisen könnte. Sollten sie ihren Zorn ruhig an Ross auslassen.

»Wir wissen nicht, ob der Alte zu Hause ist«, sagte er. »Aber wenn wir ihn treffen, dürft ihr nicht zögern! Er kann sehr gefährlich sein.«

»Für einen Knilch wie dich vielleicht«, spottete Rince. »Ich mach mir wegen eines alten Mannes nicht ins Hemd.«

»Denk daran, was du ihm Dorf gesehen hast.«

»Vor Waschbären und Hasen fürchten wir uns nicht.« Stephanie gab Rince einen großspurigen Schlag auf die Schulter. »Nicht wahr? Ich habe mit meiner Mutter schon Geister vertrieben, da war die Erde auf dem Grab meines Vaters noch feucht.«

»Vielleicht wirst du es heute Nacht wieder tun müssen«, sagte Caliban.

Sie traten um eine Gruppe von Bäumen, und dann sahen sie es: das grüne Leuchtfeuer des Windrades, das seinen Ruf über die See und das zerklüftete Land ausschickte, über ihm die schweren Bäuche der Sturmwolken.

»Zu schade, dass aus dem Brunnen im Dorf nur Wein kam«, überlegte Stephanie bei dem Anblick und rieb sich die Arme. »Etwas Wasser wäre gut. Und ein Priester, der es uns weiht.«

»Ich habe das hier«, sagte Caliban, um ihre Zweifel zu zerstreuen, und streckte ihr die Hand mit den Fuchsaugen hin.

»Was hast du wo? Leuchte mal, Rince.«

Umständlich hantierten die Betrunkenen mit der Laterne. Dann stieß Stephanie einen Laut des Erstaunens aus – doch es waren nicht die beiden Knopfaugen, die sie in den Bann schlugen, sondern Calibans Hand.

»Was tust du da?«, fragte Caliban. »Lass meine Hand los!«

Stephanie drehte und wendete sie wie ein verdächtig verfärbtes Stück Obst.

»Das ist eine der merkwürdigsten Schicksalslinien, die ich je gesehen habe. Und diese Herzlinie …« Sie runzelte die Stirn. »Davon abgesehen ist deine Hand wirklich kalt. Bist du sicher, dass es dir gut geht?«

Caliban entriss ihr die Hand und steckte die Knopfaugen ein. »Ich habe dich nicht darum gebeten, mein Schicksal zu lesen.«

»Entschuldige. Alte Gewohnheit.« Sie tätschelte ihm die Wange. »Halt nur die Ohren steif! Von schwierigen Familienverhältnissen könnte ich dir ein Lied singen …«

»Ich habe keine Familie!«, verwahrte sich Caliban und schlug ihre Hand fort. Was wusste diese Trinkerin schon von Einsamkeit? »Und spar dir deine Scharlatanerie!«

»Ach, ich bin der Scharlatan, aber der Herr macht in Zaubermurmeln?«, rief Stephanie gekränkt. »Meine Mutter hat mich das Handlesen gelehrt, und es hat mehr Hand und Fuß als dein …«

»Fuß?«, schlug Rince vor, als sie nach Worten suchte. »Zeh?«

»Es sind Augen!«, beendete Caliban den Streit und ging weiter. »Los jetzt! Ich weiß nicht, wie lange seine Blindheit anhält.«

Hinter sich hörte er die Trunkenen tuscheln. »Blind?«, fragte Rince. »Aber nicht vom Trinken, oder?«

»Nein, alles gut«, beruhigte ihn Stephanie. »Caliban redet bloß Unsinn.«

»Das merkst du jetzt?«

Er ignorierte die weitere Unterhaltung, die so richtungslos wie Rinces Laternenschein durch die Nacht stolperte, und führte sie im stärker werdenden Regen über eine Brücke und den langen Hang hinauf zu dem mächtigen Windrad.

Es als Turm zu beschreiben war keine Übertreibung gewesen – sein rauschender, dreiarmiger Schatten drohte wie eine Festung von der Klippe. Sein grüner Riesenblick gab Caliban das Gefühl, klein und unbedeutend zu sein, und er spürte den Schmerz in der Seite, wo ihn erst Ross' Schläge, dann die Tritte der beiden Narren getroffen hatten.

Fast wäre er über sich selbst erschrocken: Er stand tatsächlich hier, auf der stürmischen Klippe, angetreten, den alten Tyrannen zu stürzen und das Banner der Freiheit zu hissen. Nach dieser Nacht mochte nichts mehr sein wie zuvor. Vielleicht würde Mira erkennen, dass ihm keine andere Wahl geblieben war – vielleicht würde sie ihn auch hassen. Und was ihre Mutter und die anderen Gestrandeten betraf – wer wusste schon, wie sie reagieren würden? Vielleicht würden sie ihm sogar dankbar sein. Allein bei Stephanie und Rince war er sich recht sicher: Sie würden den morgigen Tag nicht erleben.

Caliban hatte kein Mitleid mit ihnen. Der Geist der Rebellion kehrte in seine Adern zurück, mit aller Hitze und Gerechtigkeit der Jugend.

Die letzten Schritte bis zum Tor fühlte er sich wie ein König. Über seinem Kopf die ruhelosen Schwingen, unter seinen Füßen der nackte Fels, in den Ross seinen Turm wie eine Standarte gerammt hatte. Heute würde seine Herrschaft enden – und niemand, auch nicht Ariel, würde ihn schützen. Jeder Schritt atmete Schicksal.

»Worauf wartest du?«, riss Stephanie ihn aus dem Rausch des Augenblicks. »Es wird langsam echt ungemütlich.«

»Wir müssen es aufstemmen«, sagte er und reckte die Hand gegen das Tor. »Ich kann diesem Heim nicht gebieten.«

»Da weißt du, wie es mir beim Putzen geht. Gebiete dich mal beiseite und lass mich da ran.«

Caliban setzte zu einer scharfen Erwiderung an, verzichtete jedoch darauf, als Stephanie ihre Klammern aus dem regennassen Haar löste, sie mit kunstvollen Handgriffen zurechtbog und in das Schlüsselloch schob.

Vielleicht waren seine Begleiter doch keine Verschwendung von Leben.

»Dafür, dass dein Weinpanscher ein so feines Domizil bewohnt, hat er ein ziemlich altes Schloss an seiner Vordertür. Und wie meine Mutter zu sagen pflegte: So wie ein Mann vornerum … so wird er auch hinten nicht …« Sie legte den Finger an die Lippen. »Liebes, was sagte meine Mutter doch gleich?«

Rince grinste. »Wer nicht abschließt, hat nichts Besseres verdient?«

»Das klingt eher nach Al, aber ich lasse es gelten.«

»Ihr dürft seine Macht auf keinen Fall unterschätzen«, mahnte Caliban. »Das Schloss mag schlicht sein, weil er es noch nie gebraucht hat. Dennoch kennt er viele Tricks …«

»Ich kenne sechs.« Rince zückte seinen Revolver. »Und die haben bis jetzt immer gereicht.«

Stephanie unterbrach ihre Arbeit und zog die Stirn kraus. »Liebes, findest du wirklich, dass wir einen alten Mann wegen seines Weines erschießen sollten?«

»Nur, wenn er uns in die Quere kommt«, versprach Rince.

»Es ist nötig«, bekräftigte Caliban. »Er hat einen Stab, mit dem er uns schlagen wird, wenn wir ihm die Gelegenheit lassen.«

»Das klingt ja wirklich nicht freundlich«, pflichtete Stephanie bei und widmete sich wieder dem Schloss. »Macht er das öfter?«

»Wenn wir ihm den Stab und seine Bücher nehmen, ist er keine Gefahr mehr …«

»Moment«, unterbrach Rince. »Wieso brauchen wir auf einmal auch den Stab?«

»Weil du nur so zum König dieser Welt wirst!«, rief Caliban am Ende seiner Geduld. »Und das willst du doch, oder?«

Einen Augenblick schaute Rince verdattert drein, dann schwoll seine Brust und er warf sich in Pose. »Selbstverständlich! Ich werde der König meines Syndikats!« Ein dramatischer Blitzschlag unterstrich seinen Anspruch. »Und dich könnte ich zu meiner rechten Hand machen …«

»Rince!«, schalt ihn Stephanie.

»Oder meinem Daumen«, relativierte er.

Sie seufzte. »Betet, dass der Alte wirklich da ist – denn irgendwem drehe ich heute Nacht noch den Hals um.« Ein vernehmliches Klicken des Schlosses kündete vom Erfolg ihrer Mühen. »Können wir jetzt bitte ins Trockene?«

MIRA

Sie mochte den Geruch des Hauses, doch sie vermisste ihre Mommy.

Der Geruch war eine Mischung verschiedener Düfte – nach Rinden, Blüten, Rauch und Harz – die sie an die Gerüche ihres Vaters erinnerten, aber farbenreicher und älter in ihrem Geheimnis waren. Die Düfte steckten im Boden, in den Wänden, den Kissen und Decken und bald selbst in ihrem Haar.

Dass Mommy nicht da war, stellte ein weiteres Geheimnis da, auf das sie keine Antwort erhielt. Normalerweise war es Mommy, die sie mit auf Reisen nahm, weil Daddy oft krank war. Vielleicht ging es ihm ja besser. Oder es hatte wieder einen Streit gegeben. Ihren Fragen wich er aus, sprach dafür davon, dass sie hier in Sicherheit wären und es ein guter Ort sei. Und statt Mommy war da diese andere Frau.

Der Name dieser anderen Frau war Cora. Ihr Haar war silbrig und fein wie Spinnweben, und sie hatte Falten im Gesicht und Hände wie welkes Laub. Ihre Kleider aber waren die Kleider eines jungen Mädchens, kunterbunt und lebendig wie Regen und Feuer, und sie trug Lederschnüre mit Holzperlen und kleinen Federn und bunten Steinchen an den spindeldürren Handgelenken und um den Hals, nicht die schweren Gold- und Perlenketten wie andere ältere Frauen.

Bei ihrer Ankunft tief in der Nacht hatten Daddy und Cora einander lange angesehen.

»Du bist zurück«, hatte sie nur gesagt.

»Und du bist noch hier«, hatte er geheimnisvoll erwidert, seine große Reisetasche neben sich. »Wir sind wegen der Bücher da.«

Coras fragender Blick hatte sich erst auf ihn, dann auf sie gerichtet. Mira hatte nicht gewusst, was sie angesichts der fremden Wissbegierde in dem Blick erwidern sollte.

»Das ist Mira«, hatte Daddy sie einander vorgestellt. »Liebes, du weißt doch, dass Mommy und Daddy einmal hier gewohnt haben? Das ist Cora, eine alte Freundin. Sie hat die letzten Jahre auf das Haus achtgegeben, und sie wird uns helfen.« Und mit einem hoffnungsvollen Lächeln, aus dem eine merkliche Unsicherheit sprach, hatte er hinzugefügt: »Das wirst du doch, oder? Cora? Wir sind wirklich müde, und es ist kalt …«

Cora hatte sich vor ihr niedergekniet und sie durchdringend angesehen, ihre Augen grau und grün wie Kiesel in einem Bach.

»Was bist du eine Hübsche«, hatte sie gesagt. »Von einer wie dir habe ich geträumt, weiß du das? Als ich noch jünger war. Und dein Vater ein guter Freund.«

»Du bist auch hübsch«, hatte Mira erwidert, um eine bessere Antwort verlegen; denn obgleich es die Wahrheit war, fühlte sie sich klein und verloren in Coras Nähe, wie in einer Kirche oder einem Wald. Und sie hatte hilfesuchend ihren Stofffuchs an sich gedrückt, den sie nicht mehr losgelassen hatte, seit ihr Vater sie in dieser Nacht aus dem Bett gerissen hatte.

»Ich habe ein Bett und ein Sofa«, hatte Cora gesagt, als sie wieder aufgestanden war. »Das Bett ist für Mira – denn sie sieht aus, als ob sie es nötig hat. Aber das Sofa für dich hat einen Preis.«

»Welchen?«, hatte Ross ernst gefragt.

»Die Wahrheit.«

Ross hatte nachdenklich genickt, als gälte es, die volle Tragweite dieses Preises zu ermessen. Dann hatte Cora sie hineingeführt und gebeten, die Schuhe auszuziehen.

»Tu, was sie sagt«, hatte Ross geflüstert, während er ungeschickt mit der Tasche in einer Hand balancierte und sich mit der anderen die Schuhe abstreifte. »Es ist Sitte so.«

Als das weiche Bett Mira umfangen hatte, war ihr der Geruch des Hauses aufgefallen, und sie hatte Mommy vermisst. Dann hatte die Müdigkeit sie die nächtliche Autofahrt und Daddys Geheimnisse eine Weile vergessen lassen.

*

Cora machte ihnen Frühstück.

Das Omelett schmeckte ungewohnt, oder vielleicht kam es ihr nur so vor, weil einige der Eier grüne Schalen hatten, und Mira hatte noch nie grüne Eier gesehen; die heiße Schokolade war dafür phantastisch. Einen Teller mit Omelettresten stellte Cora ins offene Fenster, und kurz darauf ließ sich ein Rabe auf dem Sims nieder, ohne Notiz von den Menschen zu nehmen, und machte sich darüber her.

»Ist das dein Rabe?«, fragte Mira.

Cora verneinte. »Er gehört niemandem. Aber er kommt jeden Tag.«

»Hat er einen Namen?«

»Lass mich raten«, sagte ihr Vater und legte den Kopf schief, bis er selber ausschaute wie ein Rabe. »Coras Corax.«

Cora verdrehte die kieselfarbenen Augen. »Er hat mir seinen Namen noch nicht verraten.« Sie richtete den Blick auf Miras Fuchs, den sie neben sich auf den Tisch gesetzt hatte. »Wie steht es mit ihm? Hat er dir schon gesagt, wie er heißt?«

»Ariel«, sagte Mira, weil es das Erste war, was ihr einfiel.

Cora hob eine Braue. »Ein mächtiger Name. Will Ariel vielleicht auch ein Ei?«

»Ja bitte«, sagte Mira. »Er hat einen langen Weg hinter sich.«

»So wie du?« Cora stellte dem Fuchs einen Teller hin.

»Wohin ich gehe, geht er auch«, erklärte Mira. »Wir geben aufeinander acht. So wie du auf das Haus.«

Cora lächelte. »Dann braucht er unbedingt eine Stärkung.«

»Sie ist ganz verrückt nach ihm«, sagte Daddy nachdenklich. »Er bedeutet ihr die Welt.«

»In den Mythen nordkalifornischer Stämme war es ein grauer Fuchs wie er, der die Welt einst erschuf.« Cora stellte die Pfanne beiseite und legte dem Fuchs die gespreizte Hand auf die Stirn. Mit geschlossenen Augen murmelte sie ein paar Worte in einer Sprache, die Mira noch nie gehört hatte.

»Was tust du da?«, fragte Mira.

»Ein alter Segen. Damit er künftig noch besser über dich wacht.«

»Schatz«, sagte Daddy leise. »Wieso isst du nicht auf und gehst eine Weile spielen? Cora und ich haben viel zu bereden.«

Sie beendete das Essen und ging das Haus erkunden, während Daddy sich mit seiner alten Freundin unterhielt. Zimmer auf Zimmer durchstreifte sie, staunte über die Baldachine aus bunten Tüchern, die Wälder beschnitzter Türpfosten, die Teppichmeere mit ihren wirbelnden Mustern, die Grotten aus Pendellampen und Perlenketten. Sie kam sich vor wie in einer Feenhöhle, und dabei hatte sie nicht einmal geahnt, dass Feen in Höhlen lebten. Und überall der Geruch, für den sie keinen Namen hatte, braun und samtig und herbstlich warm.

Daddy und Cora waren derweil auf den Dachboden geklettert. Mira wäre ihnen gerne gefolgt, aber Daddy hatte gesagt, dass das zu gefährlich sei, weil es mit der Vergangenheit zu tun habe.

»Ich wusste, dass du sie noch hast!«, verkündete er wenig später und wuchtete einen Karton mit Büchern die steile Treppe hinab.

»Sie sind nicht das Einzige, was du zurückgelassen hast. Und nicht das Einzige, was ich bewahrt habe.«

»Mira, schau! Ich habe sie gefunden.«

Neugierig kam sie näher. Sie hatte Daddy selten so begeistert gesehen.

Mit zitternden Händen und leuchtenden Augen hielt er ihr eine Reihe abgegriffener Hefte unter die Nase. Auf den Titelbildern war ein maskierter Reiter auf einem weißen Pferd zu sehen, manchmal in Begleitung eines Indianers. »Die habe ich gelesen, als ich so alt war wie du. Und oh, hier: Der große Gatsby! Da war ich schon etwas älter.« Er lächelte wehmütig. »Diese Bücher haben mir alles bedeutet.«

»Du warst eine Leseratte«, stimmte Cora zu. »Aber mitgenommen hast du sie nie.«

Ihr Vater nickte finster. Diese Stimmungsumschwünge kamen immer häufiger, und sie waren Mira unheimlich. »Das war ein Fehler«, gab er zu.

»Du kannst sie haben, Ross. Es sind deine.«

»Danke, Cora!« Er presste sie an sich wie eine Mutter ihr Kind.

»Du hast mit die Wahrheit versprochen«, erinnerte sie ihn. »Was hat dich wirklich zurückgeführt?«

»In meiner Tasche«, murmelte er. »Unten in meiner Tasche. Da ist etwas, das du sehen solltest.«

Die beiden gingen hinunter ins Wohnzimmer. Die Bücher nahm Daddy mit, aber Mira schien er ganz vergessen zu haben. Still folgte sie den Erwachsenen die Treppe hinab und setzte sich auf eins der großen Sitzkissen, Ariel fest an sich gedrückt. Dort spielte sie mit den geschnitzten Tieren, die sie auf dem bunten Kaffeetisch fand, während ihr Vater die Bücher in seiner Reisetasche verstaute. Da sah sie, dass diese außer mit Kleidern bereits mit anderen Büchern gefüllt war: schwere, gebundene Bücher wie die von seiner Arbeit. Doch sie schienen ihn im Moment nicht zu kümmern. Stattdessen stellte er ein großes, schimmerndes Ei auf die Anrichte.

»Was ist das?«, fragte Cora.

»Das CERES-Modul«, erklärte ihr Vater andächtig und drehte den oberen Teil des Eis ein Stück gegen den Uhrzeigersinn.

»Ceres?«, fragte sie. »Wie die Göttin?«

»Nicht ganz«, entschuldigte sich Daddy. »Wie in *Zero Point Energy System*.«

»Dann müsstest du Ceres mit Z schreiben«, gab sie zu bedenken.

Ihr Vater runzelte die Stirn, als wäre ihm der Gedanke nie gekommen. »*Bueno*«, sagte er. »*Este es el Cero Energia Sistema.*«

»Du glaubst vielleicht, das sei Spanisch«, sagte Cora. »Ich hege da meine Zweifel.«

Ihr Vater grinste. »Zweifel sind gut, Cora! Nur wenn man bereit ist, Überzeugungen in Zweifel zu ziehen, stellt man die richtigen Fragen.«

Sie faltete die Hände im Schoß wie eine gelehrige Schülerin.

Er holte tief Luft und hob zu einem leidenschaftlichen Vortrag an. »Was würdest du sagen, wenn wir – jeder Mensch, überall! – die ganze Zeit von mehr Energie umgeben wären, als wir je nutzbar machen können?«

»Ich wäre nicht im Mindesten überrascht«, gab sie zurück.

Er winkte ab. »Nicht, wie du denkst. Hast du je von der Unschärferelation gehört? Es ist nicht möglich, zugleich Ort und Impuls eines Teilchens zu kennen. Du weißt, was das heißt?«

»Dass das Universum sich weigert, auf jede Frage, die Männer wie du ihm stellen, eine klare Antwort zu geben.«

Er schnaubte. »Dann wird es dich freuen zu hören, dass ich getan habe, was Männer wie ich seit Anbeginn der Zeit in dieser Lage tun: Ich habe eine Maschine gebaut, die mir die Antwort verrät.«

»Dieses Ei da?«

»Ich hatte gehofft, das Modul hier fertigzustellen … in meiner alten Werkstatt, wenn sie noch existiert.«

»Die Werkstatt gibt es schon lange nicht mehr – ich habe die Garage für meine Hühner gebraucht. Was du an Werkzeug dagelassen hast, liegt oben bei den anderen Sachen auf dem Dachboden.«

»Ein echter Jammer«, sagte er betroffen, so als hätte er nicht damit gerechnet, dass sich in seiner Abwesenheit viel geändert hatte. Dann schien ihm die Bemerkung peinlich zu sein. »Aber wie du das Haus herausgeputzt hast! Die Teppiche im Obergeschoss sind wirklich …«

»Ross«, unterbrach sie. »Wovor bist du auf der Flucht?«

Er warf einen unsicheren Blick zu Mira, die so tat, als interessierte sie das Gespräch nicht. »Sie wollen mir das Modul wegnehmen. Sie wollen mir alles wegnehmen.«

»Wer sind sie?«

»Wer wohl – die Waffenhändler und Kernspalter von King Industries.« Ein weiterer verstohlener Blick. »Und ihre Verbündeten. Ihre fünfte Kolonne unter meinem Dach.«

»In was bist du da nur hineingeraten?« Cora schüttelte den Kopf. »Was wurde aus dem Ross, der dem Wind hinterherjagte?«

»Er hat ihn nicht gefangen«, erwiderte er bitter. »Der Wind wird immer wehen, aber er wird unsere Probleme nicht lösen. Ich habe es jahrzehntelang versucht, doch meine Feinde waren mir immer voraus.« Er klopfte auf das Ei. »*Das* hier ist die Zukunft, Cora. Feynman hat es erkannt – genug Energie, um alle Ozeane der Welt zum Kochen zu bringen.«

»Das ist ein furchtbarer Gedanke, Ross.«

»Keine Angst«, erwiderte er selbstbewusst. »Ich denke weiter als er! Feynman war ein Genie, doch er stand sich immer selbst im Weg. Sein Leben lang war er neugierig auf LSD, aber er traute sich nicht, es zu probieren, bis es zu spät war …«

Cora lachte. Es war ein Lachen wie das Schütteln eines Baums. »Und du hattest natürlich nie solche Skrupel. Ross, wenn du mich überzeugen willst, dass dieses Ding bei dir in den richtigen Händen ist, musst du dir schon mehr Mühe geben.«

Als er wieder sprach, war aller Frohsinn aus seiner Stimme gewichen. »Deshalb bin ich hier, Cora. Ich gebe mein Bestes, jede Stunde, jeden Tag, aber es reicht einfach nicht. Ich weiß nicht mehr weiter. Kannst du mir helfen?«

*

Tief in der Nacht wachte sie auf, weil sie sich einsam fühlte und Heimweh hatte. Durch die dünnen Wände und Böden hörte sie Stimmen, die aus dem Untergeschoss heraufdrangen. Sie drückte Ariel an sich und schlich auf Zehenspitzen zur Treppe. Die Gerüche im Haus hatten sich zu einem reichen Vorhang zusammengezogen, der sich im leisen Takte sonderbarer Flötenklänge regte. Sie erhaschte einen Blick auf Cora und ihren Vater, die im Schneidersitz bei Kerzenschein an einen niedrigen Tisch saßen, auf dem mehrere bunte Karten ausgebreitet lagen. Beide trugen gegürtete Gewänder, die Mira an Morgenmäntel erinnerten, bloß schöner und bunter, so wie alles im Haus schöner war. Sie wollte zu ihrem Vater – gleichzeitig war ihr das, was dort unten geschah, nicht geheuer. Also kauerte sie sich in die Ecke neben den bemalten Treppenpfosten und lauschte wieder.

»Es ist in deinem Kopf?«, fragte Cora.

»Die ganze Zeit«, raunte ihr Vater. Und ich werde es nicht mehr los. Alle *wollen,* dass ich es loswerde – aber wer sagt mir, wie viel davon *ich* bin?«

»Das kannst nur du selbst beantworten. Geht es dir denn gut dabei?«

»Gut, schlecht …« Er sagte es, als wüsste er mit den Worten nichts anzufangen. »Es ist *anders,* Cora. Manchmal habe ich das Gefühl, dass mich die Last erdrückt. Die Kopfschmerzen werden so schlimm, dass ich kaum richtig sehen kann, und die Stimmen lassen mir keine Ruhe … Dann wieder denke ich, ich sehe und höre einfach mehr als früher, meine Sinne sind weiter, ich *verstehe* viel mehr … Ich liege in meinem Bett und stehe doch in meiner Werkstatt, im Labor, bin zugleich in Carmel, Berkeley und in San Francisco, und ich sehe die *Zusammenhänge,* Cora, so wie du in deinen Karten: der Magier, der Turm … Ich verstehe den *Sinn* und weiß, ich kann damit leben. *Muss* damit leben.«

»Manche Kämpfe kann niemand gewinnen«, stimmte sie zu.

»Selbst der Magier nicht.« Mira hörte das Mischen von Karten, sanftes Rascheln von Karton. »Aber man kann vielleicht eine Übereinkunft finden …«

»Ganz genau! Es geht ja nicht bloß um die Firma, sondern um meinen Verstand – ich darf nicht zulassen, dass sie mir den nehmen! Nicht, wenn ich meine Arbeit beenden will. Das CERES-Modul ...«

»Das Modul? Ist es wirklich so wichtig?«

»Mehr als du ahnst.«

Cora seufzte. »Ich mache dir einen Vorschlag. Ich kann versuchen, dir zu helfen ...«

»Ich wusste, dass ich mich auf dich verlassen kann!«

»Dann bräuchte ich jetzt heißes Wasser«, fuhr sie fort. »Ich bin gespannt.«

»Was hast du vor?«

»Wenn dieses Ei, wie du sagst, alle Ozeane der Welt zum Kochen bringen kann, dann kann es mir doch sicher einen Topf mit Wasser erhitzen?«

»Cora, das ist nicht ...«

»Bring es her. Ich räume den Tisch ab.«

Sie hörte Schritte, dann Klappern, leises Plätschern und den Klang von Metall auf Metall. Ihr Vater lachte verunsichert, während Cora ein paar Worte murmelte, die sie nicht verstand. Es klang wie der Segen, den sie für Ariel gesprochen hatte.

Bald darauf hörte Mira das unverkennbare Sprudeln eines Kochtopfs.

»Was ist die Kraft, die dieses Wasser wärmt, Ross? Ist das deine unsichtbare Energie, die niemand außer dir kennt?«

Ihr Vater stammelte eine undeutliche Antwort.

»Die wahre Macht liegt im Land und in der Luft, Ross, im Wasser, dem Feuer, den Elementen. Sie liegt in den Geistern derer, die vor uns kamen, und den ungeborenen Seelen derer, die uns nachfolgen. Im großen, alles durchdringenden Bewusstsein der Welt. Sie liegt in dir und in mir, Ross.«

»Vielleicht hast du recht«, flüsterte ihr Vater. »Vielleicht musste es so kommen, damit ich endlich klarsehe. Als hätte ich auf einmal die passende Linse gefunden, durch die betrachtet alles Sinn ergibt ...«

Mira hörte Cora mit Tassen hantieren und pusten. »Jetzt trink.«

Ihr Vater schlürfte, dann hustete er.

»Um Himmels Willen, Cora! Was hast du nur in … Grundgütiger!«

Sie lachte. »Medizin schmeckt selten gut. Ich kann dir helfen, Ross – aber dafür musst du meine Hilfe auch zulassen. Es braucht Zeit.«

»Davon habe ich vielleicht nicht mehr viel, weißt du.«

»Die Zeit vergeht nicht überall gleich. Das hast du mir doch immer erklärt.«

»Aber niemand kann ihr befehlen! Oder bist du eine Königin?« Er kicherte traurig. »Eine Feenkönigin. Mira glaubt noch an Feen. Was ist mit dir, Titania?«

»Wäre ich eine Königin, wäre es Sitte, dass du eine Weile an meinem Hof bleibst. Tausend Tage und tausend Nächte.«

»Das wäre schön«, murmelte er. »Ich wünschte, ich hätte deine Ruhe. Deine Gewissheit. Deine Kraft. Früher warst du anders.« Er lachte. »Wie ein Sturm.«

»Und du warst nicht mehr eins mit dir, seit du weggegangen bist. Lass mich dich führen.«

»Führen wohin?«, fragte er tonlos.

»Zu dir. Zu dem, was du verloren hast. Gib mir deine Hand.« Und sie begann leise zu singen, in dieser fremdartigen Sprache, die aus derselben fernen Welt wie die Flötenklänge zu stammen schien.

Der Gesang hatte eine einschläfernde Wirkung auf Mira. Er führte sie an Orte zwischen Schlafen und Wachen, die ihr unbekannt waren; und als sie nach unbestimmter Zeit aus dem Halbschlaf aufschreckte, hörte sie ihren Vater im Untergeschoss leise weinen. Da bekam sie es mit der Angst zu tun und verkroch sich wieder in ihrem Bett, wo sie, Ariel an sich gedrückt, zur Decke starrte und an zu Hause und an Mommy dachte.

Die fremde Musik begleitete sie bis in den Schlaf.

*

Am nächsten Morgen ging sie im Schlafanzug hinab in die Küche, aber niemand außer ihr war auf, also machte sie sich ein Erdnussbuttersandwich, das sie draußen auf der Veranda aß. Es war kalt, doch sie fand eine Decke auf der Bank und genoss die zauberische Stimmung. Ein Windspiel klang leise in der Morgenluft und die Silhouetten der Nachbarhäuser im Frühnebel wirkten wie aus einem Märchen. Zwei Hühner staksten über den Rasen.

Und auf einem großen Holzpfahl, in den Tiergesichter mit scharfen Zügen geschnitzt waren, saß Coras Rabe – und er hatte Ariel im Schnabel.

Entsetzt schaute sie zu ihrem offenen Fenster. Dann rannte sie schreiend auf das taubenetzte Gras hinaus.

»Lass ihn los!«, rief sie. »Ariel gehört zu mir!«

Der Rabe stieg flügelschlagend in die Luft und ließ den Stofffuchs fallen, um sich stattdessen über die Reste ihres Sandwiches herzumachen, das sie vor Schreck auf der Veranda gelassen hatte. Er hatte sie überlistet.

Gekränkt hob Mira ihren Fuchs auf und drückte ihn nach kurzer Inspektion an die Brust. »Wir geben doch aufeinander acht«, murmelte sie.

Da hörte sie leise Geräusche aus der Garage und schlich vorsichtig näher.

Das Innere der Garage glich eher einem Stall; der Boden war mit Stroh und Sand eingestreut, in dem Coras Hühner nach Körnern pickten. Daddy stand konzentriert im Schein einer Lampe über die Werkbank gebeugt. Er trug noch denselben gegürteten Mantel wie in der Nacht, und sein graues Haar war wirr, seine Wangen stoppelig. War er schon lange hier? Hatte er überhaupt geschlafen? Er hatte sein Metall-Ei auf ein dreibeiniges Gestell gesetzt und eine kleine Klappe daran geöffnet, in der er mit einem feinen Schraubenzieher etwas einstellte. Winzige Lichter blinkten in der Klappe.

»Daddy«, sagte Mira.

»Gib mir doch bitte noch mal den Phasenprüfer, Toni«, murmelte er.

»Toni ist nicht hier, Ross«, hörte sie Coras Stimme und fuhr herum. »Nur Mira und ich.« Daddys Freundin hockte am rückwärtigen Ende im Schatten auf einem Regal, eins der Hühner im Schoß. Ihr Haar wirkte an diesem Morgen noch weißer und aufgelöster als sonst.

Ross unterbrach seine Arbeit und drehte sich verstört zu ihnen um. »Das tut mir leid. Ich wollte Cora sagen.« Er blinzelte seine Tochter an, rieb sich die Augen, als traute er ihnen nicht, und hielt den Kopf schief. Sie bemerkte das nicht zum ersten Mal – manchmal kam es ihr so vor, als ob er überhaupt nur aus den Augenwinkeln richtig sähe. »Hallo, Liebes. Geht es dir gut?«

»Coras Corax hat versucht, Ariel zu stehlen …«

»Er ist ein Dieb«, entschuldigte sich Cora und streichelte ihr Huhn. »Hast du probiert, ihm etwas anderes anzubieten?«

»Mein Frühstück«, sagte Mira.

»Schön, dass ihr euch einig wurdet«, sagte ihr Vater zerstreut und ließ suchend den Blick über die volle Werkbank gleiten.

»Dein Werkzeug liegt da, wo du es zuletzt hingelegt hast«, rief Cora ungeduldig. »Bei den Tassen.«

»Daddy«, sagte Mira. »Wann können wir wieder nach Hause?«

Seine Lippen wurden schmal, und er stützte sich am Tisch auf wie ein sehr kranker Mann.

»Ich will nach Hause, Daddy …«

»Komm her.« Sie gehorchte und er drückte sie an sich, fuhr ihr durchs Haar, aber gab keine Antwort.

»Daddy?« Ihre Augen wurden feucht.

»Du wirst dich noch etwas gedulden müssen, Liebes.«

»Wieso? Was tun wir hier, Daddy? Geht es dir wieder schlecht?«

»Mir geht es gut, Liebes. Mir geht es viel besser als die letzte Zeit.«

»Wieso fahren wir dann nicht zurück?«

»Wir sind hier in Sicherheit«, sagte er leise. »Denn hier sind wir zu Hause. Das habe ich dir doch erklärt, oder? Wir waren nie weg …«

»Dein Vater und ich müssen noch etwas bereden«, mischte Cora sich ein und warf das flatternde Huhn zurück zu den anderen. »Es wird nicht lange dauern. Könntest du drüben im Haus auf uns warten? Und zieh dir was an.«

Sie schluckte die Tränen hinunter. Ihr Vater strich ihr noch einmal über den Rücken und löste sich dann von ihr. »Ja. Ja, das wäre gut.«

Widerstrebend ging sie nach draußen, wo inzwischen warme Sonnenstrahlen in den Garten fielen. Nach wenigen Schritten jedoch blieb sie stehen und kauerte sich neben die offene Tür. Drinnen hörte sie Cora auf ihren Vater einreden.

»Weiter als bis hier hast du nie gedacht, oder? Was wolltest du Mira erzählen? Was war dein Plan, Ross? Du kommst hierher, nach all der Zeit, als wäre nichts geschehen. Du fliehst vor deiner Frau und trägst sie doch mit dir. Du hast mir die Wahrheit versprochen, weißt du noch? Und die Wahrheit ist: Alle Frauen, mit denen du je zusammen warst, sind eins für dich. Solange sie dich nur unterstützen.«

»Du redest Unsinn!«, erwiderte er hart. »Du hast mich nie verraten …«

Cora schnaubte wie ein alter Drache. »Du musst ein scheußlicher Ehemann gewesen sein. Und ich beginne zu ahnen, dass du ein ebenso furchtbarer Vater bist. Besser, dass wir es nie herausgefunden haben.«

Etwas in der Garage zerbrach, und Mira zuckte zusammen. Auf das Geräusch aber folgte ein Klang, der noch erschreckender war als der plötzliche Gewaltausbruch: Ihr Vater weinte wieder. Weinte wie ein kleiner Junge.

»Du bist krank, Ross«, sagte Cora. »Und nicht nur dein Körper, sondern auch dein Verstand. Ich kann es spüren – gestern Nacht habe ich es gespürt. Natürlich musst du deine Tochter schützen. Sie ist ein wunderbares Kind! Aber vielleicht hast du verkannt, vor wem sie Schutz am meisten nötig hat.«

»Erzähl du mir nichts von Krankheit und meinem Verstand!«, brauste er auf. »Mit deinen Kräutern und deinem Schlangengift! Verstehst du nicht, dass sie mir alles nehmen wollen? Mein Werk, meine Mira – meinen Platz in der Welt?«

»Du bist ein eitler, selbstgerechter Mann, der nie die Größe hatte, sich seinem eigenen Scheitern zu stellen. Die Welt dreht sich nicht bloß um dich! Ich werde dich nicht belügen, um dir zu schmeicheln. Von mir hast du nie etwas anderes als die Wahrheit bekommen – so auch jetzt. Denk an deine Tochter, Ross! Du hast Zeit bis morgen früh.«

Mira flüchtete gerade noch rechtzeitig ins Haus, ehe ihr Vater aus der Garage gestürmt kam.

*

In den frühen Morgenstunden weckte er sie.

»Daddy?«, fragte sie verschlafen.

»Zieh dich an«, flüsterte er ungeduldig, obgleich er selbst nur Hosen, Pullover und den bunten Morgenmantel trug.

»Wie spät ist es?« Draußen war es noch dunkel, und sie hörte den Wind an den Fensterläden reißen.

»Hoffentlich noch nicht zu spät, Liebes. Beeil dich!«

Er half ihr, sich anzuziehen, dann schlang er sich seine Reise-tasche mit dem Ei und den Büchern darin über die Schulter. Das Gewicht der Tasche zwang ihn beinahe in die Knie. »Wir müssen gehen. Ganz leise.«

»Was ist mit Cora?«, fragte sie und griff hastig nach Ariel, bevor ihr Vater sie aus dem Zimmer drängte.

»Weck sie nicht auf!«

Mehr schlecht denn recht schlichen sie die Treppe hinab und zur Tür hinaus. Es regnete ungewöhnlich heftig, und die Windspiele vor dem Eingang klangen und klapperten wie wild. Doch ihr Vater ließ sich nicht beirren. Fast hätte er ihre Schuhe vergessen. Seine eige-nen warf er sich an den Senkeln verknotet um den Hals. Gehetzte Blicke um sich werfend stolperte er mit ihr zum Auto.

In der Ferne, hinter den letzten Häusern und einer Reihe von Bäumen, glaubte sie das flackernde Farbenspiel von Polizeileuchten zu sehen. Ein fast spiegelgleiches Fleckenmuster überzog auch den zersplitterten Horizont, an dem feine Risse von Morgenrot in den Bäuchen der bleigrauen Wolken versanken.

»Wohin fahren wir?«, fragte sie, während er erst die Tasche auf die

Rückbank wuchtete und dann Mira danebenzwängte, seine Schuhe nach wie vor um den Hals. »Fahren wir nach Hause?«

»Du weißt, dass ich dich niemals zurücklassen würde?«, fragte er und gurtete sie hastig fest. »Das weißt du doch, oder?«

Sie nickte stumm. Der nasskalte Wind fuhr durch die offene Tür in ihr Haar.

»Ich bringe dich in Sicherheit, Mira. In Sicherheit.«

Dann schlug ihr Vater die Tür zu, und das Unwetter schloss seinen Griff um die Welt.

CALIBAN

Die Tür öffnete sich mit einem Knarren.

Im Inneren des Windrades brannten zahllose Lampen, Laternen und Pendelleuchten, betrieben von surrender Elektrizität wie die Lichter im Dorf, ein goldenes Kaleidoskop sachte im Takt des Rades flackernder Birnen, die den hohen Raum doch kaum mehr erhellten als Kerzen.

Die Ausstattung des Zimmers mochte einst Spiegel der Sehnsüchte seines Erbauers gewesen sein, doch heute war sie nur noch ein wildes Durcheinander.

Da der Raum rund war, gab es auch keine Winkel, denen die Einrichtung gehorcht hätte. Selbst wenn einmal ein ordnender Geist hier gewaltet hatte, war dieser längst einem inneren Sturm erlegen, der jenem vor der Tür, der ihre Welt beherrschte, in nichts nachstand. Bilder hingen schief an der Wand, Schränke lehnten wie Liebende oder Betrunkene aneinander. Keine Diele, die sich nicht an ihrer Nachbarin gerieben hätte, kein Sessel oder Schrank, der nicht wie Treibgut auf der Flutlinie eines unsichtbaren Strandes wirkte. Die Scheiben waren blind wie Meerschaum, die Metallbeschläge matt wie Muschelschalen, und die Polster und die aufgequollenen Tapeten atmeten den Hauch des Meeres. Das Windrad war ein Mahnmal des Alters, eine Kathedrale des Verfalls.

Caliban hatte den Turm nie von innen gesehen – der Herr dieses Ortes hatte es nicht gestattet. Doch nach wenigen Schritten durch dieses vergessene Museum erkannte er, wie krank Miras Vater war. Er folgte dem Lufthauch, der seine Wangen streichelte, und erblickte gut dreißig Fuß über ihren Köpfen die blitzenden Schatten eines großen Messingrades, dessen flache Speichen sich wie die Flügel eines Ventilators drehten. Das die Luft schneidende Ungetüm bildete die Decke des Raums, jenseits derer sich ein zweiter Stock befand; eine schiefe Metalltreppe klammerte sich an die Wand und schien vom Rad unterbrochen zu werden. Etwas verbarg sich dort oben, dessen war Caliban sich gewiss; er hätte es nicht benennen können, doch er spürte es so deutlich wie wärmende Sonnenstrahlen.

Rince und Stephanie würdigten den rotierenden Himmel nur eines flüchtigen Blickes, während sie sich wie zwei tropfnasse Hunde den Regen abschüttelten. Dann machten sie sich emsig an die Bestandsaufnahme.

»Keine Bücher«, stellte Stephanie nach rascher Überprüfung der Regale fest. »Nur diese … Antiquitäten.« Enttäuscht glitten ihre Finger über Kerzenständer und Bronzefiguren. Auf einem Beistelltisch fand sie eine alte, doppelläufige Flinte, die sie kurz untersuchte und dann wieder ablegte. »Glaube nicht, dass das viel wert ist.«

»Deshalb sind wir nicht hier!«, mahnte Caliban.

»Stimmt genau«, plapperte Rince, der ziellos mal nach links, mal nach rechts taumelte. »Wir sind wegen dem Wein hier. Diesem sehr bemerkenswerten Wein. In dem Ramsch hier liegt kein Profit, da kannst du jeden Pfandleiher fragen.« Er drehte sich suchend um die eigene Achse. »Also, wo würde ich wohl meinen Weinkeller verstecken, wenn ich einen hätte?«

»Keller verstecken sich meist unter den Füßen«, rief Stephanie ihrem Kompagnon ins Gedächtnis, der die Neuigkeit umgehend aufnahm und emsig zu scharren und zu stampfen begann, bis der Boden unter seinen Füßen einen hohlen Laut produzierte; einen Laut, der – dem idiotischen Grinsen auf Rinces Zügen nach – seinen Widerhall in der Leere seines Kopfes fand.

»Ich hab ihn!«, strahlte er und steckte den Revolver ein. »Ich hab den Keller gefunden!«

»Was wir suchen, befindet sich nicht dort unten!«, zischte Caliban. »Sondern über uns! Verschwendet keine Zeit! Wir müssen schnell sein, ehe der Alte auf uns aufmerksam wird!«

Doch Rince hatte bereits einen Teppich beiseitegezogen und stemmte mit beiden Armen die schwere Luke darunter auf. »Du kannst ja gern versuchen, nach oben zu klettern, Jungchen«, keuchte er. »Viel Spaß dabei! Hast du nicht gesehen, dass die Treppe nach oben kaputt ist?« Stephanie eilte mit einer Laterne herbei, die Rince hastig entzündete; und Caliban blieb nichts anderes übrig, als sich ihnen anzuschließen, wenn er nicht wollte, dass sie ihm einfach davonliefen.

Unter der Luke führten in den Fels geschlagene Stufen in die Tiefe. Rince ging voran, den Revolver in der Hand, hinter ihm die stolpernde Stephanie, die ihm die Laterne über die Schulter hielt und dadurch geblendet war. Als Caliban sie am Ärmel zog, fuhr sie vor Schreck herum und verpasste ihm eine Ohrfeige.

»Fass mich nicht an!«

»Ihr gefährdet den Plan!«, zischte Caliban.

»Ich werde dir mal was erklären«, sagte Rince und hielt Caliban den Revolver unters Kinn. Sein Gesicht war nun so nahe, dass Caliban seinen Atem spürte und den Wahnsinn darin roch, den Rince für Wein hielt. »*Mein* Plan ist es, möglichst viel von diesem Wunderfusel zu trinken, den du uns versprochen hast. Und dann zu entscheiden, ob wir es uns hier gemütlich machen oder lieber alles zum Laster schleppen und von hier verduften. Dabei darfst du gern helfen. Aber wenn du oder der alte Sack, dem das alles gehört, uns krummkommt, dann gibt's was hiermit!« Er drückte Caliban den Lauf auf die Stirn.

Caliban musste einsehen, dass ihm die beiden Halunken völlig entglitten waren. Sie waren entweder zu dumm oder zu gierig – die Ideen, die er ihnen eingepflanzt hatte, waren jedenfalls verflogen wie ein Darmwind an einem Frühlingstag.

»Haben wir uns verstanden?«

Caliban nickte stumm.

»Na bestens.« Rince drehte sich wieder um und ging weiter ins Dunkel hinab.

Dann stutzte der Gauner.

»Stephanie, leuchte mal …«

Im nächsten Moment stieß Rince einen spitzen Schrei aus.

Stephanie hielt die Laterne zur Seite, damit sie sehen konnte, was ihren Freund so erschreckte, und als sie in seinen Schrei mit einstimmte, rechnete Caliban damit, dass die Laterne jeden Augenblick zerspringen würde.

»Was zur Hölle ist hier los?«, schrie Rince. »Mach's Maul auf, Junge! Was wird hier gespielt?«

Caliban schaute über ihre Schultern die Treppe nach unten. Er verstand nicht, was er sah – aber es überraschte ihn auch nicht. Es war, was er im Keller dieses Hauses erwartet hätte.

Fünf Menschen lagen auf dem Boden des runden Raums, keiner von ihnen bei Bewusstsein. Sie lagen gefesselt in einem Geflecht starker Stricke; es sah aus, als wäre das Kellerrund ein einziger großer Traumfänger, die Menschen darin gefangen wie Fliegen in einem Spinnennetz. Und aus der Mitte des Netzes erhob sich ein Geäst glänzender Rohre und gläserner Kolben, aus denen ein durchsichtiger Saft in eine Phiole tropfte.

Stumm schritt Caliban an Rince und Stephanie vorbei.

»Was verdammt noch mal ist hier passiert?«, wollte Rince wissen. »Wer … wer sind diese Leute?«

Caliban gab keine Antwort. Er dachte an das, was Mira ihm über die Fremden erzählt hatte. Die beiden dunkelhäutigen Männer waren wohl Vater und Sohn; der ältere Mann und die junge Frau ihre Untergebenen.

Damit musste die ältere, die ihm am nächsten lag, Miras Mutter sein.

»Was da aus dem Rohr läuft … das ist wohl kaum der Wein, den du uns versprochen hast, oder?« Rince verzog vor Ekel das Gesicht. »Was verflucht *ist* das?«

»Ich weiß es nicht«, sagte Caliban. »Und es ist mir auch gleich.«

»Liebes«, sagte Stephanie und griff nach Rinces Arm. Auch ihr stand das Entsetzen ins Gesicht geschrieben. »Vielleicht hat er recht. Vielleicht sollten wir lieber wieder ...«

Doch Rince schritt schon weiter zum unteren Treppenabsatz. Fassungslos besah er sich das Netz der Gefangenen, seine Augen fiebrig im Schein der Laterne. »Ich will wissen, was hier ...«

Da löste sich der erste Geist aus dem Dunkel. Er hatte die Gestalt einer jungen schwarzen Frau, fast noch ein Mädchen, in einem schulterfreien Kleid. Ihre Augen waren groß und weiß, die nackten Arme, die sie hilfesuchend nach ihnen ausstreckte, dürr und sehnig.

»Halt!«, schrie Rince.

Noch bevor das Mädchen sie erreichte, erhoben sich weitere Geister aus dem Gespinst. Geister jeden Geschlechtes, jeden Alters und jeder Hautfarbe. Mühelos glitten sie durch die gespannten Seile, die Gefesselten und ihresgleichen hindurch.

»Rince!«, rief Stephanie panisch.

Caliban entdeckte einen jungen, langhaarigen Mann in einer bestickten Weste, der wie Ross aussah, aber in Calibans Alter. Und hinter ihm ein Kind, ein kleines Mädchen von vielleicht fünf Jahren. Die Züge dieses Mädchens hätte Caliban jederzeit erkannt, gleich wie alt.

Rince legte auf die junge Frau in dem Kleid an und zielte. »Ich hab euch gewarnt!«, schrie er und schoss. Der Knall hallte laut wie in einem Brunnen von den Kellerwänden wider, und Splitter spritzten aus dem Gestein.

»Raus hier!«, schrie Stephanie.

Die Kugel war direkt durch die Erscheinung durchgegangen und hinter ihr in die Wand geschlagen. Man konnte sogar die Kerbe in der Wand erahnen.

Rince schoss noch zweimal, auf den Mann in der Weste und die glänzende Apparatur in der Mitte des Raums, die in einem hellen Splitterregen zerplatzte. Querschläger flogen unkontrolliert durch die Menge, die nun wie das gierige Meer an der Treppe leckte.

»Schluss damit!« Caliban war klar, dass die geisterhaften Gestalten nur Träume waren, Träume der gefangenen Schläfer; und auch wenn er nicht wusste, weshalb Ross diese Menschen festgesetzt hatte und was für Träume sie in ihrer Qual gebaren, so verstand er doch, dass von Träumen niemals eine Gefahr für ihn ausging. Caliban selbst besaß keinen Träumer – trotzdem war er einer der ihren. Ein Geschöpf der Welt unter dem Winde. Der Sohn der Sycorax. Rince und Stephanie wussten all das nicht, und würden es auch nie verstehen. Voll Angst vor den Gespenstern flohen sie die Stufen hinauf; und ihre eigenen Träume, von grenzenlosem Reichtum und seliger Trunkenheit, flohen mit ihnen.

»Bleibt«, bat Caliban die Träume, die mit großen Augen zu ihm aufsahen. »Lasst eure Träumer nicht im Stich! Vielleicht gibt es einen Weg, wie ich euch helfen kann.« Dann machte er kehrt und folgte den beiden Narren zurück nach oben.

Er konnte sie nicht mehr aufhalten.

Sein Plan war gescheitert. Er hatte die Fremden benutzen wollen, als Diebe und vielleicht als Mörder, hätte Ross sich ihnen entgegengestellt. Doch alles, was sie erreicht hatten, war, ihn wahrscheinlich zu warnen. Er hatte sich von seiner Wut, seiner Verzweiflung leiten lassen. Immerhin hatte er für den Moment seine Freiheit zurückgewonnen.

Das Letzte, was er von Rince und Stephanie sah, waren die Sohlen ihrer Schuhe, als sie Hals über Kopf in die stürmische Nacht hinausstolperten.

Caliban wandte sich der Metalltreppe ins Obergeschoss zu.

Dann also allein. Ihm blieb nicht mehr viel Zeit, seinen Schlag gegen Ross zu führen.

Er hastete die schiefen Stufen hinauf, bis er direkt unter dem rotierenden Messingrad stand, das beide Stockwerke voneinander trennte. Wie Rince so fachmännisch bemerkt hatte, war die Treppe zerstört: Auf der Höhe, auf der die blitzenden Flügel ihren Weg kreuzten, fehlten ihr mehrere Stufen. Caliban hielt geduckt inne. Er verfolgte die Bahn der vier Flügel und zählte. Ihm blieb kaum eine Sekunde, den Abgrund zu überwinden. Das war aussichtslos. Es sei denn …

Er schaute abermals auf den fehlenden Treppenabschnitt vor seinen Füßen. Und diesmal war ihm, als könnte er die fehlenden Stufen fast erahnen, blass und transparent wie die Träume, so als wären sie nur die Erinnerung an Stufen, die aus dieser Welt verbannt worden waren.

Er fasste sich ein Herz und setzte vorsichtig den Fuß ins geisterhafte Nichts.

Es trug ihn.

Selbstbewusst richtete er sich auf; nichtsdestoweniger erstarrte er beinahe vor Furcht, als der erste Messingflügel auf ihn zuraste. Dann fuhr der Flügel ohne den geringsten Widerstand durch seine Brust. Caliban blickte an sich herab: Sein Körper war so durchscheinend wie die Stufen, auf denen er stand.

Von einem neuen Gefühl der Siegesgewissheit erfüllt, setzte er seinen Weg fort.

Das Obergeschoss war noch verfallener als Erdgeschoss und Keller. Abgesehen von dem wirbelnden Rad gab es keinen Boden, und der Blick zur hohen Decke offenbarte dasselbe Bild. Von der getäfelten Wand löste sich das Holz; mehrere Kerzenleuchter ragten in den Raum, wachsverklebt, flackernd, manche niedergebrannt. Dazwischen prangten alte Steuerräder, die keinem erkenntlichen Zweck dienten, außer, dass Ross sie als Kleiderhaken für seine merkwürdige Sammlung von Hemden und Mänteln gebrauchte. Netze spannten sich der Takelage eines havarierten Schiffes gleich durch den Raum, und in der Mitte des Gewirrs schaukelte eine einsame Hängematte im Luftzug der riesenhaften Räder.

War dies das Schlafgemach? Es musste so sein – und was den Herrn dieser Kammern betraf, so war es ein eindrückliches Zeugnis seiner Umnachtung. Doch der Gebieter dieser Welt war nicht da.

Caliban richtete den Blick wieder nach oben und setzte seinen Weg fort.

Die Treppe wurde immer baufälliger, sodass er sich bald mehr Sorgen um den Zustand der sichtbaren als den der unsichtbaren Stufen machte. Eine merkwürdige Beklommenheit füllte seine Magengrube aus und wurde mit jedem Schritt schlimmer.

Das zweite Rad bestand aus Holz und drehte sich gegenläufig

zum ersten. Caliban schickte sich an, es so wie das vorherige zu überwinden, doch als er diesmal auf die der Welt entrückten Stufen trat, verlor er den Boden unter den Füßen, sein Magen hob sich und er trieb schwebend empor.

Die oberste Etage des Windrades war ein dämmriger Raum, dessen einziges Licht aus den unteren Stockwerken und vom glitzernden Nachthimmel über ihm stammte. Wände, Decke – alles war durchsichtig, nur schemenhaft erkennbar, wie aus altem Glas. So in seine Bestandteile aufgelöst war dieser Raum, dass selbst die Naturgesetze ihre Gültigkeit verloren hatten. Keine Schwerkraft zog Caliban Richtung Erde, nur ein rauher Wind zerrte an seiner Kleidung und seinem Haar. Und statt der Wolken und des Regens vor dem Turm funkelten Sterne auf ihn herab, die ihm beinahe, aber nur beinahe vertraut waren.

Caliban trieb in dieser wüsten Leere und starrte in das Herz des Tumults. Denn der Wind, der an ihm riss, kam nicht von draußen: Vor ihm, in der exakten Mitte des Raums, die zugleich die Mitte des Turms und vielleicht der ganzen Welt sein mochte, schwebte ein brausender Wirbel von Büchern.

Mit unbeholfenen Schwimmbewegungen gelang es Caliban, sich dem papiernen Sturm anzunähern.

Manche Bücher waren riesig, gebundenen Atlanten gleich; schwerfällig kreisten sie um das Zentrum des Wirbels. Umlaufen wurden sie von kleineren, geschäftigen Exemplaren und flinken, flatternden Heften mit bunten Titelbildern. Allen Büchern gemein war, dass sie alt und zerlesen waren.

War sie das? Die Magie, auf der Ross seine Welt errichtet hatte?

Caliban streckte die Hand nach den Büchern aus, doch es war, wie in einen Vogelschwarm zu fassen; die Bücher wichen ihm aus oder pickten mit ihren Ecken nach ihm.

Er musste einsehen, dass er Ross unterschätzt hatte – seinen Wahnsinn und seine Macht. Wenn diese Bücher das Fundament seiner Herrschaft waren, dann musste er einen Weg finden, sie ihm zu nehmen. Bis zu diesem Moment hatte er gehofft, dass es damit getan wäre, sie in einen Sack zu stecken und von Rince davonschleppen zu lassen. Nun war er sich seiner Sache nicht mehr sicher. Welches Buch erfüllte welche Aufgabe in diesem wütenden Motor? Wenn er das falsche nahm – würde dann ein Teil der Welt verschwinden? Ein Stück Himmel? Zwei Meilen See? Ein Viertel des Dorfes? Miras Haus?

Da fiel sein Blick auf ein schwarzes Buch im Auge des Zyklons. Nicht nur seiner Position und Größe wegen; etwas in diesem Buch schien ihn zu *rufen,* als hätte er gefunden, was ihm eigentlich längst gehörte – eine Wahrheit, so alt, dass er die Suche nach ihr fast vergessen hatte.

Kite Enterprises stand in kaum leserlicher Handschrift auf einem kleinen Stück Karton in der Mitte des Ledereinbands. Und wie zum Gruße klappte das Buch vor ihm auf und bot sich ihm in einem Sturm eng beschriebener Seiten dar, die wie ein Daumenkino an ihm vorüberrauschten. Gebannt verfolgte Caliban das Schauspiel, mehr Fragen auf der Seele, als er stellen konnte.

»Caliban!«, hörte er des Zauberers Stimme hinter sich, gerade, als er die Hand nach dem Buch ausstreckte.

Zu spät! Ross hatte ihn gefunden! Die einzige Hoffnung, die ihm noch blieb …

»Caliban, hör mir zu! Was immer du suchst, das ist nicht der Weg …«

Calibans Finger schlossen sich um das Buch, und ein Schmerz so tief wie von Geburt und Tod löschte ihn aus.

MIRA

Der Regen prasselte gegen die Scheibe, drängend und rastlos, mit jeder Böe ein wildes Klopfen, ein Raunen wie von tausend Stimmen, die um Einlass bitten. Die Straße schien sich schneller aufzulösen, als der Wagen fahren konnte. Bis sie den Highway erreichten, war die morgengraue Welt vor den Fenstern bereits auf eine kleine Seifenblase nassen Lichts zusammengeschrumpft.

Sie realisierte, dass sie das Lenkrad hielt, und betrachtete die knotigen Finger, die zerschlissenen Ärmel des Pullovers unter dem Morgenmantel. Sie spürte das Gaspedal unter dem nackten Fuß, die Lehne im schmerzenden Rücken. Trotzdem war sie nur der Passagier – sie erlebte das Geschehen aus der Sicht ihres Vaters, ohne den unvermeidlichen Gang der Ereignisse aufhalten zu können. Die Gefangenschaft in dem vertrauten und doch fremden Körper war ihr unheimlich, doch je tiefer sie sich sinken ließ, desto mehr wurden seine Gedanken, seine Handlungen zu ihren eigenen.

»Daddy?«, hörte sie das dünne Stimmchen ihres fünfjährigen Selbst von der Rückbank. »Wohin fahren wir?«

Ihr Vater wandte den Kopf, und sie sah sich: winzig, verängstigt, den grauen Stofffuchs fest im Arm, neben sich die schwere Tasche mit den Sachen ihres Vaters.

»In Sicherheit«, sagte er. »Vertrau mir, Liebes. Ich bringe dich an einen sicheren Ort.«

Doch sie spürte, dass er selbst nicht mehr wusste, wo sich dieser Ort befand. Ross war ein Gejagter, ein Vertriebener aus allen Paradiesen, die er einst sein Zuhause genannt hatte; und ihm blieb kein Weg mehr als der nach vorn, weiter nach Süden, nur fort von den verräterischen Geistern der Vergangenheit, die ihm immer nur sagten, was ihm möglich war und was verwehrt.

Und sie spürte noch etwas anderes, als er sie ansah – es war ein ungeahntes, wunderbares und erschreckendes Gefühl, das sie einige Sekunden völlig ausfüllte: die bedingungslose Liebe des Vaters für seine Tochter. Sie hatte nie daran gezweifelt; sie hätte nur nie damit gerechnet, wie stark und zugleich auch verzweifelt es war, dieses Gefühl.

Selbst die fünfjährige Mira ahnte einen Hauch dieser Wahrheit, obgleich ihr Vater sie in diesen Stunden ängstigte. Aber sie vertraute ihm und schwieg.

Ross steuerte seinen alten Dodge über den Highway, während der Sturm immer schlimmer wurde. Noch einmal sahen sie die Lichter von Einsatzfahrzeugen, doch sie blitzten jenseits einer Auffahrt –

vielleicht ein Unfall, eine Straßensperre, es war im Regen nicht zu erkennen.

Auch war da ein schwarzer Fleck in seinem Gesichtsfeld, der Ross, wie Mira nun begriff, schon seit Langem quälte, und die Kopfschmerzen waren ebenfalls zurück. Jeder Versuch, sich auf irgendetwas in der grauen Flut vor dem Fenster zu konzentrieren, stach wie Messer in den Schläfen.

Dennoch fuhren sie weiter, immer weiter. Der Regenvorhang war so dicht, als schöben sie sich durch einen Wasserfall. Das Geräusch auf dem Wagendach jedoch klang eher nach einer fauchenden Feuersbrunst. Immer wieder stießen Sturmböen das Auto vor sich her wie ein ungeduldiges Kind seinen Ball, und wenn sie eine der großen Brücken überquerten, war es, als flögen sie durch die Unendlichkeit.

Dann polterte ein Hinterreifen über einen Ast oder einen Stein, und ein harter Schlag fuhr durch die Kabine. Ross biss die Zähne zusammen, seine Knöchel am Lenkrad traten wie aus Holz geschnitzt hervor. Und die Bilder, die Cora mit ihren Tränken und ihrer Musik für ihn heraufbeschworen hatte, tanzten wie Feuerwerk in seinem Verstand.

Die Macht liegt im Land und der Luft, im Wasser, dem Feuer …

Er konzentrierte sich auf die Ahnung der Farbahnmarkierung, als könnte er sie Kraft seines Willens in die Existenz zwingen.

Lass mich dich führen.

»Daddy?«, rief die junge Mira ängstlich.

»Alles wird gut, Liebes«, antwortete Ross. »Alles wird –«

Der Wagen raste in eine große Pfütze, die Räder drehten durch und sie rutschten wie auf Eis dahin, Mira schrie, und fast hätte auch Ross geschrien. Dann packte sie eine Sturmböe, das Auto hob die Schnauze wie ein durchstartendes Flugzeug, nur um im nächsten Moment mit entsetzlicher Wucht gegen ein Hindernis zu prallen. Sie spürte den Schlag vom Nacken bis ins Steißbein, als sie herumgerissen wurden und oben und unten jede Bedeutung verloren. Die Welt war ein Kaleidoskop von Wasser und in Glas gebrochenem Licht; dann brach auch das Glas, und das Kaleidoskop erlosch wie eine Reklametafel.

Im Schatten eines Schmerzes, der zu gewaltig war, ihn zu erfassen, glitt ihr Geist mit dem ihres Vaters ins Dunkel. Für unbestimmte Zeit herrschte nichts als Stille.

*

Seltsamerweise fühlte er fast keine Schmerzen. Oder die Schmerzen waren so stark, dass er sie kaum noch wahrnahm. Er trieb in einer segensvollen Stille; nur das Stechen in seinem Kopf war wie zum Hohn noch da. Der Kampf gegen seine Nemesis, sein eigenes Hirn, begleitete ihn bis zuletzt.

Er mühte sich, den Kopf zu drehen. Da spürte er dann doch eine Ahnung seines Körpers, der wie eine erschlaffte Marionette im Sitz hing. Blinzelnd versuchte er seine Umgebung zu erkennen. Die Windschutzscheibe war gesprungen, die Fahrertür weggerissen. Ein Arm und ein Bein hingen hinaus und baumelten in einer grauen Leere. Vom Dach drang Regen ein und rann über das Armaturenbrett. Der Gurt hatte sich tief in seine Brust geschnitten; er sah Blut auf dem Lenkrad und auf seiner Hose. Offenbar stand der Wagen auf den Reifen, dennoch war sich Ross fast sicher, dass sie sich überschlagen hatten.

Sehr langsam gelang es ihm, den Kopf nach rechts und nach hinten zu wenden. Mira saß bewusstlos auf der Rückbank, doch er sah kein Blut. Ihre Hand hielt nach wie vor den grauen Fuchs umklammert.

Er wandte den Blick noch etwas weiter und sah die Reisetasche neben ihr. Sie war halb geöffnet und auf einem Stapel Bücher und Wäsche ruhte das CERES-Modul wie ein titangraues Fossil.

Seine Lichter aber waren zum Leben erwacht.

Es war grotesk. Er war einem Tumor in seinem Hirn entkommen; er hatte allen, die sich gegen ihn gewandt hatten, ein Schnippchen geschlagen. Die beiden Dinge auf der Welt, die ihm am wertvollsten waren, hatte er bei sich, nur eine Armeslänge entfernt.

Doch er konnte sich kaum bewegen, war ein Gefangener seines Körpers, seiner Entscheidungen, die ihn bis an diesen Ort geführt hatten. Wie viele dieser Entscheidungen doch falsch gewesen waren ...

Der kalte Wind trieb den Geruch von Regen und Seeluft herein. Er war heimgekehrt, zurück nach Big Sur ... um hier, wie er plötzlich erkannte, zu sterben.

Er streckte die Hand nach seiner Tochter aus, kam aber nicht an sie heran. Der schwarze Fleck in seinem Sehfeld verdeckte ihren Kopf. Keuchend versuchte er sich ein Stück weit im Sitz zu drehen. Abermals fiel ihm das blinkende Modul ins Auge. Hatte der Unfall es irgendwie aktiviert? Oder war er nur Opfer einer weiteren Halluzination, vielleicht einer Nachwirkung des Tees, den Cora ...

Die Tasche war nahe genug, dass er das Modul vielleicht erreichen konnte.

Er reckte die zitternden Finger, arbeitete sich vor wie ein Verdurstender in der Wüste.

Dann schloss sich seine Hand um das kalte Ei, in dessen Innerem die Antwort auf die Frage nach der Substanz aller Dinge unerschöpfliche Energien erschuf.

Die Macht liegt in den Geistern derer, die vor uns kamen, und den ungeborenen Seelen derer, die uns nachfolgen. Im großen, alles durchdringenden Bewusstsein der Welt.

Er spürte sie, spürte die Kraft des Vakuums mit kalter Flamme seine Hand umschmeicheln. Doch alle Macht der Welt war nicht genug, seiner Tochter zu helfen.

Ich beginne zu ahnen, dass du ein furchtbarer Vater bist.

Ermattet sackte er im Fahrersitz zusammen.

Der Wagen neigte sich wie eine Wippe im Wind.

Und Ross schloss die Augen und weinte.

Er weinte um sich und seine vergeudeten Leben: mit Cora, Antonia, allen Menschen, die er enttäuscht hatte. Er weinte um sein Lebenswerk, seinen Traum von grenzenloser Energie. Vor allem aber weinte er um Mira.

Die Schwärze füllte sein Gehirn, bis es keinen Unterschied mehr machte, ob er die Augen öffnete oder schloss. Sein ganzer Körper war reglos, kalt und taub, als läge er unter einer Lawine verschüttet.

Dann war da eine Stimme in seinem Kopf.

Hilf mir, sagte die Stimme.

Fast hätte er gelacht – denn nichts war ihm gerade weniger möglich als das.

Ich dir helfen?, erwiderte er, ohne sich über die Stimme zu wundern. Er hatte Zeit seines Lebens genug Erfahrungen mit Halluzinogenen, Religion und zuletzt Wahngebäuden gesammelt, um eine Stimme an der Schwelle des Todes zu akzeptieren. *Ich kann ja nicht einmal mir selbst helfen, geschweige denn meiner Tochter.*

Ich kann dir helfen – wenn du mir hilfst, sagte die Stimme.

Ach ja?, fragte er misstrauisch. *Und wer bist du?*

Ariel.

Ross schnaubte leise. *Wenn das so ist, solltest du nicht auf meine Tochter achtgeben?*

Das will ich ja, sagte die Stimme. *Aber ich bin hier gefangen. Rette mich, und ich werde mich revanchieren.*

Du hast mir noch nicht gesagt, wie ich das anstellen soll. Wo ich mich doch kaum bewegen kann …

Es ist nur dein Geist, dessen Hilfe ich brauche, erwiderte Ariel. *Und der Geist ist mächtiger als der Körper. Stimmt's nicht?*

Das habe ich mir oft einzureden versucht. Meistens, wenn ich zu müde zum Sport war, spottete Ross. *Was nützt es uns?*

Ich bin reiner Geist, erklärte Ariel selbstbewusst. *In den Mythen mancher Stämme habe ich sogar die Welt erschaffen. Wusstest du das?*

Komm zum Punkt, sagte Ross.

Noch bin ich der Knechtschaft einer anderen unterworfen. Nicht sehr angenehm, das kann ich dir sagen! Sobald du mich erlöst hast – kraft deines Geistes, versteht sich – befreie ich Mira im Handumdrehen aus diesem Wrack. Quid pro quo, wie ihr Menschen sagt.

Ross musste anerkennen, dass dies ein recht konkretes Angebot für eine Wahnvorstellung oder einen Engel und erst recht für ein Kuscheltier war.

Du würdest lieber mir als dieser anderen dienen?, vergewisserte sich Ross.

Ich kann euch eine ganze Welt erschaffen, falls dich das reizt.

Du hast mich bereits überzeugt, sagte Ross. *Was soll ich tun?*

Ganz einfach, sagte Ariel. *Besiege Sycorax.*

Syco–

Befreie mich von ihrer Macht.

Wer ist Sycorax?, fragte Ross. *Was ist sie?*

Du wirst sie erkennen, wenn du sie siehst.

Ross öffnete mühsam die Augen und wandte den Blick zur bewusstlosen Mira. Dann zur geplatzten Windschutzscheibe und dem Vorhang des Regens, der langsam heller und durchscheinender wirkte. Er merkte, dass die Hand in seinem Schoß noch immer das Modul hielt und drückte es fest. Die kalte Unverrückbarkeit seiner Gegenwart spendete ihm Kraft.

Wo ist Sycorax?, fragte er und spürte einen Laut wortloser Zustimmung, so als würdigte der Geist die neue Fragestellung.

Du musst zur Tür hinaus.

Ross drehte den Kopf noch ein Stück weiter – dorthin, wo die Fahrertür gewesen war. Der rabenschwarze Fleck schwoll zu einem wirbelnden Strudel an, bis er die gesamte Welt vor der Tür zu verschlingen drohte.

Ist das …

Sycorax, bestätigte Ariel.

Angst ergriff von Ross Besitz.

Ich weiß nicht, ob ich diesen Kampf gewinnen kann.

Das kannst du nicht, stimmte Ariel zu. *Ebenso wenig wie ich.*

Und Ross nahm einen hellen Glanz an den Rändern des Wirbels wahr, dem Kranz der Sonne gleich, der sich lodernd über den verfinsternden Mond schiebt. Das gleißende Licht schlug empor, und Ross konnte es mit der Finsterns ringen sehen, die es von sich stieß wie das geduldige Yin das stürmische Yang, geflochten auf das wirbelnde Schicksalsrad.

Ariel?, fragte Ross. *Ich verstehe nicht …*

Du wirst jeden Kampf mit ihr verlieren, sobald du ihn beginnst, sagte Ariel. *Aber du kannst ihn beenden – indem du ihr gibst, was du einst verwehrt hast. Was ich nicht vermag.*

Ariel?, rief er. *Ariel!*

Hilf mir, wiederholte die Stimme, nun ferner. *Befreie mich und ich helfe dir, deine Tochter zu retten.*

Mit zitternden, blutigen Fingern löste Ross seinen Gurt und beugte sich stöhnend ein Stück weit nach vorn. Wieder schwankte der Wagen.

Weiter, rief ihn die Stimme. *Zu mir!*

Ross ballte die Faust um das Modul. Und mit einem letzten Blick auf die reglose, viel zu junge, wunderschöne Mira im Rückspiegel warf er sich aus der offenen Tür, der tosenden Schwärze und dem gischtenden Licht entgegen.

*

Die Schwärze war enorm und ohne Form. Ein Sturm schwarzer Rabenfedern, ein alter Geist, der riesenhaft vor ihm schwebte. Ross konnte seine Gedanken an die Schwärze richten – doch ihr Ausmaß, ihr Wesen konnte er nicht erfassen.

Ich habe auf dich gewartet, sagte die Schwärze mit einer Stimme wie Wahrheit und Blut; und die Bilder und Gefühle, die sie ihm sandte, waren alt wie sein Leben, so alt wie die Welt – Schmerz und Schuld und Leid und alles, dem er sich nie hatte stellen wollen.

Und er begriff, dass die Schwärze all die Zeit, da er sie ausgeschlossen hatte, hinter den Pforten der Nacht gewachsen und gewuchert war, bis sie keinen Anfang und kein Ende mehr kannte, aber alles miteinander verband, was je ohne Abschluss oder Beginn geblieben war: die geschlagenen Wunden, die offenen Leerstellen, die losen Enden und nie betretenen Wege. Ariel musste sich in diesem Labyrinth verlaufen haben wie ein Kind im Wald, ein flackerndes Irrlicht, zu schwach, die Schatten zu vertreiben. Wenn er nicht handelte, würde es ihm genauso ergehen. Schon hatte er keinen Körper mehr, war bloß noch Absicht, Erinnerung.

Doch sein Geist war mächtig.

Ross entsann sich seiner Hand, sandte sein Bestreben in die Fingerspitzen, wie ein Baum seinen Saft in die Blätter entsendet, und vergewisserte sich, dass er das Modul noch umklammert hielt. Er reckte es, riss sich gleichsam in die Existenz zurück, prägte sich der Schwärze auf. Er war der Magier, Feuerbrin-

ger, Drachentöter und schlug das Modul mit aller Macht in die Dunkelheit, um dem Vergehen den Triumph seines Seins entgegenzuschleudern. Da, wo er traf, hellte sich das Dunkel auf, doch war es nur das dumpfe Flackern von Wetterleuchten, das gleich wieder erstarb; zu übergroß, zu allgewaltig war Sycorax, die in ihrem Netz im Mittelpunkt des Vergessens saß.

Er hätte diesen Kampf so viel früher beginnen müssen. Jahre zuvor. Ehe die ersten Ärzte den Kopf schüttelten und in der dritten Person über ihn sprachen, als gäbe es ihn schon nicht mehr. Ehe ihm sein Sinn für die Wirklichkeit – und schlimmer noch, sein Selbst – entglitt.

Du bist krank, sagte Sycorax. Endlich nehme ich mir, was mir gehört.

Und Ross sah, dass er vor ihr nicht bestehen konnte. Zu lange war sie gewuchert, hatte sich von seiner Ignoranz genährt, bis die Schuld, die ihr zustand, mit Zins und Zinseszins mehr als sein Leben aufwog. Sie war sein Scheitern, an das er wie ein Hund an seinen Pfosten gekettet war. Sie zog ihn zu sich, um ihn mit ihrer Grenzenlosigkeit zu ersticken wie der Nachthimmel die Welt. Sie war das große, alles durchdringende, kranke Bewusstsein des Alls.

Er rief nach Ariel, sehnte das gleißende Licht, das er gesehen hatte, herbei. Er spürte das reine Strahlen seiner Phantasie und nahm den Kampf gegen Sycorax abermals auf. So rangen sie wie Brandung und Fels, wie Sonne und Mond. Sie rangen wie Götter. Doch wie in jedem solchen Kampf konnte es keinen Gewinner geben. Solange sie nicht voneinander ließen, konnten sie sich nur immer aufs Neue erfinden, gleich, wie oft sie einander zerstörten.

Und er sah sich mit ihren Augen. Fragte sich, was er für sie war; der Kranke aus Sicht seiner Krankheit.

Wenn ich krank bin, sagte er, dann ist alles, was mir entstammt, ebenfalls krank.

Es macht keinen Unterschied, kam die Antwort. Ich bin, was du geschaffen hast.

Wenn ich sterbe, stirbst du mit mir.

Wahrscheinlich – und wenn du mich besiegen würdest, stürbe ich ebenfalls. Aber du kannst nicht obsiegen.

Vielleicht nicht, sagte Ross. Also kämpfen wir ewig – oder finden eine Übereinkunft, du und ich.

Belustigte Stille.

Willst du nicht hören, was ich vorzuschlagen habe?

Sprich!, sagte Sycorax.

Ich kann dir geben, was du begehrst. Was selbst Ariel nicht vermag.

Und was sollte das sein?

Wovon du geträumt hast, sagte Ross. Die ungeborenen Seelen derer, die uns nachfolgen. Was wir nie herausgefunden haben ...

Die Schwärze schwieg eine Ewigkeit.

Diesen Preis bist du bereit, zu zahlen?

Ich zahle ihn aus freien Stücken, sagte Ross. Wir waren einmal Freunde, du und ich.

Sycorax brütete, wandelte sich.

Du wirst dich mir hingeben, ganz und gar?

Für tausend Tage und tausend Nächte, bestätigte Ross.

Und am Morgen des tausendundersten Tages endet meine Herrschaft.

Wie es Sitte ist.

Du überraschst mich. Verrätst du mir, wieso du das tust? Es fällt mir schwer zu glauben, dass es dir nur um Ariel geht.

Er muss auf meine Tochter achtgeben.

Sycorax gab einen Laut des Begreifens von sich.

Er wird mehr tun müssen als das ...

Die Schwärze tat einen Atemzug.

Ich akzeptiere – unter einer Bedingung.

Meine Gebieterin, sagte Ross, und fügte sich ihrem Willen, für tausend Tage und tausend Nächte.

Beide hielten sie ihr Wort, wie es Sitte war – und aus ihrem Band ward ein Traum geboren.

*

Mira, sagte der Geist. Wach auf.

Mira gehorchte und schlug die Augen auf.

Sie befand sich nicht mehr im Wagen, sondern saß im Gras am Straßenrand. Der Regen hatte aufgehört und es war auch nicht mehr ganz so kalt, doch der Himmel war bedeckt und tauchte alles in ein graues Licht. Sie erinnerte sich noch an den überstürzten Aufbruch und die Fahrt und daran, dass etwas mit dem Auto passiert war und sie sich schrecklich erschrocken hatte. Doch sie konnte sich nicht mehr entsinnen, was danach geschehen oder wie sie aus dem Wagen gelangt war.

Sie sah sich um. Neben ihr lag die Reisetasche mit Daddys Büchern und Sachen. Der Wagen aber war verschwunden. Ein Stück weiter fiel die Klippe steil zum Meer hin ab. Sie konnte nicht erkennen, wie tief es ging, denn etwa hundert Fuß in jede Richtung wallte eine dichte Wand aus Nebel. Sie saß in einem kaum sportplatzgroßen Rund blasser Wiese neben einer Straße, die aus dem Nichts kam und im Nichts verschwand. Und sie war allein.

»Daddy?«, rief sie verängstigt.

Er wird gleich hier sein, versprach die Stimme. *Aber vorher könnte ich deine Hilfe gebrauchen.*

»Wo bist du?«, rief Mira. »Ich kann dich nicht sehen!«

Langsam, fast lässig, kam ein Fuchs aus dem Nebel geschlendert. Er überquerte erhobenen Hauptes die Wiese und setzte sich ein Stück vor ihr ins Gras. Sein Fell und seine Augen waren grau wie der Nebel.

Hallo Mira, sagte der Fuchs.

»Wer … was bist du?«, fragte Mira, denn auch mit ihren fünf Jahren wusste sie, dass Füchse nicht sprechen.

Ich bin Ariel, sagte der Fuchs.

Verwirrt hielt Mira nach ihrem Kuscheltier Ausschau. »Du bist nicht Ariel. Ariel ist …«

Suchst du ihn? Der Fuchs bückte sich, pickte mit der Schnauze den Stofffuchs aus dem Gras, kam näher und legte ihn vor ihr ab. Erst zaghaft griff Mira danach, dann drückte sie ihn fest an sich. Sie war sich nicht sicher, ob er schon da gewesen war, bevor der sprechende Fuchs sich nach ihm gebückt hatte.

»Ich verstehe das nicht!« Sie kämpfte die Tränen nieder. »Wo ist Daddy?«

Dein Vater braucht deine Hilfe. Ich werde ihn herbringen – doch ein paar Dinge muss ich erst vorbereiten. Dazu benötige ich deine Unterstützung. Ein wenig Inspiration.

»Was meinst du damit?«

Stell dir vor, ihr beide würdet in ein neues Haus ziehen. Meine Aufgabe ist es, dieses Haus zu bauen und einzurichten. Dazu muss ich deinen Vater sehr gut kennen. Verstehst du?

»Ich glaube ja …«

Hast du vielleicht etwas, das mir helfen würde, ihn kennenzulernen? Einen persönlichen Gegenstand? Etwas, das ihm viel bedeutet?

Unschlüssig sah Mira zu der offenen Reisetasche. »Er mag Bücher«, überlegte sie.

Der Fuchs nickte fast wie ein Mensch. *Das ist gut. Was für Bücher?*

Mira griff in die Tasche und legte Ariel den Stapel bunter Hefte aus Coras Haus hin. Daddy hatte gesagt, dass er sie als Kind sehr geliebt habe, und sie gefielen ihr.

Aufmerksam studierte der Fuchs die Hefte. Und Mira war, als zöge sich der Nebel ein Stückchen zurück. Die Wolkendecke riss einen Spalt breit auf, ein Adler rief, und als sie sich umdrehte, entdeckte sie etwas weiter eines jener kleinen Windräder, mit denen man Wasser aus dem Boden pumpt.

Nicht schlecht, sagte der Fuchs. *Aber hast du vielleicht noch etwas anderes für mich?*

Mira suchte in der Tasche. Sie fand das andere Buch, das ihr Vater ihr gezeigt hatte. Das von dem Mann mit dem lustigen Namen, der mit »Fitz« begann.

Sie legte das Buch Ariel vor die Schnauze. Wieder schien der Rand der Welt ein Stück zurückzurücken, erste Sonnenstrahlen liebkosten das Land, und in der Ferne, auf der Klippe, sandte ein Leuchtfeuer sein grünes Licht durch den Nebel.

Das ist gut, sagte der Fuchs. *Aber etwas fehlt noch. Das Herz. Du kennst deinen Vater – welches dieser Bücher ist ihm mehr wert als alle anderen?*

Ratlos untersuchte Mira den Inhalt der Reisetasche. Die meisten Bücher von Coras Dachboden waren zerlesene Taschenbücher mit bunten Einbänden. Anders verhielt es sich mit jenen Büchern, die zuvor schon in der Tasche gewesen waren – das mussten Daddys Firmenbücher sein. Bücher, die er nie aus der Hand gab, die sie nicht einmal anfassen durfte. Sie waren zu wertvoll, hatte er immer gesagt.

Sie griff nach einem dicken, in schwarzes Leder gebundenen Buch. Auf der Vorderseite war ein kleines vergilbtes Stück Karton eingelassen, und darauf hatte ihr Vater in seiner geschwungenen Handschrift etwas geschrieben, das sie nicht lesen konnte.

Sie legte das Buch auf ihren Schoß und schlug es auf. Ein Windhauch fuhr durch die Seiten, blätterte sie um. Mira sah Zeichnungen von Windrädern, große und kleine, alte und neue; sie sah komplizierte Skizzen mit Zahlen versehen, und Notizen, so viele Notizen, alle in Daddys Schrift.

Sie zeigte es Ariel, und diesmal wirkte er zufrieden.

Danke, sagte er und legte die Pfote auf das Buch. *Dieses Buch enthält all seine Träume und all seine Wahrheiten. Du hast gut gewählt! Ich muss nun gehen – wir sehen uns bald wieder.*

Und damit drehte er sich um und spazierte davon.

Sie schaute ihm nach; doch noch während Ariel im hohen Gras verschwand, schien die ganze Welt um sie herum zu wachsen und die Schwingen auszubreiten: Der Horizont raste davon, Sonnenschein flutete den Himmel, Bäume schossen dem Licht entgegen, Wind fuhr durch die Zweige, scheuchte Vögel auf; Windräder sprossen wie Pusteblumen aus den Rücken der Hügel, selbst dem Leuchtturm wuchsen Flügel. Mira jauchzte verzückt, als überall ringsum Leben aus der Erde brach und sich ein Blütenmeer ausbreitete.

Und dann hätte sie vor Freude fast geschrien, als ihr Vater aus Richtung der Klippe auf sie zugeschritten kam. Er war barfuß und trug noch immer seinen Morgenmantel. In der Hand hielt er einen langen Stab, an dessen Spitze das Metall-Ei saß. Er hob den Stab wie ein Dirigent, deutete hierhin und dorthin, und allerorten beantwortete die Welt seinen Wink mit noch mehr Farben, noch mehr Glanz, noch mehr Flügelrauschen.

»Daddy, wo bist du gewesen?«

»In einem ungeträumten Traum«, erwiderte er. Seine Stimme klang eigenartig, verwundert, als käme er eben erst zu sich. »Und ich habe jemanden mitgebracht.«

Er senkte seinen Stab, und ein Junge in Miras Alter trat hinter ihm hervor. Er hatte ein schwarzes Tuch um sich geschlungen und wirkte verschüchtert, als wäre ihm all dies noch unverständlicher als Mira. Bei ihrem Anblick lächelte er und sie erwiderte den Gruß; doch sie spürte sofort, dass er anders war als alle Menschenkinder, die sie je gekannt hatte. Sein schmales Gesicht, die großen, dunklen Augen passten eher zu einem Feenwesen.

»Das ist Caliban«, sagte ihr Vater. »Er hat keine Mutter mehr. Ich fürchte, das habt ihr beide gemein.«

*

Mira, sagte der Geist. *Wach auf.*

Dieselbe Klippe. Zwölf Jahre später. Derselbe Sturm. Er war nie vorbei.

Mira zog ihre Weste enger gegen Wind und Regen zusammen. Die Nacht war kalt und das Licht in der Taverne hinter ihr erloschen. Die Träume hatten sich zerstreut, und ihr Vater war gegangen, die Gefangenen zu befreien. Unter ihr toste das Meer.

Gedankenvoll blickte sie hinab in die Dunkelheit. Die Erinnerungen, die Ariel ihr geschenkt oder wiedergebracht hatte ... teils ihre eigenen, teils die ihres Vaters ...

»Ich hätte es wissen sollen«, sprach sie in die Leere.

Im Grunde deines Herzens hast du es immer gewusst, sagte der Geist.

»Dass ihr mich belogen habt.«

Wir hielten es für das Beste.

»Und wie sehr er mich liebte ...«

Alles, was er tat, tat er für dich.

»Er hat mich entführt.«

Er war krank.

»Vor meiner Mutter versteckt.«

Alles, was sie tat, tat sie für dich.

Sie kostete die Erinnerung wie das Salz des Meeres auf ihren Lippen. Lauschte auf das Tosen des Sturms.

»Ihr habt mich belogen«, wiederholte sie bitter.

Aus Liebe, sagte der Geist.

»Wenigstens weiß ich nun, wie es mich hierherverschlug ...«

Dann weißt du auch, dass du gehen musst.

Mira schaute in die Leere, wo sie Ariel vermutete. »Du hast diese Welt erschaffen.«

Durch ihn. Für dich.

»Aber du warst ein Gefangener ...«

Dein Vater hat eine mächtige Phantasie, erwiderte der Geist.

»Was war die Bedingung, Ariel? Du hast mir noch nicht alles gezeigt. Was war die Bedingung, unter der du freikamst?«

Der Geist schwieg, wehte hierhin und dorthin, ein Lied auf dem Wind.

»Ariel!«, mahnte sie ihn.

Als deines Vaters Diener darüber zu wachen, dass er sich nicht nur deiner annimmt.

»Sondern?«

Der ungeborenen Seele. Ein anderes Kind.

»Caliban«, hauchte sie und eine Träne rann ihre Wange herab, verband sich mit dem Regen.

Ihr Sohn.

»*Sein* Sohn«, sagte sie.

Dein Vater hat eine mächtige Phantasie, wiederholte der Geist.

»Nicht mächtig genug.« Schluchzend strich sie sich das nasse Haar zurück. Blickte hinab in die Finsternis. Spürte den Wind an sich reißen, als wäre sie eine Möwe, bereit zum Flug. »Er liegt dort unten, nicht wahr?«

Wieder schwieg der Geist, sodass nur das Säuseln des Windes zu hören war, auf und ab wie ein Seemannslied. Und diesmal glaubte sie in dem Lied Worte zu vernehmen:

Dein Vater ruht fünf Faden tief
Die Knochen ein Korallenriff
Seine Augen perlengleich
Nichts schwindet in des Meeres Reich

Seegeboren, windgemacht
Ersteht er neu in fremder Pracht
Wandelt machtvoll Zeit und Raum
Schafft einen seltsam-schönen Traum

Da weinte Mira. Sie weinte, bis sie den Geschmack ihrer Tränen nicht mehr von dem des Meeres unterscheiden konnte.

DRITTER TAG

DIE KRONE
DES WÄCHTERS

FERNANDO

Fernando, sagte der Geist. *Wach auf.*

Fernando schob sich den Hut aus der Stirn und blinzelte in die ersten Sonnenstrahlen, die in die Mühle fielen. Er hatte bis spätabends geschuftet und war schließlich zwischen den Mehlsäcken in einen bleiernen Schlaf gesunken. Tief in der Nacht hatte er Geräusche zu hören geglaubt, doch er war zu erschöpft gewesen, jedem Spuk in dieser an Spukgestalten überreichen Welt nachzugehen. »Ariel?«, riet er und klopfte sich den Staub ab. Der Geist hatte sich bisher nicht bequemt, persönlich mit ihm zu sprechen, aber auf Fernandos Liste von Wesen, die ihm in den Kopf schauen konnten, stand Ariel recht weit oben. »Wo bist du?«

Beschäftigt. Die Stimme kam von überall und nirgends – und sie *hatte* schon einmal zu ihm gesprochen: vor zwei Tagen im Wald, in der Sprache seines Vaters. *Du sollst zum Dorfplatz kommen.*

»Was für ein ...«

Dein Pferd kennt den Weg.

»Und Mira?« Die Frage war heraus, ehe er wusste, dass er sie stellen wollte. Er hatte Mira seit gestern Nachmittag nicht mehr gesehen. Sie war mit der Absicht gegangen, bei ihrem Vater ein gutes Wort für ihn einzulegen, und obgleich er ihr traute – mehr vielleicht, als angesichts ihrer kurzen Bekanntschaft klug war –, hatte es ihm zu denken gegeben, dass sie nicht zurückgekehrt war.

Überhaupt gab ihm Mira eine Menge zu denken.

Mira. Der Name allein! Je länger er darüber nachdachte, desto eigenartiger und schöner klang er für ihn. Mira ...

Wird ebenfalls dort sein, beruhigte ihn Ariel belustigt und Fernando zuckte ertappt zusammen.

»Na schön. Ich komme.« Er stillte seinen Durst am Wasserfass, streckte die schmerzenden Glieder und zog gerade seine Stiefel an, als er vom hinteren Ende der Mühle ein leises Stöhnen hörte.

»Ariel? Ist sonst noch jemand hier?«

Argwöhnisch umrundete er den Berg von Mehlsäcken, in dem er geschlafen hatte.

Auf der anderen Seite erwartete ihn eine Überraschung.

Irgendjemand hatte über Nacht eine Gefängniszelle in die Mühle gebaut.

Die Zelle, die wenig mehr als ein Käfig war, maß sechs Fuß im Quadrat. Darin saßen eine blonde, zerzauste Frau, die dreinschaute wie ein Kind, das man gerade mit der Hand in der Keksdose erwischt hat, sowie ein dunkelhaariger Mann, der allerdings eher lag als saß und in bemitleidenswerter Verfassung schien. Von ihm ging auch das Stöhnen aus. Vor ihnen standen ein Krug mit Wasser und ein Brett mit einem halben Laib Brot.

»Ariel?«, fragte Fernando abermals. »Hast du mir etwas zu sagen?«

Wir brauchten rasch einen Platz, um diese beiden sicher zu verwahren, erläuterte der Geist ungeduldig. *Das muss dich nicht weiter beschäftigen. Säume nicht länger!*

»Guten Morgen, Hübscher«, sagte die Frau in der Zelle und massierte sich unschuldig die Füße. »Mit wem redest du da? Bist du einer von denen?«

»Ich bin Fernando«, antwortete er, »und ich weiß nicht, wen du mit ›denen‹ meinst. Wer bist du und warum sitzt du hier hinter Gittern?«

»Ich bin Stephanie, und das ist alles ein schreckliches Missverständnis.« Die Frau lächelte ihn vertrauensvoll an. »Das ist Rince.« Ihr Begleiter gab ein Würgen und Röcheln von sich.

»Hat er sich den Magen verdorben? Es riecht irgendwie nach … alter Gans?«

Stephanie schüttelte nachdrücklich den Kopf. »Das war der verdammte Wein, der ihn erledigt hat. Den uns dieses Schlitzohr aufgeschwätzt hat! Dazu die Geister, erst in der Taverne, dann im Dorf …

eine miese Gegend hier, wenn du mich fragst. Normalerweise stellen wir uns nicht so an, aber der brennende Hund in der Taverne war schon schlimm, dann die verrückten Viecher im Dorf ... und der Keller hat dem armen Rince den Rest gegeben.«

Fernando runzelte die Stirn. Nichts von dem, was die Frau sagte, ergab Sinn. Und diese streng geschnittenen Kleider, die sie und der Mann trugen ... ob sie aus Miras Zeit stammten? Das würde ihr Verhalten zumindest ein bisschen erklären.

Dennoch hatte er ein ungutes Gefühl bei den beiden.

»Nur weil man uns eingesperrt hat, heißt das nicht, dass wir an irgendwas schuld sind«, merkte Stephanie an.

»Da ist was dran«, räumte er ein und dachte an seine eigene Lage.

»Wie wäre es dann, du lässt uns raus?«

Er kratzte sich am Kopf und lauschte auf Ariel, doch der Geist schien seine Aufmerksamkeit wieder auf andere Orte zu richten.

»Tja, weißt du ...« Er würde das wirklich ungern entscheiden, ehe er nicht mit Mira gesprochen hatte. »Ich hab keinen Schlüssel.«

Er folgte Stephanies Blick zu einem kleinen Tisch neben der Zelle. Auf dem Tisch lagen eine Handtasche und ein dunkler Revolver. Seine Weste und sein Hut hingen über der Lehne eines Stuhls zwischen Zelle und Tisch.

»Gib mir doch einfach meine Tasche«, schlug Stephanie vor und strich sich das widerspenstige Haar hinter die Ohren. »Der Revolver da gehört auch uns ...«

Fernando trat an den Tisch und besah sich die Waffe. Das Fabrikat war ihm völlig unbekannt – viel kleiner und kompakter als der übliche Colt. Die Gefangenen schienen tatsächlich aus einer anderen Zeit zu stammen. Er musste unbedingt mit Mira darüber reden. »Ich bin so schnell es geht zurück«, versicherte er der Frau und steckte den Revolver ein.

»Du lässt uns doch jetzt nicht hängen?«, rief Stephanie aufgebracht, während Fernando sich das Haar zusammenband und Hut und Weste anzog. Als ihr Blick auf den Stern an seiner Brust fiel, stöhnte sie auf. »Ach herrje! Das ist mal wieder typisch für mich: Da sitze ich in einer Zelle und mache ausgerechnet dem Sheriff schöne

Augen. Ich hoffe, Sie legen mir das nicht zur Last, Officer? Es ist sonst wirklich nicht meine Art …«

»Ich fürchte, ich muss dich enttäuschen«, unterbrach sie Fernando. »Aber ich bin kein Sheriff.«

Sie stutzte. »Also schön. Dann gib mir wenigstens die Tasche!«

Ungeduldig warf Fernando einen Blick in die muffige Tasche, in der er vor allem Schminksachen, Haarklammern und ein paar halb zerdrückte Pralinen fand, von denen er Stephanie mehr aus Mitleid eine Handvoll reichte. Sie schien sich nicht wirklich darüber zu freuen. »Ich muss jetzt dringend ein, zwei Dinge klären, dann komme ich wieder«, sagte er. »Versprochen!«

Ihre Proteste und Flüche ignorierend verließ er die Mühle.

Vor dem Eingang wartete Moonchild. »Du weißt Bescheid, ließ ich mir sagen?«, fragte er und tätschelte den Hengst. »Dann auf zum Dorfplatz.« Er stieg auf und schnalzte mit der Zunge.

Moonchild lief los und schlug, kaum dass sie die kleine Brücke überquert hatten, zielsicher eine südwestliche Richtung ein. Fernando ließ ihm seinen Willen und hing stattdessen weiter seiner neuesten Lieblingsbeschäftigung nach: an Mira zu denken.

Natürlich hatten schon auf dem Rancho ein paar Mädchen gearbeitet, die ihm gefallen hatten. In den meisten Siedlungen, die er gesehen hatte, stach eine junge Frau zwischen den bärtigen, versoffenen Männern heraus wie ein Nugget in einer Schlammpfütze. Aber dass ihm ein Mädchen nach einem Tag Bekanntschaft nicht mehr aus dem Sinn ging … das war eine neue Erfahrung für ihn.

Dass sie in einem fliegenden Schiff wohnte, mit Geistern sprach und ihr Vater über magische Kräfte gebot, schien ihm weit weniger bemerkenswert als das.

Oder als ihre Augen, die fast, aber nicht ganz, denselben hellen Braunton wie ihr Haar aufwiesen.

Oder als die Tatsache, dass sie ihn aufgenommen und sich um ihn gekümmert hatte.

Oder ihr Lächeln, das immer ein wenig schief saß und ihr etwas bezaubernd Schurkisches verlieh, dessen sie sich wahrscheinlich gar nicht bewusst war.

Oder ihr Angebot, mit ihr eine andere Welt kennenzulernen, die neu für sie beide war …

Tatsache war: Die schiere Zahl ihrer bemerkenswerten Eigenschaften schien Fernando an diesem Morgen bemerkenswerter denn je.

Er hoffte wirklich, dass sie ihn nicht an der Nase herumführte – was ihn umgehend an ihre Nase denken ließ und für den Rest des Weges hinreichend beschäftigte, bis er die ersten Häuser zwischen den Bäumen auftauchen sah.

Diese Häuser hingen nicht von Bäumen, dennoch waren sie anders als alle Häuser, die er je gesehen hatte: ein verwachsenes Dorf, gespickt mit surrenden Windrädchen wie eine Geburtstagstorte mit Kerzen, unter einem Baldachin von Wimpeln und Laternen. Niemand baute solche Häuser, selbst wenn er sehr reich oder sehr verrückt war. Dafür waren sie viel zu schön und zerbrechlich. Sie sahen aus wie wundersame Spiegelungen in einer Pfütze, nachdem ein Pferd hindurchgeritten war. Sie stachen aus der Welt hervor wie Mira.

Und über ihre Bewohner ließe sich dasselbe sagen.

Eine überweltliche Versammlung hatte sich unter diesem bunten Himmel eingefunden. Frauen und Männer in schöner Kleidung, jung wie alt, groß und klein; unter ihnen hingesprenkelte Gesichter, die Fernando nicht unbekannt waren: ein alter Goldwäscher, an den er lange nicht mehr gedacht hatte, ein Dienstmädchen aus Kindheitstagen. Und mit ihnen standen da absonderliche Tiergestalten, bei deren Anblick er unwillkürlich nach dem Kreuz um seinen Hals griff, obschon er nicht sicher war, an welche Götter er dabei dachte. Fernando sah Mischwesen, halb Mensch, halb Ziegenbock, und einen großen Dachs auf zwei Beinen, schimmernde Trugbilder von feenhafter Erscheinung – denn ihnen allen war gemein, dass sie verschiedene Grade der Durchsichtigkeit aufwiesen und dort, wo sie einander überlappten und durchdrangen, strahlten wie buntes Glas im Sonnenschein. Es war ein Collier der Erinnerungen, eine Schatzkiste der Phantasie. Ein Schwarm von Seifenblasen zog glänzenden Perlen gleich über die Menge hinweg. Und über allem kreiste ein Adler mit grauem Gefieder, den Fernando intuitiv als Ariel erkannte.

Hab keine Angst, hörte er die Stimme des Geistes. *Es sind bloß Träume – von Mira und ihrem Vater, und auch ein paar von dir und unseren anderen Gästen.*

»So viele?«, murmelte Fernando, die Finger um die Zügel verkrampft, während Moonchild gemächlich weiterschritt, als bereitete die gespenstische Zusammenkunft ihm viel weniger Sorge als seinem Reiter. »Was wollen sie hier?«

Er glaubte Ariel lachen zu hören. *Das fragst du mich? Ich bin selbst nur ein Traum. Du bist der Mensch! Also sag mir: Wieso träumst du von diesem und nicht jenem? Kannst du deinen Träumen gebieten?*

»Ich weiß nicht, *was* du bist, aber ich merke es, wenn man mich an der Nase herumführt.«

Der Geist verkniff sich eine Antwort.

»Und normalerweise sehe ich meine Träume nicht, solange ich wach bin ...«

Wer sagt, dass du wach bist? Abermals Lachen. *Ich mache nur Spaß.*

Doch Fernando achtete schon nicht mehr auf den Geist, denn er hatte Mira in der Menge entdeckt und lenkte Moonchild zu ihr hin. Sie stand im Schatten einer mächtigen, girlandengeschmückten Eiche neben einem Brunnen und hatte betroffen den Kopf gesenkt. Noch ehe Fernando sie erreichte, erkannte er auch den Grund dafür: Zu ihren Füßen lagen fünf reglose Gestalten ausgebreitet, drei Männer und zwei Frauen – echte Menschen, keine durchscheinenden Geistwesen. Es fiel nicht schwer, sie als die Fremden aus Miras Erzählung zu erkennen; über die bunte Mischung von Kleidungsstilen und Hautfarben wunderte sich Fernando schon gar nicht mehr. Die ältere rothaarige Frau in dem schwarzen Kleid musste ihre Mutter sein.

Und ein bitteres Gefühl schnürte ihm die Kehle bei ihrem Anblick zusammen, wie sie dort gerupften Blütenblättern gleich um den Brunnen lagen. Dies war sicher nicht das Wiedersehen, das sich Mira vorgestellt hatte. Fernando sah sich in seiner Befürchtung bestätigt, dass sie gegen ihren Vater genauso machtlos war wie er.

Mira hob den Kopf und sah in seine Richtung. Doch noch bevor er ihr etwas zurufen konnte, teilte sich die Schar der Träume, um eine Gasse für ihren Gebieter zu bilden.

Mit ernster Miene schritt Ross durch ihre Reihen und bezog neben seiner Tochter Position. Er trug keine Schuhe, nur weite Hosen und ein offenes Hemd, das seine hagere Brust wie eine sturmzerzauste Blüte entblößte. Ungeachtet seiner büßerhaften Erscheinung war sein Habitus der eines Herrschers, seine Gesten groß, die ganze Welt umspannend. Alle Augen seines Hofstaates waren auf ihn gerichtet, als er die Arme ausbreitete, seinen unheimlichen Stab wie ein heiliges Zeichen über dem aschgrauen Haupt. Seine Stimme war wie Donnerschlag in einer Schlucht.

»Ihr Kräfte des Himmels, der Felsen, des Waldes, des Meeres! Ihr Geister, die ihr keine Spuren hinterlasst, wenn ihr unter uns wandelt; die ihr in Bächen und Wipfeln spielt, in den Herzen der Menschen schlummert, unsere Adern und Träume durchströmt! Dank eurer Macht beschwor ich die Winde herauf, befreite den Funken, spaltete die Welt, dass die Säulen der Wirklichkeit erbebten. Ich befahl diese Insel aus dem brodelnden Ozean des Nichts – und auf meinen Befehl sollen auch diese fünf sich erheben!«

Auf einen Wink seines Stabes hin fuhren die Schläfer um den Brunnen auf wie Tote aus dem Grab, ihre Augen weit und leer.

Fernando brach der kalte Schweiß aus. Nie hatte er eine solche Hexerei mit angesehen – und dieser Wahnsinnige brüstete sich noch damit. Wahrscheinlich hatte er sogar die eigene Tochter in seinen Zauberbann geschlagen; Fernando sah die schiere Verzweiflung in Miras Augen.

Er schwang sich vom Pferd und schritt auf den Alten zu. Dabei hob er den Revolver über den Kopf und spannte vernehmlich den Hahn, denn seiner Erfahrung nach war dies das Einzige, was Menschen wie Miras Vater verstanden.

»Ein weiser Mann hat mir einst gesagt, dass wir jene nicht gewähren lassen dürfen, die sich jenseits des Gesetzes wähnen und ihre Mitmenschen wie Marionetten tanzen lassen, bis sie sie nicht mehr brauchen!«, rief er laut, und schlug sich mit der Linken auf den Stern an seiner Brust. »Ich warne dich: Halte ein! Was glaubst du eigentlich, wer du bist?«

Mira schüttelte stumm den Kopf. Dennoch war sich Fernando bis zu diesem Augenblick relativ sicher, dass er wusste, was er tat, und er kam sich auch nur ein kleines bisschen lächerlich dabei vor – denn er wähnte sich vollauf im Recht.

Nun aber geschah etwas, das er nicht verstand.

Ross lachte – und weinte. Er lachte und weinte zugleich.

»Wer ich bin, fragst du?« Er reckte das Kinn. »Ich bin nur ein Mensch, so wie du. Nur ein Mensch.« Ross schüttelte den Kopf. »Und manchmal reut es mich. Du kannst dir nicht denken, wie sehr es mich reut.«

Fernando blinzelte. Der Lauf des Revolvers zeigte immer noch zum Himmel. »Was soll das heißen?«

»Ich habe vollbracht, was keinem Mensch vor mir gelang: Ich habe eine Welt erschaffen. Die Zeit betrogen. Den Tod besiegt! Ich habe meinen eigenen Verstand überlistet.« Er holte Luft, und als er weitersprach, brach ihm die Stimme, und es kostete ihn Mühe, laut genug zu sprechen, dass alle ihn hörten. »Doch mein Werk ist vollendet, meine Aufgabe erfüllt. Alles, was noch bleibt, ist loszulassen – meinen Stab niederzulegen, das alte Lebensbuch zu schließen.«

Ein Raunen ging durch die geisterhafte Schar wie Wind durch ein trockenes Kornfeld.

»Alles, was ich tat, tat ich aus Überzeugung – und für meine Tochter.« Er strich Mira durchs Haar, die an seiner Brust in Tränen ausbrach. »Ich dachte nicht, dass Menschen sich ändern. Ich ließ mich lenken von meinem Hass – doch ich werde mich nicht länger selbst zu einem Unhold machen. Meine Wahl ist getroffen.«

Ross schwenkte seinen Stab über die fünf Gefangenen, die sich verstandlos wie Blumen dem Klang seiner Stimme zuneigten. »Ich nehme den Bann von euch! Für meine Tochter will ich wieder werden, was ich einst war: ein guter Mensch.«

Der Blick der Gefangenen begann sich zu klären. Die ersten rieben sich verwundert die Augen, betasteten ihre Gelenke wie plötzlich Geheilte.

Fernando öffnete den Mund und schloss ihn wieder. Irgendetwas sagte ihm, dass dieser Puppenspieler ihn nach wie vor am Faden hielt – selbst im Moment seiner selbsterklärten Niederlage.

»Du trägst das Herz am rechten Fleck«, sagte Ross zu Fernando. »Nun weiß ich, was für ein Mann du bist. Ehrlich gesagt hätte mich alles andere auch enttäuscht bei einem, der den Stern des Rangers trägt.« Er nickte anerkennend. »Mira hat gut gewählt.«

»Vater«, schluchzte sie. »Nicht ...«

Er griff nach ihrer Hand. »Ich kenne dein Herz, Tochter! Ich kenne die Entscheidung, die es gefällt hat – in dem Moment, in dem du unsere Gäste das erste Mal sahst. Nun komm! Es wird Zeit, dass wir sie begrüßen – so, wie es Sitte ist.«

MIRA

Erleichtert sah Mira, dass Fernando die Waffe senkte. Es gab so viel, was sie ihm erzählen, was sie ihn fragen wollte. Doch sie hatte Angst, dass er sie nicht verstehen würde. Wie sollte sie ihm nur erklären, dass sie die letzten zwölf Jahre eine Gefangene im Traum ihres Vaters gewesen war – ihres Vaters, der sie entführt und zugleich doch gerettet hatte? Der in Wahrheit tot auf dem Meeresgrund lag? Dass ihr einziger Gefährte während dieser Jahre – Caliban, der von sich sagte, dass er sie liebe – in gewisser Weise ihr Halbbruder war? Und derselben Täuschung unterlegen war wie sie?

Sie verstand es ja selbst kaum. Ariel hätte diese Geheimnisse nicht so lange wahren dürfen. Sie liebte ihren Vater, sie liebte Ariel und hätte nicht beschreiben können, was sie für Caliban empfand – doch in diesen Minuten wusste sie nicht mehr, wem sie überhaupt trauen durfte. Alle wollten angeblich ihr Bestes, aber keiner sagte ihr die Wahrheit – über sich oder irgendwen sonst.

Jedoch blieb ihr nun keine Zeit, ihre Gedanken zu ordnen. Denn ihr Vater trat von ihr fort zu dem kräftigen schwarzen Mann und baute sich vor ihm auf wie eine Wolke vor einem Berg.

»Alexander«, sagte Ross. »Du warst mein Widersacher, aber einst auch mein Freund. Ohne einen Gegner wie dich hat ein Mann keinen Ansporn im Leben. Und obwohl du keine Skrupel kennst und mir alles, was ich geschaffen habe, gestohlen hast, vergebe ich dir – denn ich verstehe dich heute besser als damals. Ich sehe, was uns trotz aller Unterschiede verbindet und was unser beider innerster Antrieb ist.« Er legte dem anderen Mann die Hand auf die Schulter, doch der schaute mit tränennassen Augen an ihm vorbei. »Unsere Kinder«, schloss Ross und schritt weiter, während Alexander und sein Sohn einander in die Arme schlossen.

»Francis«, sagte Ross und drückte den alten Mann mit dem Schnauzbart an sich, den Ariel bei seiner Ankunft zum Spaß in Wildwestkleider gesteckt hatte. »Ich habe deinen Mut und deine Redlichkeit unterschätzt. Schlimmer noch, ich habe sie missbraucht in meinem Wahn. Dass du der Firma meiner Frau die Treue hieltest, auch nachdem ich nicht mehr war, steht dir gut zu Gesicht. Dass du all dies hast erleiden müssen, war ein ungerechter Lohn für deinen Anstand. Ich hoffe, du kannst mir verzeihen.«

Francis erwiderte die Umarmung und sie wirkten in diesen Sekunden fast wie Brüder.

Dann löste sich Ross und ging weiter, näherte sich der rothaarigen Frau, die ihm gefasst entgegensah. Mira spürte ihr Herz bis zum Hals schlagen. Nun war der Moment gekommen, auf den sie so lange gewartet hatte.

»Toni«, sagte Ross. »Toni.«

»Sag es, Ross«, erwiderte sie ruhig und hob das Kinn. »Ich bin die, der du nie vergeben kannst. Es ist nur recht – ich kann mir selbst nicht vergeben.«

Er legte ihr den Finger auf die Lippen. »Ich bin derjenige, der deine Vergebung erbittet. Ich habe dir mehr gestohlen, als du mir je nehmen könntest.« Er griff nach ihrer Hand. »Komm. Es wird Zeit, dass du jemanden kennenlernst.«

Er machte eine auffordernde Geste. »Mira.«

Die Tränen raubten ihr fast die Sicht, als sie ihrer Mutter das erste Mal seit zwölf Jahren gegenübertrat. Nur undeutlich nahm sie weiter hinten auch Fernando wahr, der alles genau verfolgte. Sie hatte ihn bislang nicht einmal richtig begrüßen können; wahrscheinlich wähnte er sich immer noch als ihr Gefangener. Doch er hielt geduldig Abstand, ahnte, dass dieser Moment ganz ihr und ihrer Mutter gehörte.

»Mira«, sagte Toni. »Kind.« Und dann brachen die Tränen auch aus ihrem strengen Gesicht hervor. Wie Tauwasser auf einem reifbedeckten Felsen, der nach Monaten des Winters endlich wieder die Sonne sieht.

Mutter und Tochter schlossen einander in die Arme.

»Wie groß du geworden bist«, sagte Toni. »Und wie schön. Geht es dir auch gut? Bist du glücklich?«

Mira nickte unter Tränen. »Ich freue mich so, dich zu sehen. Du bist so anders, als ich mir dich immer vorgestellt habe.«

»Wie hast du dir mich denn vorgestellt?«, fragte Toni. »Mit Hörnern und Bocksbeinen?«

Mira gluckste unschuldig. »Das wäre ja lustig – meine Mutter ein Satyr! Nein, ich dachte nur lange, dass …« Sie zögerte. »Dass ich dir egal bin.«

»Liebes«, sagte Toni. »Du könntest mir niemals egal sein. Ich habe die ganze Gegend nach dir absuchen lassen. Wahrscheinlich hängt noch heute in jeder Polizeidienststelle der Westküste mein Bild an der Dartscheibe.«

Mira lachte.

»Ich habe die Suche nie aufgegeben. Aber wenn ich ehrlich bin, hatte ich lange die Hoffnung verloren.« Sie lachte ebenfalls. »Du lebst!«

»Jetzt wird alles anders«, versprach Mira. »Jetzt, da wir wieder zusammen sind.«

»Sind wir das wirklich?«, fragte ihre Mutter. »Zusammen?«

Sie warf einen scheuen Blick zu ihrem Vater. »Wenn ihr aufbrecht, werde ich euch begleiten.«

»Können wir denn einfach gehen?« Toni sah ihren Mann an. »Ross, ich verstehe nicht einmal die Hälfte dessen, was ich gesehen habe. Was du getan hast … was du *geschaffen* hast …« Sie beendete den Satz nicht. Ihr Blick wanderte weiter, fiel auf das Ei an der Spitze seines Stabes. »Das ist das verfluchte Modul, nicht wahr?« Sie schüttelte den Kopf wie über einen alten Witz. »Ich glaube immer noch, dass du wahnsinnig bist. Aber vielleicht hätte ich nicht an dir zweifeln sollen.«

»All deine Zweifel waren berechtigt«, sagte Ross. »Allein, dass ich euch hergebracht habe, sollte Beweis genug dafür sein. Meine Verfassung …« Er schlug die Augen nieder. Dann streckte er die Hand nach Mira aus, die Finger zitternd, als könnte sie jeden Augenblick vor ihm zurückschrecken. »Ich dachte, dass ich dich beschütze, dabei war ich es, vor dem du Schutz gebraucht hättest. Deine Mutter hat das erkannt. Dass ich dir zwölf Jahre deines Lebens gestohlen habe … dazu hatte ich kein Recht.«

»Du hast mir nichts …«, hob Mira an.

»Es ist wichtig, dass ihr zu euren Leben zurückkehrt«, unterbrach Ross bestimmt. »Und Mira soll euch begleiten! Es ist das, was sie will.«

Ein paar Sekunden lang sagte niemand ein Wort. Mira sah zu Fernando. Streckte den Arm nach ihm aus und nickte ihm zu.

Langsam trat Fernando in den Kreis ihrer Familie, sorgsam darauf bedacht, ihrem Vater nicht zu nahe zu kommen. Toni musterte ihn verwundert. »Wir haben uns noch nicht kennengelernt«, stellte sie fest.

»Das ist Fernando«, sagte Mira. »Er geriet mit euch in den Sturm. Er ist ein sehr …« Sie errötete. »Er ist etwas Besonderes.«

Ihre Eltern tauschten vielsagende Blicke.

»Es tut mir leid, dass ich gestern nicht mehr zurückgekehrt bin«, entschuldigte sie sich bei ihm. »Es ist so viel passiert …«

»Ich konnte über Langeweile nicht klagen«, beruhigte er sie. Dann wandte er sich an ihren Vater. »War denn alles, was ich erlebte, nicht mehr als ein Test? Die Tiere im Wald … die Schufterei in der Mühle?«

»Ich musste sichergehen«, verwahrte sich Ross gegen Miras strafenden Blick. »Ich musste wissen, ob unser geheimnisvoller Fremder ein aufrechter Mann ist. Vielleicht war ich etwas schwerer zu überzeugen als Ariel … aber schließlich wird dieser Jüngling mir meine Tochter entführen. Ist es nicht so?« Er lächelte schwach. »Wenn es dir lieber ist: Es war nicht alles ein Test. Mein erster Impuls war ein anderer – danke meiner Tochter, dass ich ihm nicht folgte. Und Ariel, dem alten Intriganten.«

Es war alles ein Test, versicherte ihr der Geist.

Fernando nahm Miras Hände und drückte sie. »Du hast mich gefragt, ob ich mit dir kommen würde, wenn ich könnte. Und mein altes Leben hinter mir lassen.«

»Und nun, da du es könntest … wie lautet deine Antwort?« Sie hoffte, dass er ihrer Stimme nicht die Angst anhörte.

»Ich möchte diese neue Welt kennenlernen, von der du mir erzählt hast.«

Sie schluckte. »Sie wird für mich nicht minder neu sein als für dich!«

»Dann möchte ich sie mit dir gemeinsam erkunden.«

Sie warf sich ihm in die Arme. Roch seinen Duft nach Leder und Mehlsäcken. Spürte seine Kraft wie seine Verletzlichkeit. Seine Freude, seine Angst. Er war zweifellos der verwirrendste Mann, den sie je kennengelernt hatte – und weil sie nicht wusste, wie sie der Verwirrung anders Herr werden sollte, küsste sie ihn.

Als sie die Augen wieder aufschlug, wurde sie gewahr, dass sich ein Stückchen weiter zur selben Zeit eine ähnliche Szene vollzog: Alexander und Bastian King hatten die Erscheinung eines Mädchens in der Menge ausgemacht. Sie war ungefähr in Bastians Alter, und man sah ihr die Familienähnlichkeit an. Dass sich Erinnerungen ihrer Gäste manifestierten, hatte Mira erwartet – dass Vater und Bruder dieses Mädchen offenbar verloren hatten, stimmte sie hingegen traurig. Auf ihren Gesichtern jedoch sah sie nichts als Glück, als sie einander in die Arme schlossen.

Mira lächelte. Das substanzlose Geschöpf an sich zu drücken, musste sich anfühlen, wie einen Sonnenstrahl zu umarmen, und doch war es für alle in diesem Augenblick real wie der Boden unter ihren Füßen. Mira kannte das Gefühl, spürte es in sich wie eine Blume, die sich dem Tag öffnet.

»Er hat sie wieder«, murmelte ihre Mutter. »Aber sie ist nicht wirklich, oder?«

»Nein«, sagte Mira. »Kennst du sie?«

»Du kennst sie auch – aber du warst noch ein Kind. Ihr Name ist Bella. Und bis vor Kurzem hatte ich keine Ahnung, wie es in ihrem Vater aussieht. Wir alle haben eine Menge übereinander gelernt … schau nur.«

Gemeinsam verfolgten sie die stumme Wiedervereinigung – vielleicht, weil es leichter war, als die eigenen Gefühle in Worte zu kleiden. Mira glaubte die Liebkosung Ariels zu spüren, eine sanfte Berührung ihres Verstandes, und der Schatten einer Erinnerung kehrte zu ihr zurück: der Erinnerung an einen Tag, kurz bevor das Schicksal seinen Lauf nahm, als ihre Mutter in ihrer Not Hilfe bei dieser Familie gesucht hatte und Mira in einer fremden Küche einen verängstigten Jungen beim Lauschen erwischt hatte.

Beim Gedanken daran, wie viel Leid ihre beiden Familien einander auch ihretwegen angetan hatten, wurde ihr schwer ums Herz, und sie streckte stumm die Hand nach ihrer Mutter aus. Studierte die übrigen Fremden – den alten Francis, die junge Swaine – die so viel wirklicher, so viel wunderbarer waren als in der ersten Vision, die Ariel ihr vor zwei Tagen geschenkt hatte. Francis begegnete Miras Blick und schenkte ihr ein scheues Lächeln, aus dem dasselbe Wissen um vergangene Pein und Schuld sprach.

»Wie schön sie sind«, flüsterte Mira. »Sind alle Menschen so schön?«

Ihre Mutter lächelte bitter und streichelte ihre Wange. »Sie sind schön, solange sie etwas haben, das sie lieben. Ich kenne niemanden, der so schön ist wie du, mein Kind.«

Mira sah zu Fernando, der respektvoll einen Schritt beiseitegetreten war. Zu ihrem Vater, der nun zu den Kings hinüberging. Den Träumen, die auf seine Anweisung hin Speis und Trank für die staunenden Gäste herbeischafften. Nur Ariel konnte sie nirgends entdecken.

Da näherten sich schwere Schritte und das Klappern eines Wagens vom Ortsrand.

Die Blume, die in ihr erblüht war, verwelkte, als ein plötzlicher Winterhauch zwischen den Häusern hindurch direkt in ihr Innerstes fuhr.

»Caliban«, flüsterte sie. Caliban, eskortiert von Ariel in Gestalt eines stolzen Wapiti, eines majestätischen Hirsches, und dahinter ein traumgelenkter Ochsenwagen, auf dem ein Mann und eine Frau hinter Gittern saßen. Mira erkannte sie als die letzten beiden Reisenden aus Ariels Vision. Der Wind frischte auf und ließ die Blätter der Eiche rauschen und die Futterspender unter den Veranden pendeln.

»Was hat das zu bedeuten?«, fragte sie, während der Wagen auf der anderen Seite des Brunnens zum Stillstand kam. Der Traum auf dem Kutschbock schob sich den Strohhut zurück und wischte sich die Stirn; es war dieselbe Erscheinung, die Fernando zuvor die Getreidesäcke gebracht hatte.

Caliban hat sich und diesen beiden Dieben Zutritt zu deines Vaters Windrad verschafft, antwortete ihr Ariel. *Er drang bis in die oberste Kammer vor und hätte beinahe großen Schaden an der Welt angerichtet. Ich habe ihn zu spät bemerkt – er hat mich geblendet.*

»Wie ist das möglich?«

Als er in deinem Haus war – da hat er deinem Stofftier die Augen genommen. Inzwischen weißt du, weshalb es meinen Namen trägt.

»Ich will mit ihm reden!«

Sie tauschte einen Blick mit Fernando, der darauf ging, mit den Gefangenen zu sprechen. Ariel seinerseits sah kurz zu ihrem Vater und trieb Caliban dann mit dem Geweih vor sich her, bis er vor Mira stand.

»In was bist du da nur hineingeraten?«, fragte sie.

Caliban schaute sie an mit seinen kohlschwarzen Augen, so groß in dem blassen Gesicht, seine Haltung stolz und trotzig wie ein Kind; den Kragen seines gerupften, schmutzverschmierten Gehrockes aufgestellt, das Hemd so eng geschlossen, dass es schmerzen musste.

»Nichts von alldem habe ich mir ausgesucht«, sagte er kalt.

»Du hast dir ausgesucht, in mein Haus einzubrechen. Und was hast du mit Ariel getan?«

»Er hat mich verfolgt.«

»Es war *mein* Ariel. Du hattest kein Recht, das zu tun. Was würdest du sagen, würde ich in deinem Haus die Dinge zerstören, die du am meisten liebst?«

Er senkte den Blick. Dann griff er in seine Rocktasche und reichte ihr etwas.

Sie spürte, was es war, noch ehe sie es sah.

Es waren Ariels Augen, winzig und trauervoll so fern dem Gesicht, aus dem sie sonst blickten.

»Danke«, sagte sie und riss sich zusammen. »Nun kann ich ihn reparieren. Und Ariel wird dir verzeihen.«

»Wieso bedeutet dieses Stofftier dir so viel?«, fragte Caliban.

»Wäre es anders, hätte es keine Macht über Ariel. Dieser Zusammenhang zwischen beiden war mir nie klar.«

»Würdest du mir glauben, wenn ich sagte, dass es mir bis vor wenigen Tagen genauso erging?« Caliban hatte die Wahrheit verdient, aber sie wusste kaum, wo sie anfangen sollte. »Es hat sich so viel verändert, seit …«

Er folgte ihrem Blick zu Fernando so sicher wie ein Falke einer Maus im Gras. Und ebenso mitleidlos und wach fixierte er ihn auch. Zum Glück war Fernando gerade ins Gespräch mit ihrem Vater und den beiden Gefangenen vertieft und bemerkte nicht den Hass, der ihm entgegenschlug.

Vielleicht war dies der Unterschied zwischen ihnen, kam es Mira in den Sinn: Fernando wirkte nicht wie jemand, für den Hass eine Rolle spielte. Dann schämte sie sich für den Gedanken – denn sie wusste, dass es ihr Vater gewesen war, der Caliban erst zu hassen gelehrt hatte.

»Ich kann dich nicht so lieben, wie du es dir wünschst«, sagte sie geradeheraus.

Er sah sie an. Der Hochmut, die Eifersucht waren dahin, und für einen Moment war er wieder der Caliban, dem sie Blumen für Bilder geschenkt und mit dem sie als Kind lange Nachmittage im Sonnenschein gespielt hatte. Der Junge, dessen unerschöpfliche Phantasie ihr die Einsamkeit ihres Lebens gelindert hatte.

»Ich weiß«, sagte er zu ihrer Überraschung. »Aber ich verstehe es nicht. Was habe ich falsch gemacht?«

Er wusste es nicht, dachte sie und sah sich bestätigt. *Er hat keine Ahnung.*

»Oh Caliban.« Sie wollte ihn umarmen, aber damit hätte sie alles noch schlimmer gemacht. »Du hast nichts … du bist … Es ist einfacher, wenn Vater es dir erklärt.«

»Dein Vater?«, rief er aus. »Dein Vater wird mich richten! Was lässt dich denken, dass er und ich …«

Sie schüttelte den Kopf.

»Was er dir zu sagen hat, ist wichtig. Und er wird dir nichts tun, das hat er mir versprochen. Nie wieder! Darauf hast du mein Wort.«

Caliban beäugte sie skeptisch. »Warum sollte ich dir glauben? Du hast allen Grund, mir Böses zu wünschen. Du …«

»Wenn du mich so gut kennen würdest, wie du solltest, wüsstest du, dass ich dich liebe!«, rief sie so laut, dass die anderen sich zu ihnen umdrehten. »Nur eben nicht … so.«

Sie sah die Zweifel in seinem Blick.

»Es tut mir leid, dass ich dich ignoriert habe. Ich hätte dich vor Vater schützen sollen, aber es gab so viel, was ich nicht verstand und was mir Angst machte. Und ich hätte mir so gewünscht, dass du mich begleitest, wenn ich eines Tages gehe. Ich habe nicht begriffen, weshalb du nicht einfach …« Sie schluckte. »Inzwischen verstehe ich dich besser.«

Er hob eine Braue. »Aber verlassen wirst du mich trotzdem. Ist es nicht so?«

»Ja«, sagte sie. »Aber nur für eine Weile! Ich werde wiederkommen, ich werde dich besuchen … Caliban, ich will dich doch nicht aufgeben! Aber ich will … ich muss … Ich wünsche mir so, die Welt da draußen zu sehen, aus der diese Menschen stammen, diese andere Welt, an die ich mich kaum erinnere. Ich weiß nur noch, dass sie riesig ist, und manchmal auch unfreundlich, aber es gibt so viele Menschen, so viel Orte, so viel von *allem,* dass man gar nicht alles kennenlernen kann, bis man alt wird und …« Da brach sie abermals in Tränen aus. »Caliban, die Zeit läuft uns davon. Spürst du es nicht? Wir haben so wenig ...«

»Ich habe Zeit«, sagte er ruhig. »Und ich werde auf dich warten.«

Sie schloss ihn in die Arme, ob es nun weise war oder nicht, denn Liebe kümmerte sich nicht um Weisheit, sonst gäbe es keine Menschen, die solche Fragen stellen könnten. Er gab seinen Widerstand auf und sie spürte seine Angst, seinen Zorn, seine Scham. Und sie spürte seinen Schmerz – nicht den Schmerz des Abschiedes, sondern den Schmerz alter Prügel, den er zu ignorieren versuchte, um die Umarmung etwas länger hinauszuzögern.

Erschrocken ließ sie von ihm ab.

»Was hat man dir angetan?«, fragte sie.

BASTIAN

Es war Bella – es war Bella und auch wieder nicht. Ihr spöttisches Lächeln, ihr Geruch nach Tee und nach Räucherwerk, das sanfte Rascheln ihrer Jeans. Sie sagte kein Wort, doch ein Blick in ihre Augen rief ihm alle Unterhaltungen, die sie je geführt hatten, ins Gedächtnis. Er hörte ihre Stimme, rauh wie die ihres Saxophons. Sie war so real wie die Träume, die er die letzten Stunden durchlebt hatte. So real wie dieser ganze Ort. Bastian hinterfragte die Wirklichkeit dessen, was er sah und fühlte, nicht länger. Natürlich war er einstmals überzeugt gewesen, dass die Toten tot und die Naturgesetze unverbrüchlich waren – in gewisser Weise war er das immer noch. Und dennoch war es Bella.

Für ebenso unumstößlich hätte er noch letzte Woche die Schuld seines Vaters gehalten, für unüberbrückbar die Kluft zwischen ihnen. Nun war diese alte Gewissheit dahin. Er hatte seinen Vater erbeben sehen, hatte das Zittern in seinem schweren Leib gespürt, als sie einander umarmten, und nun standen sie hier, die Köpfe aneinander wie erschöpfte Krieger, zwischen sich die Erinnerung.

Die Erinnerung verblasste, wich langsam wie der morgendliche

Mond, wenn die Welt sich im Erwachen ihrer Schemen entkleidet. Dann blieben nur er und sein Vater.

»Es tut mir leid«, flüsterte sein Vater, und Bastian verstand erst kaum die Bedeutung der Worte, denn sein Vater hatte sich noch nie bei ihm entschuldigt. »Es tut mir leid, dass du das sehen musstest.«

Da begriff Bastian: Er meinte die Träume, die sie geteilt hatten. Es war eine verstörende Erfahrung gewesen: Swaines beneidenswerter Gleichmut und Francis' permanente Angst, als Doppelagent im Gewand eines Buchhalters enttarnt zu werden; Antonias verletzter Stolz, seine eigenen Schuldgefühle und der unbeugsame, starre Wille seines Vaters. Je tiefer sie in die alte Rivalität zwischen Kite Enterprises und King Industries verstrickt gewesen waren, desto tiefer die Wunden, die sie einander geschlagen hatten wie zwei verfeindete Clans. Erst hatten die Gründer ihre Kinder verloren, dann sich selbst.

»Mir tut es leid«, beruhigte er seinen Vater. »Mir tut es leid …«

Sie lösten sich voneinander. Bastian sah nach den anderen, um seinem Vater Gelegenheit zu geben, sich die Tränen zu trocknen. Swaine hatte bei zwei Geistwesen Platz genommen, die er als die Mädchen aus seinem Tagtraum erkannte, Iris und June. Kaum verwundert registrierte er, dass Swaine inzwischen ganz ähnlich gekleidet war wie sie oder er selbst: Sie trug ein weißes Kleid mit langen Ärmeln, eine Erinnerung an die Blumenkinder der Sechzigerjahre. Lachend bot sie Francis einen Pfirsich an, den dieser misstrauisch kostete und erschrocken fallen ließ, als ein kleiner Satyr zwischen ihnen hindurchsprang. Selbst sein Vater ließ sich von einer Traumgestalt mit einer Schmetterlingsmaske einen Burrito andrehen. Bastian seinerseits fiel ein klebriges Stück Baklava in die Finger, das er bei dem aufrecht gehenden Dachs gegen eine Schale Erdnüsse eintauschte. Eine Weile suchte er vergebens die Menge nach Cora ab, konnte sie aber nirgends entdecken.

Dafür fanden seine Augen Mira. Sie nach all der Zeit lebend wiederzusehen, berührte ihn tiefer, als er erwartet hätte. Sie erwiderte seinen Blick und lächelte verschmitzt; und einen Moment lang war sie wieder das kleine Mädchen, er der Junge in der Küche, den sie nicht verraten hatte. Dann unterhielt sie sich weiter mit ihrer Mutter und dem hübschen Burschen in den Cowboysachen, der seinen großen Auftritt auf dem Rücken des weißen Hengstes gehabt hatte. Ob er die Inspiration für Swaines und Francis' Garderobe gewesen war?

Überhaupt hatte Bastian noch tausend Fragen, wobei er auf einige – wie die, was seit dem Spuk in der Taverne alles mit ihnen passiert war – vielleicht keine Antwort wollte. Was er erlebt hatte, war ein Traum in einem Traum gewesen, und es verlangte ihn danach, endlich zu erwachen.

Ross Perrault kam um den Brunnen zu ihnen herüber. Mit seinem offenen Hemd und dem langen Stab wirkte er fast wie eine biblische Figur.

»Was wird jetzt aus uns?«, fragte sein Vater und klang mit den Resten des Burritos in der Hand wie ein Delinquent bei der Henkersmahlzeit.

»Ihr kehrt nach Hause zurück«, sagte Miras Vater. Fast schien ihn die Frage zu überraschen.

»Einfach so? Du gewinnst das große Spiel und lässt uns gehen?«

»Wenn ich etwas gewonnen habe«, sagte sein Kontrahent, »dann die Einsicht in meine Fehler. Und das verdanke ich euch. Ich hatte nicht das Recht, euch aus euren Leben zu reißen. Deshalb sende ich euch nun dorthin zurück – wenn es das ist, was ihr wollt.«

»Danke«, sagte Francis und schloss seinen alten Gefährten noch einmal in die Arme. »Du warst immer ein guter Freund, Ross.«

Der andere Mann erwiderte die Umarmung sichtlich gerührt.

»Was soll das heißen, ›wenn ihr wollt‹?«, störte Swaine unverblümt den Moment. Bastian konnte sich ein Lächeln nicht verkneifen. Swaine hatte die letzten Tage weit mehr Selbstbeherrschung bewiesen als er selbst. Sie schaffte es, selbst die verrücktesten Wendungen klaglos hinzunehmen – aber wenn sie das Gefühl hatte, dass ihr etwas entging, dann machte sie den Mund auf.

Ross löste sich von Francis. »Ariel wird den Sturm für euch öffnen«, erklärte er. »Ihr werdet gehen, wie ihr gekommen seid. Ariel lässt euch jedoch wissen, dass es nach wie vor mehr als nur einen

Weg durch den Sturm gibt. Niemand zwingt euch, denselben Weg zu wählen, auf dem ihr gekommen seid.«

»Wohin führen denn die anderen Wege?«, fragte Swaine.

»Darf ich raten?«, fragte Bastian. »Einer führt dahin, wo unser berittener Freund dort herkommt.«

Ross nickte ernst. »Fernando ist dem Ranger begegnet. Wusstet ihr das?«

Bastian schüttelte den Kopf. »Wir hatten noch nicht das Vergnügen.«

»Und gibt es noch einen dritten Weg?«, bohrte Swaine.

»Auch da habe ich eine Ahnung«, brummte Bastian, als er einer merkwürdigen Prozession gewahr wurde, die in diesem Moment zwischen den Häusern erschien.

Angeführt wurde sie von einem Jüngling mit ernster Miene und gesenktem Haupt, dessen rabenschwarze, steife Garderobe noch einmal hundert Jahre älter zu sein schien als Fernandos. Dahinter lief ein großer Hirsch mit grauem, fast silbrigem Fell, der ihn mit seinem mächtigen Geweih vor sich herstieß. Den Abschluss bildete ein Ochsenwagen, der von einem bärtigen Mann mit einem Strohhut gelenkt wurde. Auf der Ladefläche stand ein breiter Metallkäfig, in dem ein Mann und eine Frau saßen, deren Kleider aus einem alten Ganovenfilm hätten stammen können.

»Was denn jetzt noch?« Alexander King stellte sich schützend vor seinen Sohn und krempelte die Ärmel hoch. Bastian kam aus dem Staunen über seinen Vater gar nicht mehr heraus.

Fernando aber hielt seinen Vater zurück. »Es ist schon gut«, beruhigte er ihn. »Ich kenne diesen Hirsch. Tatsächlich habe ich ihn schon in vielen Gestalten getroffen, und ich zweifle nicht daran, dass er die Lage unter Kontrolle hat.«

»Also schön«, murmelte sein Vater.

»Nun sind wir vollzählig«, verkündete Ross feierlich und schritt auf die Neuankömmlinge zu. Ein frischer Wind fuhr um die Häuser und unter die Dächer. Fröstelnd rieb sich Bastian die Arme.

»Das ist Gonzo«, sagte Swaine unvermittelt.

»Wer?«, fragte Bastian irritiert.

»Der, von dem ich erzählt habe. Mein Bekannter aus der Sekte.«
Sie zeigte auf den bärtigen Kutscher. »Wie ist er nur hierhergeraten?«
»Ich glaube nicht, dass er wirklich ist«, sagte Bastian. »Nicht wirklicher zumindest als …« Er deutete auf das lautlose Treiben ringsum.
»Die anderen.«

»Nein«, sagte Swaine, als der Kutscher freundlich grüßte. »Wahrscheinlich nicht.«

Die Frau auf dem Wagen hatte sich aufgerichtet und hielt die Gitterstäbe der rollenden Zelle umklammert. Ihr Mitgefangener hielt sich stöhnend den Bauch.

»Es tut mir wirklich leid, euer kleines Picknick zu stören«, sagte die Frau. »Aber wie wäre es, ihr lasst uns hier raus und wir verschwinden und ihr seht uns nie wieder?«

»Das würde euch sicher gefallen«, höhnte Ross. »Nach allem, was ihr angerichtet habt! Rince und Stephanie, nicht wahr?«

Die Frau warf ihm einen abschätzigen Blick zu. »Und wer will das wissen?«

»Ich bin der, den ihr bestehlen und ermorden wolltet.«

»Ach so.« Die Frau zog die Nase hoch. »Hätte ich mir denken können. Na, du scheinst dein Urteil über uns ja schon gefällt zu haben. Ist das deine Vorstellung von einem fairen Prozess? Ich verlange meinen Anwalt! In Ordnung, *einen* Anwalt – ich will ja nicht wählerisch sein.«

»Vielleicht kann ich helfen«, erbot sich Fernando.

Stephanie wirkte nicht beeindruckt. »Sieh an, der Sheriff! Oder auch nicht Sheriff. Vorhin warst du ja nicht sehr hilfreich. Und jetzt willst du auf einmal Anwalt sein?«

»Nein.« Er deutete auf den Stern auf seiner Brust und tauschte einen Blick mit Ross. »Aber ich habe einen Eid geschworen, für die Gerechtigkeit einzutreten. Außerdem kenne ich euch nicht und bin unabhängig. Man klagt euch des versuchten Diebstahls und Mordes an – ich würde gerne hören, was du dazu zu sagen hast.«

»Du möchtest meine Version der Geschichte hören?« Stephanie verdrehte die Augen gen Himmel und seufzte. »Na immerhin – dann hör mal gut zu.«

Sie sah nach ihrem stöhnenden Kompagnon. »Alles fing damit an, dass Rince hier eine solide Geschäftsidee hatte. Wir waren mit einem Lastwagen erstklassiger Ware unterwegs – euch muss ich ja nichts vormachen, ihr seid genauso wenig Polizisten wie ich eine Heilige. Leider ist die Küstenstraße in einem armseligen Zustand.« Sie wandte sich an Ross. »Und wenn ich das richtig sehe, fällt das in deine Zuständigkeit, denn nach dem, was man so hört, gehört alles in der Gegend dir! Du schuldest uns also ein kleines Vermögen: einen Laster und Waren im Wert von sagen wir zehntausend Dollar.«

Ihre siegessichere Miene gefror, als Ross lauthals lachte. »Mit dieser Summe kämt ihr heutzutage nicht mehr halb so weit, wie ihr denkt.«

»Heutzutage?«, fragte Stephanie irritiert. »Egal! Das Geld wird noch deine geringste Sorge sein, denn so wie ich das sehe, hast du dich eines ganz besonders schweren Falls von Freiheitsberaubung schuldig gemacht. Ich meine, wo zur Hölle sind wir eigentlich? Du hetzt uns deine Spukgestalten auf den Hals, jagst uns tagelang durch die Wildnis, um uns zu zermürben … und was immer du in deinen Wein tust, dem armen Rince ist es überhaupt nicht bekommen. Und Rince hat mächtige Freunde! Hoff mal lieber, dass niemand in Chicago Wind von dieser Sache kriegt!«

»Du redest Unsinn!«, unterbrach Mira.

»Du meinst, Chicago weiß schon Bescheid?«, fragte Stephanie verunsichert.

»Schweig!«

Bastian staunte nicht schlecht über die selbstbewusste Frau, zu der das tot geglaubte Mädchen herangewachsen war. Bei ihr stand der schwarz gekleidete Jüngling, den Bastian erst für einen weiteren Gefangenen gehalten hatte. Offenkundig hatte Mira keine Angst vor ihm.

»Caliban hat mir alles erzählt!«, fuhr Mira fort. »Wie ihr ihn getreten und geschlagen habt, bis er keinen anderen Ausweg mehr sah, als eure Gier gegen euch selbst zu kehren …«

»Ach, der Arme!«, verspottete ihn Stephanie. »Es war *seine* Idee, in den Turm einzubrechen und sich mit den Geistern darin anzulegen! Wir haben euch gefunden, wie ihr im Keller lagt – ihr alle! –, und beinahe hätten wir euch befreit ...«

Bastian lief ein Schauder über den Rücken. Das war genau, woran er nicht mehr denken wollte. Er wusste nicht, was schlimmer war – was Ross mit ihnen angestellt hatte, ehe er endlich zur Besinnung gekommen war, oder was geschehen wäre, hätten diese beiden Verrückten sie in ihre Gewalt gebracht.

»Ihr!« Caliban deutete anklagend mit dem Finger auf sie. Der kalte Wind spielte mit seinen Haaren und Wolkenfetzen zogen eilig über den Himmel. »Ihr habt mich misshandelt. Ihr habt mich betrunken gemacht ...«

»Sag bloß, das ist auch hier verboten«, spottete Stephanie.

»Ihr wolltet meinen Vater erschießen«, sagte Mira ruhig.

Unwillkürlich sah Bastian zu seinem eigenen Vater und wäre vor Scham beinahe im Boden versunken. Er konnte nicht vergessen, was er hier – an eben dieser Stelle – fast getan hätte, als Antonias Ränke ihm den Verstand vernebelt hatten.

Wahrscheinlich waren sie die letzten Tage alle an irgendeinem Punkt verrückt gewesen. Sie hatten einander gehasst, weil es leichter gewesen war, als sich den eigenen Fehlern zu stellen. Es war gut, dass es nun weniger Geheimnisse gab.

Stephanie protestierte noch lautstark gegen Miras Vorwürfe, da hob Fernando die Hand und tauschte einen Blick mit dem Hirsch. Wenn er es nicht besser gewusst hätte, hätte Bastian gesagt, die beiden berieten sich. Nun, es war nicht das Absonderlichste, was er erlebt hatte.

»Ihr seid Gesetzlose«, befand Fernando. »Daran besteht kein Zweifel. Eurer Gedanken und Absichten wegen kann ich euch nicht verurteilen – fraglos habt ihr jedoch diesem jungen Mann hier übel mitgespielt.«

Caliban erwiderte seinen Blick und schien sich zu fragen, ob ihn diese unerwartete Parteinahme freuen sollte oder nicht.

»Was wurde aus ›unabhängig‹?«, erinnerte ihn Stephanie. »Du klingst, als ob du dir deiner Sache reichlich sicher bist.«

»Dass Ariel eure Gedanken lesen kann, beschleunigt die Angelegenheit«, gestand Fernando mit Blick auf den Hirsch.

Stephanie stutzte. »Der Hirsch? Der verdammte Hirsch hat uns angeschwärzt? Ich glaub's ja nicht. Rince, Liebes! Hast du gehört? Sie haben einen Hirsch, der gegen uns aussagt!«

»Pfannen«, murmelte Rince. »Wilde Tiere verjagt man mit Pfannen ... Du musst sie nur ganz laut ...« Er legte die Hände über die Ohren und krümmte sich zusammen.

»Ich habe genug gehört«, befand Ross. »Diese beiden sind auf der Flucht und es ist Strafe genug für sie, wenn wir sie dahin zurückschicken, woher sie kamen.«

Der Hirsch neigte zustimmend das mächtige Haupt, und über den Bergen grollte der Donner. Die Träume des Dorfes packten die Reste des Mahls zusammen.

Stephanie schluckte. »Du nimmst unsere Ware und schickst uns zu denen zurück, denen wir sie schulden? Das ist ja anständig! Wirklich sehr anständig von dir!«

»Wäre es dir lieber, ich schickte euch woandershin?«

Sie zupfte nervös an ihrem Kragen. »Also eine kleine Luftveränderung wäre in der Tat ...«

»Gut!«, sagte Ross. »Ich denke, wir haben genau das Richtige für euch. Eine gute Zeit für Gesetzlose. Was meinst du, Fernando?«

»So leid es mir tut ...« Fernando seufzte. »Das dürfte zutreffen. Dabei hatte ich eigentlich die Absicht, die Gesetzlosigkeit einzudämmen. Nicht, sie noch zu mehren.«

Ross lächelte ihm zu. »Du kannst auch dort viel Gutes tun, wohin du gehst.«

Da schaltete sich unversehens Swaine in die Unterhaltung ein. »Entschuldigung! Also wenn Fernando dahin geht, wo *wir* herkamen – und die zwei dahin, wo *er* herkam ...« Sie zählte an ihren Fingern mit. »Dann würde ich gerne dahin, wo die beiden herkamen.«

»Wieso das denn?«, fragte Bastian überrascht.

Sie zuckte die Schultern. »Ich mag ihre Sachen«, sagte sie mit Blick auf Stephanies Kostüm. »Als wir hier ankamen, trug ich so was Ähnliches.«

»Danke«, sagte Stephanie artig. »Aber nach drei Tagen hier draußen würde ich wirklich gerne was Frisches anziehen …«

»Bist du dir sicher?«, fragte Bastian die Chauffeurin seines Vaters.

»Ob ich mir sicher bin, dass ich die Gelegenheit zu einer Zeitreise ergreifen will? Sollte ich lieber warten, bis man mir ein zweites Mal ein solches Angebot macht?«

»Moment«, sagte Stephanie. »Zeitreise?«

»Deine Abenteuerlust in allen Ehren, aber …«

»Mach dir um mich keine Sorgen. Das ist süß, aber unnötig.« Swaine nahm Bastian in die Arme. »Denk immer dran: Solange du darüber lachen kannst, bist du auf der sicheren Seite.«

Er erwiderte die Umarmung, dann trennten sie sich. Ohne, dass er es bemerkt hatte, war es dunkler geworden. Finstere Wolken hatten sich wie ein Rudel Wölfe über den Himmel geschlichen und sie eingekreist.

»Es wird Zeit«, sagte Ross. »Nun heißt es Abschied nehmen.«

»Was soll das heißen?«, fragte Antonia besorgt. »Wirst du uns denn nicht begleiten?«

Ross fasste sie bei den Armen und schüttelte den Kopf. »Ich kann nicht. Mein Platz ist hier.«

»Dein Platz ist bei deiner Tochter!«, widersprach sie. »Endlich haben wir uns wieder, und du …«

»Mira ist fast achtzehn«, entgegnete Ross. »Sie trifft ihre eigenen Entscheidungen und braucht keinen misstrauischen Vater mehr, der die Welt von ihr fernhält. Meint ihr nicht auch? Mira, Fernando?«

»Ich komme wieder«, versprach Mira unter Tränen. »Ariel sagt, dass ich immer zurückkommen kann. Hier ist mein Zuhause! Ich sehe mich nur ein bisschen da draußen um, dann komme ich heim …«

»Natürlich«, sagte Ross. »Und was immer du tust, wird das Richtige sein. Ich glaube an dich!« Er fuhr ihr durchs Haar. »In einem Jahr wird Ariel den Sturm erneut für dich öffnen. Erst aber sollst du dein Leben in vollen Zügen genießen. Wirst du das für mich tun?«

»Schatz«, bat Antonia. »Du kennst deinen Vater besser als ich. Was will er denn alleine hier? Bitte bring ihn zur Vernunft.«

Doch Mira schüttelte großäugig den Kopf. Eine Träne rann ihr über die Wange.

»Dieser Ort ist etwas Besonderes«, sagte Ross. »Du wirst nie wieder einen Ort wie diesen finden, wie lange du auch suchst.«

Bastian war, als ob er diese Worte schon einmal gehört hätte. Und er ahnte, dass Mira etwas wusste, was sie nicht auszusprechen wagte. Doch er mischte sich nicht ein.

»Ich *habe* dich gesucht«, sagte Antonia. »Weißt du?«

»Ich weiß.« Ross lächelte versonnen. »Du und ich, wir waren auch etwas Besonderes. Gib auf dich acht.«

Widerstrebend zog Antonia ihren Mann an sich. »Auf Wiedersehen, alter Dickkopf. Du hast deine Krankheit besiegt und bist schon einmal von den Toten wiedergekehrt – da werden wir uns nicht zum letzten Mal begegnet sein.«

Ross erwiderte die Umarmung und schlug die Augen nieder. Fast sah es aus, als weinte auch er. Betreten wandte Bastian den Blick zu seinem Vater. »Ich bin froh, dass ich dich wiederhabe«, sagte er rundheraus.

Statt einer Antwort legte Alexander King ihm den mächtigen Arm um die Schultern. Dann richtete er das Wort an Swaine. »Ich hoffe doch, dass ich von Ihnen hören werde. Ich verdanke Ihnen alles – und gute Fahrer sind schwer zu finden.«

Sie lächelte bescheiden. »Wer weiß, vielleicht lasse ich bald andere für mich fahren. Und es war mir eine Freude, Mr. King.«

Der Reihe nach verabschiedeten sich alle von Swaine und von Ross. Francis hatte Tränen in den Augen, als er seinem Freund Lebwohl sagte. »Nun reißen Sie sich schon zusammen, alter Mann«, rügte ihn Antonia, doch sie sagte es im Scherz. Sie alle hatten einen Kloß im Hals – denn alle hatten sie hier, an diesem unwahrscheinlichen Ort, etwas gefunden, das sie lange verloren geglaubt hatten.

Nur Caliban und die beiden Gefangenen nahmen keinen Anteil an diesem Moment. Bei Letzteren konnte Bastian sich denken, dass sie nicht in Stimmung waren – und Caliban würde ihm wohl ein Rätsel bleiben.

Ein Regentropfen fiel, der Wind blies ihnen die Haare ins Gesicht und trieb die Windräder zur Eile an, sodass die Lichterketten in der Eiche flackerten.

Fernando half Mira, auf sein Pferd zu steigen, und schwang sich dann vor ihr in den Sattel.

»Nimm ihn ruhig«, sagte Swaine lachend, als Mira nach dem weißen Schirm im Holster schaute, und streichelte Moonchild noch einmal den Hals.

»Wir sind bereit«, sagte Fernando, während Mira den Schirm aufspannte.

Ross ließ ein letztes Mal den Blick über die Versammlung schweifen wie ein Priester über die Gemeinde. Zuletzt ruhten seine Augen auf seiner Tochter.

Dann nickte er zufrieden. »Ariel«, sagte er.

Ein Blitz fuhr herab und tauchte alles in gleißendes Licht.

Kommt, sagte die Stimme des Geistes, die Bastian zuletzt in der zerstörten Taverne gehört hatte. Sie klang nun unendlich viel milder als dort. *Ich werde euch ein Stück des Weges begleiten – dann führe ich euch durch den Sturm und aus diesem Traum hinaus in einen anderen.*

CALIBAN

Der Sturm war gekommen und wieder gegangen. Und mit ihm die Reisenden, die ihre Welt die letzten Tage in Aufruhr versetzt hatten. Nun waren sie fort, so wie Caliban es ersehnt hatte – und hatten mit ihrem Weggang ein tiefes Loch in sein Herz gerissen.

Er sah Mira vor seinem geistigen Auge, wie sie davonritt, im Regen verblasste wie einer der Träume, bis eine Windböe Pferd und Reiter mit sich riss, als wären sie nie wirklich hier gewesen. Und gleich, was sie sagte, er kannte die Wahrheit: dass er sie vertrieben, sie von sich gestoßen hatte. Er war der Architekt seiner Einsamkeit.

Niemand anderes denn er trug Schuld an diesem Unglück.

Der Regen ließ nach, der Wind flaute ab. Caliban stand auf dem kleinen Hügel am Rande des Dorfes, bis zu dem er Mira und den Aufbrechenden gefolgt war. Vor ihm lagen die regennassen Wälder und Berge, die ganze, um den einen Menschen ärmere Welt, der ihm teurer als alle anderen gewesen war.

Er wandte sich um. Richtung Küste riss die Wolkendecke bereits auf, und ein Regenbogen spannte sich über das Dorf. Irgendwo am Himmel rief ein Adler. Vielleicht war es Ariel in einer seiner Gestalten – vielleicht war es ein Gefangener der Winde wie er selbst.

Vor ihm schimmerte das Meer der benetzten Traumgesichter; Erinnerungen, ausgesetzt im Regen. Als hätte er mit nassem Pinsel Tupfen auf eine Leinwand gemalt. Sie blickten ihm erwartungsvoll entgegen, dabei fühlte er sich so machtlos wie nie. Die Farben verliefen, die Formen verloren ihre Bedeutung.

Und am Kopf der Menge stand Ross. Sein Peiniger, sein Gebieter, der unbesiegte König.

»Caliban«, sagte er und winkte ihn mit seinem Stab herbei. »Es ist Zeit. Es gibt viel, was du wissen musst.«

Caliban musterte den Alten. Die strengen Falten um seinen Mund, die herrischen Brauen, das Haar grau wie die nächtliche Gischt. Er könnte es hier und jetzt mit ihm aufnehmen, um dieser Farce zu entkommen. Ein schnelles Ende finden. Was sonst hatte er von Ross zu erwarten?

Er hatte versucht, ihn zu entthronen – zu töten, wenn sich die Gelegenheit bot. Ross wusste das, auch wenn er es beim Prozess der beiden bedauernswerten Narren, nun ins Reich des Vergangenen verbannt, nicht angesprochen hatte. Weshalb hat er ihn gedeckt? Er hatte Caliban doch persönlich gestellt, die Hand nach seinen Büchern ausgestreckt, und überwältigt. Es war gekommen wie immer: Ross hatte gewonnen – und Caliban verloren. Nur war seine Niederlage diesmal absolut. Mit Miras Weggang hatte er mehr verloren, als er je besessen hatte.

Das Merkwürdige war, Ross wirkte nicht glücklich über seinen Sieg.

Er führte ihn zur Veranda eines Hauses. Der Hofstaat der Träume bildete eine Gasse für sie, doch eigenartigerweise vergingen die Träume nicht. Nie hatte Caliban eine so große Zahl von ihnen über eine derart lange Zeit erlebt. Fast schien es, als klammerten sie sich an ihre zarte Verheißung von Leben, um dieses Augenblicks teilhaftig zu werden. Labten sie sich an der Stunde seiner Herabsetzung?

»Weißt du, wer in diesem Haus gewohnt hat?«, fragte Ross gedankenvoll.

Caliban schüttelte schweigend den Kopf. Ross hatte ihm nie erzählt, weshalb bestimmte Häuser, bestimmte Träume waren, wie sie waren, oder welche Geschichten sich hinter ihnen verbargen.

»Es war einmal mein Haus«, gab Ross ihm die Antwort. »Toni und ich entwarfen hier unsere ersten Patente.« Er lächelte versonnen, fuhr mit der Hand über den Türrahmen. »Dann wurde die Firma zu groß, und wir zogen nach San Francisco. In den Jahren darauf wohnte eine alte Freundin hier. Ich habe das Haus nie vergessen.«

»Für die meisten Menschen ist ein Haus nicht mehr als das Behältnis ihrer Körper«, sagte Caliban. »In Wahrheit ist es ein Abdruck der Seele. Wie die Hände auf den Felsen – ein Teil von uns lebt darin fort.«

Ross warf ihm einen überraschten Blick zu und ließ den Rahmen los. »Ja, das ist richtig. Und so ähnlich hätte es auch meine alte Freundin ausgedrückt. Ich möchte dir von ihr erzählen.«

»Wieso?«, fragte Caliban.

Ross befeuchtete sich die dünnen Lippen. »Sie war der letzte Mensch, den ich vor dem Unfall sah. Du weißt doch, dass meine Frau, dass alle Menschen in der Welt da draußen mich für tot hielten?«

»Ich weiß von der Welt über dem Winde nur, was du und Mira mir erzählt habt«, erinnerte ihn Caliban. Von einem Unfall war dabei nie die Rede gewesen.

»Dort gibt es keine Magie«, sagte Ross. »Nur die Wissenschaft. Das war auch das Einzige, an das Toni oder Alexander je glaubten. Die Frau aber, die aus meiner alten Werkstatt einen Hühnerstall gemacht hat, glaubte an viele Dinge. Sie hat mir die Augen geöffnet, als ich blind vor Angst zu ihr kam. Toni hielt sie stets für einen schlechten Einfluss … auf dem Höhepunkt meiner Krankheit konnte ich ihren Wahn und meinen kaum noch unterscheiden. Zerrbilder … Monstren.« Er schlug den Stab auf den Boden, und Caliban zuckte zusammen. »Ich tat ihr unrecht, so wie allen Menschen, die mir helfen wollten. Sie brachte mir Heilung. Öffnete mir die Tür zu ungeahnter Kreativität und Macht.«

»Ich kann dir nicht folgen«, sagte Caliban. »Worauf willst du hinaus?«

Ross trat an den Rand der Veranda und lehnte seinen Stab neben sich. Dann umklammerte er das Geländer wie ein schwacher Seemann und sein Blick ging in die Ferne, als könnte er das Rauschen des Meeres erahnen.

»Ich traf deine Mutter auf der Schwelle des Todes«, sagte Ross, und von einem Moment auf den nächsten gefror Caliban das Herz.

Das Ei an der Spitze des Stabes flackerte auf; ein Kolibri kam geflogen, besah sich das seltsame Ding und schwirrte dann weiter – alles innerhalb dieses einen, kalten Schlages, den Calibans Herz nie tat.

»Sie war mächtiger als alles, was ich je kannte«, fuhr Ross fort. »Mächtiger noch als Ariel. Ich kämpfte gegen sie an, weil Ariel mir versprach, dass er mir helfen würde, wenn ich ihn von ihr befreite. Aber ich konnte sie nicht besiegen – also schloss ich einen Handel mit ihr. Diesem Handel verdanke ich mein Leben, und, wichtiger noch, das meiner Tochter – doch sie forderte dafür auch einen Preis.«

»Was für einen Preis?«, fragte Caliban.

»Du.« Ross sah ihn an. »Der Preis warst du.«

»Ich verstehe nicht …«

»Du bist kein Mensch wie Mira«, sagte Ross. »Nicht einmal wie ich. Dennoch hattest du eine Mutter – und einen Vater.«

Und da brach die Welt über Caliban zusammen wie das Dach eines Tempels, dessen Säulen die Gewissheiten seines jungen Lebens waren. Er verstand, was Ross ihm sagen wollte, und konnte es doch nicht wahrhaben. Er glaubte an von Schluchten geteilte Häuser, an Schiffe, die von Bäumen hingen, an riesige Windräder – aber hieran glaubte er nicht. Nichts ergab mehr Sinn. Alles stand auf dem Kopf wie in einem Zerrspiegel.

»Die Herrschaft der Sycorax endete und sie versank in dem Dunkel, das sie einst geboren hatte. Ariel trat in meine Dienste, schuf für uns diese Welt«, fuhr Ross fort und wandte den Blick ab, um ihm Gelegenheit zu geben, das Gesagte zu verarbeiten. »Die Bücher, die du gesehen hast, waren die Saat dieser Welt. Eine Saat meiner Träume.«

Caliban dachte daran, wie die Bücher ihn gerufen hatten und ihm beim Versuch, sie zu berühren, die Sinne geschwunden waren, so wie eine Flamme von einer anderen verschlungen wird. Sie waren von demselben Feuer, diese Bücher und er.

»Doch deine Mutter stellte noch eine Bedingung. Eine Einschränkung, wie sie zu solchen Gelegenheiten üblich ist: Sobald meine Tochter einem anderen ihr Herz schenkte und den Wunsch verspürte, mit ihm fortzugehen – so wie ihn alle Kinder irgendwann verspüren –, würde meine Zeit enden. Der Tag, an dem die Frau die Welt, die Ariel dem Kind erschuf, verließ, sollte der erste Tag vom Rest meines Lebens sein.«

»Ich … verstehe immer noch nicht«, murmelte Caliban, obwohl er die neue Ordnung in den Trümmern seiner Welt zu erahnen begann.

»Es ist wirklich sehr einfach«, sagte Ross. »In dieser Welt bin ich König – in der anderen habe ich den Unfall nie überlebt.«

»Du bist gefangen«, stellte Caliban erstaunt fest. »Du bist ein Gefangener unter dem Winde, so wie ich!«

Ross' Augen verengten sich zu stolzen Schlitzen, er widersprach aber nicht. »Ich bekam ein zweites Leben geschenkt – mit meiner Tochter. Eine Chance, wie sie niemand je erhält, und nichts war wertvoller als das. Doch du verkennst, was ich dir sagen will.«

»Dass ich Teil eines Handels meiner … meiner Eltern war?«, fragte Caliban bitter.

»Nein«, sagte Ross streng. »Außer in demselben Sinne, wie wir alle das sind. Deine Mutter hat dich geliebt! Und dein Vater hätte das in einem anderen Leben ebenfalls.«

Caliban versteifte sich. »Weshalb nicht in diesem?«

»Weil an jenem Tag, an dem seine Tochter erwachsen wurde, auch der Sohn der Sycorax zum Mann reifen würde. Er begann sein Leben als ein Junge – so alt wie seine Schwester – und wie diese sollte sein Vater ihn erziehen. Das war ebenfalls Teil der Vereinbarung. Und Ariel sollte darüber wachen.«

»Dann bist du kläglich gescheitert!«, rief Caliban, der nicht mehr wusste, wem sein Hass und wem sein Mitleid galt. Er dachte an die wenigen glücklichen Erinnerungen, die er an seine Kindheit besaß, als er und Mira – *seine Schwester!* – einander besucht und sie und Ross ihm fast, aber nur fast, eine Familie ersetzt hatten. In Wahrheit war Ariel ihm Vater und Mutter gewesen.

Caliban musste sich eingestehen, dass er dem Geist teilweise unrecht getan hatte. Er hatte ihn zwar nicht vor Ross' Ausbrüchen schützen können, doch er hatte immer auf das große Ziel hingearbeitet – von dem Moment an, da er die Reisenden durch den Sturm geführt hatte. Was waren seine Worte gewesen?

Du wirst dir deine Wünsche nicht mit Gewalt erfüllen – ebenso wenig wie ich. Das ist nicht der Weg für uns.

Ariel hatte ihn davor gewarnt, Mira ihre Freiheit zu nehmen.

Und beim Gedanken an das Unrecht, das er ihr angetan hatte, schämte sich Caliban.

»Ja«, gestand Ross. »Ich bin gescheitert. Und auch deshalb ist der Tag, von dem deine Mutter sprach, nun gekommen. Meine Zeit ist vorbei. Und deine Zeit bricht an – so, wie es ihr Wille war.«

Und da sah Caliban endlich das Muster – den Grund, weshalb Ross sich mit den Jahren immer abweisender, ja feindseliger verhalten hatte. Weshalb er sich so vehement dagegen gewehrt hatte, dass seine jugendliche Tochter, der er nie die Wahrheit eingestanden hatte, noch Kontakt mit Caliban pflegte, den er nie als das hatte annehmen können, was er war: seinen Sohn. Weshalb er ihre Liebe immer als Gefahr empfunden hatte.

»Du hast nie etwas anderes als dein Ende in mir gesehen«, sagte

Caliban. »Erst das Kind, das du an der Schwelle des Todes schufst, um dein Leben zu retten; dann das Einzige, was von meiner Mutter blieb. Und schließlich den Mann, der dir eines Tages die Tochter stehlen und deinen Niedergang einläuten würde. Dabei hätte ich dieser Mann niemals sein können.« Bitterkeit färbte seine Stimme. »Mira *bat* mich, mit ihr zu gehen! Wusstest du das, als du zu mir kamst? Doch ich kann diese Welt nicht verlassen, genauso wenig wie du. Du bist tot in jener Welt, aus der du stammst – ich habe dort nie existiert.«

»Ich hatte solche Angst, sie zu verlieren.« Ross senkte den Blick.

»An dich oder das, wofür sie dich hielt. An deine Bilder, deine Hirngespinste. Mira liebte die Ferne wie ein gefangener Vogel. Ich habe ihr jeden Wunsch erfüllt, habe versucht, ihr das Leben so leicht und lebenswert zu machen wie möglich – aber alles, was ich tat, war, ihren Käfig enger und enger zu schließen.«

»Du hättest nichts weiter tun müssen, als abzuwarten«, sagte Caliban. Fast fühlte er mit ihm: Zeit seines Lebens seinen Kindern beim Aufwachsen zuzusehen wie dem verrinnenden Sand einer Uhr … nie ungetrübte Freude zu empfinden, weil das Verhängnis stets über ihm hing … »Ich war nie eine Gefahr für dich.«

»Ich weiß«, sagte Ross. »Ich dachte, dass ich es für Mira tue, aber ich habe mir etwas vorgemacht. Heute schmerzt mich, was ich euch genommen habe. Ihr … und dir.«

»Du hast niemandem mehr genommen als dir selbst!«, setzte Caliban nach. »Furcht und Eifersucht haben dir den Verstand vernebelt. Dein Durst nach Rache hat jenen, die dir nun die Tochter nahmen, erst das Tor geöffnet! Du hast dich selbst besiegt. Dein eigenes Verhängnis eingelassen.« Er lachte. »Ausgerechnet dieser Cowboy!«

Ross rang sich ein schwaches Lächeln ab. »Dein Spott ist berechtigt, und vielleicht war deine Mutter weiser, als ich ahnte. Ich zweifle nicht daran, dass sie dieses Ende als angemessen erachtet hätte. Doch das ändert nichts an dem, was jetzt geschehen muss.«

Befremdet sah Caliban mit an, wie Ross nach seinem Stab griff, und ihn – nach einem letzten Moment, in dem er ihn betrachtete wie etwas, das man so lange besessen hat, dass sein Anblick jede Bedeutung verlor – ihm hinhielt.

Das Ei flackerte, eine Laterne im Sturm.

»Meine Zeit endet, deine beginnt! Diese Welt braucht einen Wächter, wenn sie weiter bestehen soll. Sie und all die Träume und Erinnerungen in ihr. Dies war der Wille deiner Mutter: dass du mein Erbe antreten sollst, wenn Mira mich nicht länger braucht.«

»Dein Erbe?« Caliban streckte zitternd die Hand nach dem Stab aus. Wusste nicht, ob er bereit war, diese Rolle auszufüllen. »Wie viel von alldem hast du Mira erzählt?«

»So viel, wie sie wissen muss – wer du bist und welche Fehler ich begangen habe.«

Er erinnerte sich an die Andeutungen, die sie zum Abschied gemacht hatte. *Es ist einfacher, wenn Vater es dir erklärt.*

»Weiß sie, dass du sterben wirst? Denn das willst du mir doch sagen, oder nicht?«

Ross kniff die Lippen zusammen.

»Wann?«, fragte Caliban.

»Das weiß ich nicht, und es ist gut so. Vielleicht morgen, oder erst in einem Jahr. Aber bald. Hätte ich Mira die Wahrheit gesagt, hätte sie sich vielleicht umentschieden, und ich weiß nicht, was dann geschehen wäre. Ariel sagt, es wäre dann vielleicht zu spät für sie gewesen.«

»Du überraschst mich, alter Mann – sie ist dir tatsächlich wichtiger als du selbst.«

»Wie steht es mit dir?«, fragte Ross. »Hättest du sie gehen lassen, wenn du die Wahl gehabt hättest?«

Caliban starrte den ihm dargebotenen Stab an, war nicht fähig, eine Antwort zu geben. Dies war nicht, wie er sich seinen Sieg vorgestellt hatte.

»Was ist mit Ariel? Wird er ebenfalls gehen – jetzt, da seine Aufgabe erfüllt ist?«

»Ariel ist frei, zu kommen und zu gehen wie der Wind«, sagte Ross. »Seine Macht ist die des Landes und der Elemente. Es steht uns nicht länger zu, ihm zu gebieten. Aber er wird dich gewähren lassen. Vielleicht wird er bleiben, wenn ihm gefällt, was du mit seiner Schöpfung anstellst.«

Er presste Caliban den Stab in die Hand. »Ich bürde dir weder Allmacht noch Lasten auf. Ich biete dir eine Möglichkeit! Willst du wirklich, dass es hier endet? Was wird aus deinem Haus? Deinen Bildern? Deinen Träumen? Du bist ein Schöpfer, ein Künstler! Gestalte diese Welt, wie ich es getan habe, und forme sie nach deinem Ebenbild! Sie ist dein!«

Calibans Finger schlossen sich um den Stab. Und er spürte die Verantwortung, die er von heute an trug: für die Berge und Wälder, die er sein Leben lang gekannt hatte. Für die Tiere und Traumwesen, die sie bewohnten. Und nicht zuletzt für sich selbst.

»Mira hat versprochen, wiederzukommen«, sagte er. »Also muss es auch einen Ort geben, an den sie zurückkehren kann.«

Ross nickte ermutigend. Dann ließ er den Stab los, und in Calibans Händen erstrahlte das Ei, als fiele Sonnenschein durch eine alte, rußgeschwärzte Scheibe.

Caliban wandte sich den vor der Veranda versammelten Träumen zu. Viele nahm er zum ersten Mal richtig wahr, oder vielleicht hatten sich auch neue Gesichter unter sie gemischt – Gesichter wie unvollendete Gemälde, junge Möglichkeiten, die darauf warteten, dass er sie zu sich rief.

Er hob den Stab, und ein stummer Jubel, den er beinahe hören konnte, breitete sich durch ihr Meer aus. Sie reckten die Arme, erkannten ihn als einen der ihren.

Und in einem Moment seltener Einheit mit sich und der Welt, wie er ihn sonst nur beim Malen erlebte, packte Caliban, noch ehe er wusste, was er eigentlich tat, den Stab mit beiden Händen und zerbrach ihn. Das Licht explodierte und prägte sich dem Land wie Farbe der Leinwand auf. Caliban spürte die Kraft seine Adern durchströmen, die Hügel und Creeks wie ein lebendes Wesen erfüllen.

Er brauchte kein Zepter, und er brauchte keinen Thron. Er wusste endlich, wer er war und wo er seinen Platz hatte; der Verstoßene war heimgekehrt. Er war Caliban, Sycorax' Sohn, der traumgeborene Traum. Verblasst der Makel, der Zeit seines Lebens auf ihm gelastet hatte. Seine Krone war seine Halbnatur – und er würde sie forthin mit Stolz tragen.

Die Aufgabe, die vor ihm lag, würde eine schwierige und einsame sein, doch das schreckte ihn nicht, denn sein Wille war stark und nicht länger einem anderen unterworfen. Die Möglichkeiten, die sich ihm boten, waren endlos wie die Zahl der Vögel am Himmel; die Zahl der Dinge, die er Mira nie gesagt hatte; die Zahl der ungemalten Bilder in seinem Haus.

Und zum ersten Mal in seinem Leben fühlte er sich frei.

EPILOG

EIN JAHR SPÄTER

TONI

Sie sah ihren Mann vor sich, wie sie einander zuletzt gegenüberstanden: So herrisch. So stolz, trotz allem, was passiert war. Und sie hatte sich wieder gefühlt wie ein Mädchen beim ersten Date, so unsicher, so ängstlich – trotz allem. Sie hatte Geister gesehen und Albträume durchlebt, war Gefangene höherer Mächte gewesen. Sie hatte mit ihrem Tod gerechnet, als Ross seine große Stunde zelebrierte, und mehr als einmal während ihrer Zeit in der anderen Welt hatte sie ihm selbst den Tod gewünscht.

Sie nahm an, dass das normal für Paare war, die sich eine gemeinsame Firma aufgebaut und dann entzweit hatten, weil die eine dem anderen das Lebenswerk und dieser ihr dafür die Tochter stahl.

Doch statt alte Wunden weiter aufzureißen, hatte er sich bei ihr entschuldigt, auf seine typisch steife, jungenhafte Art. Große Gesten. Kleine Gefühle. Aber es war mehr, als sie von ihm erwartet hatte. Es war mehr, als sie von *irgendwem* erwartet hätte. Er hatte ihr das größte Geschenk gemacht, dass sie sich wünschen konnte – und dafür liebte sie ihn, heute noch genauso wie damals in Berkeley, als sie beide noch jung und verrucht und unschuldig im Herzen gewesen waren.

Sie wurde aus ihren Gedanken gerissen, als Alexander King neben sie an die Brüstung trat. Sie standen auf der Dachterrasse des neuen Tagungszentrums von King Industries in den Randbezirken von Pacifica, in dem er die letzten Monate Seminare für seine Beschäftigten abgehalten hatte, um den neuen Firmenkurs zu vermitteln. Nicht wenige waren überrascht gewesen, als King Industries den Rückzug aus der Rüstungsindustrie und den Einstieg in erneuerbare Energien verkündet hatten. Doch Alexander hatte sich nicht darum geschert und lachte über die Zeitungen, die über seine Wandlung vom Saulus zum Paulus schrieben.

»Wie haben die Aktionäre es aufgenommen?«, fragte sie.

Er stützte die schweren Unterarme auf die Brüstung. »Sie hassen die Zahlen von heute, aber sie gieren auf die Renditen der Zukunft.«

»Tun sie das nicht immer?«, fragte Toni.

»Mehr denn je bei diesen Aussichten. Immerhin hat die neue Regierung uns Wandel versprochen, oder nicht?« Er gab einem Kellner einen Fingerzeig und griff sich zwei Gläser Champagner von dem dargebotenen Tablett. »Auf die Zukunft«, sagte er und reichte Toni ein Glas.

Sie zögerte kurz, dachte an einen Tag vor mehr als zwanzig Jahren, als sie einen ähnlichen Toast ausgesprochen hatte.

»Die Zukunft«, wiederholte sie.

Sie stießen an und tranken.

Er verzog das Gesicht. »An den Geschmack muss ich mich allerdings erst noch gewöhnen.«

»Niemand hat gesagt, dass die Zukunft nicht nach Bourbon schmecken kann«, sagte Toni mit einem Lachen.

Er griff nach seinen Tabletten. »Das gefällt mir schon besser.«

Eine Weile sahen sie auf den Pazifik hinaus. Die Sonne war schon untergegangen, und der Strand lag in Schatten, doch das sanfte Grollen der Brandung verriet den Beginn des Meeres; sein Ende verlor sich im matten Vogelnestdunkel der nächtlichen Wolken.

»Der Gedanke, dass irgendwo dort draußen …« Toni versagte die Stimme.

»Die Prototypen sind bei Nacht schwer zu sehen.«

»Die meine ich nicht.« Sie kannte die schwimmenden Windradplattformen nur zu gut, die bald schon ihren ersten Offshorepark bilden sollten. Es war eins der alten Patente von Kite Enterprises.

»Entschuldige.« Alexander schnaubte müde. »Windräder. Die Zukunft. Unsere Erinnerung.« Er nippte an seinem Glas. »Die Welt ist nicht gerade einfacher geworden, seit wir wissen, was es dort draußen alles gibt.«

»Es tut mir so leid«, brach es aus ihr heraus. Und sie erkannte dieses nagende Unwohlsein, das sie schon seit Wochen in seiner Gegenwart begleitete, endlich als das, was es war: ein schlechtes Gewissen.

»Wieso sollte es dir leidtun, Toni?«, fragte er ruhig.

»Ohne mich und meinen wahnsinnigen Mann wäre das alles nicht passiert«, stellte sie fest.

»Und ich hätte Bella nie wiedergesehen«, gab er zurück. »Du weißt am besten, wie es ist, ein Kind zu verlieren. Die Leute reden von Schicksalsschlägen – aber du und ich, wir wissen, wie es sich anfühlt, wenn einem das Schicksal die kalten Hände um den Hals legt und ganz langsam zudrückt. Jeden Tag, jede Woche, jedes Jahr ein Stückchen mehr. Bis nichts mehr von uns bleibt.«

Sie biss sich auf die Lippen. Das war genau, was sie nicht hatte aussprechen können: Sie hatten beide die Tochter verloren. Aber nur einer von ihnen …

Er hob eine Braue. »Du schämst dich, weil Mira noch lebt und Bella nicht. Ist es das? Eine merkwürdige Regung. Und gänzlich unangebracht.« Er prostete ihr zu. »Ich freue mich für dich, Toni. Ich freue mich, dass Mira wieder Teil deines Lebens ist. Und ich habe meinen Sohn zurück – auch wenn er sich gerade mehr für seine Adria als die Firma interessiert. Im Gegensatz zu früher wirkt er heute aber glücklich. Und das zählt mehr für mich als alles andere.«

»Danke«, flüsterte sie.

»Es wurde auch mal Zeit, dass der Junge sein Leben lebt«, brummte er.

»Amen, Alex.«

Schweigend hingen sie ihren Gedanken nach. Alexanders Körper war wie ein großer Felsen neben ihr: geformt, doch ungebeugt von allem, was ihm widerfahren war.

»Denkst du oft an ihn?«, erkundigte er sich, ohne Ross beim Namen zu nennen.

»Wie könnte ich nicht?«

Ross, wie er nach all den Jahren wieder vor ihr stand und fast normal in seiner Welt des Wahnsinns wirkte. Wie er sie tatsächlich um Verzeihung bat, freilich ohne ein Wort darüber, was er hierfür alles angerichtet hatte. Er hatte Alexander, sie und die anderen entführt, aneinandergefesselt und gezwungen, ihre tiefsten Geheimnisse zu teilen. Fast kam es ihr heute so vor, als würde sie Alex und seinen Sohn besser kennen als ihre eigene Familie. Selbst Francis und Swaine, was immer aus ihr geworden war.

Und aus irgendeinem verbohrten Grund, den nur Ross und vielleicht ihre Tochter kannten, hatte er sich geweigert, mit ihnen zu kommen, und war noch immer *dort* ... irgendwo dort draußen.

Und sie vermisste ihn.

»Ich sehe ihn vor mir, immer wenn ich Mira sehe«, gestand sie und leerte ihr Glas, den Blick hinaus aufs Wasser gerichtet. »Ich frage mich, ob es ihm in den zwölf Jahren mit ihr genauso ergangen ist.«

»Wie geht es ihr?«, erkundigte sich Alexander.

»Sie lebt mit ihrem Cowboy in Santa Clarita und töpfert viel.«

»Kann sie denn davon leben?«

Sie schauten einander lange an, dann lachten sie beide.

»Du bist immer noch ein böser alter Mann. Und sie im Geiste noch ein Kind.«

»Seht ihr euch häufig? Es ist ein Jammer für unsere Familien, dass wir gerade jetzt die Geschäfte wieder nach Norden verlagern.«

Sie zuckte die Schultern. »Wir würden uns wohl öfter sehen, lägen Big Sur und der verdammte Highway 1 nicht zwischen uns. Ich meine, natürlich könnte ich auch fliegen, aber irgendwie ... ist er trotzdem im Weg.«

»Ich weiß, was du meinst.«

Sie dachte an ihre letzte Reise zurück. Ariel, das unheimliche Wesen in Tiergestalt, hatte sie inmitten eines infernalischen Unwetters zurück zu ihrem Wagen begleitet. Nur bruchstückhaft entsann sie sich des Wegs durch die Wildnis, steile Waldwege im Stroboskoplicht der Blitze, doch er war ihr kürzer erschienen als der Hinweg. Dann hatten sie auf einmal wieder in Alexanders Wagen gesessen, der Lincoln unbeschädigt und von allem Geäst befreit; und Bastian hatte sie zunächst nach Carmel – dem echten Carmel – gefahren. Das hieß, seinen Vater, Francis und sie, während Mira all ihren Protesten zum Trotz mit ihrem Jungen ritt.

Ihre erste klare Erinnerung war der Morgen, an dem sie in ihrem Motelzimmer erwachte und die anderen im Frühstücksraum traf. Einen kurzen Moment hatte sie glauben wollen, es wäre immer noch der Tag von Bella Kings Beerdigung und alles, was danach passiert war, nur ein flüchtiger Traum. Doch ein Blick auf den Kalender zeigte, dass seither vier Tage vergangen waren. Und der Anblick Miras und Fernandos, als sie großäugig und steifbeinig zur Tür hereingestolpert kamen, bewies, dass der Traum für manche von ihnen noch fortdauerte.

»Wir telefonieren viel«, sagte sie. »Mira und ich. Ich verzehre mich danach, ihre Stimme zu hören. Kannst du dir das vorstellen? Ich habe sie *angefleht,* mit mir zu skypen, aber sie kommt nicht gut mit Computern zurecht, und Fernando …« Sie lachte bitter. »Ich weiß, dass ich sie ihr Leben führen lassen muss – das ist wohl auch die Einsicht, zu der Ross gekommen ist. Aber das ändert nichts an dem Gefühl, dass man mir etwas gestohlen hat. Ihre Kindheit, ihre Jugendjahre. Man nahm mir meine kleine Mira und gab mir eine Frau zurück. Gott, ich bin ja so undankbar.«

Auf einmal konnte sie die Tränen nicht länger zurückhalten, und es kümmerte sie nicht, ob einer der Aktionäre sie sah oder ob sie in Alexanders Achtung sank, und sie schluchzte und ließ die Gefühle über sich rollen wie die Brecher unter ihr auf den Felsen.

Irgendwann spürte sie seine große Hand auf ihrer Schulter.

»Sie liebt dich«, sagte er ruhig. »Ich sage dir das, weil ich es sehen kann, jedes Mal, wenn wir in L.A. sind und sie uns besucht. Und weil ich jemanden gebraucht hätte, der mir dasselbe sagt, ehe es zu spät war.«

Sie stellte ihr Glas auf die Brüstung und erwiderte seine Geste, und dann schlossen sie einander in die Arme und standen noch so, als sie Francis' angespanntes Räuspern hinter sich hörte.

»Mr. King. Antonia. Ich hoffe, ich störe nicht.«

Seufzend löste sie sich aus der Umarmung. »Was gibt es?«, fragte sie den älteren Mann, der sich verlegen den Bart strich.

»Ihr Handy ist ausgeschaltet«, sagte er, und es klang fast wie ein Tadel. »Drinnen ist ein Anruf für Sie.«

Ihr Blick ging zu den hohen Glastüren der Terrasse, jenseits derer sich die fein gekleideten Aktionäre am Buffet tummelten.

»Wer ruft mich denn so spät hier an?«

»Es ist Ihre Tochter. Mira«, fügte er hinzu, als könnte sie den Namen ihres Kindes vergessen haben. »Sie sagt, es sei wichtig – es geht um ihren Vater.«

FERNANDO

»Bist du so weit?«, fragte Fernando.

»Fast. Ich habe das Gefühl, ich hab etwas vergessen.«

Mira stand verloren inmitten des offenen Wohnzimmers und drehte sich suchend um die eigene Achse. Einen unheimlichen Moment lang erinnerte sie Fernando an einen Traum, einen der Geister, die die Welt ihres Vaters bevölkert hatten. Tatsächlich gehörte sie genauso wenig in dieses fremdartige, fordernde Land wie er selbst; sie beide *waren* Geister unter jenen Menschen, die hier ihren Platz hatten.

Dann schaute sie ihn an, und im selben Zuge, in dem sich ihre Lippen zu einem Lächeln formten, wurde sie wirklicher, verwurzelter in der Welt.

»Ich komme noch drauf.«

»Es wird dir schon einfallen, wenn es wichtig war.«

»Sollte ich nicht noch ein zusätzliches Kleid einpacken?«

»Wie viele hast du denn eingepackt?«

»Eines.«

Fernando wiegte den Kopf. »Pack noch eines ein.«

»Gut. Danke!«

»Ich sehe so lange noch nach Moonchild.«

Er durchschritt das Wohnzimmer zur rückwärtigen Veranda, während sie die Treppe hinauf ins Schlafzimmer eilte. Ihre Unsicherheit bezüglich der Kleider war eines ihrer typischen Probleme – schließlich hatte sie fast ihr ganzes Leben in einer Welt verbracht, die ganz und gar darauf ausgelegt gewesen war, dass es ihr nie an etwas mangelte. War sie dort tatsächlich einmal in schlechtes Wetter geraten, hatte Ariel den Regen einfach von ihr abgehalten. Oder sie getrocknet. Oder ihr ein frisches Kleid gebracht. Oder eines aus dem Nichts erschaffen. Für jede Eventualität gewappnet zu sein, ohne zu wissen, wie wahrscheinlich dieses oder jenes Missgeschick und wie dramatisch seine Folgen waren, stellte Mira jeden Tag vor neue Herausforderungen.

Ähnlich wie das Schlafen in Betten, die nicht schaukelten.

Fernando fand das alles sehr liebenswert. Und er hoffte, dass seine eigene Tolpatschigkeit sie ebenfalls erheiterte und nicht enttäuschte.

Er trat hinaus auf die Veranda, auf der Mira eine ihrer zahllosen Hängematten gespannt hatte, und blickte suchend über ihr kleines Stückchen Land am Stadtrand. Im Gegensatz zu Mira hatte er Entbehrungen gekannt. Er hatte durchnässt auf der nackten Erde geschlafen, hatte Hunger gelitten und Schießereien überlebt. Gleichzeitig verstand er genug von Landwirtschaft und Viehzucht, um sie beide zu ernähren, selbst falls ihre Mutter ihnen eines Tages kein Geld mehr anwies. Die Veranda und den Stall hatte er eigenhändig gebaut.

Aber wenn er eine Straße überquerte, riskierte er regelmäßig, von einem Auto überrollt zu werden – diesen stinkenden Kutschen, von denen es, das wusste er nun aus erster Hand, tatsächlich zu viele gab. Wenn er sich in der Stadt verlief – was ziemlich häufig vorkam –, hielt er nach der Sonne statt einem Telefon Ausschau. Von Bildschirmen wurde ihm schwindlig, und zum Glück hatte Mira keine Einwände gegen ein Leben ohne Fernseher oder Computer, auch wenn ihre Bekannten und Antonia sie immer wieder zu überreden versuchten. Es war Fernando unbegreiflich, wie betont freundlich und friedfertig sich alle Menschen gaben – er hatte rasch gelernt, dass man es nicht schätzte, wenn Leute eine Waffe mit sich führten – und wie furchtbar alles war, was in der Zeitung stand. Es war eine riesige, zum Bersten volle Welt tragischer Widersprüche, die er wohl nie verstehen würde.

Er fand Moonchild hinter dem Stall bei den Kürbisbeeten. Falls der Hengst ihre Reise ins einundzwanzigste Jahrhundert registriert hatte, trug er eine beneidenswerte Gelassenheit zur Schau. Ob die Luft anders roch, das Heu anders schmeckte als vor hundertfünfzig Jahren? Wahrscheinlich fehlte ihm die Gesellschaft anderer Pferde. Vielleicht sollte er nach einer anderen Unterbringung für ihn Ausschau halten, aber Fernando wollte sich nicht von ihm trennen. Vielleicht sollte er einfach mehr Pferde kaufen.

Ein Klappern aus dem Stall verriet ihm, dass McMasters bei der Arbeit war. Sie bezahlten den alten Mann dafür, dass er sich um Moonchild kümmerte, wenn sie ein paar Tage unterwegs waren.

Er streichelte dem Hengst die Stirn und redete ihm beruhigend zu.

»Wir kommen bald wieder«, versprach er. »Sei ein braver Junge, in Ordnung?«

»Wird schon schiefgehen«, sagte McMasters und trat aus dem Stall. »Wir kennen uns inzwischen ja ein wenig. Wohin geht's diesmal? Wieder die Bay Area?«

Fernando schüttelte den Kopf. »Diesmal müssen wir ein bisschen weiter …«

*

Der Bauernmarkt war der erste Ort, den Fernando verstand, auch wenn die Bauern dort ganz anders waren als zu seiner Zeit. Dasselbe galt für das Gemüse, das so viel größer und nahrhafter aussah. Immer wieder entdeckte er Obst, das ihm gänzlich unbekannt war, und selbst Mira konnte ihm nicht erklären, was eine Pluot war. Dafür gab es praktisch keine Tiere auf diesen Märkten, nur riesige Eier, und die Kisten wurden von grollenden Lastwagen verladen, um deren Gummireifen das Benzin in allen Regenbogenfarben schimmerte. Es war eine merkwürdige Feier des Natürlichen in einer von Kunststoffen durchdrungenen Welt – doch es war noch immer ein Markt und so viel einfacher und normaler als die grellen, kalten Ladengeschäfte, in denen Lebensmittelkartons in Reih und Glied auf Eis auslagen und die Früchte so fest verpackt waren, dass man sie weder befühlen noch riechen konnte. Fernando hatte einmal den Fuß in einen solchen Laden gesetzt und niemals wieder.

Auf dem Bauernmarkt zahlte man noch in Dollar, obgleich die Dollars nicht mehr aus Silber, sondern aus Papier waren; das war immer noch besser, als sich mittels kleiner Kunststoffkärtchen eine unsichtbare Schuld anrechnen zu lassen. Hier traf man noch Leute, mit denen man sich über Ackerbau austauschen konnte, es gab Stände für Kunsthandwerk und Gebrauchtes, und die Kundschaft war manchmal gar nicht so verschieden von den Traumgestalten, welche die Welt von Miras Vater bevölkert hatten. Und für die meisten Menschen, die sie kennenlernten, spielten Hautfarbe und Herkunft keine Rolle.

Sie schlossen erste Bekanntschaften, Mira holte ein paar Erkundigungen ein, und zwei Monate später hatten sie ihren eigenen Stand. Sie begannen mit Miras Bastelarbeiten, später folgten selbstgenähte Blusen und Hemden, geflochtene Körbe und Töpferware, und sobald das erste Gemüse in ihrem Garten gedieh, auch das. Sie pressten frische Säfte und buken Brot mit Zucchiniblüten und Nüssen. Den Transport bewältigten sie die ersten Male mit Hilfe Moonchilds und später, sobald Mira ihren Führerschein hatte, mit dem rostigen Pick-up, den sie liebevoll bemalte. Moonchild nahmen sie an manchen Tagen dennoch mit, weil er die Blicke auf sich zog und ihnen Kunden brachte.

All dies wäre freilich kaum nötig gewesen angesichts Antonias Reichtum. Doch Mira sagte, sie wolle ihre Mutter nur um Geld bitten, wenn es sich wirklich nicht vermeiden ließ, und Fernando verstand, dass es ihr wichtig war, sich etwas Eigenes aufzubauen. Wenn er ehrlich war, genoss er die Arbeit sogar, denn genau wie der Markt war Arbeit etwas, das er verstand, und er hatte die letzte Zeit zu viele Dinge erlebt, die er niemals verstehen würde.

Dennoch verfluchte er sich manchmal dafür, dass er das Gold verloren hatte, das er die ganzen Abenteuer hindurch in seiner Weste mit sich getragen hatte. Nun hätte er es gebrauchen können; doch gleich an seinem ersten Abend in dieser Welt hatte er feststellen müssen, das man ihn bestohlen hatte. Statt der Tabakdose mit den Nuggets hatte er eine andere Dose mit einer übelriechenden Paste in seiner Tasche gefunden. Erst hatte er sich den Verlust nicht erklären können – der üble Geruch aber hatte ihn beschäftigt, und schließlich war ihm eingefallen, woher er ihn kannte: von den beiden Ganoven in ihrer Zelle. War dieser Rince vielleicht doch nicht so verkatert gewesen, wie er getan hatte?

Nein – wahrscheinlicher war, dass Stephanie etwas damit zu tun hatte. Er dachte an ihren ertappten Gesichtsausdruck an dem Morgen in der Mühle. An den Stuhl, über dem seine Weste gehangen hatte. Stephanies Tasche und die Waffe auf dem Tisch waren außerhalb ihrer Reichweite gewesen. Der Stuhl jedoch …

Mira sagte, er solle sich deshalb nicht grämen. Zugleich war ihm bewusst, wie viel Blut an dem Gold klebte. Mehr als einmal hätte man ihn fast dafür erschossen, und Reid hatte sein Leben für seines gegeben. Von daher – so schwer es ihm fiel – konnte er Stephanie und Rince, wo immer sie nun steckten, bloß wünschen, dass es ihnen mehr Glück brachte als ihm.

Trotzdem ließ ihn die Vergangenheit nicht los.

Nicht in Form bestimmter Menschen oder Orte – denn alle Menschen oder Orte, die er je gekannt hatte, waren verloren, und sein Zuhause war jetzt hier, bei Mira.

Was ihn verfolgte, war das Versprechen, das er jenem Sterbenden einst gegeben hatte.

Eines Tages fragte er ihre Standnachbarin, eine ältere Frau mit einer Vielzahl dünner, grauer Zöpfe, nach einem bärtigen Mann in einem langen Mantel, der ihm schon häufiger aufgefallen war. Sein dunkelblauer, zweireihiger Mantel mit den breiten Schulterklappen gemahnte an eine Armeeuniform, und der Mann bewegte sich mit einer Selbstvergessenheit, die Fernando mehr denn je an einen wandelnden Traum erinnerte. Beinahe rechnete er damit, dass er sich auflöste und andernorts wieder erschien.

»Der da?«, machte seine Standnachbarin. »Das ist der Präsident.«

»Der Präsident?«

»So nennt er sich. Hält sich für den Präsidenten der Vereinigten

Staaten. Er lebt hier irgendwo, aber ich glaube nicht, dass er ein Dach über dem Kopf hat.«

Fernando dachte lange über ihre Worte nach. Über den Unterschied zwischen dem, für was man sich hielt, und dem, was andere in einem sahen. Den Unterschied zwischen Gestern und Heute, Wirklichkeit und Traum. Und je länger er darüber nachdachte, desto schwerer fiel es ihm, eine Antwort zu finden, die ihn zufriedenstellte.

»Wusstest du, dass Zachary Taylor starb, kurz nachdem ich in den Sturm geriet?«, fragte er Mira an diesem Abend, und sie schüttelte betroffen den Kopf. »Er verdarb sich den Magen an Obst und Milch. Vielleicht wurde er auch vergiftet. Ich habe es in einem Buch gelesen …«

Ein anderer Mensch hätte vielleicht erwidert, dass all dies nur die Vergangenheit sei. Mira aber nahm ihn in den Arm, und dafür liebte er sie.

Als er den Präsidenten die Woche darauf abermals sah, entschuldigte er sich kurz bei ihr, verließ den Stand und ging zu ihm hinüber.

»Guten Tag«, grüßte Fernando. »Sir«, fügte er respektvoll hinzu, als der Angesprochene nicht gleich reagierte.

Prüfend kniff der Präsident die Augen zusammen. »Sollte ich Sie etwa kennen, junger Mann?«

»Wir wurden einander noch nicht vorgestellt, Sir. Das heißt, natürlich habe ich Sie gleich erkannt – aber Sie werden nicht von mir gehört haben. Mein Name ist Fernando.«

»Aha. Und wie noch?«

»Nur Fernando, Sir. Ich habe etwas für Sie.«

Und er griff in seine Weste und holte den silbernen, aus einer 5-Peso-Münze geschnittenen Stern heraus, den er nach wie vor bei sich trug.

»Den hier soll ich Ihnen geben«, sagte er und drückte dem verdutzten Präsidenten den Stern in die trockene Hand. »Er gehörte einem Mann namens Reid. Er kämpfte mit Ihnen in der Schlacht von Monterrey.«

»Reid, sagen Sie?« Der Präsident drehte und wendete den Stern.

»Ein Ranger.«

»Ein guter Mann«, sann der Präsident.

»Gemeinsam haben wir die Männer zur Rechenschaft gezogen, die sich in Mexiko schuldig machten und danach zu Gesetzlosen wurden. Er fiel in Erfüllung seiner Pflicht. Diese Nachricht wollte ich Ihnen überbringen, Sir.«

Der Präsident wirkte aufrichtig gerührt. »Danke, mein Sohn. Das bedeutet mir sehr viel.«

»Es war mir eine Ehre, Sir.«

Dann ging Fernando zurück zu Mira und ihrem Stand, doch den ganzen Rest des Tages erfüllte ihn ein Hochgefühl, wie er es seit seiner Ankunft in dieser Welt nicht gekannt hatte.

Zum ersten Mal seit langer Zeit gab es keine Schwüre, keine Mächte mehr, die sein Leben bestimmten. Er hatte den letzten Faden durchtrennt, an den er sich selbst vor langer Zeit gebunden hatte – und er war endlich wahrhaft frei, zu tun und zu lassen, was ihm einfiel.

*

Er gab McMasters noch eine Reihe von Ratschlägen, die dieser geduldig zur Kenntnis nahm, und ging zurück ins Haus, wo Mira inzwischen einen kleinen Berg von Taschen und Koffern aufgetürmt hatte.

»Hilfst du mir, das zum Wagen zu tragen?«

Fernando trat zu ihr und fasste sie bei den zitternden Schultern. »Hältst du es wirklich für eine gute Idee, die Strecke selbst zu fahren?«, fragte er. »Es ist sehr weit, und du bist müde.«

»Ich bin nicht …« Sie wischte sich die verweinten Augen. »Ich brauche nur …«

»Ich rufe uns ein Taxi«, entschied er und griff nach ihrem Telefon – ein klobiges Gerät von einem Flohmarkt, dessen Bedienung er inzwischen gemeistert hatte.

»Aber das ist viel zu teuer!«

»Wollen wir nicht dieses eine Mal die Hilfe deiner Mutter …«

Mira schüttelte den Kopf. »Ich brauche wirklich nur einen Moment. Komm her.«

Fernando ging zurück zu ihr und schloss sie in die Arme. Eine Weile spendeten sie einander wortlos Trost; dann setzten sie sich auf den Taschenstapel.

»Du hast wieder geträumt?«, fragte er sie.

Sie nickte. »Schon die dritte Nacht in Folge.«

»Ist das die Art, wie er normalerweise … Kontakt mit dir aufnimmt?«

Ihr Blick ging zur Wand: schränkeweise gebrauchte Bücher, romantische Träumereien, die so anders waren, sagte sie, als die Bücher, die Ariel für sie als Kind aus ihrer Erinnerung geschaffen hatte. Daneben die Gitarren und Flöten, auf denen sie manchmal mit Bekannten spielten; und dazwischen und darüber Bilder, so viele Bilder, die Berge, Wälder, das Meer zeigten. Mindestens eins dieser Bilder stammte nicht von dieser Welt, sondern hatte sie in Moonchilds Satteltasche begleitet. Wer es hineingelegt hatte, wussten sie nicht.

Aber wenn er darüber nachdachte, wie bestimmte Dinge ihren Weg gefunden, bestimmte Ereignisse ihre Wirkung entfaltet hatten … fragte sich Fernando manchmal, ob der wahre Marionettenspieler nicht jemand anderes als Ross gewesen war.

»Keine Ahnung«, sagte Mira und riss sich vom Anblick der Bilder los. »Was ist schon normal? Ich war noch nie von drüben weg.«

»War der Traum denn wieder derselbe?«

»Fast. Nur dass er diesmal sagte, wir sollten nun aufbrechen – alles wäre bereit.«

Fernando fasste ihre Hand. Er wusste noch gut, wie aufgelöst sie nach dem ersten Mal gewesen war – als Caliban ihr im Traum erschienen war, um ihr die Botschaft zu überbringen …

Nach wie vor verstand er nicht das Band, das zwischen Caliban und Mira bestand. Er begriff, dass Caliban wie ein Bruder für sie war und auch eine Art Mutter im Traume besaß. Mira hatte diese Frau, die sie mit fünf Jahren flüchtig kennengelernt hatte, eine Zeitlang gesucht, jedoch nicht gefunden – sie war kurz nach dem Unfall verschwunden, und das Haus, das einst Miras Eltern und Großeltern gehört hatte, war heute eine Außenstelle der Kfz-Zulassungsbehörde.

Fernando aber war jener verschlossene Junge, der sie beide verfolgt und beschattet hatte, immer noch unheimlich. Mira sagte, er habe sich verändert – Fernando konnte sich nur darauf verlassen, dass sie ihn besser kannte als er. Andernfalls hätte er wohl eine finstere Absicht, vielleicht gar eine Falle hinter ihrem Traum vermutet.

Seine Furcht zerstreute sich mit der zweiten Nacht: Die Nachricht blieb dieselbe, bloß dass Caliban Mira diesmal bat, auch den anderen Bescheid zu geben – allen, die sie informieren wollte. Da begriff Fernando, dass der andere kein Spiel mit ihnen spielte, sondern es ernst meinte.

Sie würden in die Welt unter dem Winde zurückkehren – um Abschied zu nehmen.

»Warum, glaubst du, hat er nichts gesagt?«, fragte Mira.

»Du meinst, dass …« Fernando wusste, dass sie von ihrem Vater sprach. »Ich könnte mir verschiedene Gründe denken. Bist du dir denn sicher, dass er selbst es wusste?«

Sie nickte. Schluchzte.

Und er dachte an die Rede, mit der sich Ross bei ihrem letzten Aufeinandertreffen gefeiert hatte: *Mein Werk ist vollendet, meine Aufgabe erfüllt. Alles, was noch bleibt, ist loszulassen …*

Hatte er die wahre Bedeutung dieser Worte verkannt?

»Vielleicht war er zu stolz«, mutmaßte er. »Vielleicht wollte er es selbst nicht wahrhaben. Oder er hatte einen Plan – schließlich sagte er, ihr würdet euch bald wiedersehen.«

»Ein Wiedersehen mit seiner Welt«, sagte sie bitter. »Aber nicht mit ihm.«

»Vielleicht dachte er, er könnte ja, da er schon einmal, du weißt schon …«

Da brach sie in Tränen aus, und er bereute sein gedankenloses Gestammel und schloss sie in die Arme. Die Wahrheit war, sie hätten es wissen müssen, doch sie hatten es nicht gesehen.

»Es ist nicht fair!«, stieß sie aus. »Dass ich ihn verliere, gerade, wo ich dich gefunden habe! Dass es ausgerechnet jetzt geschah, wo ich nicht da war. Als ob ich eine Entscheidung gegen ihn getroffen hätte! Wieso kann ich nicht beides ...«

Er hielt ihren bebenden Rücken, strich ihr das Haar aus dem tränennassen Gesicht. Sie kannte die Antwort ebenso wie er, daher sagte er nichts.

»Er *hatte* einen Plan, Fernando. Da bin ich ganz sicher. Und sein Plan war, mich zu belügen – um es mir leichter zu machen. Er wusste, wenn er mir die Wahrheit sagt ... Wenn er gesagt hätte, dass es ein Abschied für immer ist ... wäre ich niemals gegangen.«

»Es war seine Wahl«, erwiderte Fernando ruhig. »Es war alles seine Wahl: du, Ariel, die ganze Welt unter dem Winde. Von der ersten Minute an. Was er tat, tat er für dich. Und nun ist es vorbei.«

Sie schaute ihn an. Schniefte. »Und was ist mit mir? Wieso hatte ich keine Wahl – oder nur die, die er mir ließ?«

»Weil er dein Vater war«, sagte Fernando. »Und weil jeder Vater, den ich kenne, für seine Tochter das Gleiche getan hätte.«

Sie lehnte sich mit glasigem Blick an seine Schulter und sagte nichts weiter.

Einige Minuten später standen sie auf und trugen gemeinsam die Taschen zum Auto.

STEPHANIE

Rince trödelte wieder.

Genau genommen unternahm er nicht die geringste Anstrengung, sich überhaupt auf den anstehenden Termin vorzubereiten, was umso bemerkenswerter war, wenn man bedachte, dass Termine in einer Welt, in der die wenigsten Menschen überhaupt eine Uhr besaßen, eine echte Seltenheit darstellten. Man hätte daher meinen sollen, er wüsste die Gewichtigkeit des Augenblicks zu schätzen. Selbst der alte Bill hatte zur Feier des Tages das bessere seiner beiden Hemden angezogen.

Doch statt sich in Schale zu werfen und die Kunden vielleicht schon am Tor zu begrüßen, eines guten ersten Eindrucks zuliebe, hing Rince hinterm Haus auf der Veranda herum. Dabei war er, wenn er denn wollte, richtig gut mit den Kunden – einen Großteil des frühen Erfolgs von *Tom Thumb Classic Californian Bourbon* hatten sie seinem unermüdlichen Mundwerk zu verdanken. Heute jedoch vermied er jeden Anschein von Nützlichkeit mit der Eleganz einer Bibel in einer Bordellschublade.

Ihr blieb wohl nichts übrig, als nach ihm zu sehen und an seinen einst so überentwickelten Sinn für Ehrgeiz zu appellieren.

Sie fand Rince in dem alten Schaukelstuhl, ein Glas der jüngsten Abfüllung auf dem Tisch neben sich. Er trug ein sauberes Hemd und hatte sich das Haar gewaschen, das seit dem Verlust seiner Pomade einen zweiten Frühling erlebte. Viel weiter war er aber nicht gekommen; das Hemd war nur schlampig geknöpft, die Hosenträger hingen schlapp herab. Er sah nicht einmal auf, als sie aus der Tür trat, sondern starrte mit verkniffenem Gesicht auf das abgeerntete Maisfeld hinaus.

»Ich bin sicher, du hast einen guten Grund, hier zu sitzen«, pries sie seine Tatenlosigkeit. »Es würde mir auch nie einfallen –«

Da hob er die Hand, um sie zur Stille zu mahnen. Sein Blick ging unverändert starr geradeaus. »Ganz leise«, raunte er. »Er ist wieder da – und diesmal gebe ich nicht als Erster auf.«

Da ihr nichts anderes blieb, musterte sie ihn fragend. Dabei bemerkte sie zum ersten Mal die Schüssel mit den Würstchen neben dem Schaukelstuhl.

Verwundert schlich sie einen Schritt näher und versuchte seinem Blick zu folgen. Ihr war, als regte sich da ein Büschel Ohren zwischen den verdorrten Halmen. Zwei Ohren, die zu einem überaus struppigen Hundekopf gehörten, gut zwanzig Schritte von der Veranda entfernt.

»Du misst deine Willensstärke mit der eines Hundes«, folgerte sie messerscharf. »Und wir befinden uns bereits in der Revanche?«

Er zischte leicht verärgert. »Leise, habe ich gesagt! Ich versuche ihn zu zähmen.«

Und das hatte etwas so anrührend Unschuldiges und gleichermaßen Idiotisches, dass sie sich gespannt den zweiten Stuhl heranzog und neben ihm Platz nahm. Und weil ihr das den Moment noch nicht hinreichend zu würdigen schien, griff sie nach seiner Hand, welche dankenswerterweise die von den Würstchen entferntere und daher wohl auch reinlichere war.

»Wie lange geht das schon?«, flüsterte sie nach mehreren Minuten, in denen der Hund keine Pfote gerührt hatte.

»Ein paar Wochen. Die letzten Tage kam er immer ein Stück näher. Ich glaube, ich stehe kurz vor einem Durchbruch.«

Sie sprach nicht aus, was sie davon hielt, dass er lieber einen streunenden Hund zu füttern versuchte, als sich auf das wichtigste Verkaufsgespräch des Monats, wenn nicht des Jahres zu konzentrieren. In Gedanken zählte sie eins und eins zusammen: der albtraumhafte Hund, der Rince in der verrückten Märchenwelt heimgesucht hatte, die ihrer beider Leben so einschneidend verändert hatte; sein entsetztes Gezeter, wann immer die Sprache auf ihn kam, als würde die flammende Kreatur direkt aus der Hölle stammen. Sie hatte sein Verhalten erst für eine sehr spezielle Art von Hysterie gehalten. Erst später hatte sie es als das erkannt, was es tatsächlich war: Schuld.

Der Hund im Gras lief ein paar Schritte und setzte sich dann wieder hin. Rince hob ein Würstchen aus der Schüssel und kraulte es wie eine Katze, aber der Hund zeigte sich unbeeindruckt und tat, als hätte er nichts gesehen.

»Ich wusste nicht, dass du mal einen Hund hattest«, sagte Stephanie leise. Sie redeten nur selten über das, was letztes Jahr geschehen war, da es noch weniger Sinn ergab als alles andere in ihrem Leben. Aber vielleicht war es nun an der Zeit.

»In Chicago«, antwortete er, als sie schon nicht mehr damit rechnete. »Bevor wir uns kennenlernten.« Der Hund hatte sich zwei weitere Schritte genähert.

»Was ist passiert?«

Rince spielte gedankenvoll mit den Würsten. »Ich ließ ihn in meiner Wohnung. Ein wichtiges Treffen mit den Jungs ... du weißt schon. Als ich zurückkam, hatte ich keine Wohnung mehr – fast wäre das ganze verdammte Haus abgebrannt. War reines Glück, dass niemand auf meinem Stock daheim war, als es passierte.«

»Oh«, machte Stephanie.

»Die Feuerwehr sagte, ein Gasherd wahrscheinlich. Sie waren sich nicht sicher, welcher – ich aber schon. War nie gut mit Herden.«

»Oh Liebes«, sagte sie und intensivierte die Umschmeichelung seiner Finger. »Das tut mir so leid.«

»Ich hatte danach nie wieder einen Hund«, sagte Rince. »Bis heute.«

Sie drückte seine Hand und vergaß eine Weile ihre Ungeduld und die Kunden, die sich offenbar verspätet hatten. Gemeinsam sahen sie zu, wie der Hund sich Schritt für Schritt an die Veranda heranpirschte. Von nahem sah man die Rippen unter dem verfilzten Fell, und einer seiner Hinterläufe machte ihm Probleme.

Er musste ein paar sehr schlechte Erfahrungen gesammelt haben, überlegte Stephanie – noch schlechtere als ihre eigenen.

Sie erinnerte sich noch lebhaft, wie sie aus dem letzten großen Sturm herausgestolpert waren, ohne die geringste Ahnung, wo sie sich befanden. Freundlicherweise hatte man ihnen wenigstens ihre Sachen wiedergegeben. Dennoch verbrachten sie drei sehr unangenehme Tage im Gebirge, in denen Rince ihnen mit Müh und Not einen Hasen schoss, bis sie im nächsten Tal endlich auf ein paar Menschen stießen und merkten, dass die Frage nach dem Wo nicht halb so spannend war wie die nach dem Wann. Dieser adrette Klugscheißer von Sheriff und sein Schwiegervater in spe hatten fürwahr keine halben Sachen gemacht.

Sie hatte keine Ahnung, wie das alles möglich war. Aber ihr Talent, eine Möglichkeit, die sich ihr darbot, zu erkennen, hatte sie nicht eingebüßt.

Nicht lange nach ihrer Ankunft stießen sie auf den alten Bill und diese sehr gemütliche Farm und überredeten ihn, sie bei sich aufzunehmen. Das hieß, Rince übernahm das Überreden und Stephanie hielt Bill währenddessen fest. Nach einer kurzen Eingewöhnungszeit, in der sich ihr Arrangement für die Mehrzahl der nun drei Bewohner als sehr vorteilhaft erwiesen hatte, überzeugten sie Bill, ihnen auch die Führung der Farm zu überlassen. Da sie keine Unmenschen waren, boten sie ihm aber an, für sie zu arbeiten, worin Bill nach einer äußerst undankbaren Phase des Protests schließlich einwilligte. Als enorm nützlich während der ersten Wochen erwies sich auch das Döschen Gold, das sie dem Sheriff abgenommen hatte – genug für eine kleine Renovierung und die Befriedung der Nachbarschaft.

Mit Speck fängt man Mäuse, dachte Stephanie zufrieden, als der Hund die Stufen der Veranda erreichte. Wenn sie sich recht entsann, war auch Bills Protest verstummt, sobald sie ihm den ersten Schluck Whiskey kredenzt hatten.

Die Entscheidung, ins Spirituosengeschäft einzusteigen, war nur stimmig gewesen. Die Gesetze hierzulande waren derart lax, dass man sich fast die Prohibition zurückwünschte. Typischer Whiskey, wie man ihn im nächsten Ort bekam, bestand aus viel zu scharfem Alkohol aus allem möglichen Getreide und Melasse, erst gestreckt mit Tee und Pflaumensaft, damit er überhaupt nach etwas schmeckte, dann mit einer ordentlichen Prise Kautabak und gemahlenen Chilis verfeinert, damit er ja nicht zu mild wurde. Angeblich mischten manche Quacksalber sogar Schießpulver und Schlangengift in ihr Gebräu, Hauptsache, es hatte schön Biss.

Verglichen damit war ein schlichter Bourbon keine allzu große Kunst: Mais besaß Bill genug, und vorsichtshalber lagerten sie ihren ersten Versuch in möglichst kleinen Fässern, damit der Schnaps rasch Aroma annahm. Schon nach wenigen Monaten hatten sie ein Ergebnis, das sie in Chicago nicht einmal an die verzweifeltsten Trinker ausgeschenkt hätte, welches für Bill jedoch das reinste Ambrosia war. So begeistert (und nach kurzer Unterredung motiviert) war Bill gewesen, dass er prompt einem guten Freund davon erzählte, der wiederum jemanden kannte, der die Saloons der Umgebung belieferte, und so hatte ihr kleines Glück seinen Lauf genommen.

Es war schon verrückt, dachte Stephanie. Wenn ihr jemand vor einem Jahr gesagt hätte, dass ihre goldene Zukunft im Jahre 1851 beginnen würde – und das Gold darin nach selbstgebranntem Bourbon schmeckte –, hätte sie irre gelacht und dem Betreffenden das

Glas weggenommen. Doch dies war nun ihr neues Leben, in guten wie in schlechten Tagen. Wenn alles weiter so erfreulich lief, würden sie bald schon ihren eigenen Saloon aufmachen.

Der Hund hatte sich der Wurst in Rinces Hand mittlerweile bis auf wenige Zoll genähert. Seine Schnauze zuckte vor Scheu und kaum verhohlener Gier, Rince aber saß so starr wie ein Schneemann. Er atmete nicht einmal.

Dann brach der Bann, die Gier obsiegte, und der Hund fraß Rince buchstäblich aus der Hand.

»Ich bin ja so stolz auf dich«, hauchte Stephanie, während Rince dem Hund beruhigend den zottigen Kopf tätschelte. Der war so damit beschäftigt, die Würste zu verschlingen, dass er es geschehen ließ.

»Jetzt«, sagte Rince, »sind wir eine echte Familie.«

Unter anderen Umständen hätte Stephanie die Logik seines Beweises vielleicht hinterfragt oder die Analogie gänzlich in Zweifel gezogen. Doch irgendwas an seiner Beharrlichkeit und der höchst männlichen Unvernunft seiner Prioritäten erregte sie in diesem Augenblick zutiefst.

»Mein Rince«, säuselte sie, und kaum dass der Hund sein Mahl beendet und sich absentiert hatte, hob sie den Rock, schwang das Bein und ließ sich auf seinen Schoß plumpsen.

Rince rang mit sich, ob er vielleicht protestieren wollte, seine Lenden aber lieferten die spürbar besseren Argumente als sein Mund. So verzogen sich die Lippen zu dem alten Grinsen, das vom vollen Selbstvertrauen des einzigen Mannes kündete, den Al Capone je seinen linken Daumen genannt hatte – oder noch nennen würde, falls man sich an solchen Feinheiten stören wollte. Seine Hände legten sich auf ihr Gesäß und begannen mit einer Als Namen gemäßen Detailarbeit, während Stephanies Finger sich die Knöpfe seines Hemdes hinabarbeiteten wie ein Ferkel die mütterlichen Zitzen, beständig überrascht, noch neue zu entdecken.

Sie waren drauf und dran, einander die Kleider vom Leib zu reißen, als der alte Bill auf die Veranda gestolpert kam.

»Mr. Vincent!«, brabbelte der Greis mit seinem zahnlosen Mund.

»Mr. Vincent!« Er war so schwer zu verstehen, dass sie beide einen Moment lang brauchten, um zu kapieren, wen er meinte.

»Was ist?«, fragte Rince verärgert und nahm mit lobenswertem Widerwillen die Hände aus ihrem Rock.

»Die Käufer! Mr. Vincent! Der Whiskey! Die Käufer!«

Es war eine segensreiche Zeit, in der Männer wie Bill noch völlig ohne den Bedarf an Verben existierten. Stephanie fühlte sich wie die Schlange im Paradies der Unbedarften, und es gefiel ihr nicht schlecht.

Rince dagegen schaute sie nur fragend an. Er konnte so verdammt süß sein, wenn er ratlos war.

Stephanie dagegen wusste, was sie zu tun hatte.

»Bill, verdammt!«, schnappte sie schrill und der Alte zuckte zusammen, als hätte sie ihm einen Klaps verpasst. »Führ unsere Gäste doch schon rein und biete ihnen was zu trinken an. Wir sind in zehn Minuten da!«

BASTIAN

Die Rückkehr nach Big Sur war eine Reise in die Vergangenheit. Er trat diese Reise freiwillig und sehenden Auges an; dennoch überraschte es ihn, wie unvorbereitet er sich dabei fühlte.

Er näherte sich dieses Mal von Süden, nach mehreren Wochen, die er bei Adria in L.A. verbracht hatte – sich beschnuppern nannte man das wohl. Er tat sich schwer mit dem Zusammenziehen. Vielleicht fürchtete er, Adria zu überfordern, wenn seine Distanziertheit erst dem unbändigen Bedürfnis nach Nähe wich, das wie ein Raubtier in seinem Inneren im Kreis schlich, seit er Bella wiedergefunden und ein zweites Mal verloren hatte. Seither hatte er kein rechtes Maß mehr im Leben gefunden. Adria war das Beste, was ihm im letzten Jahr widerfahren war, und er wollte nicht riskieren, sie zu verlieren – weil er nicht wusste, was dann aus ihm werden sollte.

Vielleicht hatte sein Zögern aber auch mit der nebelverhangenen, mystischen Landschaft zu tun, die sich nun abermals vor ihnen auftat, seit sie nach einem Zwischenstopp in Morro Bay wieder aufgebrochen waren. Die einsam aus der Bucht aufragende Felskuppe verschwand im Rückspiegel, die Ortschaften wurden stetig kleiner, und die Straße wirkte mit jeder Biegung weniger von dieser Welt. Ein Meer unter Wolken, ein Schattenspiel auf den Berghängen. Eine Wahrheit über sein Leben, in die Elemente geschnitzt; eine Wahrheit, die er niemals würde teilen können.

Ein Teil von dir lebt hier fort, kam es ihm in den Sinn. *Egal, wohin du gehst – niemand kann ihn dir nehmen.*

Er würde es Adria nie erklären können. Genauso wenig wie diesen Ausflug – noch dazu mit einer anderen Frau.

»Du könntest einfach sagen, dass du das Grab deiner Schwester besuchen willst.« Swaines Stimme vom Beifahrersitz ließ ihn zusammenzucken. »Immerhin ist es fast genau ein Jahr her. Streng genommen *solltest* du es besuchen.«

»Gib es zu, du kannst Gedanken lesen«, murmelte Bastian.

»Nein«, sagte Swaine unschuldig und spielte mit einer Locke ihres hellblonden Haars. »Aber ich habe Ohren! Du brummst die ganze Zeit vor dich hin. Ich hoffe, du hast wenigstens Augen im Kopf? Gib *du* es zu: Du hast sogar vergessen, dass du nicht allein bist! Vielleicht sollte besser ich fahren. Diese Haarnadelkurven …«

»Du hast uns lange genug herumkutschiert«, verwahrte sich Bastian.

»Dein Vater hat mir einen Haufen Geld bezahlt.«

»Mein Vater hat ein paar fragwürdige Schrullen.«

»Ich bin eine Schrulle?«

»Du arbeitest nicht mehr für uns!« Sie verstand es, selbst eine Geste der Höflichkeit in ihr Gegenteil zu verkehren. »Auch wenn du immer noch so gekleidet bist. Selbst zu diesem Anlass.«

»Du trägst zu viel Trauer«, stellte sie fest.

»Und die Fährfrau immer weiß«, entgegnete er.

Sie senkte demonstrativ die Lehne nach hinten, streifte ihre weißen Schuhe ab und legte die Füße aufs Armaturenbrett. Jetzt würde ihm ihre Gegenwart ganz sicher nicht mehr entgehen.

Eine Weile steuerte er ihren Prius schweigend um die Steilhänge, die sich wie die Pfoten übergroßer Sphinxen ins rauhe Meer hinausreckten. Nur gelegentlich musste er einem anderen Wagen oder Motorrad ausweichen. Der Himmel hatte die Farbe einer beschlagenen Scheibe, die ein großer Geist geduldig immer wieder anhauchte, als gälte es, das Blau dahinter zu verbergen.

»Wir sind bald da«, überlegte er laut. »Werden wir wieder in einen Sturm kommen? Noch sieht es nicht danach aus.«

Swaine wackelte entspannt mit den Zehen. »Du meinst, ob gleich wieder die Welt untergeht, Pferde die Straße queren und Bäume auf uns stürzen? Dann hätte ich dich wirklich nicht fahren lassen.«

Bastian warf ihr einen verstörten Blick zu. »Weißt du, du tust immer so, als ob du unglaublich viel Erfahrung mit allem besitzt. Das war schon früher so – aber es ist definitiv schlimmer geworden.« Er stellte fest, dass er keine Ahnung hatte, wie alt sie eigentlich war, aber aus irgendeinem Grund, der nichts mit Höflichkeit zu tun hatte, scheute er sich, sie zu fragen. »Wo wir davon reden ... was hast du das letzte Jahr jetzt eigentlich gemacht?«

»Dasselbe wie die Jahre zuvor«, orakelte Swaine.

»Du hast alte, geltungssüchtige Männer durch die Gegend gefahren?«

Sie lächelte schwach. »Ich habe mir etwas aufgebaut. Und im Moment bin ich ganz glücklich damit. Gedulde dich noch ein bisschen, du wirst schon noch verstehen.«

Doch Bastian kam gerade erst in Fahrt. »Ich hab nicht mal verstanden, wie es dich nach L.A. verschlagen hat. Zurück zu uns, meine ich. In unsere Zeit.«

»Ariel«, meinte sie knapp, den Blick zu den Bergkuppen und dem diesigen Himmel gerichtet.

»Ariel hat dich zurückgebracht? Einfach so?«

»Nichts funktioniert ›einfach so‹«, korrigierte sie ihn. »Es war kompliziert. Aber notwendig.« Etwas war zweifellos anders an ihr – dieser Ernst, diese Andeutung von Strenge waren ihm früher nicht aufgefallen.

Ehrlich gesagt hatte er sich bis vor einem Jahr aber auch nicht die

Mühe gemacht, sie besser zu verstehen. Das hatte sich erst geändert, seit er wusste, dass er ohne sie faktisch elternlos wäre – und da war es zum Kennenlernen auch schon zu spät gewesen.

»Wurden dir die Zwanziger zu langweilig?«

Sie schüttelte lachend den Kopf. »Nein, langweilig wurde mir gar nichts. Und in gewisser Weise ist ein Teil von mir noch dort. Ach, es ist wirklich alles … Ich erkläre es so gut ich kann, wenn wir am Ziel sind. Versprochen!«

»Du hast mir noch nicht gesagt, was genau unser Ziel eigentlich ist …«

»Big Sur Village. Dort treffen wir die anderen.«

»Und dann?«

Sie zog eine Braue hoch.

»Lass mich raten.« Er trommelte auf das Lenkrad. »Ariel?«

»Ariel«, bestätigte sie.

Es gab so vieles, womit er nie seinen Frieden gemacht hatte. Die Ereignisse vor einem Jahr waren sicherlich die außergewöhnlichsten seines Lebens gewesen. Doch in dieser Einsicht lag auch eine Resignation: Nie wieder würde er etwas Vergleichbares erleben, genauso wenig, wie je ein Mensch zweimal auf dem Mond gelandet war. Einige wenige Tage waren genug gewesen, all seine Überzeugungen ins Wanken zu bringen – unter anderem die, dass sein Vater ein herzloser, bösartiger Mann war.

Wahrscheinlich war es auch deshalb das letzte Jahr leichter gewesen, von dieser Erfahrung wie von einem Drogentrip oder einem schlimmen Unfall zu denken. Es war nichts, worüber er mit irgendwem reden konnte, schon gar nicht mit Adria, ohne dass man ihn schief anschaute und ihm zu weniger Arbeit und mehr Entspannung und vielleicht ein bisschen Yoga und Meditation riet.

Wenn er daran dachte, was sie an ihrem Ziel erwartete, wusste er nicht, ob er sich ängstigen oder freuen sollte.

»Du hast also mit den anderen gesprochen, seit du … wieder hier bist?«, fragte er Swaine.

»Nur mit deinem Vater und Antonia, damit sie wissen, dass ich dich abhole.«

»Du meinst, damit sie wissen, dass keine Fluchtgefahr besteht«, scherzte er. »Wie geht es ihnen?«

»Na ja«, sagte sie. »Den Umständen entsprechend, würde ich sagen? Antonia war, sagen wir ... erstaunt, als ihre Tochter endlich mit der Wahrheit über ihren Vater herausrückte.«

»Sie wusste ebenfalls nicht, dass Ross bereits ...?«

Swaine schüttelte den Kopf. »Ich schlug ihr vor, dass wir Mira und Fernando in Santa Clarita einsammeln, aber sie meinte, die beiden wollten lieber selbst anreisen.«

»Schade«, murmelte Bastian, musste sich jedoch eingestehen, dass es ihm ganz recht so war. Zum einen war es ihm peinlich, dass sie so lange keinen Kontakt mehr gehabt hatten – natürlich hatte er den beiden versprochen, zu schreiben, anzurufen und sie irgendwann zu besuchen, aber das Jahr war einfach zu schnell verflogen.

Zum anderen wäre es zu sehr wie damals gewesen: eine zusammengepferchte Trauergesellschaft, für die selbst die teuerste Limousine zu eng war, um darüber hinwegzutäuschen, dass man sich im Grunde nichts zu sagen hatte.

»Ich bin wirklich gespannt, sie wiederzusehen«, plauderte Swaine. »Es kommt mir vor wie eine Ewigkeit.«

»Ja«, sagte Bastian tonlos. »Ich bin auch gespannt.«

Der Highway küsste noch einmal die Küste und schwenkte dann in die Wälder ein. Kiefernstämme verbargen die Sicht auf den Pazifik. Sie passierten einige Rastplätze und Restaurants, von denen kleinere Straßen ins Inland abzweigten. Hier und da lag ein eingezäuntes Grundstück, ein geschützter Garten, dann wich die Zivilisation wieder der unberührten Bergwelt, durch die sich der Highway gleich einem Fluss schlängelte, während die Reihe alter Telefonmasten am Straßenrand ihre Fäden durch das Labyrinth der Wälder webte.

Es kamen ihnen nun vermehrt Wohnmobile und Radfahrer entgegen. Versteckte Seitenwege führten zu Zeltplätzen, Souvenirgeschäfte und Kunsthandwerkläden lugten zwischen den Bäumen hervor und verschwanden ebenso schnell wieder, Boten einer verborgenen Welt.

»Da vorne ist es«, sagte Swaine.

Sie deutete ihm eine Ausfahrt, die auf einen sichtgeschützten Parkplatz vor einer verwinkelten, ganz aus Holz gebauten Gaststätte führte. Sie wirkte älter als die meisten anderen Gebäude in der Gegend.

»*The Windward Inn*«, las Bastian den Namen, der in geschwungenen Lettern über dem Eingang stand.

Auf dem Parkplatz standen bereits mehrere Wagen, darunter eine auffällige schwarze Limousine mit dem Kennzeichen KING KITE und ein alter, rostiger Pick-up, der über und über mit Blumen und Windrädern bemalt war.

»Sieht so aus, als ob wir die letzten sind.«

»Das ist gut«, sagte Swaine und nahm die Füße vom Armaturenbrett. »Dann können wir gleich weiter.«

Gleich weiter. Bei dem Gedanken daran schlug Bastian das Herz bis zum Hals. Einen Moment lang war er versucht, Swaine hier abzusetzen, die Tür zuzuschlagen und wegzufahren, zurück in eine Welt, die er verstand, in der er mit Adria darüber reden konnte, eine größere Wohnung zu mieten und vielleicht, eines Tages, eine Familie zu gründen – und jene andere Welt zu vergessen, in welcher ihm der Geist seiner Schwester erschienen war, in der er fast seinen Vater getötet hätte und seinen Mitgefangenen in ihren Träumen näher gewesen war, als er jemals wieder einem Menschen sein würde.

Swaine dagegen schien so gut gelaunt wie auf einem Wochenendausflug. Kaum hatte er den Prius geparkt, schlüpfte sie in ihre Schuhe und sprang aus dem Wagen, um ihn ungeduldig anzutreiben. Widerwillig wie ein kleiner Junge stieg er aus, schlang sich seine Reisetasche über die Schulter – was packte man für eine Reise in eine andere Welt? – und folgte ihr zum Eingang.

Ein Futterspender für Kolibris baumelte unter dem ausladenden Vordach. Und auf einem einzelnen großen Felsen neben der Stufe prangte ein weißer Handabdruck, wie er ihn schon einmal gesehen hatte.

Er war dankbar, dass sie vorausging, denn wahrscheinlich hätte er es mit seiner schweißnassen, zittrigen Hand nicht geschafft, die Tür zu öffnen. Ungeschickt zog er sich das Jackett zurecht und trat hinter ihr ein.

Drinnen herrschte eine angenehm natürliche Atmosphäre. Fast die komplette Einrichtung bestand aus Holz, das mit den Jahren und Jahrzehnten nachgedunkelt war, doch die breiten, offenen Fenster ließen viel Sonne und Luft herein. Eine junge Angestellte an der Rezeption, die gerade zwei Rucksacktouristen eingecheckt hatte, grüßte sie freundlich und kam hinter dem Tresen hervor.

»Bringst du unseren Gast bitte nach hinten zu den anderen?«, fragte Swaine die Angestellte, um sich dann bei Bastian zu entschuldigen. »Ich komme gleich nach. In Ordnung?«

Bastian nickte verblüfft und ließ sich von der Angestellten einen Flur hinabführen, an dessen Wand ihm zahlreiche historische Fotografien ins Auge fielen. Eine Tafel klärte ihn darüber auf, dass *The Windward Inn* das älteste Gasthaus in ganz Big Sur Village war. Eine Frau auf diesen Fotos sah Swaine zum Verwechseln ähnlich.

Bastian deutete auf die Frau. »Das ist doch …«

»Ihre Urgroßmutter«, erklärte die Angestellte freundlich. »Unsere Gründerin. Die Ähnlichkeit ist wirklich bemerkenswert.«

Bastian fragte nicht weiter.

Am Ende des Flurs öffnete ihm die Angestellte eine Doppeltür. Sie wartete, bis er hindurchtrat, um sich dann respektvoll zurückzuziehen. Hinter der Tür empfingen ihn ein Salon – und die Vergangenheit.

Ein Trauermahl war auf einer langen Tafel zu seiner Linken angerichtet, fast wie damals bei Bella. An der Tafel standen sein Vater, Antonia Perrault und Francis, alle in Schwarz. Am Kopfende des Raums verlief die Theke einer Bar. Und auf der anderen Seite, in den Anblick einer Reihe von Wandgemälden versunken: Mira Perrault und Fernando. Mira trug eine dunkle Weste über einem Kleid in – für ihre Verhältnisse – gedeckten Tönen, als müsste sie mit aller Macht das Licht, das aus ihr strahlte, bändigen. Fernando sah mit seinem Hut und der Bolo Tie wie der Bösewicht aus einem alten Western aus.

Sie waren nicht für die Trauer geschaffen, dachte Bastian. Und alle hatten sie genauso viel Angst wie er selbst.

Da öffnete sich eine lange verriegelte Pforte in Bastians Herzen und er ging, sie alle zu begrüßen.

»Bastian!« Sein Vater schloss ihn in die mächtigen Arme. Es war, wie von einem Kleiderschrank umarmt zu werden, und roch auch fast so. Bastian aber fühlte sich geborgener in dieser Umarmung, als er es als Kind je gekonnt hatte. Die Vorstellung, dass sie einander je Böses gewollt hatten, schien ihm absurd.

Er spürte, dass es Antonia ebenso erging, als sie einander die Hand schüttelten. Das Wissen um ihre gemeinsame Schuld, ihre Irrtümer stand deutlich in ihren Augen.

Francis begrüßte ihn so überschwänglich wie ein alter Onkel, der ein unerwartetes Geschenk von seinem Neffen erhält. Was für eine seltsame Familie sie doch waren!

»Wo ist Swaine?«, fragte sein Vater. »Seid ihr nicht zusammen angereist?«

»Sie sagte, sie käme gleich nach«, antwortete Bastian, da schüttelte ihm auch schon Fernando die Hand. Allem Anschein nach hatte der Junge sich gut eingelebt; wahrscheinlich verbarg sich hier eine tiefere Wahrheit über Fortschritt und Stillstand des Westens. Bella hätte sicher einen Witz darüber gemacht.

Und dann war da Mira: Mira, die alle dunklen Gedanken wie ein kleiner Wirbelwind wegfegte. Dabei musste ihre Trauer die tiefste, die ehrlichste von allen sein – die Trauer eines Kindes, von dem man bislang alles Leid ferngehalten hatte.

»Danke, dass du gekommen bist.«

»Danke, dass du uns gerufen hast!«, erwiderte er.

»Wen habe ich denn, außer euch?«, erwiderte sie und ergriff die Hand ihrer Mutter.

Bastians Blick fiel auf die Bilder an der Wand, die sie zuvor studiert hatte. Ausdrucksvolle Landschaftsgemälde, die eine seltsam starke Sehnsucht in ihm auslösten.

»Lasst uns anstoßen«, sagte sein Vater und nahm eine Flasche mit bersteinfarbenem Inhalt von der Theke. »Reicht mir eure Gläser!« Der Reihe nach schenkte er ihnen ein, dann stellte er die Flasche neben sich auf den Tisch. *Tom Thumb Classic Californian Bourbon* stand auf dem altertümlichen Etikett; Bastian hatte noch nie von der Marke gehört.

Alexander King hob sein Glas, doch es war Antonia Perrault, die den ersten Toast aussprach.

»Auf Ross«, sagte sie. »Meinen wunderbaren, sturen, aufrechten Ross. Ich hätte mir keinen besseren Ehemann wünschen können.«

»Und ich mir keinen besseren Gegner«, sagte Alexander King. »Auf Ross – den klügsten Kopf, der mich je in die Schranken wies.«

»Auf Ross«, sagte Francis. »Einen treuen Freund.«

»Auf Ross«, stimmte Bastian mit ein, und wiederholte es noch einmal, »auf Ross«, denn er wusste nicht, was er sonst sagen sollte. Er war als Einziger im Raum weder mit ihm verwandt, noch verband ihn eine eigene Geschichte mit ihm. Dennoch hatte er sein Leben auf immer verändert – und beim Gedanken daran schnürte sich seine Kehle zusammen.

»Schwiegervater«, sagte Fernando.

»Vater«, sagte Mira und schaute mit feuchten Augen in die Runde.

Sie wollten gerade anstoßen, als eine weitere Stimme den Toast aufnahm. Überrascht wandten sie die Köpfe zur Bar.

»Auf Ross«, sagte Caliban, der durch eine Tür hinter der Theke hereingekommen war. »Wächter der Welt unter dem Winde.«

MIRA

Caliban! Sie ruft seinen Namen, lässt fast ihr Glas fallen. Wie ist das möglich? Hat er nicht immer gesagt, dass er die Welt unter dem Winde nie verlassen kann? Ist dies nicht der Grund ihres erbitterten Streits gewesen?

Und doch beschlich sie ein eigenartiges Gefühl, kaum dass sie die Bilder an der Wand entdeckte. Ein vertrautes Geheimnis ist ihnen eigen – als verbärge sich eine alte Wahrheit unter den weiten Hügeln und dräuenden Wolken, ein schlafender Geist unter der Welt. Nun weiß sie, weshalb sie an das Ge-

mälde in ihrem Haus hat denken müssen – das Gemälde, das sie durch den Sturm in diese Welt begleitet hat.

Caliban tut, als wäre ihm ihr Schreck völlig entgangen, hebt lächelnd sein Glas und hält ihrem Blick stand. Und als Swaine hinter ihm durch die Tür und an seine Seite tritt und als Letzte ihren Toast ausbringt, trinken alle gemeinsam.

Auf Ross!

Kaum, dass sich die Gläser wieder senken, stürzt Mira vor und wirft sich halb über die Theke, um Caliban in die Arme zu schließen. Du hier!, ruft sie aus. Wie hast du das geschafft? Wie kannst du hier sein?

Caliban blickt zu Swaine, sagt, das verdanke er Ariel – und dem Unternehmergeist dieser außergewöhnlichen Dame.

Ich hatte gute Lehrer, sagt Swaine bescheiden und sieht zur Familie King hinüber. Und ein kleines Inn zu führen, ist gar nicht so schwer.

Bastian grinst ungläubig. Das hast du also in den Zwanzigern getrieben. Die angebliche Urgroßmutter auf den Fotos im Flur? Das bist du! Du hast dieses Inn gegründet. Aber wozu? Hierfür?

Er breitet die Arme aus, um die ganze Trauergesellschaft mit einzuschließen. Deshalb bist du in die Vergangenheit gereist?

Mehrfach sogar, seufzt sie. Du ahnst ja nicht, wie verwirrend es ist, wenn man sich ständig selbst über den Weg läuft – aber es gab einfach mehr zu tun, als sich in nur einem Jahr bewältigen ließ.

Mira glaubt zu verstehen: Der Weg durch den Sturm führte Swaine nur in ein ganz spezielles Jahr. Nach dessen Ablauf hätte sie nicht mehr zurückkehren können. Also musste sie mehrmals hin und zurück reisen.

1922! Swaine verdreht die Augen. Ich glaube, inzwischen kenne ich wirklich jeden, der damals gelebt hat.

Bastian schüttelt nur verwirrt den Kopf.

The Windward Inn ist ein besonderer Ort, erklärt Caliban. Er verbindet die Welten, denn er existiert hier wie dort. Swaine und Ariel haben dasselbe Inn gebaut – auf beiden Seiten des Sturms.

Dann können wir wirklich zurück?, fragt Fernando. Mira rutscht wieder von der Theke und er tritt an ihre Seite. Wir können hinüberwechseln?

Jederzeit, sagt Caliban und erklärt, dass dies der eigentliche Sinn des Inn ist. Hier kann er unter Menschen sein – und jenen, die von dem Inn wissen,

steht es frei, ihn hier aufzusuchen. Sie finden in Caliban, was immer sie su-
chen. Manche begleiten ihn auf die andere Seite. Damit auch die Welt unter
dem Winde nicht ohne Menschen ist.

Wir rechnen mit einer regen Nachfrage in den nächsten Jahren, fügt
Swaine hinzu. Rucksacktouristen vor allem – die wirtschaftliche Seite muss
ich mit Ariel noch besprechen.

Dafür wird später noch Gelegenheit sein, mahnt Alexander King.

Natürlich, stimmt Swaine zu und neigt höflich das Haupt vor ihrem frü-
heren Arbeitgeber.

Später, denkt Mira. Wenn wir von Vater Abschied genommen haben …

Nur zu gerne hätte sie den Anlass ihrer Zusammenkunft weiter ausgeblen-
det – doch es ist an der Zeit, sich dem Unvermeidlichen zu stellen.

Mit einem Mal wird sie sich bewusst, dass alle im Raum sie ansehen.

Sie fasst sich ein Herz. Wann brechen wir auf?, fragt sie.

Sobald du das Zeichen gibst, antwortet Caliban. Ariel hat die Beisetzung
vorbereitet und wartet auf uns.

Wie trägt man jemanden zu Grabe, der bereits fast dreizehn Jahre tot
war?, fragt Mira sich bitter. Wie begräbt man einen Traum in einer Welt
der Träume?

Sie wendet sich an Caliban. Wie lange hast du es gewusst?, fragt sie. Hat
er dir die Wahrheit gesagt?

Nachdem ihr gegangen wart, gesteht Caliban. Dein Vater wusste nicht,
wann es geschehen würde – nur dass es unausweichlich war. Ich blieb bei
ihm, bis zuletzt.

Der Schmerz sitzt tief in ihrer Brust. Und all die Zeit hast du geschwie-
gen?, fragt sie vorwurfsvoll. Ein ganzes Jahr!

Es war sein Wille, sagt Caliban ernst.

Wieso?, stellt sie ihm die alte Frage. Wieso hat er uns einfach gehen las-
sen?

Er hatte Angst, du würdest nicht von seiner Seite weichen, wenn du die
Wahrheit wüsstest.

Da hatte er verdammt recht, flüstert sie tonlos und spürt, wie Fernando
ihre Hand ergreift.

Caliban versucht, es ihr begreiflich zu machen.

Du musst verstehen, dass er es für dich tat – so wie alles. Es war sein

Wunsch, dass du dein eigenes Leben führst. Und es war Teil des ursprüng-
lichen Handels, des Zaubers, der Schöpfung seiner Welt. Mehr Zeit wurde
ihm nicht gegeben – und wenn er nicht losgelassen hätte, solange er noch
konnte, wärst du vielleicht für immer unter dem Winde gefangen gewesen.

Mira denkt daran, wie ungerecht ihr Vater Caliban behandelt hat. Zwar
hat er seine Taten bereut und ihr Wiedergutmachung gelobt – dennoch er-
staunt sie, was Ross ihm alles anvertraut hat.

Das hat er dir erzählt?, fragt sie.

Mehr noch, sagt Caliban und schaut ihr in die Augen. Er trug mir sein
Erbe an – er vermachte mir seine Welt.

Und in seinen Augen sieht sie den Sturm über den Klippen, den Spiegel
des Meeres, die Sternennacht über den Wäldern, die schroffe Einsamkeit der
Berge; sie sieht wirbelnde Windräder auf den Kuppen der Hügel, wehende
Banner an den Dächern der Häuser und flackernde Lichter, zwischen denen
Kolibris ihre Schatten werfen, gedankenschnell und unstet wie Rauch; sie sieht
ihr Jugendhaus unter den Ästen der starken Sequoia und Calibans zweige-
teilte Heimstatt, über deren Schlucht sich neue Brücken spannen.

Und zwischen diesen Bildern glaubt sie eine weitere Präsenz zu spüren: alt
wie das Land und die Felsen, die seine Erinnerung bewahren, von mannig-
facher Gestalt und allgegenwärtig.

Ariel?, flüstert Mira im Geiste. Bist du da?

Du hast uns nicht vergessen, glaubt sie die ferne Antwort zu hören.

Wie könnte ich! Ihr seid meine Familie. Meine Träume leben mit euch fort,
solange ihr über sie wacht.

Ich wache über sie, wie ich über deinen Vater wachte – bis zuletzt.

Mira?, fragt Caliban. Geht es dir gut?

Sie merkt, dass ihr Tränen über die Wangen laufen.

Ich freue mich so, dass du hier bist, sagt sie. Und darauf, Ariel und mein
altes Zuhause wiederzusehen.

Caliban warnt sie, dass sich einiges verändert hat: Alte Träume gehen,
neue kommen, seit seine Wacht begann; andere wandeln sich wie ein Wald
im Wechsel der Jahreszeiten. Ein großes Gemälde, das niemals fertig wird. Er
hofft sehr, dass es ihr gefällt.

Da bin ich ganz sicher, sagt Mira. Sie sieht den Wandel sogar in seiner
Erscheinung, dem Zauber, der ihm innewohnt. Die Farben seiner dunklen

Gestalt wirken wilder, sein ganzes Wesen wie aus einem langen Schlaf erwacht.

Dann sieht sie zu Fernando, der ihren Blick ruhig erwidert; sie wüsste nicht, was sie ohne seine Zuversicht täte.

Ihre Mutter nickt ihr zu. Alle warten darauf, dass sie die Worte spricht.

Gehen wir, sagt sie.

Und tief zwischen den wirbelnden Traumbildern, die sie auf ihrer Reise begleiten, sieht sie das Gesicht ihres Vaters, sturmgrau und herrschaftlich, die Augen voller Stolz; und sie spürt, dass dieser Stolz einzig ihr, seiner Tochter gilt.

Ihr Herz tut sich auf, und Dankbarkeit mischt sich in die Trauer.

Hier entlang, sagt Swaine und öffnet ihnen die Thekenklappe. Wir legen ab.

Nacheinander schreiten sie hinter die Theke und über die Schwelle der Tür in den Raum dahinter. Einer nach dem anderen verlassen sie ihre Welt, um dem verstorbenen Herrscher einer anderen die letzte Ehre zu erweisen.

Mira ergreift Fernandos Hand und schließt die Augen. Es fühlt sich an, wie in einen hellen Sommertag zu treten.

Sie fragt sich, was sie sehen wird, wenn sie die Augen das nächste Mal aufschlägt.

Und sie hört das Lied des Windes auf den Klippen und das Tosen der Brandung, die sich in der Tiefe an den Felsen bricht.

ENDE

DANK

Der Gedanke, Shakespeares *Tempest* als zeitgenössische Fantasy zu erzählen, kam mir im Sommer 2016 auf den Stufen des Romanischen Kellers in Heidelberg, während ich in meiner alten Hippieweste auf meinen nächsten Auftritt als Trinculo wartete.

Und wenn ich mich frage, welche Schritte in meinem Leben mich auf diese Treppe führten, bin ich mehreren Menschen zu Dank verpflichtet, zuvorderst jenen am Anglistischen Seminar, das mir ein paar der besten Zeiten meines Lebens bescherte: Peter Paul Schnierer, der mir eine Chance gab, als niemand sonst das mehr tat; Peter Bews und den Creative Writers, bei denen sich viele Jahre einige der interessantesten Köpfe des Seminars einfanden; und natürlich der Schauspielgruppe, insbesondere Jonas Hock, der mir eine Rolle für einen Job anbot und den *Tempest* näher brachte als irgendwer sonst.

Ebenfalls danke ich Natalja Schmidt und Marieke Storm für ihre wertvollen Hinweise, Thomas Steinbrecher für wilde Physik, den netten Menschen von Twitter für Feedback zu jeder Stunde, Thilo Corzilius und Max Meinzold für ihre wunderbare Artwork sowie Bastian Schlück und Stephan Askani, ohne die dieses Buch nicht zustande gekommen wäre.

Nicht zuletzt danke ich Tina Plaschka, die Eltern inner- wie außerhalb dieser Seiten mehrfach das Leben rettete.